凝煉知識品味閱讀

五南圖書出版公司 印行

序

筆者任教於淡江大學中國文學學系，講授「歷代文選及習作（二）」課程，多歷年所。此一課程，係以漢魏六朝駢文為主要內容。因此，所講授的駢文作品，每取材於蕭統《文選》李善注、胡克家刻本，希望學者能習慣於直接研閱古籍。然而正式的駢文選讀教材，卻一直付之闕如，同仁等從事教學，常感不便。本系殷主任善培有鑑及此，遂提議筆者二人合作，編撰一部《歷代文選（駢文編）》，作為「歷代文選及習作（二）」這門課程的教材。這項任務雖然繁重，卻相當有意義。筆者於是欣然應命，精擇選文，商榷體例，展開編撰本書的工作。

本書分為「正編」、「附錄一」、「附錄二」三部分。「正編」選輯二十篇駢文，其選文以漢魏六朝的作品為主，起自至聖先師第二十代孫孔融。從唐代到民國，止於臺閣體的集大成者成惕軒，則各選一篇。這樣，歷朝均有代表作品，儼然一部唯一代表當代，亦即「絕代好文章」的駢文通史。「正編」各篇依「選文」、「注釋」、「題解」、「作者」、「評語」、「賞析」、「問題與討論」、「文章習作」、「附錄」等體例編撰。其中「選文」依據蕭統《文選》李善注、胡克家刻本，或者經過精校的相關版本，從事校勘，並且使用新式標點符號斷句。「注釋」採當頁作注的方式呈現，便於對照參考。「評語」蒐輯歷代評點的內容，依時代羅列。「賞析」說明文章宗旨、段落大意、寫作特色等，力求簡要。其有未發揮者，留待授課老師講解。「文章習作」針對各篇選文的文體、內涵，設計習作的題目，以便練習寫作文言文或駢體文。至於「附錄」，則羅列各該篇的相關參考資料，或補充注釋內容，或補述作者事跡，或添綴研讀指南，或附錄習作要領等，期盼有助於教學與研讀。

「附錄一」精選歷代駢文十二篇，各篇依「選文」、「題解」、「作者」的體例編撰。「附錄一」的選文，其校勘和標點與「正編」的作法一致。這十二篇選文：雖或篇幅較長，限於時間，不便在課堂講授；但也有與「正編」選文相關，可相參酌照應的，列於附錄，以資稽考外，兼可彌補正編的不足。「附錄二」為「正編」二十篇駢文的「文章結構表」。研讀駢文，若能參考文章結構表，則文章的字、句、篇、章之法，作者的文學創作心靈，往往可以觀照得更為清晰而深刻。由於每篇範文的結構，均依駢文對仗句子而並行排列，讀者從「文章結構表」中可發現平仄完全相對的並排句子，其詞性一定相同。善用此「表」，沉潛日久，當可領悟《莊子·養生主》所說：「依乎天理，批大郤，導大窾，因其固然，------以無厚入有間，恢恢乎其於遊刃必有餘地矣」的探驪得珠之妙。因此，本書特別編列「正編」二十篇駢文的「文章結構表」，列為「附錄二」，以資參證。

本書由二人合作編撰，筆者雖然於文辭的風格、編輯的體例、編撰的內容等，時相商度，冀臻至善之境；但文氣不可力強而一致，況其瑕疵實難避免。尚祈知音君子，不吝郢正。最後，對五南文化事業機構楊董事長榮川，俞允出版本書，弘獎斯文一事，敬致欽遲銘篆之忱。

陳慶煌、崔成宗

謹序於淡江大學中國文學學系

中華民國一〇三年九月

目錄

【附錄二】

正編

1. 薦禰衡表

孔融

選文

臣聞洪水橫流[1]，帝思俾乂[2]，旁[3]求四方，以招賢俊。昔世宗[4]繼統，將弘祖業[5]，疇咨熙載[6]，群士響臻[7]。陛下睿聖，纂承[8]基緒，遭遇厄運，勞謙日昃[9]。維嶽降神，異人並出[10]。

竊見處士平原禰衡，年二十四，字正平，淑質貞亮，英才卓躒[11]，初涉藝文，升堂覩奧[12]。目所一見，

1 洪水橫流：《孟子．滕文公上》：「當堯之時，天下猶未平，洪水橫流，氾濫於天下。」

2 俾乂：《尚書．堯典》：「湯湯洪水方割，蕩蕩懷（懷，包也）山襄（襄，上也）陵，浩浩滔天。下民其咨（咨，咨嗟憂愁），有能俾乂（有能治者，將使之）？」俾，使。乂，音一丶，治。

3 旁：普遍。

4 世宗：漢武帝的廟號。

5 將弘祖業：班固《漢書．敘傳》：「世宗曄曄（曄曄，盛貌），思弘祖業。」

6 疇咨熙載：誰可謀劃振興事業？疇，誰。咨，語助詞。熙，興。載，事業。

7 群士響臻：許多人才響應而至。臻，至。

8 纂承：繼承。

9 勞謙日昃：每日自朝至暮，勤勞謙遜地治國。《周易．謙卦．九三爻辭》：「勞謙，君子有終，吉。」日昃，日西斜。

10 維嶽降神，異人並出：吳嶽降生神靈，仲山甫、申伯等賢士都降生。《詩經．大雅．崧高》：「維嶽降神，生甫及申。」嶽，指吳嶽，說見糜文開、裴普賢《詩經欣賞與研究》：「嶽，山之尊者。舊解：嶽指東岱、南衡、西華、北恆四嶽。新解：嶽指吳嶽，一名吳山，亦即〈禹貢〉之『岍（ㄑㄧㄢ）山』，在岐周境內，今陝西隴縣東南。馬瑞辰、屈萬里並有說。」

11 卓躒：卓越，絕異。躒，音ㄌㄨㄛ丶，通「犖」，超絕。

12 升堂覩奧：譬喻學問技藝達到高深的境界。《論語．先進》：「子曰：『由之

輒誦於口；耳所暫聞，不忘於心。性與道合[13]，思若有神[14]。弘羊潛計[15]，安世默識[16]，以衡準之，誠不足怪。忠果正直，志懷霜雪[17]。見善若驚[18]，疾惡若讎。任座抗行[19]，史魚厲節[20]，殆無以過也。

鷙鳥[21]累百，不如一鶚[22]。使衡立朝，必有可觀。飛辯騁辭，溢氣坌涌[23]。解疑釋結[24]，臨敵有餘[25]。昔賈誼求試屬國[26]，詭係單于[27]。終軍欲以長纓，牽致勁越[28]。

瑟奚為於丘之門？』門人不敬子路。子曰：『由也升堂矣，未入於室也。』」《爾雅．釋宮》：「（室）西南隅謂之奧。」

13 性與道合：秉性淳和，與天道合。見五臣注《文選》，劉良注。

14 思若有神：思謀深遠，有如神明。

15 弘羊潛計：桑弘羊善於心中計劃。《漢書．食貨志下》：「（桑）弘羊，洛陽賈人之子，以心計。」

16 安世默識：《漢書．張湯傳》：「（張）安世，字子孺，少以父任為郎。……上行幸河東，嘗亡書三篋，詔問莫能知，唯安世識之，具作其事。後購求得書，以相校，無所遺失。上奇其材，擢為尚書令。」識，音ㄓˋ，記。

17 志懷霜雪：所懷志向高潔如霜雪。

18 見善若驚：看見善行而驚喜。

19 任座抗行：任座高其德行。任，音ㄖㄣˊ。《呂氏春秋．自知》：「魏文侯燕飲，皆令諸大夫論己。或言君之智也。至於任座，任座曰：『君不肖君也。得中山，不以封君之弟，而以封君之子，是以知君之不肖也。』文侯不說，知（知，猶「見」也）於顏色。任座趨而出。次及翟璜，翟璜曰：『君賢君也。臣聞其主賢者，其臣之言直。今者任座之言直。是以知君之賢也。』」

20 史魚厲節：史魚激勵其節操。《論語．衛靈公》：「子曰：『直哉！史魚。邦有道，如矢；邦無道，如矢。』」厲，同「勵」，激勵。

21 鷙鳥：兇猛的禽鳥。如鷹、雕等。

22 鶚：雕類猛禽，背深褐色，腹白色，頸下有褐色斑紋，以捕食魚類維生。

23 坌涌：聚而騰上。坌，音ㄅㄣˋ，涌貌。

24 解疑釋結：解釋疑難，排除糾紛。

25 臨敵有餘：面對敵人，應付裕如。

26 賈誼求試屬國：《漢書．賈誼傳》：「賈誼曰：『何不試以臣為屬國之官，以主匈奴？行臣之計，必係單于之頸而制其命。』」

27 詭係單于：自責必繫縛單于，將其俘擄。詭，責。係，繫縛。

28 終軍欲以長纓，牽致勁越：《漢書．終軍傳》：「終軍，字子雲，濟南人也。

弱冠慷慨，前代美之。近日路粹、嚴象[29]，亦用異才擢拜臺郎[30]，衡宜與爲比。

如得龍躍天衢[31]，振翼雲漢[32]。揚聲紫微[33]，垂光虹蜺[34]。足以昭近署[35]之多士，增四門[36]之穆穆[37]。鈞天廣樂[38]，必有奇麗之觀；帝室皇居，必畜[39]非常之寶。若衡等輩，不可多得。

〈激楚[40]〉、〈陽阿[41]〉，至妙之容，掌技者之所

少好學，以辯博能屬文聞於郡中。……南越與漢和親，乃遣軍使南越，說其王，欲令入朝，比內諸侯。軍自請：『願受長纓，必羈南越王而致之闕下。』軍遂往說越王，越王聽許，請舉國內屬。」

29 路粹嚴象：《文選．孔融．薦禰衡表》李善注，引《典略》：「路粹，字文蔚，少學於蔡邕，高才，與京兆嚴象拜尚書郎。（嚴）象以兼有文武出為揚州刺史。」

30 臺郎：指尚書郎，尚書之屬官。漢代以尚書（中臺）、御史（憲臺）、謁者（外臺）合稱「三臺」。

31 天衢：指天子之都城。

32 雲漢：銀河。此處借指朝廷。

33 紫微：指帝王。紫微為三垣（紫微垣、太微垣、天市垣）之中垣，位於北斗星之東北，有星十五，東西向排列，以北極為中樞，成藩屏拱衛狀。

34 垂光虹蜺：勳業永垂不朽，而與虹霓之光輝映。《爾雅．釋天》疏：「虹雙出，色鮮盛者為雄，雄曰虹；闇者為雌，雌曰霓。」蜺，通「霓」，雌虹。

35 近署：《文選．孔融．薦禰衡表》李善注，引班固〈兩都賦．序〉：「內設金馬、石渠之署。」蓋謂金馬門、石渠閣。

36 四門：國都四面之門。

37 穆穆：恭敬貌。

38 鈞天廣樂：指天上神仙豪華繁盛之樂舞。《史記．趙世家》：「趙簡子曰：『我之帝所，甚樂，與百神遊夫鈞天，廣樂九奏萬舞，不類三代之樂，其聲動心。』」鈞天，中央之天。

39 畜：音ㄒㄩˋ，同「蓄」。

40 激楚：古樂曲名。

41 陽阿：古樂曲名。古舞名。

貪；飛兔、騕褭[42]，絕足[43]奔放，良、樂[44]之所急也。臣等區區[45]，敢不以聞？陛下篤愼取士，必須效試[46]，乞令衡以褐衣[47]召見。無可觀采，臣等受面欺之罪。

題解

本文錄自蕭統《文選》卷三十七。禰（ㄋㄧˇ）衡，字正平，平原般（今山東平昌）人，生於漢靈帝熹平二年（173），卒於漢獻帝建安三年（198），年二十六。禰衡少有才辯，而尚氣剛傲，好矯時慢物。《後漢書·禰衡傳》記載：「衡始弱冠，而融年四十，遂與為交友。」孔融深愛禰衡之才，於是將禰衡推薦給漢獻帝。陸侃如《中古文學繫年》謂：「孔融表薦禰衡，為漢獻帝建安元年（196）。」孔融時年四十四，禰衡年二十四。〈薦禰衡表〉典麗疎宕，氣揚采飛，清·何焯推許為「結兩漢之局，開魏、晉之派」之作。

作者

孔融，字文舉，漢魯國人。生於漢桓帝永興元年（153），卒於漢獻帝建安十三年（208），年五十六。

少有異才，性好學，博涉群籍，多所該覽。歷官虎賁中郎將。董卓把持朝政，孔融每有匡正之言，忤逆其旨。當時黃巾賊為亂，北海郡首當其衝，董卓於是薦舉孔融為北海相。孔融上任之後，起兵講武，設立學校，表顯儒術，薦

42 飛兔騕褭：飛兔、騕褭皆古代駿馬名，此處譬喻傑出人才。騕，音ㄧㄠˇ。褭，音ㄖㄠˇ。
43 絕足：奔馳神速。
44 良樂：王良、伯樂，善於相馬。王良，晉人，為趙簡子駕車。伯樂，春秋秦穆公時人，姓孫，名陽，字伯樂，善相馬。
45 區區：忠愛貌。
46 效試：試以業務，觀其成效。
47 褐衣：粗布衣服，貧賤者之所服。

舉賢良。漢獻帝遷都許昌，徵孔融為將作大匠，遷少府、太中大夫。性寬容少忌，喜獎掖後進。聞人之善，若出諸己。言有可採，必演而成之。海內英俊，莫不信服。為曹操所構陷，下獄棄市。

曹丕《典論．論文》說：「孔融體氣高妙，有過人者。然不能持論，理不勝辭。」劉勰《文心雕龍．章表》說：「文舉之薦禰衡，氣揚采飛。」《文心雕龍．才略》說：「孔融氣盛於為筆。」可見孔融的文章體氣高妙，文采飛動。著有詩、頌、表、檄、論議、書記等數十篇，明．張溥《漢魏六朝百三家集》收錄其作。

評語

1. 劉勰《文心雕龍．章表》：「文舉之薦禰衡，氣揚采飛。」
2. 孫鑛：「不甚斵削，然卻有勁氣。大約才有餘，法未盡。」
3. 何焯：「章表多浮，此建安文弊，特其氣猶壯。建安文章，結兩漢之局，開魏、晉之派者，此種是也。」
4. 方廷珪：「疎宕難於典麗，典麗難於疎宕，此獨兼之。東漢中另是一種出色文字。」又云：「禰正平恃才傲物，不屈貴勢，似嵇中散。而韜光用晦，不及阮步兵。操自遷天子於許都，燎原之勢已成，朝士異己，誅鋤殆盡。孔北海之薦正平，以正平不爲操用，此正犯操所忌。操忌正平，安得不忌北海？觀正平一見操，即以狂辭侮操，操遂欲假手於劉表殺之。孔北海覆巢之禍，已胎於此。然則北海之薦正平，既不量而入，非薦之，實殺之也。嗚呼！大廈已傾，欲支以一木，北海其殆忠藎有餘，識力不足者乎？但其愛士憐才，前輩首推北海。讀此表，其光明磊落之概，高風足千古矣。」

賞析

本文分四段，以「求賢才，薦異人」爲主線，貫串全篇，說明皇帝遭遇厄運，當求賢才；處士禰衡，有桑弘羊、張安世之才學，有任座、史魚之志節，蓋屬異人，足見有賢才可求；禰衡弱冠慷慨，立朝必有可觀；以及薦才效試，以見其必具異才等旨趣。典麗疎宕，氣揚采飛，結構精嚴，風清骨峻，是一篇推薦人才的典型作品。

首段起筆，以唐堯時代對治洪水橫流，而招求賢俊；漢武帝將弘祖業，而廣延豪俊，進而襯托出漢獻帝的纂承基緒，必須招求賢才，以爲朝廷所用。第二段承筆，突顯禰衡的才學志節與人格特質有三項。其一，淑質貞亮，英才卓躒；其二，性與道合，思若有神（有如桑弘羊、張安世）；其三，忠果正直，志懷霜雪（有如任座、史魚）。第三段轉而強調「使弱冠之禰衡立朝，必有可觀」。昔時之賈誼、終軍，近日之路粹、嚴象，都是以弱冠之年，懷慷慨之氣，對朝廷有所貢獻，而爲世人所稱美。禰衡也是這般「弱冠慷慨」的賢士，若能立於朝廷，必使氣象一新──「足以昭近署之多士，增四門之穆穆」。末段總結全文，一方面以〈激楚〉、〈陽阿〉的「至妙之容」爲「掌技之所貪」，飛兔、騕褭的「絕足奔放」爲「良、樂之所急」，暗示「賢俊忠志之士的能建勳業，爲聖帝之所求」之旨趣，以爲第一層收束。另一方面又從「陛下篤愼取士，禰衡必須效試」著筆，強調「薦才效試」之旨趣，以爲第二層收束。

問題與討論

1. 本文第一段何以先陳述唐堯時代為了對治洪水而招求賢俊，漢武帝為了弘拓祖業而延攬豪俊，然後才指出漢獻帝的「纂承基緒」、「遭遇厄運」而當求賢才？
2. 孔融怎樣說明禰衡的才學志節與人格特質？
3. 本文第二段已經以桑弘羊、張安世之才學，以及任座、史魚之志節與禰衡相提並論了，第三段又以賈誼、終軍、路粹、嚴象和禰衡相比，是重複冗贅之辭呢？或是別有用意？
4. 劉勰《文心雕龍．麗辭》將對偶分成「言對」、「事對」、「反對」、「正對」四種，請就本文之對偶修辭各舉一例來說明。

文章習作

請擇一古人爲對象，模擬本文第二段筆法，敘寫其才學人品。

附錄

1.孔融幼有異才

《後漢書．孔融傳》：「（孔）融幼有異才。年十歲，隨父詣京師。時河南尹李膺以簡重自居，不妄接士賓客，勑（ㄔ丶）外自非當世名人及與通家，皆不得白。融欲觀其人，故造膺門。語門者曰：『我是李君通家子弟。』門者言之。膺請融，問曰：『高明祖父嘗與僕有恩舊乎？』融曰：『然。先君孔子與君先人李老君同德比義，而相師友，則融與君累世通家。』眾坐莫不歎息。太中大夫陳煒後至，坐中以告煒。煒曰：『夫人小而聰了，大未必奇。』融應聲曰：『觀君所言，將不早惠乎？』膺大笑曰：『高明必為偉器。』」[48]

2.禰衡擊鼓辱曹

《後漢書．禰衡傳》：「（孔）融既愛（禰）衡才，數稱述於曹操，操欲見之，而衡素相輕疾，自稱狂病，不肯往，而數有恣言。操懷忿，而以其才名，不欲殺之。聞衡善擊鼓，乃召為鼓史，因大會賓客，閱試音節。諸史過者，皆令脫其故衣，更著岑牟單絞[49]之服。次至衡，衡方為《漁陽參撾（ㄓㄨㄚ）》……聲節悲壯……進至操前而止，吏訶之曰：『鼓史何不改裝，而輕敢進乎？』衡曰：『諾。』於是先解衵（ㄋㄧ丶）衣，次釋餘服，裸身而立，徐取岑牟、單絞而著之，畢，復參撾而去，顏色不怍。操笑曰：『本欲辱衡，衡反辱孤。』」

3.禰衡與劉表

《後漢書．禰衡傳》：「（曹操遣人送禰衡與劉表）劉表及荊州士大夫先服其才名，甚賓禮之。文章言議，非衡不定。表嘗與諸文人共草章奏，並極其才思。時衡出，還見之，開省（ㄒㄧㄥˇ）未周，因毀

48 《後漢書．孔融傳》，頁2261。

49 岑牟單絞：岑牟，鼓角士冑。絞，蒼黃色。

以抵地。表憮然為駭。衡乃從求筆札，須臾立成，辭義可觀。表大悅，益重之。後復侮慢於表，表恥不能容，以江夏太守黃祖性急，故送衡與之。祖亦善待焉。」

4.禰衡與黃祖、黃射（一丶）父子

《後漢書．禰衡傳》：「（禰）衡為（黃祖）作書記，輕重疎密，各得體宜。祖持其手曰：『處士，此正得祖意，如祖腹中之所欲言也。』祖長子射為章陵太守，尤善於衡。嘗與衡俱遊，共讀蔡邕所作碑文，射愛其辭，還恨不繕寫。衡曰：『吾雖一覽，猶能識（ㄓ丶）之，唯其中石缺二字不明耳。』因書出之。射馳使寫碑還校，如衡所書，莫不歎服。射時大會賓客，人有獻鸚鵡者，射舉卮於衡曰：『願先生賦之，以娛嘉賓。』衡攬筆而作，文無加點，辭采甚麗。後黃祖在蒙衝船上大會賓客，而衡言不遜順，祖慙，乃訶之。衡更熟視曰：『死公！云等道[50]！』祖大怒……衡方大罵，祖恚，遂令殺之。……（黃）射徒跣來救，不及。祖亦悔之，乃厚加棺斂。衡時年二十六，其文章多亡云。」

崔成宗編撰

---

50 死公云等道：死公，罵人的話。云等道，猶「何勿語」。

2. 讓開府表

羊祜

選文

臣祜言：臣昨出[1]，伏聞恩詔，拔臣使同臺司[2]。臣自出身[3]已來，適十數年，受任外內[4]，每極顯重[5]之地，常以智力不可強進，恩寵不可久謬，夙夜戰慄，以榮爲憂。臣聞古人之言[6]：「德未爲衆所服而受高爵，則使才臣不進；功未爲衆所歸而荷厚祿，則使勞臣[7]不勸。」今臣身託外戚[8]，事遭運會[9]，誠在寵過[10]，不患見遺，而猥[11]超然降發中[12]之詔，加非次[13]之榮，臣有何功可以堪之？何心可以安之？以身誤陛下，辱高位，傾覆亦尋而至。願復守先人[14]弊廬[15]，豈可得哉？違命誠忤天

1 出：《文選》李善注：「為沐浴而出在外。」
2 同臺司：儀同三司，指威儀百物，使同三司。臺司，三司、三公。
3 出身：指委致其身，事奉君王。
4 外內：指在朝任官，在外領軍。
5 顯重：呂翰注：「爵尊祿厚。」
6 古人之言：此處蓋指《管子．立政．三本》之言：「故國有德義未明於朝而處尊位者，則良臣不進；有功力未見於國而有重祿者，則勞臣不勸。」
7 勞臣：辛勞而有功勳之臣。
8 身託外戚：依憑著外戚的身分。羊祜的姐姐為晉景帝司馬師的皇后。
9 運會：指機緣。
10 寵過：《晉書．羊祜傳》作「過寵」。
11 猥：辱。
12 發中：發自內心。中，衷。
13 非次：不依正常的程序。
14 先人：指羊祜之祖父、父親。羊祜祖父羊續，曾任東漢南陽太守。父羊衜（ㄉㄠˋ）曾任上黨太守。
15 弊廬：破舊的屋舍。弊，通「敝」。

威[16]，曲從即復若此。蓋聞古人申於見知[17]，大臣之節，不可則止[18]。臣雖小人，敢緣所蒙[19]，念存斯義。

今天下自服化[20]已來，方漸[21]八年，雖側席[22]求賢，不遺幽賤[23]。然臣等不能推有德，進有功，使聖聽知勝臣者多，而未達者不少。假令有遺德[24]於板築[25]之下，有隱才於屠釣[26]之間，而令朝議用臣不以爲非，臣處之不以爲愧，所失豈不大哉？

且臣忝竊[27]雖久，未若今日兼文武[28]之極寵[29]，等宰輔[30]之高位也。臣所見雖狹，據今光祿大夫[31]李喜[32]，秉

---

16 天威：皇帝的威嚴。

17 申於見知：伸展志向是由於獲得知遇之恩。《晏子春秋．內篇．雜上》：「越石父對之曰：『臣聞之，士者詘乎不知己，而申乎知己。』」

18 大臣之節不可則止：大臣事君的節操，若不能勝任就辭去官職，停止任官。《論語．先進》：「所謂大臣者，以道事君，不可則止。」《論語．季氏》：「孔子曰：『求！周任有言曰：「陳力就列，不能者止。」』」

19 敢緣所蒙：冒昧地依據所承受的古人之言。蒙，蒙受、承受。

20 服化：服從朝廷的教化。

21 漸：音ㄐㄧㄢ，近。

22 側席：特席，待賢者獨坐之席。

23 幽賤：幽居而地位低下的人。

24 遺德：遭遺漏而有賢德者。

25 板築：古代築牆的工具。板，築牆時夾土的木板。築，築牆時用以夯土的杵頭。《孟子．告子下》：「傅說舉於板築之間。」

26 屠釣：屠牛漁釣。《韓詩外傳》卷十八：「冉有曰：『……太公望少為人婿，老而見去，屠牛朝歌，賃於棘津，釣於磻溪。』」

27 忝竊：竊取非分之高位。

28 文武：指羊祜所擔任的文武官職。文，指開府儀同三司等。武，指車騎將軍等。

29 極寵：至高的榮寵。

30 宰輔：指開府儀同三司。

31 光祿大夫：相當於高級顧問。

32 李喜：《文選》李善注引《晉諸公贊》：「李喜，字季和，上黨人。少有高行，為僕射。年老遜位，拜光祿大夫。」

節高亮[33]，正身在朝；光祿大夫魯芝[34]，絜身[35]寡欲，和而不同[36]；光祿大夫李胤[37]，莅政弘簡[38]，在公正色，皆服事華髮[39]，以禮終始。雖歷內外之寵，不異寒賤之家，而猶未蒙此選。臣更越之，何以塞天下之望，少益日月[40]？是以誓心守節，無苟進之志。

今道路未通，方隅[41]多事，乞留前恩，使臣得速還屯[42]，不爾[43]留連，必於外虞[44]有闕。臣不勝憂懼，謹觸冒[45]拜表。惟陛下察匹夫之志，不可以奪[46]。

題解

本文錄自蕭統《文選》卷三十七，作於晉武帝泰始八年（272）。開府，是開府儀同三司的簡稱，指開建府署，形成幕僚。依據漢代的官制，三公方可開府。魏晉以後，有開府儀同三司之制度。當時羊祜以尚書右僕射衛將軍都督

33 秉節高亮：所持節操高潔而光明。
34 魯芝：《文選》李善注引臧榮緒《晉書》：「魯芝，字世英，扶風人也。耽思墳籍，為鎮東將軍，徵光祿大夫。」
35 絜身：高潔其身。絜，通「潔」。
36 和而不同：與人和諧相處而不同流合污。
37 李胤：《文選》李善注引王隱《晉書》：「李胤，字宣伯，遼東人也。稍遷至尚書僕射，轉光祿大夫。」
38 莅政弘簡：到任處理政務，寬宏簡易。一說：簡，大也，博大恢弘。
39 服事華髮：為君王服務，至於頭髮花白。華髮，花白之髮。
40 少益日月：略有補益君王之英明。日月，喻君王。
41 方隅：四方邊境。
42 屯：屯駐軍隊之所。
43 不爾：若不如此。
44 外虞：指邊境防務之憂慮。虞，憂。
45 觸冒：冒犯。
46 匹夫之志，不可以奪：《論語．子罕》：「子曰：『三軍可奪帥也，匹夫不可奪志也。』」

荊州諸軍事，若接受開府儀同三司之封贈，則進而享有三公之威儀禮遇。羊祜撰此表文，辭謝開府優渥之禮遇，充分體現「為國以禮」之大臣風度。全篇情辭懇至，謙遜自持，實能體現孔子「為國以禮」之為政精神與風範。《晉書·羊祜傳》引述太原郭奕稱譽羊祜之言：「此今日之顏子也。」羊祜謙謙君子，溫恭有禮之涵養，誠足以為後世從政者之典範。

作者

羊祜（ㄏㄨˋ），字叔子，晉泰山南城人。生於魏文帝黃初二年（221），卒於晉武帝咸寧四年（278），年五十八。

羊祜為蔡邕外孫，晉景帝司馬師羊皇后之同母弟。身長七尺三寸，美鬚眉。少時博學能文，善於談論，行高德美，太原郭奕以「此今日之顏子也」稱之。曹魏時，受大將軍司馬昭賞識，拜中書侍郎，歷官至鉅平侯。晉武帝泰始（265—274）初年，羊祜奉命都督荊州諸軍事，駐軍襄陽，與孫吳對峙。羊祜施行懷柔之策，開設學校，綏懷遠近，深得當地民心。孫吳將領陸抗深致推崇：「（羊）祜之德量，雖樂毅、諸葛孔明不能過也。」羊祜復親定「順流水攻」之計，修建戰船，勤練精兵，以攻伐孫吳。晉武帝咸寧（275—280）初年，除征南大將軍，封南城侯，世稱「羊南城」。推舉杜預自代。

羊祜生平嫉恨邪佞，大公無私，質性冲素，屢辭封爵，所得俸祿，皆散給九族，曾言：「疏廣是吾師也。」疏廣者，漢代之廉吏也。咸寧四年（278）病逝於洛陽。襄陽百姓聞訊，號慟不已，罷市巷哭，哀聲相接，於峴山為羊祜樹碑立廟，歲時祭祀。杜預稱之為「墮淚碑」。

評語

1. 孫鑛：「雖無甚新奇語，然調法稍淨，故自不落常套。」
2. 孫琮：「鍾伯敬云：『就中不無深心妙用，然語語無飾，出於至誠。』家仲原評云：『居寵思危，情深畏避，多是由中之言，絕無一字矯飾。至於處躬則謙抑，薦賢則誠懇，爲國謀長，又與逕自遜謝者不同。』兩評曲盡此文之妙。」
3. 方廷珪：「按：以人事君爲立朝第一義。羊公德望，於此表可見。」「讓見於二典，千載下氣象穆然可想。前人有〈崇讓論〉，以人所讓多讓少，定人品之高下，國家黜陟因之。後代不無植私樹黨嫌疑，大臣惟於易簀謝闕時，間舉一二自代。愚謂君子小人，如丹黃黑白之不可掩，歷觀唐宋史傳，每受美職，其固辭不拜者，必屬君子。若蔡京、蔡攸父子，爭立門戶，其可以美職讓人哉？故聖人為國，必本之禮讓，蓋讓道行，可長恬退之風，可息奔競之習。且身居下僚，才德不至壅於上聞。若使讓非其人，則罪及所讓之人。似此則平日必留心察訪人才，亦誰肯讓及輕狂險躁之人，致身家名節，因之以敗也？羊公遺愛在人，即此表見其休休有容，尚存古大臣風度。若庾元亮（當作「規」）之讓中書令，只為一己計較利害，並不是為國家人才起見，心胸廣狹，何啻霄壤！」

賞析

本文共四段。首段陳述獲知皇帝「拔臣使同臺司」後之感受。作者自以「身託外戚」，「受任外內，每極顯重之地」，誠應以蒙受過度之恩寵為誡，因而辭讓開府，強調必須篤守臣節。次段言天下初定，宜廣薦賢士，若野有遺賢，實屬朝廷之重大損失。第三段推薦李喜、魯芝、李胤等秉節高亮、在公正色、「服事華髮，以禮終始」之賢士，以具體薦賢之作為，說明作者「誓心守節，無苟進之志」。第四段請求皇帝收回成命，使其儘速歸返荊州屯兵之所，以鞏固邊防，且申明「匹夫之志，不可以奪」，以示辭讓開府儀同三司之決心無比堅定。

本文屢用對比手法，靈動自然。例如：第一段羊祜自陳其地位是「受任內外，每極顯重之地」，而其智力則未必聰穎，「不可強進」。以其智力之不足，與地位之崇高對比，可見拔擢羊祜「使同臺司」，誠屬謬加恩寵。再如：第二段以羊祜「不能推有德，進有功，使聖聽知勝臣者多，而未達者不少」；與「令朝議用臣不以為非，臣處之不以為愧」對比，以突顯朝廷未能廣用賢才之失，以及羊祜不能推薦賢德之過。又如：第三段以羊祜之「兼文武之極寵，等宰輔之高位」；與李喜、魯芝、李胤等賢士之「雖歷內外之寵，不異寒賤之家，而猶未蒙此選（使同臺司）」對比，以突顯「何以塞天下之望，而增益皇帝之聖明」之意。由此三度含蓄而自然、自謙而自責之對比，層層深入，歸結出「未能廣進賢才，增益皇帝之聖明，皆應歸咎於羊祜」，是以不宜再拔擢羊祜「使同臺司」之意。如此對比，可謂巧於辭辯。

至於首段「臣聞古人之言：『德未爲眾所服而受高爵……則使勞臣不勸』」云云；以及「蓋聞古人申於見知，大臣之節，不可則止」云云，則又善於徵引聖賢之名言，巧爲剪裁與鎔鑄，以爲表達情意之用，以益增其說服力。此則研讀本文所宜措意者也。

問題與討論

1. 請析述羊祜的人格特質。
2. 羊祜〈讓開府表〉如何說服晉武帝收回成命，勿「拔臣使同臺司」？

文章習作

1. 請以文言撰寫書信，辭謝某基金會提供之清寒獎學金。
2. 請以「大臣之節，不可則止」爲題，撰文言論說文一篇，篇幅以三百字爲度。

附錄

1. 羊祜事蹟

羊祜，字叔子，泰山南城人也。……祖續，仕漢南陽太守。父衜（ㄉㄠˋ），上黨太守。祜，蔡邕外孫，景憲皇后同產弟。

祜年十二喪父，孝思過禮。事叔父耽甚謹。嘗遊汶水之濱，遇父老謂之曰：「孺子有好相，年未六十必建大功於天下。」既而去，莫知所在。

及長，博學能屬文，身長七尺三寸，美鬚髯，善談論，郡將夏侯威異之，以兄（夏侯）霸之子妻之。……太原郭奕見之曰：「此今日之顏子也。」與王沈俱為曹爽辟，沈勸就徵，祜曰：「委質事人，復何容易。」及爽敗，沈以故吏免，因謂怙曰：「常識卿前語。」祜曰：「此非始慮所及。」其先識不伐如此。夏侯霸之降蜀也，姻親多告絕，怙獨安其室，恩禮有加焉。尋遭母憂，長兄發又卒，毀幕寢頓十餘年，以道素自居，恂恂若儒者。

文帝（司馬昭）為大將軍，辟祜，未就。公車徵拜中書侍郎，俄遷給事中、黃門郎。……陳留王立，賜爵關中侯，邑百戶。……鍾會有寵而忌，祜亦憚之。及會誅，拜相國從事中郎，與荀勖共掌機密。遷中領軍，悉統宿衛，入直殿中，執兵之要，事兼內外。

武帝（司馬炎）受禪，以佐命之勳，進號中軍將軍，加散騎常侍，改封郡公，邑三千戶。固讓封不受，乃進本爵為侯，置郎中令，備九官之職，加夫人印綬。泰始（265—274）初，詔曰：「夫總齊機衡，允釐六職，朝政之本也。祜執德清劭，忠亮純茂，經緯文武，謇謇正直，雖處腹心之任，而不總樞機之重。非垂拱無為，委任責成之意也。其以祜為尚書右僕射、衛將軍，給本營兵。」時王佑、賈充、裴秀皆前朝名望，祜每讓，不處其右。

帝將有滅吳之志，以祜為都督荊州諸軍事、假節，散騎常侍、衛將軍如故。祜率營兵出鎮南夏，開設庠序，綏懷遠近，甚得江漢之心。與吳人開布大信，降者欲去，皆聽之。……於是戍邏減半，分以墾田八百餘頃，大獲其利。祜之始至也，軍無百日之糧，及至季年，有十年之積。……祜在軍常輕裘緩帶，身不被甲，鈴閣之下，侍衛者不過十數人，而頗以畋漁廢政。嘗欲夜出，軍司徐胤執戟當營門曰：「將軍都督萬里，安可輕脫？將軍之安危，亦國家之安危也。胤今日若死，此門乃開耳。」祜改容謝之，此後稀出矣。後加車騎將軍，開府如三司之儀。祜上表固讓曰：「臣伏聞恩詔……匹夫之志不可以奪。」不聽。

……祜出軍行吳境，刈穀為糧，皆計所侵，送絹償之。每會眾江沔遊獵，常止晉地。若禽獸先為吳人所傷，而為晉兵所得者，皆封還之。於是吳人翕然悅服，稱為羊公，不之名也。……（陸）抗稱祜之德量，雖樂毅、諸葛孔明不能過也。抗嘗病，祜饋之藥，抗服之無疑心。人多諫抗，抗曰：「羊祜豈鴆人者？」……抗每告其戍曰：「彼專為德，我專為暴，是不戰而自服也。各保分界而已，無求細利。」孫皓聞二境交和，以詰抗。抗曰：「一邑一鄉，不可以無信義，況大國乎。臣不如此，正是彰其德，於祜無傷也。」……。

祜樂山水，每風景必造峴（ㄒㄧㄢˋ）山，置酒言詠，終日不倦。嘗慨然歎息，顧謂從事中郎顧湛等曰：「自有宇宙便有此山，由來賢達勝士登此遠望，如我與卿者多矣，皆湮滅無聞，使人悲傷。如百歲後有知，魂魄猶應登此也。」湛曰：「公德冠四海，道嗣前哲，令聞令望，必與此山俱傳。至若湛輩，乃當如公言耳。」（《晉書．羊祜傳》）

2.孟浩然〈與諸子登峴山〉詩

人事有代謝，往來成古今。江山留勝跡，我輩復登臨。水落魚梁淺，天寒夢澤深。羊公碑尚在，讀罷淚沾襟。

崔成宗編撰

3. 豪士賦序

陸機

選文

夫立德之基有常[1]，而建功之路不一，何則？循[2]心以爲量[3]者存乎我，因物以成務[4]者繫乎彼。存夫我者[5]，隆殺止乎其域[6]；繫乎物者[7]，豐約[8]唯所遭遇。落葉俟[9]微風以隕，而風之力蓋寡；孟嘗遭雍門而泣，而琴之感以末[10]。何者？欲隕之葉，無所假烈風；將墜之泣，不足繁哀響也。是故苟時啓於天，理盡於民[11]，庸夫可以濟聖賢之功，斗筲[12]可以定烈士之業。故曰：才不半古，

---

1 常：不變的道理。
2 循：《晉書．陸機傳》作「修」。
3 量：標準，準則。
4 因物以成務：憑藉外在的人、事、物而成就事業。
5 存夫我者：指「修心以為量」。
6 隆殺止乎其域：修養的高下決定於其自身。隆殺，增減，高下。殺，音ㄕㄞ丶，減削。
7 繫乎物者：指「因物以成務」。
8 豐約：豐富與寡少。
9 俟：待。
10 孟嘗遭雍門而泣，而琴之感以末：孟嘗君聽了雍門周的話而流淚，而琴音在末了引起孟嘗君的感慨。桓譚《新論．琴道》：「雍門周以琴見孟嘗君，孟嘗君曰：『先生鼓琴亦能令文悲乎？』對曰：『臣竊為足下有所悲。千秋萬歲後，墳墓生荊棘，游童牧豎躑躅其足而歌其上，曰：「孟嘗君之尊貴，亦猶若是乎？」』於是孟嘗喟然太息，涕承睫而未下，雍門周引琴而鼓之，徐動宮徵，揮角羽，初終而成曲，孟嘗君遂歔欷而就之。」
11 時啓於天，理盡於民：時機由上天所開啓，道理完全為人民所接受。
12 斗筲：斗筲之人，鄙細之人。斗，盛米容器，可容十升。筲，音ㄕㄠ，竹器，可容一斗二升。《論語．子路》：「子貢曰：『今之從政者何如？』子曰：『噫！斗筲之人，何足算也。』」

而功已倍之。蓋得之於時勢也。

　　歷觀古今，徼[13]一時之功，而居伊、周[14]之位者有矣。夫我之自我[15]，智士猶嬰[16]其累；物之相物[17]，昆蟲皆有此情。夫以自我之量[18]，而挾非常之勳，神器暉其顧盼[19]，萬物隨其俯仰。心玩居常[20]之安，耳飽從諛之說[21]。豈識乎功在身外[22]，任出才表[23]者哉？且好榮惡辱，有生[24]之所大期；忌盈害上[25]，鬼神猶且不免[26]。人主操其常柄[27]，天下服其大節[28]，故曰：「天可讎乎[29]？」而時有袨服荷戟，立於廟門之下[30]；援旗誓眾，

---

13 徼：音ㄧㄠ，通「邀」，謀求，求取。
14 伊周：伊尹、周公。
15 自我：自己肯定自我。我，作動詞用，肯定自我。
16 嬰：受。
17 相物：視之為物而輕之。
18 自我之量：自己肯定自我的原則。量，原則。
19 神器暉其顧盼：回頭看著皇位閃耀著光輝。神器，天子之位。
20 居常：守常不變。
21 從諛之說：奉承阿諛的言辭。
22 功在身外：建立功勳是由於自身之外的原因。
23 任出才表：職位超出實際的才能。
24 有生：生民。
25 忌盈害上：忌恨自滿，忌恨傷害居上位者。忌，動詞。「盈」、「害上」都是「忌」的受詞。《周易．謙卦．彖辭》：「鬼神害盈而福謙。」《左傳．文公二年》：「狼瞫（音ㄕㄣˇ）曰：『周志有之：「勇則害上，不登於明堂。」』」
26 鬼神猶且不免：指鬼神尚且不免懲罰自滿、害上的人。
27 常柄：固定的權柄。
28 大節：指基本的法紀、規制。
29 天可讎乎：天命可以視為讎敵嗎？《左傳．定公四年》：「楚子入於雲中，鄖公辛之弟懷將弒王，曰：『平王殺吾父，我殺其子，不亦可乎？』辛曰：『君討臣，誰敢讎之？君命，天也。若死天命，將誰讎乎？』」
30 袨服荷戟，立於廟門之下：《漢書．儒林傳》：「梁丘賀為郎，會八月飲酎

奮於阡陌之上[31]，況乎代主制命，自下財物[32]者哉？廣樹恩不足以敵怨，勤興利不足以補害。故曰：代大匠斲者，必傷其手[33]。

且夫「政由甯氏[34]」，忠臣所爲慷慨；「祭則寡人」，人主所不久堪。是以君奭鞅鞅，不悅公旦之舉[35]；高平師師，側目博陸之勢[36]。而成王不遣嫌吝於

（音ㄓㄡˋ，三重釀醇酒），（宣帝）行祠孝昭廟。先驅旄頭劍挺墮地，首垂泥土中，刃嚮乘輿，車馬驚。於是召梁丘賀筮之，有兵謀，不吉。上還，使有司祠。時霍氏外孫代郡太守任宣坐謀反誅，宣子章為公車丞，亡在渭城界，中夜袨服入廟，居郎間，執戟立廟門，待上至，欲為逆，發覺，伏誅。」袨服，黑服。袨，音ㄒㄩㄢˋ。

31 援旗誓眾，奮於阡陌之上：賈誼〈過秦論〉：「（陳涉）躡足行伍之間，而奮起阡陌之中。率罷散之卒，將數百之眾，轉而攻秦。斬木為兵，揭竿為旗。」

32 財物：裁度事物。財，通「裁」。

33 代大匠斲者，必傷其手：代替高明的工匠砍削木頭的人，一定會傷到自己的手。《老子．七十四章》：「常有司殺者殺。夫司殺者，是謂大匠斲；夫代大匠斲者，希有不傷其手矣。」

34 政由甯氏：《左傳．襄公二十六年》：「衛獻公淹恤（久遭憂患）在外十二年矣，使與甯喜言曰：『苟反國，政由甯氏，祭則寡人。』」甯，音ㄋㄧㄥˋ。

35 君奭鞅鞅，不悅公旦之舉：周召公忿忿不滿，不悅於周公的作為。《尚書．君奭》：「召公為保，周公為師，相成王，為左右。召公不說，作〈君奭〉。」鞅鞅，即怏怏，志不滿。鞅，通「怏」。

36 高平師師，側目博陸之勢：高平侯魏相效法前代賢相，怒目相視於博陸侯霍光及其家人的權勢。《漢書．魏相傳》：「（漢）宣帝即位，徵（魏）相入為大司農，遷御史大夫。四歲，大將軍霍光薨，上思其功德，以其子禹為右將軍，……（魏）相因平恩侯許伯奏封事，言：『……今光死，子復為大將軍，兄子秉樞機，昆弟諸婿據權勢，在兵官……驕奢放縱，恐寖不制。宜有以損奪其權，破散陰謀，以固萬世之基，全功臣之世。』……宣帝善之，詔相給事中，皆從其議。……韋賢以老病免，相遂代為丞相，封高平侯，食邑八百戶。」師師，相尊法。側目，怒目而視。霍光在漢武帝、昭帝、宣帝朝秉政二十年，官至大司馬大將軍，封博陸侯。霍光死後三年，子孫謀反，遭誅滅。

懷[37]，宣帝若負芒刺於背[38]，非其然者與？嗟乎！光於四表[39]，德莫富焉；王曰：「叔父[40]」，親莫昵[41]焉；登帝大位[42]，功莫厚焉；守節沒齒[43]，忠莫至焉。而傾側顛沛，僅而[44]自全。則伊生抱明允以嬰戮[45]，文子懷忠敬而齒劍[46]，固其所也[47]。因斯以言，夫以篤聖穆親[48]，如彼之懿；大德至忠，如此之聖，尚不能取信於人主之懷，止謗於眾多之口。過此以往，惡覩其可？安危之理，斷可識矣。又況乎饕[49]大名以冒道家之忌[50]，運短才而易[51]

---

37 成王不遣嫌吝於懷：周成王不排除對周公的嫌疑鄙恨於內心。遣，排除。吝，鄙恨。《尚書．金縢》：「武王既喪，管叔及其群弟乃流言於國，曰：『公將不利於孺子。』……（成）王亦未敢誚公。」《偽孔傳》：「成王信流言而疑周公。」

38 宣帝若負芒刺於背：漢宣帝憚忌霍光，有如芒刺在背。《漢書．霍光傳》：「宣帝始立，謁見高廟，大將軍光從驂乘，上內嚴憚之，若有芒刺在背。」

39 光於四表：周公之恩德廣被四方。光，廣。四表，指天下四方極遠之地。

40 王曰叔父：周成王稱周公曰「叔父」。

41 昵：音ㄋㄧˋ，通「暱」，親近。

42 登帝大位：指霍光使漢宣帝登上皇位。

43 守節沒齒：守節至死。沒齒，終沒年齒。《論語．憲問》：「沒齒無怨言。」

44 而：能。

45 伊生抱明允以嬰戮：《竹書紀年》曰：仲壬崩，「伊尹放太甲於桐，乃自立」。又曰：伊尹即位，放太甲。七年，太甲「潛出自桐，殺伊尹。天大霧三日，乃立其子伊陟、伊奮」。

46 文子懷忠敬而齒劍：《史記．越王句踐世家》：「句踐已平吳……人或讒（文）種且作亂，越王乃賜種劍曰：『子教寡人伐吳七術，寡人用其三而敗吳，其四在子，子為我從先王試之。』種遂自殺。」

47 固其所也：本來就是死得其所。

48 篤聖穆親：篤厚睿智和穆可親。穆，和。

49 饕：貪圖。

50 道家之忌：《史記．陳丞相世家》：「陳平曰：『我多陰謀，是道家之所禁。』」《老子．九章》：「富貴而驕，自遺其咎。」

51 易：改變。

聖哲所難者哉？

身危由於勢過，而不知去勢以求安[52]；禍積起於寵盛，而不知辭寵以招福。見百姓之謀己，則申宮警守[53]，以崇不畜之威[54]；懼萬民之不服，則嚴刑峻制，以賈傷心之怨[55]。然後威窮乎震主，而怨行乎上下[56]，眾心日陊[57]，危機將發。而方偃仰瞪眄[58]，謂足以誇世。笑古人之未工，亡[59]己事之已拙。知曩勳[60]之可矜，暗成敗之有會[61]。是以事窮運盡[62]，必於顛仆；風起塵合[63]，而禍至常酷也。聖人忌功名之過己[64]，惡寵祿之踰量，蓋為此也。

夫惡欲之大端[65]，賢愚所共有。而遊子[66]殉高位[67]於

---

52 去勢以求安：除去威勢以求安全。

53 申宮警守：展開宮中的警衛守備。申，展開。

54 不畜之威：非自然形成的威勢。畜，通「蓄」，積聚。

55 以賈傷心之怨：以招致心靈受傷的怨恨。賈，音ㄍㄨˇ，招致，換得。

56 怨行乎上下：怨恨瀰漫於君臣之間。

57 陊：音ㄉㄨㄛˋ，落，通「墮」。

58 偃仰瞪眄：安居遊樂，傲視一切。偃仰，安居，遊樂。瞪眄，傲視的樣子。

59 亡：通「忘」。

60 曩勳：曩昔之勳勞。

61 暗成敗之有會：不明成敗興衰實有際會。

62 事窮運盡：局勢困迫，運會窮盡。

63 風起塵合：大風吹起，塵土聚合。風，指君上。塵，指臣下。班固〈答賓戲〉：「商鞅挾三術（王霸、富國、強兵）以鑽（鑽營）孝公，李斯奮時務而要始皇，彼皆躡風塵之會，履顛沛之勢。」《文選》李善注引項岱曰：「彼，謂李斯輩也。風發於天，以喻君上；塵從下起，以喻斯等。」

64 聖人忌功名之過己：聖人忌憚所獲功名超過自己實際之作為。

65 惡欲之大端：厭惡死亡貧苦、喜好飲食男女等重要之心理。《禮記．禮運》：「飲食男女，人之大欲存焉；死亡貧苦，人之大惡存焉。故欲惡者，心之大端也。」

66 遊子：遊宦在外之人。

67 殉高位：追求崇高地位。殉，以身從物。

生前，志士思垂名於身後，受生之分[68]，唯此而已。夫蓋世之業，名莫大焉；震主之勢，位莫盛焉；率意無違[69]，欲莫順焉[70]。借使[71]伊人頗覽天道，知盡不可益[72]，盈難持久[73]，超然自引，高揖而退[74]。則巍巍之盛，仰邈前賢[75]；洋洋之風，俯冠來籍[76]。而大欲不乏於身，至樂無愆乎舊[77]。節彌效[78]而德彌廣，身逾逸而名逾劭[79]。此之不爲，彼之必昧[80]。然後河海之跡堙爲窮流[81]，一簣之釁積成山岳[82]，名編凶頑之條[83]，身猒荼毒之痛[84]，豈不謬哉？故聊賦焉，庶使百世少有寤[85]云。

---

68 受生之分：稟受天性的分別。生，性。
69 率意無違：順其心意，無所違逆。
70 欲莫順焉：欲望得到滿足，沒有比此一情況更為順遂了。
71 借使：假使。
72 盡不可益：事窮運盡，不可增益。
73 盈難持久：盈滿之狀態難保長久。
74 超然自引，高揖而退：超然而謙遜地自我引退。高揖，雙手抱拳高舉過頭作揖，此乃古人辭別之禮。
75 巍巍之盛，仰邈前賢：其崇高之盛德，較之前賢，亦遠過之。邈，遠。
76 洋洋之風，俯冠來籍：其美善之風範，將居於後世典籍之首位。洋洋，美善的樣子。來籍，後世之典籍。
77 至樂無愆乎舊：舊有至高之樂並未喪失。愆，失。
78 效：致。
79 劭：美。
80 此之不為，彼之必昧：若捨此而不為，其人必昏聵不明。昧，昏聵不明。
81 河海之跡堙為窮流：黃河大海之水道堵塞而成乾涸。跡，指水道。窮流，指水流乾涸。
82 一簣之釁積成山岳：許多細微的罪惡將累積而如山岳。《論語・子罕》：「譬如為山，未成一簣，止，吾止也。譬如平地，雖覆一簣，進，吾往也。」釁，音ㄒㄧㄣ丶，罪過。釁，當作「舋」，「釁」乃傳寫之俗字。
83 名編凶頑之條：姓名將編入史籍「凶惡愚頑」之條目。
84 身猒荼毒之痛：自身飽受苦虐之痛。猒，音ㄧㄢ丶，飽受。荼毒，苦痛暴虐。荼，苦菜。毒，害。
85 寤：醒悟。

題解

本文選自蕭統《文選》卷四十六，屬論說文。西晉齊武閔王司馬冏，字景治，為齊獻王司馬攸之子。晉惠帝時，趙王司馬倫篡位，司馬冏起兵誅司馬倫，惠帝拜冏為大司馬，加九錫之命，司馬冏於是輔政。大築館第，置掾屬四十人，耽溺酒色，不入朝見，坐拜百官，選舉不均，惟寵親昵。翊軍校尉李含從洛陽奔於長安，詐云受皇帝密詔，使河間王司馬顒誅殺司馬冏。長沙王司馬乂發兵擊司馬冏，斬之於閶闔門外。陸機一向厭惡司馬冏矜功自伐，受爵不讓，遂撰〈豪士賦〉以諷之。本文即〈豪士賦〉之序文。至於〈豪士賦〉之原文，可參見「附錄」。

豪士，本指豪傑之士。《孟子．盡心上》：「待文王而後興者，凡民也。若夫豪傑之士，雖無文王猶興。」《呂氏春秋．不二》：「老聃貴柔，孔子貴仁，墨翟貴廉，關尹貴清，子列子貴虛，陳駢貴齊（齊死生，等古今），陽生（《文選．豪士賦序》李善注作「楊朱」）貴己，孫臏貴勢，王廖貴先，兒良貴後。」此十人者，皆天下之豪士也。陸機以「豪士」一詞命篇，蓋寓諷諭之意。

作者

陸機，字士衡，晉吳郡人，生於三國吳景帝永安四年（261），卒於晉惠帝太安二年（303），年四十三。

祖遜，吳丞相。父抗，吳大司馬。陸機少有異才，服膺儒術，動靜以禮。抗卒，領父兵為牙門將。年二十而吳滅，於是退居舊里，閉戶勤學凡十年。晉武帝太康（280—289）末，與弟雲俱入洛。太常張華素重其名，一見即如舊識，曰：「伐吳之役，利獲二俊。」後太傅楊駿辟為祭酒。惠帝即位，遷太子洗馬、著作郎，尋為趙王司馬倫相國參軍。倫誅，坐徙邊，遇赦，成都王司馬穎薦為平原內史。太安（302—304）初穎與河間王顒起兵討長沙王乂，陸機任後將軍、河北大都督，兵敗河橋。孟玖譖於成都王穎，機與弟雲並遭誅戮。

陸機天才秀逸，辭藻宏麗，張華嘗謂曰：「人之為文常患才少，而子更患其多。」葛洪著書稱：「機文猶玄圃之積玉，無非夜光焉；五河之吐流，泉源如一焉。其弘麗妍贍，英銳飄逸，亦一代之絶乎。」今存文七十四篇，收錄於嚴可均《全上古三代秦漢三國六朝文》；詩近百首，收錄於逯欽立《先秦漢魏晉南北朝詩》。

評語

1. 孫鑛：「余壬申歲讀此文，遂稍悟文機。蓋只是從旁指說，更不細述根由，所以便覺其跌蕩勁快。凡文字最忌煩瑣，此亦一時偶解。」
2. 何焯：「當時之體，然確切動聽。」
3. 邵長蘅：「文體圓折，有似連珠，舒緩自然，自是對偶文字之先聲。聲韻未得而氣淳力厚，未易到也。」
4. 方廷珪：「按大意，總見古來功高位重，雖聖賢處之，尙多疑謗，懼不克終，況僥倖一時之功，翹然自負，睥睨神器，把持朝野，不知辭寵去勢，慮患防危。怨毒既盈，凶禍立至，位其可恃乎？篇中將功不可獨專、位不可自擅二意，夾行到底。宏論崇議，有上下古今之識，有馳騁一世之才。冏獨不悟，復蹈趙王倫之覆轍也。噫！」

賞析

司馬冏矜功自伐，受爵不讓，因而敗亡。陸機於是撰寫〈豪士賦〉，表達諷諭之意。本文就是〈豪士賦〉的序言。全文由五段文字組成，構成起、承、轉、結的文章格局。首段起筆，說明庸人逢遇時勢，也可以成功，而其所立之功並不足以矜誇。第二段屬承筆，論證功高位重之地，實不易居之理。第三段和第四段屬轉筆，開展兩層議論。其一，功高位重之地，聖賢處之，尙且遭受懷疑誹謗，更何況是矜功怙位的凡庸之輩呢。其二，眞正的豪士必以功名過己、寵祿踰量自我警惕。第五段強調豪士應超然引退，揭示作賦諷諭之旨趣。

陸機的議論手法靈活多變，而且深具說服力。例如第一段主旨是「庸人遇時，亦可以成功」。作者先發議論：「夫立德之基有常……豐約唯所遭遇。」然後再用「落葉俟微風以隕，而風之力蓋寡」、「孟嘗遭雍門而泣，而琴之感以末」兩組喻依，闡述其議論。最後收束本段。

到了第二段，主旨是「功高位重之地，實不易居」。作者調整筆法，先事引證：「歷觀古今，徼一時之功而居伊周之位者有矣。」再發兩層議論：其一，「夫我之自我……任出才表者哉？」其二，天（君王）不可讎。然後就「天（君王）不可讎」之理，列舉任章的「袨服荷戟」，行刺皇帝；陳涉的「援旗誓眾」，起義反秦等例證，來警惕像司馬冏那樣「代主制命，自下裁物」的輔政大臣。最後再襯一筆：「廣樹恩不足以敵怨，勤興利不足以補害。」蓄足文勢，以為收束。

至於第三段，則是先舉召公不滿於周公、魏相側目於霍光的歷史事例，說明「功高位重之地，聖賢處之，尚且遭受懷疑誹謗」之理，然後加以申論（「光於四表……傾側顛沛，僅而自全」）、承論（「伊生抱明允以嬰戮，文子懷忠敬而齒劍，固其所也」），再逼進一層，反詰作收：「況乎運短才而易聖哲所難者哉？」凡此皆其議論之特色也。

問題與討論

1. 本文何以是「對偶文字之先聲」（邵子湘語）？
2. 試舉例說明本文議論之寫作手法。
3. 功高位重，輔君治國之大臣，應如何自處？

文章習作

1. 請以文言行文，舉例闡述「代大匠斲，必傷其手」之義。
2. 試以淺近之文言，說明本文之結構，文長以二百字為限。

附錄

1. 陸機〈豪士賦〉

歐陽詢《藝文類聚》：「世有豪士兮，遭國顛沛。攝窮運之歸期，嘗眾通之所會。苟時至而理盡，譬摧枯與振敗。因天地以運動，恒才巢而功大。於是禮極上典，服盡暉崇。儀北辰以葺宇，實蘭室而桂宮。撫玉衡於樞極，運萬物乎掌中。伊天道之剛健，猶時至而必督。日罔中而弗戾，月何盈而不闕。襲覆車之危軌，笑前乘之去穴。若知險而退止，趨歸蕃而自戢。推璇璣以長謝，顧萬邦而高揖。託浮雲以邁志，豈咎吝之能集？擠為山以自隕，歎禍至於何及。」（案：今存〈豪士賦〉僅此一段，或非完整之原文。）

2.陸機生平事蹟

《晉書．陸機傳》：「陸機，字士衡，吳郡人也。祖遜，吳丞相。父抗，吳大司馬。機身長七尺，其聲如鐘。少有異才，文章冠世。服膺儒術，非禮不動。抗卒，領父兵為牙門將。年二十而吳滅，退居舊里，閉門勤學，積有十年。……至（晉武帝）太康（280－289）末，與弟雲俱入洛，造太常張華。華素重其名，如舊相識，曰：『伐吳之役，利獲二俊。』又嘗詣侍中王濟，濟指羊酪謂機曰：『卿吳中何以敵此？』答云：『千里蓴羹、末下鹽豉[86]。』時人稱為名對。張華薦之諸公。

後太傅楊駿辟為祭酒。會駿誅，累遷太子洗馬、著作郎。……吳王晏出鎮淮南，以機為郎中令。遷尚書中兵郎，轉殿中郎。趙王倫輔政，引為相國參軍。……倫將篡位，以為中書郎。倫之誅也，齊王冏以機職在中書，九錫文及禪詔，疑機與焉，遂收機等九人付廷尉。賴成都王穎、吳王晏並救理之，得減死，徙邊，遇赦而止。

初，機有駿犬，名曰黃耳，甚愛之。既而羈寓京師，久無家問，笑語犬曰：『我家絕無書信，汝能齎書取消息不？』犬搖尾作聲。機乃為書，以竹筩盛之，而繫其頸。犬尋路南走，遂至其家，得報還洛。其後因以為常。

時中國多難，顧榮、戴若思等咸勸機還吳。機負其才望，而志匡世難，故不從。（齊王）冏既矜功自伐，受爵不讓，機惡之，作〈豪士賦〉以刺焉。其〈序〉曰：『夫立德之基有常……。』冏不之悟，而竟以敗。……。

86　案：王楙《野客叢書》：「或者謂千里、末下皆地名。」豉，音ㄔˇ，以煮熟之大豆發酵製成，供調味之用。

時成都王穎推功不居，勞謙下士。機既感全濟之恩，又見朝廷屢有變難，謂穎必能康隆晉室，遂委身焉。穎以機參大將軍軍事，表為平原內史。（惠帝）太安（302—304）初，穎與河間王顒起兵討長沙王乂，假機後將軍、河北大都督，督北中郎將王粹、冠軍牽秀等諸軍二十餘萬人。機以三世為將，道家所忌，又羈旅入宦，頓居群士之右，而王粹、牽秀等皆有怨心，固辭都督。穎不許。機鄉人亦勸機讓都督於粹，機曰：『將為[87]吾為首鼠避賊，適所以速禍也。』遂行。穎謂機曰：『若功成事定，當爵為郡公，位以臺司，將軍勉之矣。』機曰：『昔齊桓任夷吾以建九合之功，燕惠疑樂毅以失垂成之業。今日之事，在公不在機也。』穎左長史盧志心害機寵，言於穎曰：『陸機自比管、樂，擬君闇主，自古命將遣師，未有臣陵其君而可以濟事者也。』穎默然。

機始臨戎而牙旗折，意甚惡之。列軍自朝歌至於河橋，鼓聲聞數百里，漢、魏以來，出師之盛，未嘗有也。長沙王乂奉天子與機戰於鹿苑，機軍大敗，赴七里澗而死者如積焉，水為之不流。將軍賈棱皆死之。

初，宦人孟玖弟超並為穎所嬖寵。超領萬人為小都督，未戰，縱兵大掠。機錄其主者。超將鐵騎百餘人直入機麾下，奪之，顧謂機曰：『貉奴[88]，能作督不？』機司馬孫拯勸機殺之，機不能用。超宣言於眾曰：『陸機將反。』又還書與玖言：『機持兩端，軍不速決。』及戰，超不受機節度，輕兵獨進而沒。玖疑機殺之，遂譖機於穎，言其有異志。……穎大怒，使秀密收機。其夕，機夢黑幰繞車，手決不開。天明，而秀兵至。機釋戎服，著白帢，與秀相見，神色自若，謂秀曰：『自吳朝傾覆，吾兄弟宗族蒙國重恩，入侍帷幄，出剖符竹。成都命吾以重任，辭不獲已。今日受誅，豈非命也？』因與穎牋，詞甚悽惻。既而歎曰：『華亭鶴唳，豈可復聞乎？』遂遇害於軍中，時年四十三。」

---

87 為：《晉書斠注》引周家祿《校勘記》：「上『為』當作『謂』。」
88 貉奴：魏晉六朝時，北人罵江東人語。貉，音ㄇㄛˋ。

3.九錫

《韓詩外傳》：「諸侯之有德，天子錫之。一錫車馬，再錫衣服，三錫虎賁，四錫樂器，五錫納陛，六錫朱戶，七錫弓矢，八錫鈇鉞，九錫秬鬯，謂之九錫也。」

崔成宗編撰

4. 閑情賦並序

陶潛

選文

初，張衡作〈定情賦〉[1]，蔡邕作〈靜情賦〉[2]，檢逸辭而宗澹泊[3]，始則蕩以思慮，而終歸閑正[4]。將以抑流宕之邪心[5]，諒[6]有助於諷諫。綴文[7]之士，奕代繼作[8]，並因觸類[9]，廣其辭義[10]。余園閭[11]多暇，復染翰[12]爲之。雖文妙[13]不足，庶不謬[14]作者之意乎！

---

1 張衡（78－139）：字平子，南陽西鄂（今河南南陽市石橋鎮）人，東漢文學家、科學家，所作〈定情賦〉，殘文見《藝文類聚》卷十八：「夫何妖女之淑麗，光華豔而秀容。」

2 蔡邕（133－192）：字伯喈，陳留圉（今河南開封市陳留鎮）人，東漢文學家、書法家。權臣董卓當政時拜左中郎將，故人稱「蔡中郎」。所作〈靜情賦〉，又名〈檢逸賦〉，殘文見《藝文類聚》卷十八：「夫何姝妖之媛女，顏煒燁而含榮。」

3 檢：約束、收斂、限制。逸辭，放蕩之文辭。宗，尊重。澹泊，恬淡寡欲。

4 始、終：指鋪陳此「賦」構思、想像之前後過程，起先放縱，最後以從容大方之閒雅作結。

5 抑流宕之邪心：壓制遏止放蕩淫邪之心。

6 諒：信也。

7 綴文，作文。綴，連綴。

8 奕代，累世。繼作，何孟春注：「賦情始楚宋玉，漢司馬相如、平子、伯喈繼之為〈定〉、〈靜〉之辭。而魏則陳琳、阮瑀作〈止欲賦〉，王粲作〈閑邪賦〉，應瑒作〈正情賦〉，曹植作〈靜思賦〉，晉張華作〈永懷賦〉，此靖節所謂『奕世繼作，並因觸類，廣其辭義』者也。」

9 觸類：因心思相類似而有感受。

10 廣其辭義：在文辭和內容形式等方面加以擴大發揮。

11 園閭，指田舍。閭，里巷之大門。

12 染翰：濡筆。

13 文妙：文辭優美深刻，指文采或才華。

14 庶不謬：庶，庶幾，即大概、希望之意。不謬，不違背。

夫何瓌逸之令姿[15]，獨曠世以秀群[16]。表傾城之豔色[17]，期有德於傳聞[18]。佩鳴玉[19]以比潔，齊幽蘭以爭芬。淡柔情於俗內，負雅志於高雲[20]。悲晨曦之易夕，感人生之長勤[21]；同一盡於百年，何歡寡而愁殷[22]！褰朱幃而正坐，汎清瑟以自欣[23]。送纖指之餘好，攘皓袖之繽紛[24]。瞬美目以流盼，含言笑而不分[25]。

曲調將半，景落西軒[26]。悲商叩林[27]，白雲依山。仰

---

15 瓌逸：瓌，奇偉、珍貴。逸，超邁。令，美好，美妙。

16 曠世，世所未有。秀群，超群出眾。

17 表，外表，外貌。傾城，一城之人皆為之傾倒。形容女子容貌極美。《漢書·外戚傳》：「北方有佳人，絕世而獨立。一顧傾人城，再顧傾人國。」

18 期，希望，追求。有德於傳聞，將美好之品德傳揚。

19 佩，佩戴。鳴玉，古人佩戴在身上之玉飾，步行時相擊發出清脆悅耳之聲音，故稱曰「鳴玉」。齊，並列，等量。

20 淡，輕視。俗內，世俗之內。言情愫淡薄，拔出流俗。負，懷抱，具有。雅志，高雅脫俗之志。

21 長勤，長期愁苦，充滿憂勞。《楚辭·遠遊》：「惟天地之無窮兮，哀人生之長勤。」

22 同一，同樣，相同。殷，多。

23 褰，揭起，拉開。朱幃，紅色之幔帳。汎，通「泛」，謂彈奏也。徐時綺《綠綺新聲》謂其指法為：「右手扣弦，左手輕拂著弦而應。」清瑟：清越之瑟聲。瑟屬撥弦樂器，形似古琴，通常有二十五弦。

24 送，舒放或傳送出。纖指，柔細之手指。餘好，美妙不盡，指瑟聲嫋嫋不絕。攘，撩起，挽起。曹植〈美女篇〉：「攘袖見素手，皓腕約金環。」繽紛，衣袖飄動貌，喻美態紛呈。

25 瞬，目光轉動。流眄，轉動眼眸斜視。含言笑而不分：似言非言，似笑非笑，分辨不清。意謂總是面帶微笑。宋玉〈神女賦〉：「含然若其不分兮。」

26 景，日光。張載〈七哀〉詩：「朱光馳北陸，浮景忽西沉。」軒：窗。

27 悲商，悲涼之秋風聲。商，為五音之一，屬西方。古人以徵、角、商、羽配四季。《禮記·月令》：「孟秋之月，其音商。」叩林，吹動林木。

睇天路，俯促鳴弦[28]。神儀嫵媚，舉止詳妍[29]。激清音以感余，願接膝以交言[30]。欲自往以結誓，懼冒禮之爲愆[31]。待鳳鳥以致辭，恐他人之我先[32]。意惶惑而靡寧，魂須臾而九遷[33]：

願在衣而爲領，承華首之餘芳[34]；悲羅襟之宵離，怨秋夜之未央[35]！願在裳而爲帶，束窈窕之纖身[36]；嗟溫涼之異氣，或脱故而服新[37]！願在髮而爲澤，刷玄鬢於頹肩[38]；悲佳人之屢沐，從白水以枯煎[39]！願在眉而爲黛，隨瞻視以閒揚[40]；悲脂粉之尚鮮，或取毀於華妝[41]！

---

28 睇，凝視，流盼。天路，天上之路，此泛指天空。《三國志・魏志・陳思王植傳》注：「植常為瑟調歌辭曰：『自謂終天路，忽焉下沉淵。』」《晉書・束皙傳》：「徒屈蟠於坎井，眄天路而不遊。」俯促，低頭急彈。促，迫也。

29 神儀，神情儀態。嫵媚，姿態美好可愛。詳妍，安詳美妙。

30 激發，指彈奏。接膝，促膝，挨近而坐。交言，交談。

31 結誓，訂立相愛之誓約。冒禮，冒犯禮法。諐（音ㄑㄧㄢ），同「愆」，過錯。

32 致辭，說媒。我先，先於我。傳說帝嚳高辛氏託鳳凰為媒，傳送聘禮，娶得簡狄。屈原《離騷》：「鳳凰既受詒兮，恐高辛之先我。」

33 惶惑，疑懼。《漢書・王嘉傳》：「道路讙嘩，群臣惶惑。」靡寧，不寧，不安。須臾，片刻，頃刻之間。九遷，屢變。九，喻多也。

34 華首，美麗頭面。餘芳，散發出芳香。

35 羅襟，羅衣，絲綢縫製之衣服。宵離，指夜間脫去羅衣。未央，未盡，指秋夜長。

36 裳，下身之衣服，即裙。《詩經・邶風・綠衣》：「綠衣黃裳。」毛傳：「上曰衣，下曰裳。」帶，裙帶。窈窕，美好貌。纖身，苗條之身材。此指細腰。

37 嗟，感歎。溫涼，冷暖。異氣，不同之節氣、氣候。脫故，脫去舊衣。服新，換上新衣。服，穿也。

38 澤，膏澤，指髮膏。玄鬢，黑髮。頹肩，自然下垂而瘦削之雙肩。古代女子雙肩以瘦削為美。曹植〈洛神賦〉：「肩若削成，腰如約素。」

39 屢沐，經常洗髮。枯煎，枯乾。

40 黛，青黑色顏料，古之女子用以畫眉。閑揚，言眉目安閒而優雅地揚起。

41 尚鮮，講究鮮豔。取毀，被毀。指被遮掩或抹掉。華妝，華豔之梳妝。

願在莞而爲席，安弱體於三秋[42]；悲文茵之代御，方經年而見求[43]！願在絲而爲履，附素足以周旋[44]；悲行止之有節，空委棄於床前[45]！願在晝而爲影，常依形而西東；悲高樹之多蔭，慨有時而不同[46]！願在夜而爲燭，照玉容於兩楹[47]；悲扶桑之舒光，奄滅景而藏明[48]！願在竹而爲扇，含淒飆於柔握[49]；悲白露之晨零，顧襟袖以緬邈[50]！願在木而爲桐，作膝上之鳴琴；悲樂極以哀來，終推我而輟音[51]！

考所願而必違，徒契契以苦心[52]。擁勞情而罔訴，

---

42 莞，音ㄍㄨㄢ，植物名，俗名水蔥、席子草。亦指蕪草所編之席。《詩經・小雅・斯干》：「下蕪上簟，乃安斯寢。」弱，纖弱柔美。三秋，秋季。秋季三個月，故稱。

43 文茵，原指車上之虎皮坐墊。《詩經・秦風・小戎》：「文茵暢轂。」此指有花紋之皮褥。代御，代用，替換使用。御，用。經年，經過一年。見求，被需求，即被用。

44 履，鞋。附，依附。素足，白腳。周旋，轉動，移動，此指進退之動作。

45 行止，行走與停息，此指行動，屬偏義複詞。有節，有一定之節度限制。委棄，拋棄，棄置。

46 不同，不同在，不在一起，即分開。

47 玉容，如玉之容顏。形容貌美。陸機〈擬古詩〉：「玉容誰能顧，傾城在一彈。」《古詩十九首》之十二：「燕趙多佳人，美者顏如玉。」楹，廳堂前部之柱子。此指放燈燭之處。

48 扶桑，傳說日出之處，此指太陽。舒光，舒展光輝，放出光芒。奄，忽然。景，同「影」，指燭影。藏明，指燭光被熄滅。

49 淒飆，涼風，冷風。柔握，握於柔軟纖細之手掌中。

50 晨零，早晨降落。顧，顧念，想念。緬邈，遙遠。意謂白露節至則遠棄不用，不得與之親近。

51 輟，中斷，停止。

52 考，考慮，思量。違，違背心願。契契，愁苦貌。《詩經・小雅・大東》：「契契寤歎，哀我憚人。」

步容與於南林[53]。棲木蘭之遺露，翳青松之餘陰[54]。儻行行之有覿，交欣懼於中襟[55]；竟寂寞而無見，獨悁想以空尋[56]。斂輕裾以復路，瞻夕陽而流歎[57]。步徙倚以忘趣，色慘懍而矜顏[58]。葉燮燮以去條，氣淒淒而就寒[59]，日負影以偕沒，月媚景於雲端[60]。鳥悽聲以孤歸，獸索偶而不還。悼當年之晚暮，恨茲歲之欲殫[61]。思宵夢以從之，神飄颻而不安[62]；若憑舟之失櫂，譬緣崖而無攀[63]。

於時畢昴盈軒，北風淒淒[64]；炯炯不寐，眾念徘

53 擁，懷抱，充滿。勞，憂愁。《詩經・邶風・燕燕》：「實勞我心。」勞情，苦心。罔訴，無處訴說。罔，無。容與，徘徊不進貌。
54 棲，居住，停留。木蘭，植物名。《楚辭・離騷》：「朝飲木蘭之墜露兮，夕餐秋菊之落英。」遺露，垂露，殘露。翳，障蔽，遮蓋。
55 儻，同「倘」，倘或、倘若、如果，推測之間，表示希望。行行，徘徊貌。覿，見，相見。交，交互，交織。欣懼，欣喜和懼怕。中襟，內心。
56 悁（ㄐㄩㄢ），憂愁。《詩經・陳風・澤陂》：「寤寐無為，中心悁悁。」
57 斂，收斂，提起。裾，衣服之前襟，亦稱「大襟」。候路，等候於路上。一作「復路」，按原路往回走。流歎，歎息不止。
58 徙倚，猶徘徊，流連不去。《楚辭・哀時命》：「然隱憫而不達兮，獨徙倚而彷徉。」趣，同「趨」，忘趣，不進也；意謂心神不定，不知所之。慘懍，寒冷貌；指陰寒危懼也。矜顏，臉色哀戚嚴肅。
59 燮燮，葉落聲。去條，離開樹木之枝條。淒淒，寒涼貌。就，接近，靠近。
60 日負影，太陽帶其光影。偕沒，一同隱沒、消失。月媚景，月亮明媚可愛之光影。
61 悼，哀傷。當年，正當年，指壯年。晚暮，遲暮。屈原《離騷》：「惟草木之零落兮，恐美人之遲暮。」茲歲，今年。殫，盡。
62 宵夢，夜夢。之，指美女。飄颻，飄蕩恍惚貌。
63 憑舟，乘船。棹，船槳。緣，攀緣。無攀，沒有可供憑藉之物向上爬。
64 畢、昴，為二十八宿中之二星名，此代指群星。盈，滿。軒，窗戶。

徊[65]。起攝帶以伺晨，繁霜粲於素階[66]。雞斂翅而未鳴，笛流遠以清哀[67]；始妙密以閒和，終寥亮而藏摧[68]。意夫人之在茲，托行雲以送懷[69]；行雲逝而無語，時奄冉而就過[70]。徒勤思以自悲，終阻山而滯河[71]。迎清風以祛累，寄弱志於歸波[72]。尤〈蔓草〉之爲會，誦《邵南》之餘歌[73]。坦萬慮以存誠，憩遙情於八遐[74]。

---

65 炯炯，猶「耿耿」，目光不安貌，形容心中不能寧靜；另說，明亮。眾念徘徊，謂各種念頭縈繞心中。

66 攝帶，束帶，指穿衣。伺晨，等待天亮。素階，白色臺階。

67 笛流遠，笛聲悠揚，傳得很遠。清哀，清揚哀婉。

68 妙密，美妙而細膩。閑和，閒雅平和。寥亮，同「嘹亮」，形容聲音清越高遠。向秀〈思舊賦序〉：「鄰人有吹笛者，發聲寥亮。」藏摧，同「摧藏」，言極度悲傷。《古詩為焦仲卿妻作》：「未至二三里，摧藏馬悲哀。」

69 意，料想，猜度之辭。夫人，那個人。指所思慕之女子。在茲，在此。托行雲以送懷，寄託行雲以傳送思慕之情懷。《楚辭．思美人》：「願寄言於浮雲兮，遇豐隆而不將。」

70 奄冉，猶荏苒，形容時光逐漸推移。就，副詞，表示時間，相當於逐漸、隨即。

71 勤思，苦思。勤，愁苦。《楚辭．七諫．自悲》：「居愁勤其誰告兮！」阻山，為山所阻隔。滯河，為河流所滯礙。多本作「帶河」，謂河如長帶，擋住去路也。

72 祛累，消除憂累。寄弱志於歸波，謂上述愛慕之情乃多餘之雜念，意志懦弱之表現，須隨清風流水而去。

73 尤，責怪，埋怨。〈蔓草〉，指《詩經．鄭風》中〈野有蔓草〉篇。〈詩序〉謂此詩寫「男女失時，思不期而會焉。」男女偶遇田野而私下相會，此於封建時代被視為不合禮。《邵南》，指《詩經．召南》一組詩，為十五國風之一。《詩大序》曰：「《周南》、《召南》，正始之音，王化之基。」其中對男女愛情之描寫，符合封建禮教。餘歌，即餘詩，指〈草蟲〉、〈行露〉等篇皆刺男女無禮私會。

74 坦萬慮，表露複雜多端之情思。存誠，保持真誠之心。憩，休息，停止。遙情，指馳騁放蕩之思緒。八遐，猶八荒，八方極遠之地。

題解

本篇選自《陶淵明集》，乃作者循「奕世繼作，並因觸類，廣其辭義」而抒寫愛情之賦篇。《周易・乾・文言》：「閑邪存其誠。」郗超《奉法要》：「謹守十善，閑邪以誠戒也。」《說文》：「閑，闌也，從門中有木。」引申為「防」、「禦」、「閉」、「限」、「正」也。「閑情」即為正情，乃防止愛情之流於放蕩也。其中鋪陳「十願十悲」，雖曲盡麗情，深入冶態，然卻意在勸百諷一。

關於此賦撰年，一說為陶潛弱冠前之作，一說是而立之年喪偶後所作，吾意以為係陶公續弦之後，幼稚盈室，婚姻不睦，酗酒在外，精神一度出軌，經天人交戰，「眾鳥欣有託，吾亦愛吾廬。」於是仿前賢而繼作。賦中刻畫一位絕代獨秀、品德高尚之美人形象；以十大「發乎情」——想入非非之「願」，淋漓盡致抒發對伊人充滿愛情之渴望與熱烈之心理追求；但最後表示絕不做有違心志之苟合，而要摒除萬種思慮，使情感超越塵俗，自由馳騁，並以「止乎禮」之十大「悲」，做圓融妥善之歸結。

作者

陶潛（365？—427），原名淵明，字元亮，號五柳先生，入劉宋後改名潛，世稱靖節先生。東晉末期南朝劉宋初期詩人、文學家、辭賦家、散文家。東晉潯陽柴桑（今江西九江）人。淵明出身於破落仕宦家庭。曾祖父陶侃，是東晉開國元勳，軍功顯著，官至大司馬，都督八州軍事，荊、江二州刺史，封長沙郡公。淵明曾任江州祭酒、建威參軍、鎮軍參軍、彭澤縣令等，後棄官歸隱。陶公與世長辭後，安葬於今江西省九江與星子兩縣交界之面陽山下，清乾隆元年陶姓後裔曾重修其墳。

評語

關於此篇賦作之主旨與作用，歷來眾說紛紜，褒貶不一。茲迻錄如下：

1. 南朝梁・蕭統《陶淵明集・序》批評〈閑情賦〉曰：「余愛嗜其文，不能釋手；尚想其德，恨不同時。故更加搜求，粗為區目。白璧微瑕者，惟在〈閑情〉一賦。揚雄所謂勸百諷一者，卒無諷諫，何必搖其筆端？惜哉，無是可也！」昭明太子以爲陶公一生高尚其志，耿介清脫，大不必寫出如是兒女私情之作。

2.宋・蘇軾則認爲：「淵明〈閑情賦〉，正所謂《國風》『好色而不淫』，正使不及《周南》，與屈、宋所陳何異？而統乃譏之，此乃小兒強作解事者。」此論一出，和者甚眾。王觀國、張自烈、毛先舒、閻若璩、何文煥、邱嘉穗、陳沆、劉光賁等，咸附和之，而異口同聲批判昭明「白璧微瑕」之評爲識見淺陋。

3.清・方東樹《續昭昧詹言》曰：「昔人謂正人不宜作豔詩，此說甚正，……如陶淵明〈閑情賦〉，可以不作。後世循之，眞是輕薄淫褻，最誤子弟。」

4.清・孫人龍《陶公詩評註初學讀本》云：「古人以美人比君子，公亦猶此旨耳。昭明以『白璧微瑕』議此賦，似可不必。意本《風》、《騷》，自極高雅。所謂發乎情，止乎禮義者，非歟！逐層生發，情致纏綿，終歸閑正。何云『卒無諷諫』耶？」

5.魯迅《且介亭雜文二集》嘗指出：「此賦愛情自由的大膽，《文選》不收陶潛此賦，掩去了他也是一個既取民間〈子夜歌〉意，而又拒以聖道的遇士。」

6.錢鍾書《管錐編》對鍾嶸《詩品》將陶潛屈居「中品」，深不以爲然，曰：「竊謂嶸屈陶潛、鮑照居中品，魏武居下品，最遭後世非議。……嶸於陶潛均非知音。」而錢氏對昭明太子《陶淵明集・序》首推陶潛文章「不群超類」，則大加讚賞，推許蕭統「衡文具眼，邁輩流之上，得風會之先。又或月旦文苑，未可識英雄於風塵草澤之中，相騏驥於牝牡驪黃以外，而能於藝事之全體大用，高矚周覽，冀結所在，談言微中，俟諸後世，其論不刊。」但對蕭統所詆：「白璧微瑕，惟在〈閑情〉一賦」之論，卻持否定態度。賦曰：「瞬美目以流眄，含言笑而不分。」意謂漂亮之目光，好像說話，眼眉飛動，又似有愛意或好感。錢氏說：陶潛以前，未見有此刻畫，莎士比亞劇（即《特洛伊羅斯與克瑞西達》）女角云：「咄咄！若人眼中、頰上、唇邊莫不欲言，即其足亦解語。」此即今人常言之「會說話的眼睛」；因而謂：此乃心爲情本，眼是心媒，飛眼擲心，魂與色授之情狀也。

7.周勳初、許結認爲：在陶淵明一生中，出仕與歸隱之矛盾，長期曲折地纏繞其心靈，他在尋求解脫卻又往往陷入不可能解脫之中。〈閑情賦〉正是這種矛盾心態之藝術寫照。這是一篇神采豐盈、旨趣深邃、文情並茂、抒情詠志之賦章，充滿上下求索之微意。

8.案：蘇軾之評確當，惜未直接道出個中眞諦，而含蓄近乎朦朧，頗有煙掩水障之感。許是懼惹事端，不願合盤托出，故引而未發也。〈閑情賦〉與陶潛之前〈感士不遇賦〉爲言志陳情之姊妹作。此乃非常要緊處，內證充分。表現於二賦之序，有三方面：其一，前者開首曰：「昔董仲舒作〈士不遇賦〉，司馬子長又爲之。」後者開首則曰：「初張衡作〈定情賦〉、蔡邕作〈靜情賦〉，……。」其二，前者曰：「余嘗以三餘之日，講習之暇，讀其文，慨然惆悵。」後者曰：「余園閭多暇，……。」其三，前者曰：「撫卷躊躇遂感而賦之。」後者曰：「復染翰爲之。」比照三方面，何相似乃爾？足證其先後之緊密關聯也。此賦在藝術特徵上一反古樸淡雅之風，竭力追求鋪排與藻飾，且沿襲「曲終奏雅」之結構形式。賦中，陶公所有筆墨全在描畫對一位絕代佳人無限眷戀之情，直至篇末才輕描淡寫地否定自己沉溺男女私情之不當。人或以爲上下文矛盾，殆構思慮有弗周，或以爲作者必另有隱曲？愚以爲愛美乃人之天性，人非生而爲聖，連復聖顏回偶爾亦有錯誤之念頭，及時改正仍不失爲聖人。從陶公〈形影神〉組詩，可知形、影、神三者之對話，分別代表作者思想中三種互相矛盾之人生觀。要之，〈閑情賦〉等同〈形影神〉組詩，乃陶公解剖自己思想並求得解決之紀錄；倘進而謂陶公此賦乃在刻畫並塑造類乎後世小說、戲曲人物之心理矛盾和劇情衝突，似亦未爲不可。魯迅對此賦敢於突破封建禮教束縛，筆致風趣，曾加以稱賞云：「那些胡思亂想的自白，究竟是大膽的。」

賞析

〈閑情賦〉在《陶淵明集》中別具一格，實乃「抒情寫志」，正如作者序中所言：「將以抑流宕之邪心，諒有助於諷諫。」是防閑愛情流宕，充滿上下求索之意。全篇前十五句爲一段，屬序文；其後爲賦，凡一百二十二句，可分爲五段。

在序中，淵明交代主觀動機：一、此篇是模仿〈定情賦〉與〈靜情賦〉而作。二、淵明認爲定、靜二賦之感情是由逸至澹，由蕩至正，其主旨是抑流宕而有助諷諫。三、奕代之繼作皆廣其辭義，亦即不離原作之基本旨意而又有所發揮，己之所作，正亦如此。且明示其賦不謬張衡、蔡邕之原意。四、此篇賦係在「園閭多暇」之際所寫。以上即文章命意之重要依據。

賦之前二十六句，亦即第二段與第三段之半：「夫何瓌逸之令姿，獨曠世以秀群。……神儀嫵媚，舉止詳妍。」可稱作「引」，層層套疊，步步深入描繪瓌奇超邁、美豔動人、空前獨秀之絕代佳人，凡此刻畫乃「余」耳聞目睹，即作者情志人格化、形象化，感於中而形於外所抒發者，由佳人之令姿、德操、柔情及雅態而明「余」動情之因。既是陶公之自喻，亦爲其熾熱情感之美好追求與嚮往。

緊接以九十二句之篇幅寫「余」，由動情而溺於情，終困於情。淵明在此充分展示鋪陳排比之賦體特徵，回環往復表白溺於情後患得患失之心緒，極其眞實。

「激清音以感余，願接膝以交言。……意惶惑而靡寧，魂須臾而九遷。」將其對佳人動心之後，欲前還卻，畏冒犯禮法，欲託媒妁提親，又怕他人捷足先登，於是惶恐迷惑、忐忑不安矣。

第四段用一連串暗示性之譬喻，表現對愛情企求之熱烈，以及對愛情失意之擔憂。此段中十「願」大膽離奇之虛幻設想描繪，貫通其熾熱之感情，鋪陳其對佳人之依戀，橫陳不平之機遇。每一追求均以「願」字從心坎發出，表現情之堅貞、委婉與隱忍。作者幻想與伊人日夜相處，形影不離，甚至變成各種女子喜愛之器物，附著在美人身上，情感不可遏止，已達如癡如醉如狂之地步。然而每一願望都無法實現永不分離之目的，最後必又引出相應之「悲」字作結，十「悲」，表示其人生坎坷、壯志難酬之哀苦情懷，與生活實際相符而非憑空設境，處處契合「余」對佳人之心許神會。於是由「願」得「悲」，以虛生實，一起一落，一揚一抑，使全賦在情感起伏與語調流動上形成強烈之節奏感，並將「余」一面激情澎湃，一面又將悱惻纏綿之非「閑」之情宣洩淋漓盡致，讀來令人迴腸盪氣，感慨萬千。

第五段與第六段前十八句：「考所願而必違，徒契契以苦心。……迎清風以袪累，寄弱志於歸波。」集中寫愛情追求中之猶豫不決與流連悵惘之矛盾心情。最後以「發乎情止於禮」之思想來解脫苦悶，使愛情歸於閑情閉止。表示一切希望皆成泡影，回首往事，既感五彩繽紛，又覺落漠凄涼，於是夜不能寐，在眾態徘徊之迷惘中，以防閑之意結束全賦。

賦之最後四句：「尤〈蔓草〉之爲會，誦《邵南》之餘歌。坦萬慮以存誠，憩遙情於八遐。」係爲情作結，求從情中解脫，但讀來卻似了未了，餘味無窮。

問題與討論

1. 關於〈閑情賦〉之主旨，歸結歷來爭議焦點，主要有二派：一為此賦並無寄託，純為愛情描寫，故可名之為「愛情説」；一則為有寄託，繼承楚騷「香草美人」之傳統，故可名之為「比興説」。此二説其優劣得失如何？試評論之。
2. 〈閑情賦〉是否有押韻？賦與駢文之最大差異何在？
3. 請就〈閑情賦〉十願與十悲，和今人所撰：「願生小而為犬，臥美人之酥胸；悲公子之橫奪，恐失寵而難容。」作一優劣之比較。

文章習作

〈閑情賦〉表現人間之至性眞情，展示出人性之威力，其中尤以十願與十悲，構思奇特，抒情縝密，對人物之心理刻畫細緻入微，生動傳神，絲絲縷縷，充滿張力，如波瀾層層相疊，高潮處洶湧奔騰，回落時仍有暗流洄盪，綿延起伏，終而不絕，體現濃厚之浪漫主義思想風格，充分突顯陶潛極大之創造才華與能力。試仿其筆法書寫三則。

附錄

1.宋・俞文豹《吹劍四錄》、張宗祥《吹劍錄全編》云：「張衡作〈定情賦〉，蔡邕作〈靜情賦〉，淵明作〈閑情賦〉，蓋尤物能移人，情蕩則難反，故防閑之。」
2.清・邱嘉穗《東山草堂陶詩箋》云：「其賦中『願在衣而為領』十段，正脫胎〈同聲歌〉中『莞簟衾幄』等語意，而吳競《樂府題解》所謂『喻當時七君子事君之心』是也。《詩》曰：『云誰之思，西方美人。』朱子謂『托言以指西周之盛王』，如《離騷》『恐美人之遲暮』，亦以美人目其君也。此賦正用此體。」案：邱氏以〈閑情賦〉為寄寓政治抱負之作品，牽強附會，蓋賦雖描寫美人，但並非美人一定寄寓聖君而言也。
3.錢鍾書《管錐編》謂六朝樂府〈折楊柳〉：「腹中愁不樂，願作郎馬鞭。出入環郎臂，蹀座郎膝邊。」劉希夷〈公子行〉：「願作輕羅著細腰，願為明鏡分嬌面。」裴諴〈新添聲楊柳枝詞〉之一：「願作琵琶槽那畔，得他長抱在胸前。」和凝〈何滿子〉：「卻愛藍羅裙子，羨他長束纖腰。」黃損〈望江南〉：「平生願，願作樂中箏；得近佳人纖手子，砑羅裙上放嬌聲，便死也為榮。」明人樂府吳調〈掛枝兒・變好〉：「變一隻繡鞋兒，在你金蓮上套；變一領汗衫兒，與你貼肉相交；變一個竹夫人，在你懷兒裏抱；變一個主腰兒，拘束著你；變一管玉簫兒，在你指上調；再變上一塊的香茶，也不離你櫻桃小。」潛乃筆墨酣飽矣，祖構或冥契者不少。

陳慶煌編撰

5. 爲宋公修張良廟教

傅亮

選文

綱紀[1]：夫盛德不泯，義存祀典[2]；微管之歎，撫事彌深[3]。張子房道亞黃中，照鄰殆庶[4]；風雲玄感，蔚爲

1　綱紀，「綱紀」典出：《詩經・大雅・棫樸》：「勉勉我王，綱紀四方。」鄭箋：「以網罟喻為政，張之為綱，理之為紀。」綱紀即治理也。《資治通鑑・晉明帝太寧二年》胡三省注：「綱紀，綜理府事者也。」早在漢、魏、兩晉時，即以之作為對公府、州、郡屬吏中高級官員之總稱。《晉書・徐邈傳》載邈〈與范寧書〉云：「足下選綱紀必得國士，足以攝諸曹。」大致漢以功曹、五官掾為郡國之綱紀，有時也包括主簿在內。後州牧權重，其主要屬吏別駕、治中亦稱綱紀。魏、晉均沿此稱謂。李善注曰：「綱紀，謂主簿也。教，主簿宣之，故曰綱紀，猶今詔書稱門下也。 虞預《晉書》：『東平主簿王豹白事齊王曰：況豹雖陋，故大州之綱紀也。』」

2　盛德不泯：《左傳・昭公八年》：「陳公子招歸罪於公子過而殺之。……晉侯問於史趙曰：『陳其遂亡乎？』對曰：『未也。』公曰：『何故？』對曰：『……臣聞盛德必百世祀，虞之世數未也。繼守將在齊，其兆既存矣。」《禮記・祭法》曰：「非此族也，不在祀典也。」《詩經・毛傳》曰：「泯，滅也。」

3　微管：《論語・憲問》：子曰：「管仲相桓公，霸諸侯，一匡天下，民到於今受其賜。微管仲，吾其被髮左衽矣。」「微」，無也，「微管」即沒有管仲。撫事彌深：追思往事，記憶更加深刻。

4　「張子房」句：案：子房乃張良之字，其「道」為易道，亦即「一陰一陽之謂道」，屬陰陽哲學。《周易・坤・文言》曰：「君子『黃』中通理，正位居體。」亞，次也，意指「君子之道」僅次於「坤」卦「上六」而居第二——「六五」之爻位，黃為坤地之色，中即中和；「道亞黃中」蓋謂：張良行事體現六五爻德，通曉中和之理，雖得「五」至尊之正位，而甘居從屬之下體。照鄰：照，核對，亦即對照也；照鄰乃對照「乾」卦，與其相同爻位之九「五」爻辭：「飛龍在天。」《周易・乾卦・文言》：「子曰：『……雲從龍，風從虎。……本乎天者親上，本乎地者親下，則各從其類也。』」殆庶：殆：將也；庶為藏詞格，其歇後語是「幾」，庶幾，猶如近似。殆庶典出《周易・繫辭下》：「顏氏之子，其殆庶幾乎！」藉喻張良「知微知彰，知柔知剛」，大

帝師[5]。夷項定漢，大拯橫流[6]；固已參軌伊望，冠德如仁[7]。若乃交神圯上，道契商洛[8]，顯默之際，窅然難

概與顏回近似。因而生發「風雲玄感，蔚為帝師」二句，實乃用典靈活，潛氣內轉，不著痕跡，前後自然貫通，何其隱秀入化也。若直解「照鄰殆庶」為「光耀里鄰，沾溉將多」，恐未能完全概括張良運籌帷幄內，決勝千里外，為炎漢開國之偉大功業，間亦使傅季友之文采黯然失色。

5　風雲玄感：《周易・乾卦・文言》曰：「雲從龍，風從虎，聖人作而萬物覩。」《史記・留侯世家》曰：「張良者，其先韓人也。……嘗閒從容步遊下邳圯上，有一老父，……出一編書，曰：『讀此則為王者師矣。』」又：「留侯從上擊代，出奇計馬邑下，及立蕭何相國，所與上從容言天下事甚眾，非天下所以存亡，故不著。留侯乃稱曰：『家世相韓，及韓滅，不愛萬金之資，為韓報讎彊秦，天下振動。今以三寸舌為帝者師，封萬戶，位列侯，此布衣之極，於良足矣。願棄人間事，欲從赤松子遊耳。』」《河圖》曰：「黃石公謂張良，讀此為劉帝師也。」玄感，冥冥中之感覺。蔚，紛紛地。

6　夷項定漢：《廣雅》曰：「夷，滅也。」《漢書・高帝紀》：「漢王追項羽至陽夏南止軍，與齊王信、魏相國越期會擊楚，至固陵，不會。楚擊漢軍，大破之。漢王復入壁，深塹而守。謂張良曰：『諸侯不從，柰何？』良對曰：『楚兵且破，未有分地，其不至固宜。君王能與共天下，可立致也。齊王信之立，非君王意，信亦不自堅。彭越本定梁地，始君王以魏豹故，拜越為相國。今豹死，越亦望王，而君王不早定。今能取睢陽以北至穀城皆以王彭越，從陳以東傅海與齊王信，信家在楚，其意欲復得故邑。能出捐此地以許兩人，使各自為戰，則楚易敗也。』於是漢王發使使韓信、彭越。至，皆引兵來。……圍羽垓下。羽夜聞漢軍四面皆楚歌，知盡得楚地，羽與數百騎走，是以兵大敗。灌嬰追斬羽東城。」「夷項定漢」即滅亡項羽，建立漢朝。《說文》曰：「出溺為拯。」《孟子・滕文公》曰：「洪水橫流，氾濫於天下。」「大拯橫流」蓋指拯救生民於飢溺之中，而登之衽席之上。

7　固已參軌伊望：《廣雅》曰：「軌，跡也。」伊，伊尹。望，呂望。班固《典引》曰：「以冠德卓絕者，莫崇乎陶唐。」《論語・憲問》：子曰：「桓公九合諸侯，不以兵車，管仲之力也。如其仁！如其仁！」

8　若乃交神圯上：班固〈答賓戲〉曰：「齊甯激聲於康衢，漢良受書於邳圯，皆俟命而神交，匪詞言之所信。」袁宏〈三國名臣贊序〉曰：「體分冥固，道契不墜。」班固《漢書・王貢兩龔鮑傳序》：「漢興有園公、綺里季、夏黃公、甪里先生，此四人者，當秦之世，避而入商雒深山，以待天下之定也。」《史記・留侯世家》：「竟不易太子者，留侯本招此四人之力也。」

究，淵流浩瀁，莫測其端矣[9]。

塗次舊沛，佇駕留城[10]，靈廟荒頓，遺像陳昧[11]，撫事懷人，永歎寔深[12]。過大梁者，或佇想於夷門；遊九京者，亦流連於隨會[13]。擬之若人，亦足以云[14]。可改構棟宇，脩飾丹青[15]，蘋蘩行潦，以時致薦[16]。抒懷古之

---

9 顯默之際：顯默一作出仕顯達與隱居沒沒無聞解；一作顯明與玄奧解。窅然，精深貌，深遠貌。《莊子・知北遊》：「夫道，窅然難言哉！將為汝言其崖略。」浩瀁，形容水流壯闊而無涯際也。《文選・左思・吳都賦》曰：「澒溶沆瀁，莫測其深，莫究其廣。」《黃石公說・序》曰：「張良慮若源泉，深不可測也。」凡此總言張子房度量深大，不可測度。

10 塗次舊沛：漢改泗水為沛郡，又分沛郡立楚國，復置徐州，留縣即為轄區之一。《漢書・張良傳》記載：高祖要張良「自擇齊三萬」，張良曰：「始臣起下邳，與上會留，此天以臣授陛下。陛下用臣計，幸而時中，臣願封留足矣，不敢當三萬戶。」於是封張良為留侯，食邑萬戶。《左傳・莊公三年》：「凡師一宿為舍，再宿為信，過信為次。」師止曰次。《爾雅》曰：「佇，久也。」謂停久也。以上謂：道經舊日沛郡，車駕久停於留縣縣城。

11 靈廟荒頓：靈廟，亦即神廟也。范曄《後漢書》曰：「薛苞與弟子分田廬，取其荒頓者。」杜預《左氏傳注》：「頓，壞也。」「陳」，舊也。《廣雅》曰：「昧，闇也。」

12 永歎寔深：永，長也。寔，是也，與「實」通。

13 過大梁者：《史記・魏公子列傳》：「魏有隱士曰侯嬴，年七十，家貧，為大梁夷門監者。……太史公曰：吾過大梁之墟，求問其所謂夷門。夷門者，城之東門也。」《禮記・檀弓》：「趙文子與叔譽觀乎九京，文子曰：『死者如可作也，吾誰與歸？』叔譽曰：『其陽處父乎！』文子曰：『利君不忘其身，謀身不忘其友，我則隨武子乎！』」鄭玄注：「武子，士會也，食邑於隨。京當為原。」「流連」，沉醉也。

14 擬之若人：《論語・憲問》：「子曰：『君子哉！若人。』」擬，比擬。若人即這個人。《詩・毛傳》：「云，言也。」

15 可改構棟宇：構，建築也。棟宇：《易・繫辭下》：「上古穴居而野處，後世聖人易之以宮室，上棟下宇，以待風雨，蓋取諸大壯。」凡五架之屋正中曰棟，簷下曰宇，後世用以指宮室之基本結構。「丹青」：泛指彩繪也。

16 蘋蘩行潦：《左傳・隱公三年》：「君子曰：……蘋蘩薀藻之菜，……潢汙行潦之水，可薦於鬼神。」蘋：生於淺水中之隱花植物，四片小葉，合成一複葉，狀若田字。蘩，草名，俗稱白蒿。行潦，流動之水；「潦」音ㄌㄠˇ。「以時致薦」，按時進獻。

情，存不刊之烈[17]。主者施行[18]。

題解

本篇錄自《文選》卷第三十六。「教」為文體之一種，蔡邕《獨斷》曰：「諸侯言曰教。」又據裴子野《宋略》：「義熙十三年（417），高祖北伐，大軍次留城，令修張良廟。」知劉裕北伐時，嘗路經留縣，以張良為漢王劉邦開國之帝王師，而自己又姓劉，特頒教令與該縣主事者，須重修張良廟，並定時致薦，不無政治因素。傅亮代擬此文時，年約四十四歲，採駢散兼行，氣息厚重紆徐，筆意渾成勁鍊，以傳神勝，其佳處超乎字句外。

作者

傅亮（374－426），字季友，祖籍北地靈州（今陝西耀縣東南）人。西晉文學家傅咸玄孫，博涉經史，尤擅文辭，東晉末年官員。晉安帝義熙十四年（418），劉裕受封宋公。元熙二年（420），傅亮善迎劉裕企受晉禪，風示朝臣，亮悟旨，請暫還都，諷恭帝禪讓，並草呈遜位詔書，帝欣然抄寫，裕終受禪即帝位。亮遂為中書令、領太子詹事，入值中書省，專掌詔命，並因其乃宋開國元勳，封建城縣公。永初二年（421），加任尚書僕射。

永初三年（422），武帝劉裕崩，遺命亮為四位顧命大臣之一。少帝劉義符即位後，進亮為中書監、尚書令；景平二年（424），又加領護軍將軍。以少帝居喪失德，徐羨之派人弒殺，兼及廬陵王劉義真。並決意以時任荊州刺史之宜都王劉義隆為帝，亮於是率行臺至荊州治所江陵迎之來建康。義隆（宋文帝）即位後，加亮散騎常侍、左光祿大夫、開府儀同三司，更封始興郡公，亮辭讓封爵。

元嘉三年（426），文帝追論徐羨之、傅亮廢殺少帝及義真事，下詔治罪，終被誅殺，得年五十三歲，妻兒均流放至建安郡。一代章奏長才，四六初

17 抒懷古之情：抒：發洩也。懷：思念也。不刊：不被刪削，喻其永恆長久也。烈：功業。

18 主者施行：此猶今日公文通行之「期望語」，具有命令之作用。

祖，尚待大成之際，竟爾謝世，惜哉！幸有《傅光祿集》留存。

評語

1.孫梅《四六叢話》云：「起結頓挫，不蔓不支，可爲準式，後來四六文便本此種。」
2.李兆洛《駢體文鈔》引譚獻評云：「與〈薦譙元彥表〉，樞軸頗近。」又云：「金玉之聲，風雲之氣。」
3.劉師培《漢魏六朝專家文研究》云：「傅季友與任彥昇實爲一派，任出於傅，《梁書》已有明文。二子之文有韻者甚少，其無韻之文最足取法者，在無不達之辭，無不盡之意，行文固近四六，而詞令婉轉，輕重得宜。黃祖稱禰衡之文云：『此正如祖意，如祖心中所欲言。』傅、任之作，亦克當此。且其文章隱秀，用典入化，故能活而不滯，毫無痕跡；潛氣內轉，句句貫通，此所謂用典而不用於典也。今人但稱其典雅平實，實不足以盡之。大抵研究此類文章首重氣韻，浸潤既久，自可得其風姿。至其辭令雋妙，蓋得力於《左傳》、《國語》，宜探其淵源，以究其修辭之術。案傅、任所作，均以教令書札爲多，惟以用典入化，造句自然，故迥非其他應酬文字所能及耳。」
4.仁青《中國駢文發展史》云：「季友工於章奏，劉裕登庸前後，表策文誥，率出其手。〈封宋公詔〉、〈進宋公爲宋王詔〉、〈宋公九錫策文〉、〈晉恭帝禪宋詔〉等，典重矞皇，足掩東漢，元茂以來，一人而已，江左廟堂麗製，蓋仿此。〈爲宋公修張良廟教〉、〈爲宋公修楚元王墓教〉，兩篇機軸相同，金玉之聲，風雲之氣，洋溢字裡行間。至如〈爲宋公求加贈劉前軍表〉，平平鋪去，亦密亦腴，不愧一代作手。而〈爲宋公至洛陽謁五陵表〉，則以深婉之思，寫悲涼之態，低徊百折，直令人一讀一擊節；若使宋不代晉，則讀此文者，必當感激涕下而不能自已矣。何義門評其文曰：『敘致曲折，復自遒緊，季友章奏，故有專長。』又曰：『傅季友乃四六之祖。』許槤亦曰：『不甚斲削，然曲折有勁氣，六朝章奏，季友不愧專門。』均非溢美之辭。」

賞析

本文分爲二段，以「綱紀」開頭，以「主者施行」作結，完全合於「教」此一種文體所要求之規格。

首段：先藉齊桓霸業不可無，能一匡天下之靈魂人物管仲——發端；而帶出滅楚興漢，且保住太子不被廢，蔚爲帝者師——張良之仁恩德業。

其內容謂：留縣主簿聽我教令：凡立大德，足以不朽，公正合宜之言行，永遠藉由祭祀之儀典留存。追思先賢功業，記憶更爲深刻，會有「若無管仲，吾恐將被髮左衽」之歎。張良陰陽之大易哲學，其「君子之道」，通中和內德之至理，對照「乾」卦，同爻位之九「五」《文言》：「雲從龍，風從虎。」其「知微知彰，知柔知剛」，大概與顏回近似。能在風虎雲龍，群雄相爭，冥冥中感應天地紛紛之變化，而起爲帝王師。夷滅項羽，建立漢朝，大大拯救生民於水火之中，而登之衽席之上。固然可參與伊尹、呂望之行列而合跡；如其仁者胸懷，早超越道德之上矣。就像俟命而神交圯上老人黃石公，其道契合隱居商雒深山之四皓。在顯明與玄奧之分際，度量精深遠大，難以追究；水流壯闊，不可測度其端涯。

末段：點明修廟動機，是因大軍路經。並提出古人佇想流連，感發興起，由來已久。廟改建一新之後，須按時虔誠奉祀。

其內容謂：道經舊日沛郡，車駕久停於留縣縣城。見留侯神廟荒廢破壞，張良神像陳舊灰暗，撫今追昔，不禁發出深深長歎。從前太史公過大梁之墟，爲求問其所謂夷門之隱士侯嬴，曾佇立想像其賢者風範。趙文子與叔譽觀乎九原，亦沉醉嚮往於「利君不忘其身，謀身不忘其友」之隨武子——士會。比擬漢初開國三傑之一——張子房這個人，亦足以如是說。今天可以改建廟宇，並施以丹青彩繪等裝飾。按時進獻祭品，用以抒發思古之幽情，永久留存不被刪削磨滅之功業。主事者務必依我教令實行。

以上每段均八十三字，全文兩段亦僅短短一百六十六字耳！然卻敘事曲折有致，復遒勁緊湊；而風雲之氣，亦澎湃洶湧，玄感莫名。其中：「道亞黃中，照鄰殆庶」二句，運典貼切而穩妥，除「照鄰」可聯想及「雲從龍，風從虎」之氣勢，因而引出「風雲玄感，蔚爲帝師」下文來；由「殆庶」一辭之善用藏詞格，亦隱見顏子「知微知彰，知柔知剛」之形象。尤其「亞」字，不唯鍊字，且兼含鍊句、鍊意，亦隱見坤卦六五爻位，極鮮活靈動之致也。再觀開頭與結尾：「盛德不泯，義存祀典」、「抒懷古之情，存不刊之烈」等句，直如常山之蛇，首尾兼顧。況於教化之作用，更何其深遠而重大哉！

問題與討論

孫德謙《六朝麗指》云：「文章之妙，不在急急上續，而在善斷。」又云：「六朝文中有為後人不能學者，往往於此句下，玩其文氣，不妨以入後數語。在此緊接中間，偏運以典雅之辭，一若去此，則文無精采，而其氣亦覺薄弱。」試觀傅亮〈為宋公修張良廟教〉：「過大梁者，或佇想於夷門；遊九京者，亦流連於隨會。擬之若人，亦足以云」一段，正足以印證此若斷若續、不即不離之筆法。而劉師培《漢魏六朝專家文研究》云：「傅季友之文，全無形跡可學，即使酷摹其句調，亦難免肖於絲毫。」汝以為然否？又，季友〈廟教〉文中，以「微管」稱管子、庶幾言「殆庶」、「如仁」代管仲，如是縮鎔裁省、推陳翻新、代字矜奇、課虛成實，不避斷章取義 ，句多生造，試就此漢魏六朝文士之風氣現象做一客觀評論。

文章習作

試作一篇與「教」言有關之文章。

附錄

1. 傅亮〈為宋公修楚元王墓教〉曰：「綱紀：夫褒賢崇德，千載彌光；尊本敬始，義隆自遠。楚元王積仁基德，啓藩斯境；素風道業，作範後昆。本支之祚，實隆鄙宗；遺芳餘烈，奮乎百世。而丘封翳然，墳塋莫翦；感遠存往，慨然永懷。夫愛人懷樹，甘棠且猶勿翦；追甄墟墓，信陵尚或不泯。況瓜瓞所興，開元自本者乎！可蠲復近墓五家，長給灑掃。便可施行。」

2.孫德謙《六朝麗指》云：「六朝文多生造之句，幾有不能解者，……『照鄰殆庶』……不言庶幾而言殆庶，已似訛謬；管仲為人名，截去仲字，反以『微管』綴用，如不知其句多生造，豈非等於歇後語乎！」又云：「觀傅氏文，上云『參軌伊望』，則此『（冠德）如仁』兩字，豈非就管仲而言乎？不明稱管仲，以『如仁』代之者，（傅、任）兩家文中，或云『微管之歎』，或云『功參微管』，所以避複出，亦其運典之新奇，但取暗合也。」

3.陳冠甫〈老二哲學・傅亮〈為宋公修張良廟教〉書後〉詩云：「道貫陰陽，坤乾對倚。兩卦上爻，道窮有悔。坤象六五，黃裳通理。美在其中，正位居體。乾之九五，風生雲起。龍虎相從，文言奧旨。蔚為帝師，留侯張子。帷幄運籌，勝決千里。佐漢興邦，功成良以。四皓既出，皇儲定矣。豈唯照鄰，天下有幾？赤松與遊，煙霞信美。學深老二，亞字知爾。季友鴻文，真詮如是。」案：此篇亦名〈留侯頌〉，係「道亞黃中，照鄰殆庶」之正解。

4.陳冠甫《心月樓賦話》：傅亮以一介布衣，倖居宰輔，兼總重權。宋少帝失德，心懷憂懼，暮秋之夜，逋職內禁，見飛蛾撲燭火而燋滅，矜憫久之，作〈感物賦〉以寄意。中有句曰：「習習飛蚋，飄飄纖蠅，緣幌求隙，望爓思陵。糜蘭膏而無悔，赴朗燭而未懲。瞻前軌之既覆，忘改轍於後乘。匪微物之足悼，悵永念而捬膺。彼人道之為貴，參二儀而比靈。稟清曠以授氣，修緣督而為經。照安危於心術，鏡纖兆於未形。有徇末而捨本，或耽欲而忘生。碎隨侯於微爵，捐所重而要輕。矧昆蟲之所昧，在智士其猶嬰。悟雕陵於莊氏，幾鑒濁而迷清。仰前修之懿軌，知吾跡之未並。雖宋元之外占，曷在予之克明。豈知反之徒爾，喟投翰以增情。」頗能發人深省。又，渠見世路屯險，嘗著論名曰《演慎》，中亦有警句云：「夫以嵇子之抗心希古，絕羇獨放，五難之根既拔，立生之道無累，人患殆乎盡矣。徒以忽防於鐘、呂，肆言於禹、湯，禍機發於毫端，逸翩鎩於垂舉。觀夫貽書良友，則匹厚味於甘鴆，其懼患也，若無轡而乘奔，其慎禍也，猶履冰而臨谷。」夫以季友之慎終如始，求無敗事，猶不獲免，竟至伏誅，足見官場之險惡也。

陳慶煌編撰

6. 恨賦

江淹

選文

試望[1]平原，蔓草縈骨[2]，拱木斂魂[3]。人生到此，天道寧論[4]？於是僕本恨人[5]，心驚不已。直念古者，伏恨[6]而死。

至如秦帝按劍[7]，諸侯西馳。削平天下，同文共規[8]。華山爲城，紫淵爲池[9]。雄圖既溢，武力未畢[10]。方架黿鼉以爲梁[11]，巡海右以送日[12]。一旦魂斷[13]，宮車晚

---

1 試望：用目力瞻望。《爾雅》曰：「試，用也。」
2 縈骨：纏繞著屍骨。
3 拱木：兩手合抱之樹。此處指墓地。《左傳．僖公三十二年》載：秦師伐鄭，蹇叔哭師，穆公曰：「爾何知？中壽，爾墓之木拱矣。」拱：兩手合圍。斂魂，聚集魂魄。
4 天道：天之道。寧論，指無可奈何。
5 僕：自我謙稱。恨人，抱恨、懷恨之人。
6 伏恨，即抱恨、懷恨。
7 秦帝，秦始皇嬴政。按劍，指動用武力。
8 同文共規，指統一文字、統一度量衡與車道。規，同「軌」。
9 紫淵：河名，在今山西省離石縣北。司馬相如〈上林賦〉：「丹水更其南，紫淵徑其北。」
10 雄圖既溢，雄偉計劃已經實現。畢：盡。
11 方，還。架，搭設。黿，鱉。鼉，或稱為「鼉龍」、「靈鼉」、「揚子鱷」，俗稱「豬婆龍」，穴居池沼水底，常食魚、蛙等，皮可為鼓。梁，橋。據《竹書紀年》載：「周穆王三十七年伐（楚），大起九師，東至於九江，叱黿鼉以為梁。」
12 海右，海之西岸。送日，觀看日落。據《列子．周穆王》載：「駕八駿之乘……乃西觀日所入。」此句連同上句是說：帝王征戰巡狩，氣勢磅礴。
13 魂斷，指死。

出[14]。

若乃趙王既虜[15]，遷於房陵[16]。薄暮心動[17]，昧旦神興[18]。別豔姬與美女，喪金輿及玉乘[19]。置酒欲飲，悲來塡膺[20]。千秋萬歲[21]，爲怨難勝[22]。

至如李君降北[23]，名辱身冤。拔劍擊柱，弔影慚魂[24]。情往上郡[25]，心留雁門[26]。裂帛繫書[27]，誓還漢恩[28]。朝露溘至[29]，握手何言[30]？

---

14 宮車晚出，帝王去世之委婉說法。宮車為帝王上朝所乘，若晚出，則有不祥。或說「宮車晏駕」。

15 趙王既虜：據《史記．趙世家》載：趙與秦戰，秦滅趙，俘擄趙王趙遷（正義引《淮南子》云）。

16 遷，流放。房陵，古縣名，即今湖北省房縣。

17 薄暮，迫近天黑。心動，內心不安。

18 昧旦，十二時辰之一，在雞鳴之後。神興，指寢睡不安。

19 豔姬，美麗之姬妾；杜預《春秋經傳集解》：「美色曰豔。」金輿及玉乘，指裝飾精美豪華之車輛；「乘」字作平聲。

20 塡膺，充滿胸臆。

21 千秋萬歲，指在位之年。

22 為怨，造成怨恨。難勝，難於忍受。勝，盡。

23 李君降北：據《漢書．李陵傳》載：武帝天漢二年，李陵為騎都尉，領步卒三千出居延，至浚稽山，與匈奴相值。戰敗，弓矢並盡，陵遂降。

24 弔影：曹植〈上責躬應詔詩表〉云：「形影相弔，五情愧赧。」慚魂：因慚愧不為人理解而感孤單。《晏子春秋》有云：「君子獨寢，不慚於魂。」

25 上郡，秦漢郡名，地在今陝西延安、榆林一帶。

26 雁門，秦漢郡名，地在今山西省右玉南，轄境當今山西河曲、恆山以西、內蒙古黃旗海一帶。另說在山西大同一帶。

27 裂帛繫書：據《漢書．蘇武傳》載，匈奴據蘇武於北海，常惠教漢使者謂單于言：「天子射上林中，得雁，足有繫帛書：蘇武等在某澤中。」單于見事敗，乃送蘇武歸漢。

28 還，報答。李陵〈答蘇武書〉：「欲如前書之言，報恩於國主耳！」

29 溘，忽然、快速。此句謂：人生短暫，如同朝露，受日曬即乾。《漢書．蘇武傳》載，李陵勸蘇武投降時曰：「人生如朝露，何久自苦如此？」

30 握手何言：蘇武返漢前，李陵置酒餞行。此反用其意，指訣別無言。

若夫明妃去時[31]，仰天太息。紫臺稍遠[32]，關山無極[33]。搖風忽起[34]，白日西匿。隴雁少飛[35]，代雲寡色[36]。望君王兮何期[37]？終蕪絕兮異域[38]。

至乃敬通見抵[39]，罷歸田里[40]。閉關卻掃[41]，塞門不仕[42]。左對孺人[43]，顧弄稚子[44]。脫略公卿[45]，跌宕[46]文史。齎志沒地，長懷無已[47]。

---

31 明妃去時：漢元帝宮女王嬙（字昭君），下嫁呼韓邪單于，離去漢宮時。晉人避司馬昭諱，改昭君為明君；後人又稱明妃。

32 紫臺，猶紫宮也，指漢天子宮廷。稍，漸漸。

33 無極，沒有盡頭。

34 搖風，同「飆風」，大風，此指塞外暴風。

35 隴，甘肅一帶。

36 代，當作岱；今河北蔚縣一帶。此句連上文言：離漢土遠，以致雲氣黑而無秀色，且雁亦少見。

37 望，盼望。何期，何時是歸期？

38 蕪絕，草木枯死，此喻指明妃老死異域。

39 敬通，東漢辭賦家馮衍之字。見抵，被壓制。據《文選》李善注引《東觀漢記》云：「馮衍字敬通，明帝以衍才過其實，抑而不用。」

40 罷，免官。

41 閉關卻掃，關閉大門，不再迎客而掃除。卻，除也。

42 塞門，孫吳時，張昭直諫不納，稱疾不朝。孫權恨之，使人用土塞其門，張昭則自用土從內封之。仕，當官。

43 孺人，為古人對母親或妻子之尊稱。案：明、清時七品官之母親或妻子封孺人。

44 稚子，幼兒。

45 脫略，輕慢。脫，易也。略，簡也。

46 跌宕，沉湎、放逸、恣意也。此句連同上文言：對公卿輕視不以為意，沉湎於披文讀史而不受約束。

47 齎志沒地，心願未能達成而死去。齎，懷抱，帶。齎志，懷抱壯志。沒地，指死亡。懷，思也、念也。無已，不止。

及夫中散下獄[48]，神氣激揚[49]。濁醪夕引[50]，素琴晨張[51]。秋日蕭索[52]，浮雲無光。鬱青霞之奇意[53]，入修夜之不暘[54]。

或有孤臣危涕[55]，孽子墜心[56]。遷客[57]海上，流戍隴陰[58]，此人但聞悲風汩[59]起，血下霑衿[60]。亦復含酸茹歎[61]，銷落湮沉[62]。

若乃騎疊跡[63]，車屯軌[64]，黃塵匝地[65]，歌吹[66]四起。

---

48 中散下獄，中散指嵇康，因他曾任中散大夫。下獄指嵇康受鍾會誣陷，被司馬昭下獄並殺害一事。

49 激揚，激動慷慨。

50 濁醪，濁酒。引，斟飲。

51 素琴，未加裝飾之琴。

52 蕭索，蕭條、冷落。索，散也。

53 鬱，積結，不舒展狀。青霞，青雲。奇意，大志。

54 修夜，長夜。暘，光明，明亮。此句連同上文言：凌雲之志不得實現，就如同身處漫漫長夜。

55 孤臣，失寵無依之臣子。

56 孽子，失寵之庶子。此句與上句互文見義，本應作「心危涕墜」，以江氏愛奇，故意顛倒之。

57 遷客，貶謫遷徙之人。

58 流戍，流放遠方，戍守邊疆。隴陰，今甘肅、山西一帶。流戍隴陰指漢高祖時，齊人婁敬戍守隴西事。

59 汩，音ㄍㄨˇ，迅疾貌。

60 血下，形容極度悲痛。《韓非子．和氏》載，卞和因寶玉不獲認定，且己身因此遭刑，「乃抱其璞而哭於楚山之下，三日三夜，泣盡而繼之以血」。衿：即衣襟。

61 含酸茹歎，忍受辛酸，飲恨吞聲。茹，食也。

62 銷落湮沉，消散埋沒，指死亡。銷，猶散也。湮，音ㄧㄣ，沒也。

63 騎，騎兵。疊跡，馬蹄痕跡相疊。

64 屯，陳列、聚集也。屯軌，指車多而屯聚連續也。

65 匝，周也，圈也，滿也，環繞之意。

66 歌吹，指戰鬥之號角。

無不煙斷火絕[67]，閉骨泉裏[68]。

已[69]矣哉！春草暮[70]兮秋風驚，秋風罷兮春草生。綺羅畢兮池館盡[71]，琴瑟滅兮丘壟平[72]。自古皆有死[73]，莫不飲恨而吞聲[74]。

題解

本篇選自《文選》卷十六，主要在寫生命短暫，人皆不稱其情、飲恨而終之感慨；賦作通過帝王、列侯、名將、美人、才士、高人、孤賤、富豪等千古賢愚，最後皆飲恨而終，能不痛哉！

作者

江淹（444－505），字文通，濟陽考城（今河南蘭考縣）人。少孤貧，後任中書侍郎，歷仕宋、齊、梁三代，梁天監元年為散騎常侍左衛將軍，封臨沮縣伯，遷金紫光祿大夫，卒贈醴陵侯，得年六十二。渠少年時以文章著名，晚年才思減退，傳為夢中還郭璞五色筆，爾後作詩，遂無美句，世稱「江郎才盡」。有《江文通集》傳世。

文通學識淵博，情采豐贍，詩追大謝，善刻畫模擬，雄視江左；文擅眾體，小賦遣詞精工，新麗有頓挫，且工於藻飾，鬱伊多感，落落表奇，字字烹

67 煙斷火絕，喻人氣絕身亡。王充《論衡》曰：「人之死也，猶火之滅，火滅而耀不照，人死而智不慧。」

68 閉骨泉裏，埋葬屍骨於黃泉。

69 已，發端歎辭。

70 春草暮，知春盡。

71 綺羅畢兮池館盡，指富豪人家盡皆滅亡。

72 丘壟，指墳墓。

73 自古皆有死，《論語．顏淵》：「子貢問政。……子曰：『去食。自古皆有死，民無信不立。』」

74 吞聲，亦即忍氣吞聲。張奐（104－181），敦煌淵泉人（今甘肅安西縣東）人，字然明，東漢大將。與崔元始書曰：「匈奴若非其罪，何肯吞聲？」

鍊，固南朝文士之佼佼者。今存賦三十八篇、騷九篇，要以柔婉之〈別賦〉與抗激之〈恨賦〉二篇，最為膾炙人口，靈心逾骨，化為一片，豈彩筆華錦獨工於言情也耶！

評語

1. 明・孫鑛月峰先生評《文選》本篇曰：「古意全失，然探奇搜細，曲有狀物之妙，固是一時絕技。」
2. 明・陸（雲龍）雨侯曰：「略舉大端，已足隕雍門之涕。」
3. 清・何焯《義門讀書記》卷四十五謂：「文通之賦，自爲傑作絕思。若必拘限聲調，以爲異於屈宋；則屈宋之賦，何以異於三百篇也？」
4. 清・許槤《六朝文絜》評云：「通篇奇峭有韻，語法俱自千錘百鍊中來，然卻無痕跡，至分段敘事，慷慨激昂，讀之英雄雪涕。」

賞析

〈恨賦〉主要在寫人之生命短暫、無不飲恨而終之感慨；賦中以各種不同藝術形象表達心願不能達成之現實性以及至死不悟之悲哀。江淹運用其神奇之彩筆，列舉八種不同類型之歷史人物而做典型性概括，透過典型以見一般。雖然八類型人物之苦衷各不相同，但最後仍難逃一死之宿命，心中能不恨乎！

〈恨賦〉文長四百零五字，共爲十段，分三部分。其所以名之爲「恨賦」，顧名思義，即著重渲染此一「恨」字。賦文通過對秦始皇、趙王遷、李陵、王明妃、馮敬通、嵇康此六位歷史人物各自不同之恨之特寫，以及孤臣孽子與富豪等，遭貶謫流放，悲歎而死之泛寫，藉而說明人皆有恨，恨各不同之普遍現象。

第一部分爲首段：從死後陰森景象說起，揭出「伏恨而死」，爲全篇主旨。「蔓草縈骨，拱木斂魂。」短短八字，已令人怵目驚心。

第二部分有八小段，亦即第二至第九段，分段摹寫「伏恨而死」之情狀，各肖其身分，皆能盡其妙。

第二段：寫「削平天下」之秦始皇帝，終因「武力未畢」，伏恨而死，其文字以雄放取勝。

第三段：寫亡國之侯王趙遷，今昔盛衰，強烈對比，「爲怨難勝」，其文字以哀怨取勝。

第四段：寫「名辱身冤」，「弔影慚魂」之降將李陵，其文字以悽惋取勝。

第五段：寫和番遠嫁之美人王昭君，生不獲漢元帝寵幸，終如塞草枯死異域，文字以悲涼取勝。

第六段：寫被壓抑之才士馮衍，明言生活閒適，卻暗喻心懷壯志，報國無門，鬱鬱而終之恨！其文字以灑脫取勝。

第七段：寫被羅織罪狀而慷慨就刑戮之高人嵇康，但描繪就刑前與施刑時之神情舉止，而高曠之致自見。再襯托以「秋日」、「浮雲」、「青霞」等景語，其所受冤屈自明，其文字以跌宕取勝。

第八段：以泛筆寫所有孤臣孽子受困厄而死，僅聞「悲風汨起」，即血下銷沉矣。其文字以沉著取勝。

第九段：以泛筆寫富豪一類，與前段相儷。生雖豪奢，終須「閉骨泉裏」，其文字以洗鍊取勝。

第三部分即第十段：歎春草秋枯，草盡春又生。非唯綺羅、池館、琴瑟，概歸空無，即丘隴亦不保。人生至此，夫復何有？於是鄭重道出凡死皆飲恨吞聲，回應首段「伏恨而死」，爲全篇結穴。其所營造出幽怨淒豔之傷感氛圍，洵令人歎爲大手筆之作。

要之，文通之作賦也，首創以古事喻情，今讀其〈恨賦〉，不異冷水澆背，熱心頓解。至其筆法之奇峭，俱從千錘百鍊中而來，絕無斧鑿痕跡，其筆花怒放時之景象，不禁令人望風懷想也。

抑有晉者：讀〈恨賦〉，其慷慨悲涼氣氛，深具濃厚之抒情色彩與藝術感染力，令人有愁悶難抒之慨，因而長久以來，爲世所傳誦。但也由於全篇滿溢萬念俱灰之消極情緒，其思想並不可取。回顧江淹一生，非僅卓具政治智慧，亦兼負不世出之文學才情。然而，渠之所以能取得巨大成就者，厥唯〈恨賦〉、〈別賦〉，如斯蒼涼悲憤之作。或許是因出身寒微，十三歲不幸喪父，砍柴奉母；加之以早期仕途坎坷，因忠諫而被貶爲閩地縣令，諸多悲觀心理交集下，竟寫就二篇傳世不朽賦作，蓋亦因緣際會故也。

問題與討論

1. 連不可一世之帝王，其心猶有不得囊括宇宙、久視長生之恨，仍要抱恨而死。生為一介書生，平民百姓，對此人生課題又當如何看待？
2. 唐・李白有〈擬恨賦〉，係模仿之作；清・尤侗有〈反恨賦〉，則就〈恨賦〉所列或未列之古來失意人事，為之平反，遂成正面，於是屈原被楚王迎回、荊卿刺秦得手、李陵凱旋救出史公、武侯平定魏吳、岳飛收復中原、文信國勤王有成、賈誼再召、明妃返漢宮、宋玉得婿巫山、子建重婚洛神，雖非事實，然設想新奇，能彌補缺憾，大快人心，自亦有其價值在。試陳己見。
3. 〈恨賦〉與〈別賦〉風格相似，唯彼以柔婉勝，此以激昂勝。與鮑照之〈蕪城賦〉、〈舞鶴賦〉並稱為南朝辭賦之絕唱，可說已達南朝辭賦之巔峰。〈恨賦〉：「或有孤臣危涕，孽子墜心。」依常理：「心」當云「危」；「涕」當云「墜」，江氏愛奇，故互文以見義，按此標舉以為對法，其實初學者不可仿效。此與〈別賦〉所云：「韓國趙廁，吳宮燕市。」八字之不克活現專諸、豫讓、聶政、荊軻四位刺客之形象。陳冠甫曾改寫而加詳為：「魚炙刺僚，專諸置匕；讓襲趙襄，再赦有恥；聶殺俠累，名垂烈姊；獻圖揕政，荊軻髮指。」晚學齋主讀後，更覺「快意之至。」汝以為然否？

文章習作

題目：喜悅人生

附錄

1. 《心月樓賦話》：南朝劉宋明帝泰始二年（466），江淹入建平王劉景素幕，後竟被誣入獄，據《梁書・江淹傳》云：「廣陵令郭彥文得罪，辭連淹，繫州獄。」江淹不甘無辜受罪，在獄中上書建平王陳情，文辭激颺，不卑不亢，盡顯其才。劉讀後感動，不僅釋之，且續任用。嘗隨劉景素鎮守荊州，後來，劉密謀叛亂，江淹多次勸諫，劉怒而貶之為建安吳興縣（今福建浦城）令。在此期間，江淹文思大進，一日千里，達到創作生涯之巔峰。正所謂「文窮而後工」。〈恨賦〉、〈別賦〉等具有代表性之作品，即完成於此時此地。他的許多具有代表性的作品都寫於這個時期，達到他創作生涯的高峰。包括今天我要說的〈恨賦〉、〈別賦〉》等。

2.《心月樓賦話》：江淹有遠見卓識，且為官清正，不避權貴，敢言直諫。在南朝宋順帝昇明之初，荊州刺史沈攸之叛，江淹論輔政蕭道成必勝而攸之必敗之因各五。據《梁書・江淹傳》所載，淹答蕭道成曰：「公雄武有奇略，一勝也；寬容而仁恕，二勝也；賢能畢力，三勝也；民望所歸，四勝也；奉天子而伐叛逆，五勝也。彼志銳而器小，一敗也；有威而無恩，二敗也；士卒解體，三敗也；搢紳不懷，四敗也；懸兵數千里，而無同惡相濟，五敗也。故雖豺狼十萬，而終為我獲焉。」明年，沈果敗自殺身亡，淹因而甚得後來之齊高帝賞識。齊東昏侯永元中，崔慧景反，叛軍圍京城建康，衣冠悉投名刺，淹稱疾不往。及事平，世服其先見。齊末，梁武帝蕭衍乘齊內亂，起兵舉事，兵至新林（今江蘇省南京市西南），江淹脫去齊之官服，改奔蕭衍。後衍稱帝，淹獲重用，官至吏部尚書、冠軍將軍等。

3.《心月樓賦話》：淹到齊武帝永明後期，竟成創作低潮，尟有傳世之作，故有「江郎才盡」之說。此一典故出自南朝梁・鍾嶸《詩品》所載：「江淹罷宣城郡，遂宿冶亭，夢一美丈夫，自稱郭璞，謂淹曰：『我有筆在卿處多年矣，可以見還。』淹探懷中，得五色筆以授之。爾後為詩，不復成語，故世傳江淹才盡。」類此神話尚有二說，一是：江淹卸任宣城太守回途，某夜夢見有自稱景陽張協者告知：「昔我有一疋錦寄存汝處，今可還否？」江淹從懷中取出以奉，詎意景陽卻生氣曰：「何以只剩如許？」然後轉頭對丘遲言：「所剩無幾，轉送予汝。」自是江淹才漸退矣。另一說雷同《詩品》，亦是還五色筆予郭璞，所不同者為：「爾後為詩絕無美句。」江郎之所以才盡，曹旭《詩品集注》嘗總結其實情凡四：江淹不滿齊武帝永明年間流行至梁，講究四聲八病之「永明體」文風，但無力與之抗，只好擱筆，一也。江淹晚年遇喜好文墨而又氣量狹窄之梁武帝，不敢以文才凌駕於帝王之上，因而故意「藏拙」，非真才盡，二也。在官運亨通、環境優渥安逸下，俗務纏身，反而才思減退，無法進行文學創作，三也。江淹年老，智力減退，才真盡矣，四也。

陳慶煌編撰

7. 北山移文

孔稚珪

選文

鍾山之英，草堂之靈[1]。馳煙驛路，勒移[2]山庭。夫以耿介拔俗之標，瀟灑出塵之想[3]。度白雪以方絜，干青雲而直上。吾方知之矣[4]。若其亭亭物表，皎皎霞外，芥千金而不盼，屣萬乘其如脫[5]。聞鳳吹於洛浦[6]，值薪歌於延瀨[7]。固亦有焉[8]。豈期終始參差，蒼黃翻

1 鍾山，即建康之北山也。草堂，梁簡文帝〈草堂傳〉曰：「汝南周顒，昔經在蜀，以蜀草堂寺林壑可懷，乃於鍾嶺雷次宗學館立寺，因名草堂，亦號山茨。」後世遂以之名其隱退自樂之所。

2 勒，銘、刻。移，即移文，官方文書之一種。

3 耿介，堅貞守正之意。《楚辭・九辯》：「獨耿介而不隨兮，願慕先聖之遺教。」拔俗，謂超出庸俗也。孫盛《晉陽秋》：「呂安志量開廣，有拔俗風氣。」標，儀表也。瀟灑出塵，指豁達不拘，清高絕俗也。出塵，超出塵世。想，情懷。

4 度，音ㄉㄨㄛˋ，揣度也。白雪，喻其行。絜，音義同潔。干：觸也。青雲：喻其志。

5 亭亭，高聳貌。芥，《爾雅》：「芥，草也。」千金而不盼：《史記・魯仲連傳》：「秦軍引去。平原君乃置酒。酒酣，起前，以千金為魯連壽。魯連笑曰：『所貴於天下之士者，為人排患釋難解紛而不取也。即有取者，是商賈之事，而連不忍為也。』遂辭平原君而去。」屣，劉熙《孟子注》：「屣，草履，可屣。」萬乘其如脫，《淮南子》：「堯年衰志閔，舉天下而傳之舜，猶卻行而脫屣也。」許慎曰：「言其易也。」

6 聞鳳吹於洛浦，劉向《列仙傳》：「王子喬，周靈王太子晉也。好吹笙，作鳳鳴，遊伊、雒之間。」

7 值薪歌於延瀨，據《文選》五臣注・呂向云：「蘇門先生遊於延瀨，見一人採薪，謂之曰：『子以此終乎？』採薪人曰：『吾聞聖人無懷，以道德為心，何怪乎而為哀也？』遂為歌二章而去。」

8 固亦有焉，此謂世上本來就有第二等之隱者。

覆。淚翟子之悲，慟朱公之哭[9]。乍迴跡以心染，或先貞而後黷[10]。何其謬哉！嗚呼！尚生不存，仲氏既往[11]。山阿寂寥[12]，千載誰賞？

世有周子，雋俗之士[13]。既文既博，亦玄亦史[14]。然而學遁東魯，習隱南郭[15]。偶吹草堂，濫巾北岳[16]。誘我松桂，欺我雲壑。雖假容於江皋，乃纓情於好爵[17]。其始至也，將欲排巢父，拉許由。傲百氏，蔑王侯。風情張日，霜氣橫秋。或歎幽人長往，或怨王孫不遊[18]。談

---

9 終始參差，謂誤入歧路也。蒼黃翻覆，指素絲污染而色變也。翟，墨翟也。朱，楊朱也。《淮南子》：「楊子見歧路而哭之，為其可以南，可以北；墨子見練絲而泣之，為其可以黃，可以黑。」高誘注：「閔其別與化也。」

10 《蒼頡篇》：「黷，垢也。」

11 尚生，尚長，字子平；東漢光武帝時隱士，完成子女嫁娶之願，即肆意遊五嶽名山，不知所終。其姓，皇甫謐《高士傳》作「尚」，《後漢書．逸民傳》作「向」。仲氏，仲長統也。范曄《後漢書》本傳：「仲長統，字公理，山陽人也。性俶儻，默語無常。每州郡命召，輒稱疾不就。」

12 山阿，山之隱曲處。

13 世有周子雋俗之士，蕭子顯《南齊書》本傳曰：「周顒，字彥倫，汝南人也。釋褐海陵國侍郎，元徽中，出為剡令。建元中，為長沙王後軍參軍、山陰令，稍遷國子博士，卒於官。」

14 既，已經。玄，謂道家之形上學。

15 學遁東魯習隱南郭。《莊子．讓王》：「魯君聞顏闔得道人也，使人以幣先焉。顏闔守陋閭。使者至曰：『此顏闔之家與？』顏闔對曰：『此闔之家。』使者致幣，顏闔對曰：『恐聽謬而遺使者罪，不若審之。』使者反審之，復來求之，則不得矣。」《莊子．齊物論》：「南郭子綦隱几而坐，仰天而噓，嗒焉似喪其耦。」郭象注：「嗒焉解體，若失其配匹也。」

16 偶吹，即齊竽也。偶，匹對之名。巾，隱者之飾。《東觀漢記》：「江革專心養母，幅巾屣屩。」

17 好爵，《周易．中孚》曰：「我有好爵，吾與爾縻之。」

18 《楚辭》：「王孫遊兮不歸，春草生兮萋萋。」

空空於釋部[19]，覈玄玄於道流[20]。務光何足比，涓子不能儔[21]！

及其鳴騶入谷[22]，鶴書赴隴[23]。形馳魄散，志變神動。爾乃眉軒席次，袂聳筵上。焚芰製而裂荷衣[24]，抗塵容而走俗狀。風雲悽其帶憤，石泉咽而下愴。望林巒而有失，顧草木而如喪。

至其紐金章，綰墨綬[25]。跨屬城之雄，冠百里之首[26]。張英風於海甸，馳妙譽於浙右[27]。道帙長殯，法筵久埋[28]。敲扑諠囂犯其慮，牒訴倥傯裝其懷[29]。琴歌既

---

19 空空，蕭子顯《南齊書》本傳：「顒汎涉百家，長於佛理，著三宗論，兼善老、易。」釋部，内典也。

20 玄玄，指意蘊深奧之道學也。道流，《漢書・藝文志》：「道家流者，出於史官，歷記成敗存亡禍福古今之道也。」

21 務光，《列仙傳》：「務光者，夏時人也。耳長七寸。好琴，服蒲馬根。殷湯伐桀，因光而謀。光曰：『非吾事也。』湯得天下，已而讓光，光遂負石沉鱒水而自匿。」涓子，《列仙傳》：「涓子者，齊人也，好餌術，隱於宕山，能風。」

22 鳴騶入谷，謂喝道之前導與從騎也。如淳《漢書》注：「騶馬，以給騶使乘之。」臧榮緒《晉書》：「騶，六人。」

23 鶴書赴隴，蕭子良《古今篆隸文體》：「鶴頭書與偃波書，俱詔板所用，在漢則謂之尺一簡，彷彿鵠頭，故有其稱。」

24 焚芰製而裂荷衣，《楚辭・離騷》：「製芰荷以為衣兮，集芙蓉以為裳。」王逸曰：「製，裁也。」

25 紐金章，綰墨綬：金章，銅印也。《漢書・百官公卿表》曰：「萬戶以上為令，秩千石至六百石。」又曰：「秩比六百石以上，皆銅印墨綬。」

26 跨屬城之雄冠百里之首：周顒應詔出為海鹽令，一般縣地大率百里，此為諸城之冠。

27 海甸，海疆也。浙右，海鹽縣瀕臨東海，在浙江之右側。

28 道帙長殯法筵久埋，言出仕後，無復舊時讀道書、講佛經之樂。

29 敲扑諠囂犯其慮牒訴倥傯裝其懷，此狀周顒為官時忙亂之情形。

斷，酒賦無續[30]。常綢繆於結課，每紛綸於折獄[31]。籠張趙於往圖，架卓魯於前籙[32]。希蹤三輔豪，馳聲九州牧[33]。

使我高霞孤映，明月獨舉。青松落陰，白雲誰侶？磵戶摧絕無與歸，石徑荒涼徒延佇。至於還飆入幕，寫霧出楹[34]。蕙帳空兮夜鵠怨，山人去兮曉猿驚。昔聞投簪逸海岸[35]，今見解蘭縛塵纓。於是南岳獻嘲，北壟騰笑。列壑爭譏，攢峰竦誚。慨遊子之我欺，悲無人以赴弔[36]。故其林慚無盡，澗愧不歇。秋桂遣風，春蘿罷月。騁西山之逸議，馳東皋之素謁[37]。

---

30 琴歌既斷酒賦無續：漢代董仲舒、馬融俱著七言〈琴歌〉，鄒陽、揚雄及曹植咸有〈酒賦〉。

31 常綢繆於結課每紛綸於折獄：《廣雅》：「課，第也。」此言周顒羈纏於考核官吏之功過等第，以及忙碌於斷案。

32 籠張趙於往圖架卓魯於前籙：《漢書》本傳：「張敞，字子高，平陽人，……後為京兆尹。又：「趙廣漢，字子都，涿郡人也。為陽翟令，以化行尤異，遷京輔都尉。」范曄《後漢書》：「卓茂，字子康，南陽人也。遷密令，視人如子，吏人親愛而不忍欺。」又曰：「魯恭，字仲康，扶風人也。拜中牟令。螟傷稼，犬牙緣界，不入中牟。」

33 希蹤三輔豪馳聲九州牧：《漢書》：「內史，武帝更名京兆尹，左內史更名左馮翊，主爵中尉更名右扶風，是為三輔。」《左傳》：王孫滿曰：「夏之方有德也，貢金九牧。」杜預集解：「九州之牧貢金也。」

34 楹，屋一列為一楹。

35 投簪，簪所以固冠，投而不用，即去官也。此處指疏廣，以其為東海人，故曰海岸。

36 赴弔，《禮記》：「凡訃於其君之臣曰某死。」鄭玄注：「訃或作赴。赴，至也」

37 騁西山之逸議馳東皋之素謁：馳騁，猶宣布也。逸議，隱逸之議也。《史記・伯夷列傳》：伯夷、叔齊作歌曰：「登彼西山兮，採其薇矣。」阮籍奏記曰：「將耕東皋之陽。」稚珪集訓張長史詩曰：「同貧清風館，共素白雲室。」謁，告也。謂告語於人，亦談議之流。素謁即貧素之謁。

今又促裝下邑，浪拽上京[38]；雖情投於魏闕，或假步於山扃[39]。豈可使芳杜厚顏，薜荔無恥[40]。碧嶺再辱，丹崖重滓[41]。塵遊躅於蕙路，污淥池以洗耳[42]？宜扃岫幌，掩雲關[43]。斂輕霧，藏鳴湍。截來轅於谷口，杜妄轡於郊端。於是叢條瞋膽，疊穎怒魄[44]。或飛柯以折輪，乍低枝而掃跡。請迴俗士駕，爲君謝逋客[45]。

題解

本篇選自《文選》第四十三卷，旨在諷刺隱士貪圖官祿之虛偽情態。以假設山靈之口吻，揭出周顒隱居時道貌岸然，獲徵召時則志變神動，得意非凡之假隱士虛偽面目。全篇採擬人法寫山中景物之蒙羞發怒心情，描寫生動，語言華美精鍊，富有抒情詩味。北山，即鍾山，因在建康城（今江蘇省南京市）北，故名北山。移文乃古代文體之一種，旨在宣述自身旨意，曉諭對方。五臣註《文選》呂向云：「鍾山在都北。其先，周彥倫（周顒字）隱於此山。孔生乃假山林之意移之，使不許得至。」夷考《南齊書．周顒傳》，顒曾為剡令、山陰縣令，一生仕宦不絶，未嘗任海鹽縣令，有隱而復出之事；其在鍾山立隱

38 促裝下邑浪拽翊制上京：《楚辭．漁父》：「漁父鼓拽而去。」王逸注：「叩船舷也。浪，猶鼓也。」韋昭《漢書》注曰：「拽，楫也。」

39 雖情投於魏闕或假步於山扃：《呂氏春秋》：「中山公子牟謂詹子曰：『身在江海之上，心居魏闕之下。』」高誘注：「魏闕，象魏也。」乃宮門外懸法之所，此泛指朝廷。《說文》：「扃，外閉之關也。」

40 芳杜厚顏薜荔無恥：《尚書》：「余心顏厚有忸怩。」杜，杜若，香草名。薜荔，常綠灌木，葉卵形，花小，生於囊狀之總花托內。

41 丹崖重滓：滓，濁也。

42 塵遊躅於蕙路污淥池以洗耳：塵：亦含污濁之義。皇甫謐《高士傳》：「巢父聞許由為堯所讓也，以為污，乃臨池而洗耳。」

43 扃，閉也。岫幌：山窗也。雲關，以雲為關鍵。

44 瞋膽，張膽，含有怒意。疊穎，重疊之草穗。

45 為君謝逋客：君，指山靈。孔安國《尚書傳》：「逋，亡也。」晉灼《漢書》注：「以辭相告曰謝。」

舍，係在中央任職時供假日休憩之用。呂向之說，雖與事實稍有出入，但以孔稚珪本文純屬諷刺之遊戲筆墨，其中所言周顒隱而復出之事，可憑自由想像發揮，未必須有史實根據也。

作者

孔稚珪（447－501），一作孔珪，字德璋。會稽山陰（今浙江紹興）人。自幼好學，辭章清拔。劉宋時，為太守王僧虔所器重，聘為主簿，遷尚書殿中郎。蕭道成為驃騎將軍，慕其文名，引為記室參軍，與江淹共掌文筆。後歷任尚書左丞、州治中、別駕、從事史等職，又為本郡中正。齊代宋，武帝永明七年，為廷尉。明帝建武初年，為冠軍將軍、平西長史、南郡太守。東昏侯永元元年（499），為都官尚書，遷太子詹事，加散騎常侍。卒，追贈金紫光祿大夫。

孔稚珪文享盛名，曾與江淹同在蕭道成幕中「對掌辭筆」。豫章王蕭嶷薨，碑文即出孔稚珪與沈約之手。史稱其為「不樂世務，居宅盛營山水」，「門庭之內，草萊不剪」，中有蛙鳴，笑曰：「吾以此當兩部鼓吹」，其風趣如此。然對所不屑者，亦不稍寬容，因而彈章劾表，著稱一時。

〈北山移文〉，文章藉北山山靈之口吻，嘲諷當時之名士周顒故作高蹈而又醉心利祿。類似周顒之情況，自兩晉以還較為普遍，因而此文筆鋒所指，並不限於周顒個人。文章極盡尖刻潑辣之能事，通過對山川草木擬人化之描寫，嘻笑調侃，因而為人傳誦不衰。

評語

1. 王志堅《四六法海》：「人生在世，出之與處，如寒暑晝夜然，顧其所挾何如耳？豈處之必高於出哉！如謝朏、何胤，以山林爲妒媒，亦安在其爲高隱也？自有此文，而杜鎬以譏种放、王一介以譏王安石，漸成濫套矣。安石一生仕宦，譬如幼女許嫁，而責其守節，尤理之不通者也。」
2. 孫鑛評曰：「六朝雖尚雕刻，然屬對尚未盡工，下字尚未盡險，至此篇則無不入髓。句必淨，字必巧，眞可謂精絕之甚，此唐文所祖。」

3. 朱東觀曰：「諷刺之辭，夾以妙喻引發，可稱最滑稽。」

4. 蔣心餘曰：「酌文質之中，窮古今之變，駢文斷推第一。」

5. 許槤《六朝文絜》曰：「此六朝文極雕繪之作，鍊格鍊詞，語語精闢，其妙處尤在數虛字旋轉得法，當與徐孝穆《玉臺新詠・序》並爲唐人軌範。」

6. 王文濡曰：「借物諷人，古有此法，此文益廣其體，尤稱絕妙。語語切北山，語語切周子，足令山林生色，俗士汗顏。」

賞析

遠自陶唐以還，便有許由、巢父、卞隨、務光等以隱逸爲高之思想家與實踐家，彼等學問、道德、人品，均卓越非凡，卻敝屣功名富貴，薄視帝王而不爲，本其「天子不能臣，諸侯不能友」之處世原則與人生方式，因而獲致聖明天子——堯、舜、禹、湯之禮敬。在此以隱逸作爲一種文化現象之傳統思想影響下，歷代帝王對隱士清議之向背，不免有所顧忌。大致而言：凡有名望之高士隱入山林，即象徵朝政黑暗；肉食者爲突顯政治清明，不乏聘之入朝爲官。於是隱士文化由孔子「邦有道則仕，邦無道則隱」之「道隱」，延伸及莊子追求超然精神存在之「心隱」，又從東方朔提出隱身金馬門，將獨立自由人格融入宦遊中之「朝隱」，至魏晉時期「林泉之隱」，名士總借助世人對隱士不求功名利祿之崇高敬仰，將隱逸林泉作爲造就知名度、提升個人聲望以引起朝廷重用之手段；有心遠離塵俗、棲遁山澤之眞隱士蓋寡，也益顯其可貴。孔稚珪不齒藉隱逸作爲干祿手段之周某，所以在〈北山移文〉中：透過「鍾山之英，草堂之靈」口吻，深刻揭露並譴責佯藉暫居山林，卻心懷官祿之假隱士。其中蘊含孔稚珪對入世與出世之不同價值取向論辯，與對虛僞人格之尖銳批判。

〈北山移文〉共七段，首段：從開頭「鍾山之英」至「千載誰賞」，泛論各類不同追求之隱士行徑。作者藉鍾山英靈敘述三種不同之隱士風格與價值取向。第一種爲參透紅塵，卓然不群與物同化，徹底隱逸，世莫能見之高士。第二種爲厭倦榮辱浮沉、鄙視權勢富貴、遠離塵世囂塵、熱愛不為物累之隱士。第三種則為身隱心不隱之假隱士，彼等雖暫時避居山林，然而「六根未淨」，心猶染於寵榮，隨時想出仕朝廷。

第二段：從「世有周子」至「乃纓情於好爵」，作者以戲謔手法，借周子之名，刻畫其假隱居，立異鳴高，眞謀爵之醜惡欺騙行徑。

第三段：從「其始至也」至「涓子不能儔」，敘周子之初志，大張旗鼓，虛張聲勢，藉隱逸之名，抬高仕途門檻，動機不純。

第四段：從「及其鳴騶入谷」至「顧草木而如喪」，詳細刻畫周子貪婪仕途之功利具象與山中草木之反響。當朝廷派使者來北山徵其出仕時，周子得意忘形，飄然魄散，功利之心盡現。在招待使臣之宴席上，周子喜不自勝，眉飛色舞，立刻撕下燒毀象徵隱士高尚品格之芰荷衣裳，露出不可抗拒之高調庸俗態。為此山中風雲泉石憤愴，林巒草木若有所失。作者藉山中靈物抒發對不擇手段虛偽世風之悲哀與痛心。

第五段：從「至其紐金章」至「馳聲九州牧」，寫周子既仕後追名逐利之俗狀，並與隱逸之閒情逸趣做一對比。既寫儒家爭立功名之入世思想，也和道家與世無爭之出世淡泊態度形成鮮明對照。

第六段：「使我高霞孤映」至「馳東皋之素謁」，寫周子激起鍾山萬物之公憤，以及外界對鍾山之恥笑，突出對假隱者及虛偽世態之埋怨與憤恨，並且進行萬物震怒、天理不容之聲討。

末段：從「今又促裝下邑」至「為君謝逋客」，寫拒絕周子二次入山。暗喻清高隱士群體，排斥假隱現象再生之抗議。作者以借物寓己之象徵手法聲討走煙霞道路求功名利祿者，給隱逸崇高境界帶來之玷污，以及對隱逸群體清高名聲之褻瀆。最後數句為對假隱士決絕之聲明，意欲絕不許假隱士之骯髒腳印再踏進清靜崇高之聖地半步。唯一之目的，即將貪婪可憎之周子拒於山門郊野外，以洩山神之憤慨。

問題與討論

有人以為孔稚珪對周子做人身攻擊，有失厚道，汝以為兩造曲直如何？試陳述己見。

文章習作

試模仿〈北山移文〉作：「臺灣山神移文」。

附錄

〈北山移文〉此篇討伐假隱士檄文，將名家循名責實之精神與作者獨立之個性氣韻熔鑄於鍾山物象，又塑造一藉煙霞捷徑求功利之實的欺世盜名人物——周子，在不可調和之對立衝突中，抨擊名不副實、向聲背實之惡濁世風。其立意高遠，聲韻鏗鏘，辭采精湛，字裡行間蘊含一種君子正氣，展現作者獨特之生命氣韻與高尚正直之人格力量。

陳慶煌編撰

8. 爲范始興作求立太宰碑表

任昉

選文

臣雲言：原夫存樹風猷[1]，沒著徽烈[2]，既絕故老之口[3]，必資不刊之書[4]。而藏諸名山，則陵谷遷貿[5]；府之延閣[6]，則青編落簡[7]。然則配天之迹，存乎泗水之上[8]；素王之道，紀於沂川之側[9]。由是崇師之義，擬迹於西

1 存樹風猷：存於世間，則樹立風教道德。呂向注：「猷，道也。」
2 徽烈：美好的績業。徽，美。烈，業。
3 既絕故老之口：故老舊臣已經逝世，而無以稱頌「風猷」、「徽烈」。
4 不刊之書：不能更改的典籍文獻。
5 貿遷：移動。貿，改易，移改。
6 府之延閣：典藏於藏書樓。府，作動詞用，典藏。延閣，西漢宮中藏書樓名。蕭統《文選·任昉·為范始興作求立太宰碑表》，李善注引劉歆《七略》：「孝武皇帝敕丞相公孫弘廣開獻書之路，百年之間，書積如山，故內則延閣、廣內、祕書之府。」
7 青編落簡：簡策的竹簡脫落。蕭統《文選·任昉·為范始興作求立太宰碑表》，李善注引劉歆《七略》：「《尚書》有青絲編目錄。」
8 配天之跡，存乎泗水之上：漢高祖配德於天的事蹟，記存於泗水邊的廟碑。《漢書·平帝紀》：「四年春正月，郊祀高祖以配天。」酈道元《水經·泗水注》：「泗水南有泗水亭，漢高祖廟前有碑，（漢桓帝）延熹十年（167）立。」
9 素王之道紀於沂川之側：素王孔子的道術，載錄於沂水南側孔廟碑上。素王，指孔子，有帝王之德而未居帝王之位，故稱素王。《莊子·天道》：「玄聖、素王之道也。」郭象注：「有其道為天下所歸，而無其爵者，所謂素王自貴也。」蕭統《文選·任昉·為范始興作求立太宰碑表》，李善注：「沂水南有孔子舊廟，漢、魏以來列七碑，二碑無字。」

河[10]；尊主之情，致之於堯禹[11]。故精廬[12]妄啓，必窮鐫勒之[13]盛；君長一城，亦盡刊刻之美[14]。況乎甄陶周、召，孕育伊、顏[15]。

故太宰竟陵文宣王[16]臣某，與存與亡，則義刑社稷[17]；嚴天配地，則周公其人[18]。體國端朝[19]，出藩入

---

10 崇師之義，擬跡於西河：尊崇孔子為師的道理，為西河之人效法學習。《禮記．檀弓上》：「曾子怒曰：『（卜）商（子夏）！女何無罪也？吾與女事夫子於洙、泗之間，退而老於西河之上，使西河之民疑女於夫子，爾罪一也。』」本文作者用此典故，而改「疑」為「擬」，遂轉化典故之原義。

11 尊主之情，致之於堯禹：尊崇君主之情懷，在於希望君主達到堯、禹的境界。蕭統《文選．曹植．求通親表》：「伊尹恥其君不為堯、舜。」任昉用此典故，而改「舜」為「禹」。

12 精廬妄啓：精廬不合體制地建立。精廬，寺廟、道觀、精雅的講習所。

13 必窮鐫勒之盛：必定窮盡刻石立碑的盛舉。意謂將建築精廬之原委刻石立碑，昭告世人。

14 君長一城，亦盡刊刻之美：擔任一座城市的主官，世人也會將其德行盡善盡美地刻之於石碑。蕭統《文選．任昉．為范始興作求立太宰碑表》，李善注引《陳寔別傳》：「（陳）寔卒，蔡邕為立碑刻銘。」然寔為太丘宰，故曰「一城」也。

15 況乎甄陶周、召，孕育伊、顏：更何況是培養了像周公、召公、伊尹、顏回等聖賢的長官呢！

16 竟陵文宣王：蕭子良（460—494），字雲英，生於宋孝武帝大明四年（460），卒於齊明帝建武元年（494），年三十五。為齊武帝蕭賾之第二子。

17 與存與亡，則義型社稷：無論君王是否在世，都奉行其政令，其道義就成為國家的典範。《漢書．爰盎傳》引爰盎之言：「社稷臣主在與在，主亡與亡。」如淳注：「人主在時，與共治在時之事；人主雖亡，其法度存，當奉行之。」

18 嚴天配帝，則周公其人：孝敬父親以配祀上天，宗祀文王於明堂以配祀上帝，那就有如周公。《孝經．聖治》：「子曰：『……孝莫大於嚴父，嚴父莫大於配天，則周公其人也。」邢昺疏：「孝行之大者，莫有大於尊嚴其父也。嚴父之大者，莫有大於以父配天而祭也。言以父配天而祭之者，則文王之子、成王叔父，周公是其人也。」

19 體國端朝：體現實施國之政令，端正朝廷之綱紀。

守[20]。進思必告之道[21]，退無苟利之專[22]。五教以倫[23]，百揆時序[24]。若夫一言一行，盛德之風；琴書藝業，述作之茂。道非兼濟[25]，事止樂善，亦無得而稱焉[26]。人之云亡[27]，忽移歲序。鴟鴞東徙[28]，松檟[29]成行。六府[30]臣僚、

20 出藩入守：出為藩王，入朝任官。齊高帝建元元年（479），蕭子良封聞喜縣公，為征虜將軍、丹陽尹。齊武帝即位，蕭子良任南徐州刺史。永明元年（483），為南兗州刺史。永明五年（487）入朝為司徒。

21 進思必告之道：在朝任官，則思必以忠言勸諫國君。

22 苟利之專：苟且求利而專擅職權。

23 五教以倫：父義、母慈、兄友、弟恭、子孝等五教因而成為人倫的模範。

24 百揆時序：百官之政依時依序施行。百揆，百官。

25 道非兼濟：為政之道未必能博施濟眾。

26 無得而稱焉：沒有恰當的話來稱美他。《論語．季氏》：「齊景公有馬千駟，死之日，民無得而稱焉。」

27 人之云亡：賢人已經亡故。此語出自《詩經．大雅．瞻卬》：「人之云亡，邦國殄瘁。」《詩經》本意為「賢人逃亡」，本文作者則用其語而另賦新意。

28 鴟鴞東徙：被鬱林王猜忌的太傅蕭子良已經不在了。蕭統《文選．任昉．為范始興作求立太宰碑表》，李善注：「言成王未知周公之意，類鬱林（王）之嫌（蕭）子良。而周公有居攝之情，由（猶）子良有代宗之議，故假鴟鴞以喻焉。」《詩經．豳風．鴟鴞．序》：「鴟鴞，周公救亂也。成王未知周公之志，公乃為詩以遺王，名之曰〈鴟鴞〉焉。」鴟鴞，貓頭鷹。案：永明十一年（493），齊武帝蕭賾病篤，詔蕭子良甲仗入延昌殿，侍醫藥。蕭子良之親信王融、范雲等欲擁立蕭子良。西昌侯蕭鸞聞訊入宮，立太孫蕭昭業。蕭鸞為大將軍輔政，以蕭子良為太傅。蕭鸞貪狠跋扈，樹黨弄權，猜忌蕭子良有異志，於是害死王融。蕭子良亦憂憤而卒。蕭昭業忌憚蕭鸞，與何胤等朝臣謀誅蕭鸞。蕭鸞知其事，乃弒蕭昭業，追廢為鬱林王。東徙，向東遷徙。《說苑．談叢》：「梟逢鳩，鳩曰：『子將安之？』梟曰：『我將東徙。』鳩曰：『何故？』梟曰：『鄉人皆惡我鳴，以故東徙。』鳩曰：『子能更鳴可矣。不能更鳴，東徙，猶惡子之聲。』」

29 松檟：借指墓地。古之葬者植松樹、檟樹於墓地。

30 六府：蕭子良曾為輔國將軍、征虜將軍、竟陵王、鎮北將軍、征北將軍、護軍將軍，是為六府。

三藩[31]士女[32]，人蓄油素[33]，家懷鉛筆[34]。瞻彼景山[35]，徒然望慕。

昔晉氏初禁立碑[36]，魏舒之亡，亦從班列[37]。而阮略既泯，故首冒嚴科[38]，爲之者竟免刑戮，致之者反蒙嘉歎。至於道被如仁[39]，功參微管[40]，本宜在常均[41]之外。

---

31 三藩：蕭子良曾任會稽太守、南徐州刺史、南兗州刺史，是為三藩。藩，屏藩。

32 士女：成年男女。

33 油素：光滑的白絹，多用於書畫。

34 鉛筆：粉筆，所以寫字繪畫。鉛，音ㄑㄧㄢ，同「鉛」。

35 景山：指墳墓。《詩經．商頌．殷武》：「陟彼景山，松柏丸丸（平滑條直貌）。」

36 晉氏初禁立碑：蕭統《文選．任昉．為范始興作求立太宰碑表》，李善注引《晉令》：「諸葬者不得作祠堂碑石獸。」

37 魏舒之亡亦從班列：司徒魏舒逝世，也和大家一樣不立碑碣。魏舒，字陽元，晉武帝時，官司徒，受人敬仰，時人曰：「魏舒堂堂，人之領袖。」班列，位次。

38 阮略既泯，故首冒嚴科：賢臣阮略既已逝世，因而首度冒犯嚴格的法令，為之立碑。蕭統《文選．任昉．為范始興作求立太宰碑表》，李善注引《晉令》：「阮略，字德規，為齊國內史，為政表賢黜惡，化風大行。卒於郡，齊人欲為立碑，時官制嚴峻，自司徒魏舒以下，皆不得立。齊人思略不已，遂共冒禁樹碑，然後詣闕待罪。朝廷聞之，尤歎其惠。」嚴科，嚴格的法令。依據《文選考異》，「故」字之後當有「吏」字。

39 道被如仁：道被管仲，道加於管仲。《論語．憲問》：「子曰：『桓公九合諸侯，不以兵車，管仲之力也。如其仁！如其仁！』」如，乃。此句使用藏頭之修辭手法。

40 功參微管：功勞可與管仲並列相等。《論語．憲問》：「子曰：『管仲相桓公，霸諸侯，一匡天下，民到於今受其賜。微管仲，吾其被髮左衽矣。』」微管，指管仲。

41 常均：平常。均，平。

故太宰淵[42]、丞相嶷[43]，親賢並軌[44]，即爲成規[45]。乞依二公前例，賜許刊立。寧容使長想九原，樵蘇罔識其禁[46]；駐驛長陵，輶軒不知所適[47]？

臣里閭孤賤[48]，才無可甄。值齊網之弘，弛賓客之禁[49]，策名委質[50]，忽焉二紀[51]。慮先犬馬[52]，厚恩不

---

42 故太宰淵：已逝世的太宰褚淵。褚淵，字彥回，美丰姿，精音律。娶宋文帝女餘姚公主，拜駙馬都尉。蕭道成代宋，為司徒尚書令，故稱太宰。王儉有〈褚淵碑文〉。

43 丞相嶷：丞相蕭嶷。蕭嶷，字宣儼，齊高帝之次子，封豫章王，任大司馬。為政寬仁，深得朝野之心。薨，贈丞相。南陽樂藹為之立碑，其第二子蕭恪，託沈約、孔稚珪撰碑文。

44 親賢並軌：褚淵、蕭嶷之親、賢，與竟陵王相同。

45 即為成規：褚淵、蕭嶷逝世，為之立碑，即屬現成的規矩。

46 寧容使長想九原，樵蘇罔識其禁：豈可使竟陵王長時抱憾懷想於墓地，樵夫不知其墳墓禁止採樵？《禮記．檀弓下》：「趙文子與叔譽觀乎九原。文子曰：『死者如可作也，吾誰與歸？』」春秋時晉國卿大夫之墓在九原，後世因以九原指墓地。《禮記．檀弓》：「是全要領以從先大夫於九京也。」注：「晉卿大夫之墓地在九原。」

47 駐驛長陵，輶軒不知所適：豈可使後世帝王之車駕駐驛於竟陵文宣王墓前，其使臣卻不知所駐留之地究為何所？駐驛，帝王出巡，中途停留暫駐。長陵，漢高祖之陵墓，此處借指竟陵王之墳塋。輶軒，古代天子使臣乘坐之輕便車輛，此處指使臣。

48 孤賤：輕賤之人。

49 弛賓客之禁：放寬侯王招引賓客之禁令。

50 策名委質：名繫於侯王而敬奉之。《左傳．僖公二十三年》：「狐突曰：『策名委質，貳乃辟也。』」杜預注：「名書於所臣之策，屈膝而君事之，不可以貳。辟，罪也。」孔穎達疏：「策，簡策也。質，形體也。古之仕者，於所臣之人，書己名於策，以明繫屬之也。拜則屈膝而委身體於地，以明敬奉之也。名繫於彼所事之君，則不可以貳也。」

51 二紀：二十四年。紀，十二年為一紀。

52 慮先犬馬：憂慮提早離開人世。《列女傳．貞順傳．梁寡高行》：「高行者，梁之寡婦也……梁寡高行曰：『妾夫不幸早死，先犬馬填溝壑。』」作者此句蓋用藏詞之修辭手法，「先犬馬」即「早死」、「填溝壑」之意。

答[53]，而弊帷毀蓋，未薦螻蟻[54]；珠襦玉匣[55]，遽飾幽泉。陛下弘獎名教[56]，不隔微物[57]。使臣得駿奔南浦，長號北陵[58]。既曲逢前施[59]，實仰覬後澤[60]。儻驗杜預山頂之言[61]，庶存馬駿必拜之感[62]。臨表悲懼，言不自宣。臣誠惶已下[63]。

---

53 厚恩不答：不答厚恩，不能報答竟陵王之厚恩。

54 弊帷毀蓋未薦螻蟻：謂己如弊帷，如毀蓋，尚未為侯王作薦席以禦螻蟻。《禮記·檀弓下》「仲尼曰：『吾聞之，弊帷不棄，為埋馬也；弊蓋不棄，為埋狗也。』」弊，通敝，破敗。《戰國策》：「安陵君謂楚王曰：『犬馬臣願得式黃泉，薦螻蟻。』」

55 珠襦玉匣：即金縷玉衣。葛洪《西京雜記》：「漢帝送死，皆珠襦玉匣。匣形如鎧甲，連以金縷。武帝匣上，皆鏤為蛟龍鸞鳳龜麟之形，世謂為蛟龍玉匣。」可參閱《故宮文物月刊》153期，鄧淑蘋〈群玉別藏特展·系列報導之三〉。

56 名教：以正名定分為主之禮教。

57 不隔微物：不將微臣阻隔於外。微物，微臣，自謙之辭。

58 駿奔南浦，長號北陵：迅速奔赴南方水畔以迎竟陵王之喪，長聲號泣以送竟陵王之喪。蕭統《文選·任昉·為范始興作求立太宰碑表》，李善注：「南浦迎喪，北陵送葬。」

59 前施：指前此之時，齊明帝同意范雲送竟陵王之喪。

60 仰覬後澤：恭敬地希望獲准為竟陵王立碑。

61 儻驗杜預山頂之言：或許應驗了杜預敘平吳功勳之碑「何知後代不在山頭乎」之言。蓋謂後世陵谷變遷，世人尚可依據碑文而知竟陵王之勳業。蕭統《文選·任昉·為范始興作求立太宰碑表》，李善注引《襄陽記》：「杜元凱好為身後名，常自言百年後必高岸為谷，深谷為陵。作二碑敘其平吳勳，一沉萬山下，一沉峴山下，謂參佐曰：『何知後代不在山頭乎？』」

62 庶存馬駿必拜之感：希望世人對於竟陵王懷著如同地方長老見到扶風王司馬駿之碑文而下拜的敬仰追念之感。蕭統《文選·任昉·為范始興作求立太宰碑表》，李善注引臧榮緒《晉書》：「扶風王（司馬）駿，字子臧，宣帝（司馬懿）第七子也。都督雍、涼州諸軍事。後薨，民吏樹碑讚述德範。長老見碑，無不拜之。」

63 誠惶已下：誠惶誠恐，頓首頓首。

題解

本文錄自蕭統《文選》卷三十八，為任昉代范雲所作之表，時范雲任始興內史。太宰，指齊竟陵文宣王蕭子良。蕭子良是齊武帝蕭賾的次子，為人仁厚。擔任宰相時，禮賢下士，輕賦省徭，政簡刑寬，深孚人望。歷官至太傅，卒年三十五。當時仍沿用西晉的禁令，不准為死者立碑。然而蕭子良卓有政績，貢獻良深，深受臣民愛戴，范雲身為蕭子良昔日之幕僚，於是上表陳請齊明帝蕭鸞，請求特准為蕭子良立碑，記錄、弘揚其德業。雖然齊明帝終究未曾核准此一請求，然而任昉此表之內容，有如竟陵王之碑文，已足以頌美其道德勳業。

作者

任昉，字彥昇，小名阿堆，原籍樂安博昌（今山東博興）人。生於宋孝武帝大明四年（460），卒於梁武帝天監七年（508），年四十九。

任昉四歲能作詩，八歲能文，作〈月儀〉，辭義皆美。年十二，從叔任晷有知人之量，稱其小名曰：「阿堆，吾家千里駒也。」年十六，宋丹陽尹劉秉辟為主簿。齊武帝永明二年（484），為丹陽尹王儉主簿，深受王儉器重。其後轉任竟陵王蕭子良記室參軍，當時王公表奏，輒請任昉代擬，昉起草即成，不加點竄。與王融、蕭衍、謝脁、沈約、陸倕、范雲、蕭琛為「竟陵八友」。王融自以為當時文章，無出其右者，見任昉之文，爽然自失。始蕭衍與任昉於竟陵王西邸相遇，從容謂任昉曰：「我登三府，必以卿為記室。」任昉亦戲之曰：「我若登三事，當以卿為騎兵。」以蕭衍善騎也。其後蕭衍克建業，即帝位，以任昉為記室參軍，專主文翰。梁武帝天監六年（507），出為新安太守，以廉潔著名。卒於官。

任昉文章高視一代，蕭統《文選》選錄其文，多至十七篇，可見其文才之震鑠當代。李兆洛《駢體文鈔》亦選錄其文十四篇，可知其文學造詣深受後人推崇。王儉每見任昉之文，必再三賞玩，以為當時無出其右者，曰：「自傅季友以來，始復見於任子。」《南史．任昉傳》謂：「昉尤長載筆，頗慕傅亮，才思無窮。」梁簡文帝蕭綱〈與湘東王書〉謂：「謝脁、沈約之詩，任昉、陸倕之筆，斯實文章之冠冕，述作之楷模。」任昉之文，無不達之辭，無不盡之意。其文風頗近於四六文，而辭令宛轉，輕重得體，用典入化，靈活生動，可謂善用典故而不為典故所束縛也。所作詩篇，今存二十一首，收錄於逯欽立《先秦漢魏晉南北朝詩》；文六十四篇，收錄於嚴可均《全上古三代秦漢三國六朝文》。

評語

1. 方廷珪：「古人文字必有根據，表是求立碑，便尋出許多根據來。」
2. 孫鑛：「淡事濃敘，洒洒不厭，可見構思之巧，固以要其緣古徵今，稱功誌德，皆有偉論以經之、至情以緯之，故能使人尋諷不倦。」

賞析

本文依起、承、轉、結之篇法分為四段。首段論述立碑之理由。次段推崇竟陵王之勳業學養，陳述其薨逝之後臣民對他的追懷之情。第三段援引違禁立碑之前例，作為替竟陵王立碑之張本。末段頌揚君王，並提出為竟陵王立碑之請求，收束全文。綜觀本文，有下列特色：

1. 立碑之理由，充分陳述

本文首段由記載前賢風猷徽烈的「不刊之書」著筆，說明雖然是「藏諸名山」、「府之延閣」的「不刊之書」，也有「陵谷遷貿」、「青編落簡」而亡佚的憂慮。於是筆致一轉，扣緊題目的「立碑」陳辭。說明古人為了表達「崇師之義」、「尊主之情」，為了記錄精廬之建築原委，頌揚一城之有德君長，皆是刻石立碑，以求文獻長存不朽。然後以逼進一層的文辭強調：「甄陶周、召，孕育伊、顏」的竟陵王，必須為之立碑，其理由是非常充分的。第三段歷數阮略、褚淵、蕭嶷等賢士違禁立碑的先例，更是增強了為竟陵王立碑的理由。由此可見任昉思慮周密，善於持論。

2. 文章之布局，匀稱嚴整

本文以起、承、轉、結之篇法布局，結構匀稱而嚴整。首段由「不刊之書」論及「窮鐫勒之盛」、「盡刊刻之美」，由書籍之文獻論及碑刻之文獻，層層遞進，扣緊題目「立碑」之旨立論。

次段承筆，承接首段結尾之「況乎甄陶周、召，孕育伊、顏」，推崇竟陵王之勳業貢獻與道藝涵養，可謂針線細膩，銜接緊密。像竟陵王這樣的國之棟梁，「人之云亡，忽移歲序」，其幕僚臣民自是滿懷追念之情。然則何以表達其追念之情呢？思前想後，只有爲老長官立碑一途，足以傳之久遠。

第三段轉筆、第四段結筆，即由此思維而開展。蕭齊時代，仍然承襲晉代「不許立碑」之禁令，然而也有違禁立碑的先例。用人「表賢黜惡」之阮略、人品「忠貞允亮」之褚淵、爲政「寬宏仁厚」之蕭嶷，辭世之後，其僚屬皆爲之立碑。既然有此前例可援，那麼爲「道被如仁，功參微管」的竟陵王立碑，也就更爲合情合理。

第四段綜攝前三段立碑之理由、竟陵王之賢德、臣民之追慕、有前例可援等論述，進而頌揚君王「値齊網之弘，弛賓客之禁」，「弘獎名教，不隔微物」，懇求准許爲竟陵王立碑。如此布局陳辭，可謂順理成章。

3.典故之運用，手法靈活

本文所用典故甚多，用典手法亦甚靈活。例如「崇師之義，擬迹於西河」，出自《禮記．檀弓上》：「子夏喪其子而喪明。曾子弔之曰：『吾聞之也，朋友喪明則哭之。』曾子哭，子夏亦哭，曰：『天乎！予之無罪也。』曾子怒曰：『（卜）商（子夏）！女何無罪也？吾與女事夫子於洙、泗之間，退而老於西河之上，使西河之民疑女於夫子，爾罪一也。』」曾子責備子夏在西河地區講學，「既不稱其師，自爲談說，辨慧聰睿，絕異於人，使西河之民疑女道德與夫子相似」（《禮記．檀弓上．孔穎達疏》）。這是「疑女（汝）於夫子」的原意。任昉援用此一典故，改「疑」爲「擬」，遂將「疑女道德與夫子相似」之意改成「爲西河之人效法學習」。由此可見任昉用典靈活，而不爲典故所束縛。

再如「道被如仁」，此一典故出自《論語．憲問》：「子曰：『桓公九合諸侯，不以兵車，管仲之力也。如其仁！如其仁！』」「如仁」屬藏詞的修辭手法，藏「管仲」。而「功參微管」，則出自《論語．憲問》：「子曰：『……微管仲，吾其被髮左衽矣。』」微管，指管仲。任昉結合用典、藏詞，對偶等修辭手法，撰成「道被如仁，功參微管」之麗辭對句，可見其活用典故，自鑄偉辭的功力。

問題與討論

1. 為了說服齊明帝准許為竟陵王蕭子良立碑，任昉提出了哪些理由？
2. 請分析本文之章法結構。
3. 請舉例說明本文之用典特色。

文章習作

本校某一傑出校友，學行事功，足爲世人之表率，請以文言撰文一篇，說明應頒贈傑出校友獎予該校友之理由。文長以三百字爲度。

附錄

1. 竟陵文宣王蕭子良之生平事蹟

《南齊書．武十七王傳．竟陵文宣王子良傳》：

竟陵文宣王子良（460—494），字雲英，世祖（齊武帝蕭賾）第二子也。生於宋孝武帝大明四年（460），卒於齊明帝建武元年（494），年三十五。……宋順帝昇明三年（479），為使持節、都督會稽、東陽、臨海、永嘉、新安五郡、輔國將軍、會稽太守。……太祖（齊高帝蕭道成）踐祚，……封聞喜縣公，邑千五百戶。

子良敦義愛古，……後於西邸起古齋，多聚古人器服以充之。（齊高帝）建元二年（480）……為征虜將軍、丹陽尹。開私倉賑屬縣貧民。……是年，始制東宮官僚以下官敬子良。世祖（齊武帝）即位，封竟陵郡王，邑二千戶。為使持節、都督南徐、兗二州諸軍事、鎮北將軍、南徐州刺史。……（齊武帝）永明二年（484），入為護軍將軍，兼司徒，領兵置佐，侍中如故。……。

子良少有清尚，禮才好士，居不疑之地，傾意賓客，天下才學皆遊集焉。善立勝事，夏月客至，為設瓜飲及甘果，著之文教。士子文章及朝貴辭翰，皆發教撰錄。……（永明）五年（487），正位司徒，給班劍二十人，侍中如故。移居雞籠山邸，集學士抄五經、百家，依《皇覽》例，為《四部要略》千卷。招致名僧，講語佛法，造經唄新聲。道俗之盛，江左未有也。……。

又與文惠太子同好釋氏，甚相友悌。子良敬信尤篤，數於邸園營齋戒，大集朝臣眾僧，至於賦食行水，或躬親其事，世頗以為失宰相體。勸人為善，未嘗厭倦，以此終致盛名。……（永明）九年（491），京邑大水，吳興偏劇，子良開倉賑救，貧病不能立者，於第北立廨收養，給衣及藥。（永明）十年（492），領尚書令。尋為使持節、都督揚州諸軍事、揚州刺史，本官如故。尋解尚書令，加中書監。

文惠太子薨，世祖檢行東宮，見太子服御羽儀，多過制度，上大怒，以子良與太子善，不啓聞，頗加嫌責。

世祖不豫，詔子良甲仗入延昌殿侍醫藥。子良啓進沙門於殿戶前誦經，世祖為感夢見優曇鉢華。子良按佛經宣旨使御府以銅為華，插御床四角。日夜在殿內，太孫間日入參承。世祖暴漸，內外惶懼，百僚皆已變服，物議疑立子良。俄頃而蘇，問太孫所在，因召東宮器甲皆入。遺詔使子良輔政，高宗（齊明帝蕭鸞）知尚書事。子良素仁厚，不樂世務，乃推高宗。詔云：「事無大小，悉與鸞參懷。」子良所志也。太孫（鬱林王蕭昭業）少養於子良妃袁氏，甚著慈愛，既懼前不得立，自此深忌子良。大行出太極殿，子良居中書省，帝使虎賁中郎將潘敞領二百人仗屯太極西階防之。成服後，諸王皆出，子良乞停至山陵，不許。

進位太傅，增班劍為三十人，本官如故。解侍中。隆昌元年（494），加殊禮，劍履上殿，入朝不趨，贊拜不名。進督南徐州。其年疾篤，謂左右曰：「門外應有異。」遣人視，見淮中魚萬數，皆浮出水上向城門。尋薨，時年三十五。帝常慮子良有異志，及薨，甚悅。詔給東園溫明祕器，斂以袞冕之服。……初，豫章王（蕭）嶷葬金牛山，文惠太子葬夾石，子良臨送，望祖硎山，悲感歎曰：「北瞻吾叔，前望吾兄，死而有知，請葬茲地。」既薨，遂葬焉。

所著內外文筆數十卷，雖無文采，多是勸戒。（齊明帝）建武（494—498）中，故吏范雲上表為子良立碑，事不行。

2.范雲生平事蹟

范雲，字彥龍。南鄉舞陰人。生於宋文帝元嘉二十八年（451），卒於梁武帝天監二年（503），年五十三。晉平北將軍汪六世孫也。祖璩之，宋中書侍郎。雲六歲就其姑夫袁叔明讀《毛詩》，日誦九紙。陳郡殷琰名知人，候叔明，見之曰：「公輔才也。」性機警，有識具，善屬文，下筆輒成，時人每疑其宿構。父抗為郢府參軍，雲隨在郢，時吳興沈約、新野庾杲之與抗同府，見而友之。起家郢州西曹書佐，轉法曹行參軍。

宋、齊易代，竟陵王蕭子良為會稽太守，雲入子良幕中，以能識讀秦時刻石文大篆，為子良所賞。齊武帝蕭賾即位，以子良為南徐州刺史，次年，遷南兗州刺史，雲並隨遷轉，常向子良陳朝政得失。武帝聞范雲諂事子良，以問。子良取雲諫書百餘紙進呈，帝意乃解。永明五年（487），子良為司徒，任雲為記室參軍。時子良大集文士，范雲、沈約，與蕭衍等，皆座上客，號「竟陵八友」。永明十年（492），奉使北魏。次年，出為零陵內史，還，又出為始興內史。始興多豪強大姓，尤多盜。雲入境，撫以恩德。……東昏侯永元二年（500），起為國子博士。東昏荒淫，蕭衍自雍州起兵東下，雲入幕，與沈約參贊機密。……蕭衍代齊，遷散騎常侍、吏部尚書，封霄城縣侯，又遷尚書右僕射。在吏部，書牘盈案，賓客滿門，應對如流，無所壅滯。天監二年（503）卒，諡文。……今存詩四十餘首，見逯欽立編《先秦漢魏晉南北朝詩》；文三篇，見嚴可均《全上古三代秦漢三國六朝文》。

3.任昉生平事蹟

任昉，字彥昇，樂安博昌人。漢御史大夫敖之後也。父遙，齊中散大夫。遙妻裴氏嘗晝寢，夢有彩旗蓋，四角懸鈴，自天而墜。其一鈴落入裴懷，中心悸動，既而有娠，生昉。身長七尺五寸，幼好學，早知名。宋丹陽尹劉秉辟為主簿……久之，為奉朝請，舉兗州秀才，拜為博士，遷征北行參軍。永明（483—493）初，衛將軍王儉領丹陽尹，復引為主簿。儉雅欽重昉，以為當時無輩。遷司徒刑獄參軍事，入為尚書殿中郎，轉司徒竟陵王記室參軍，以父憂去職。性至孝，居喪盡禮，服闋，續遭母憂，常廬於墓側。哭泣之地，草為不生。服除，拜太子步兵校尉、管東宮書記。……。

昉雅善屬文，尤長載筆，才思無窮。當世王公表奏，莫不請焉。昉起草即成，不加點竄。沈約一代詞宗，深所推挹。……。

高祖（梁武帝）克京邑，霸府初開，以昉為驃騎記室參軍。始高祖與昉，過竟陵王西邸，從容謂昉曰：「我登三府，當以卿為記室。」昉亦戲高祖曰：「我若登三事，當以卿為騎兵。」謂高祖善騎也。至是故引昉，符昔言焉。……。

自齊（東昏侯蕭寶卷）永元（499—501）以來，祕閣四部，篇卷紛雜，昉手自讎校，由是篇目定焉。天監六年（507）春，出為寧朔將軍、新安太守。在郡不事邊幅，率然曳杖，徒行邑郭。民通辭訟者，就路決焉。為政清省，吏民便之。視事期歲，卒於官舍。時年四十九。闔境痛惜，百姓共立祠堂於城南。高祖聞問，即日舉哀，哭之甚慟。追贈太常卿，謚曰「敬子」。

昉好交結，獎進士友，得其延譽者，率多升擢，故衣冠貴遊，莫不爭與交好。坐上賓客，恆有數十。時人慕之，號曰「任君」。……。

昉墳籍無所不見，家雖貧，聚書至萬餘卷，率多異本。昉卒後，高祖使學士賀縱共沈約勘其書目，官所無者，就昉家取之。昉所著文章數十萬言，盛行於世。

崔成宗編撰

9. 拜中軍記室辭隨王牋

謝朓

選文

故吏文學[1]謝朓死罪死罪[2]，即日被尚書[3]召，以朓補[4]中軍新安王[5]記室參軍。朓聞潢汙之水[6]，願朝宗[7]而每竭；駑蹇之乘[8]，希沃若[9]而中疲。何則？皐壤[10]搖落，對之惆悵。歧路西東[11]，或以歍唈[12]。況迺服義徒擁[13]，歸志莫從[14]。邈若墜雨，翩似秋蔕[15]！

1　文學：職掌文書的官員。謝朓當時擔任隨王蕭子隆的文學。
2　死罪死罪：冒死之意，古代牋啓書信的用語。唐代有改用「中謝」者。
3　尚書：官名。
4　補：委任官職。
5　新安王：南朝齊海陵王蕭昭文。
6　潢汙之水：低窪地方的水。《左傳・隱公三年》：「潢汙行潦之水。」孔穎達疏引服虔曰：「蓄小水曰潢。水不流曰汙。」
7　朝宗：流向大海。
8　駑蹇之乘：駑劣的馬所拉的馬車。
9　沃若：形容良馬奔馳的樣子。沃若，轡繩柔調的樣子。
10　皐壤：指原野。皐，澤畔濕地。
11　歧路西東：面臨歧路，各奔西東。《淮南子・說林》：「楊子見逵路（九達之路）而哭之，為其可以南，可以北。」王充《論衡・藝增》：「楊子哭於歧道，蓋傷失本，悲離其實也。」
12　歍唈：亦作「於（ㄨ）邑」、「嗚唈」，失聲悲泣。
13　服義徒擁：徒然懷著順服侯王道義之情。
14　歸志莫從：無法依從歸向侯王的心志。
15　邈若墜雨翩似秋蔕：與侯王遠別，有如墜落的雨水遠離天空，又如秋葉迅疾地辭別了根幹。邈，遠。翩，飄忽，迅疾。

　　朓實庸流[16]，行能無算[17]。屬天地[18]休明，山川[19]受納，褒采一介[20]，抽揚[21]小善。故舍耒場圃[22]，奉筆兔園[23]。東亂[24]三江[25]，西浮七澤[26]。契闊戎旃[27]，從容讌語[28]。長裾日曳[29]，後乘載脂[30]。榮立府庭[31]，恩加顏

---

16 庸流：凡庸之輩。
17 行能無算：品行能力都不足稱數。
18 天地：譬喻皇帝。
19 山川：譬喻侯王蕭子隆。
20 褒采一介：褒揚任用我這個微不足道的人。一介，一個。
21 抽揚：揄揚，稱揚。
22 舍耒場圃：捨棄農具於田園。舍，通「捨」。耒，借指農具。場圃，泛稱田園。《詩經・豳風・七月》：「九月築場圃。」毛傳：「春夏為圃，秋冬為場。」
23 奉筆兔園：奉命執筆於侯王的官邸。兔園，西漢梁孝王劉武所築園林，亦稱梁園，故址在今河南商丘。
24 亂：橫絕其流而直渡。《爾雅・釋水》：「正絕流曰亂。」邢昺疏：「正，直也。謂橫絕其流而直渡。」
25 三江：泛指長江下游之地區。《尚書・禹貢》：「三江既入，震澤厎（音ㄓˇ，致也）定。」孔穎達疏：「是孔（安國）意：江從彭蠡而分為三，又共入震澤。從震澤復分為三，乃入海。」
26 七澤：楚地之大澤。蕭統《文選・司馬相如・子虛賦》：「臣聞楚有七澤，嘗見其一，未覩其餘也。臣之所見，蓋其特小小者耳，名曰雲夢。」
27 契闊戎旃：勤苦於軍事。契闊，勤苦。戎旃，軍旗，此處借指戎幕。旃，旗曲柄。
28 從容讌語：從從容容地飲宴談笑。讌，聚會飲宴。
29 長裾日曳：每天拖著長長的襟袖遊於侯王門下。裾，音ㄐㄩ，大襟。《漢書・鄒陽傳》：「（鄒）陽奏書諫（吳王）……其辭曰：『飾固陋之心，則何王之門不可曳長裾乎？』」
30 後乘載脂：乘著侍從的車輛追隨侯王出巡。後乘，隨從的馬車。載，則。脂，作動詞用，以膏油潤澤車軸。《詩經・邶風・泉水》：「載脂載舝（音ㄒㄧㄚˊ，同「轄」，車軸頭鍵，用以控制車轂。）」
31 榮立府庭：光榮地立身於官府。

色[32]。沐髮晞陽[33]，未測涯涘[34]。撫臆論報[35]，早誓肌骨[36]。

不悟滄溟未運，波臣自蕩[37]；渤澥方春，旅翮先謝[38]。清切藩房[39]，寂寥舊蓽[40]。輕舟反溯，弔影獨留[41]。白雲在天[42]，龍門不見[43]。去德滋永，思德滋深[44]。

唯待青江可望，候歸艎於春渚[45]；朱邸[46]方開，効蓬

---

32 恩加顏色：侯王和顏悅色地施恩於我。

33 沐髮晞陽：洗淨頭髮，曝曬於陽光下。喻受恩之深。沐，洗髮。晞，曝曬。

34 涘：音ㄙˋ，水邊。

35 臆：胸臆。

36 早誓肌骨：早已立誓報答侯王之恩德，心中感念非常深刻。肌骨，刻肌刻骨，形容感受極為深刻。

37 不悟滄溟未運，波臣自蕩：沒料到大海並未遷轉，魚兒卻已流散。滄溟，海。運，轉。波臣，指水族動物。蕩，流散。

38 渤澥方春，旅翮先謝：渤海正值陽春時節，寄旅之禽鳥已先辭別。渤澥，海名，喻隨王蕭子隆。旅翮，謝朓自喻。

39 清切藩房：清貴的王府。清切，清貴而切近。藩房，指侯王府邸，古者分封諸侯，以為屏藩。

40 舊蓽：指謝朓原先居住之館舍。蓽，蓬蓽，謙言己之居所。

41 輕舟反溯，弔影獨留：望著為我送行的輕舟逆流歸返，只留下我孑然一身，形影相弔。弔影，形影相弔，形單影隻。

42 白雲在天：侯王有如天上的白雲，情誼深厚高潔。

43 龍門不見：荊州之侯王遙遠而難見。龍門，郢都之東門，此處借指隨王蕭子隆，時任荊州刺史。顧祖禹《讀史方輿紀要．湖廣》：「荊州府，春秋時為楚郢都。」

44 去德滋永，思德滋深：離開有德之侯王越久，思念之情越是深長。

45 唯待青江可望，候歸艎於春渚：只有期待於春天綠色的江水邊，等待侯王歸京入朝的華麗舟船。艎，艅（ㄩˊ）艎，船之極麗者。

46 朱邸：指隨王蕭子隆在京之宅邸。古者諸侯有功者賜朱戶，故以朱邸稱侯王之官邸。

心於秋實[47]。如其簪履或存[48]，衽席無改[49]，雖復身填溝壑[50]，猶望妻子知歸[51]。攬涕[52]告辭，悲來橫集。不任犬馬[53]之誠。

題解

本文錄自蕭統《文選》卷四十。「隨王」，胡克家刻本《文選》作「隋王」，今據《南齊書・隨郡王子隆傳》校改作「隨王」。齊武帝第八子隨郡王蕭子隆，任荊州刺史，雅好辭賦。謝朓為其鎮西功曹，轉文學，甚見賞愛，流連晤對，不舍日夕。長史王秀之以謝朓年少，欲密啓武帝。謝朓知之，因事求還。武帝命謝朓任新安王中軍記室。謝朓乃撰此牋，辭別隨王。全文情思婉

47 効蓬心於秋實：以微不足道的忠心報効侯王當年的栽培之恩。蓬心，曲士之心。《莊子・逍遙遊》：「則夫子猶有蓬之心也夫。」蓬草短曲而不直，莊子借以譬喻惠子見解之迂曲狹隘。謝朓援用此一典故以自喻。《韓詩外傳》卷七：「夫春樹桃李，夏得陰其下，秋得食其實。……今子所樹非其人也。故君子先擇而後種也。」樹桃李，喻培育人才。

48 簪履或存：對於故舊或有所存問。《韓詩外傳》卷九：「孔子出遊少原之野。有婦人中澤而哭，其音甚哀。孔子使弟子問焉曰：『夫人何哭之哀？』婦人曰：『鄉者刈蓍薪，亡吾蓍簪，吾是以哀也。』弟子曰：『刈蓍薪而亡蓍簪，有何悲焉？』婦人曰：『非傷亡簪也，蓋不忘故也。』」賈誼《新書・諭誠》：「昔楚昭王與吳人戰，楚軍敗，昭王走，屨決，眥而行，失之。行三十步，復旋取屨。及至於隋，左右問曰：『王何曾惜一踦屨乎？』昭王曰：『楚國雖貧，豈愛一踦屨哉？思與偕反也。』自是之後，楚國之俗無相棄者。」本句蓋合此二典而用之。

49 衽席無改：不棄故舊之誼。《韓非子・外儲說左上》：「文公返國，至河，令：『籩豆捐之，席蓐捐之，手足胼胝、面目黧黑者後之。』咎犯聞之而夜哭……曰：『籩豆，所以食也，而君捐之；有而君棄之；手足胼胝、面目黧黑者，勞有功者也，而君後之。今臣與在後，中不勝其哀，故哭。』」

50 身填溝壑：身死之後，棄屍於山谷。

51 妻子知歸：妻兒知所歸附。

52 攬涕：拭淚。

53 犬馬之誠：報效侯王之忠誠。犬馬，人臣對君王自卑之辭，以犬馬之效力主人為喻。

妙，華實並茂，是齊梁體之代表作。

牋是向上級問候、請謝的書信。《文心雕龍·書記》：「牋者，表也，表識其情也。」歐陽脩〈與陳員外書〉：「吏以私自達於其屬長，則曰牋、記、書、啓。」清·王兆芳《文體通釋》：「牋者，本字作『箋』……表識所言之情事，上天子與王侯郡將也。」

作者

謝朓，字玄暉，祖籍陳郡陽夏（今河南太康）人。生於南朝宋孝武帝大明八年（464），卒於齊東昏侯永元元年（499），年三十六。

謝朓之父謝緯，為南朝宋文帝長女長城公主之駙馬。謝朓少好學，有美名。齊武帝永明（483—493）初，任齊豫章王蕭嶷之太尉行參軍。永明四年（486），任隨王蕭子隆東中郎府官屬。竟陵王蕭子良開西邸，延攬謝朓、王融、沈約、蕭琛、蕭衍、范雲、任昉、陸倕等，號稱「竟陵八友」。齊武帝永明八年（490）秋，隨王蕭子隆任鎮西將軍荊州刺史，鎮江陵，以謝朓為功曹參軍，尋轉文學。謝朓在江陵甚受隨王蕭子隆器重。長史王秀之被徵還都，進讒言於武帝，謂謝朓「年少相動」。武帝乃徵召謝朓還建康。永明十一年（493）秋，武帝病逝，鬱林王蕭昭業繼位，國號隆昌。謝朓至都，為鬱林王所猜忌，未見重用。齊明帝建武二年（495），出為宣城太守。永泰元年（498），明帝病逝，其子東昏侯蕭寶卷立，荒淫無德。始安王蕭遙光覬覦帝位，致意於謝朓，謝朓不應，乃與江祏等連名收朓而殺之。

謝朓文章清麗，尤工五言詩。梁武帝蕭衍謂：「三日不讀謝朓詩，即覺口臭。」梁簡文帝蕭綱〈答湘東王和受試詩書〉言：「近世謝朓、沈約之詩，任昉、陸倕之筆，斯實文章之冠冕，述作之楷模。」劉孝綽常置謝朓詩於几案間，動靜輒吟詠不輟。沈約推崇謝朓為三百年來未有之奇才。由此可知謝朓詩歌之成就，備受時人之推崇。

評語

1. 孫鑛：「玄暉深於詩，此牋渾似詩賦。」
2. 孫琮：「文情委折，辭采秀發。陸雨侯謂其『驅思入渺，抑聲歸細，裊裊兮韓娥之揚袂』，知音哉。」

3. 于光華：「離、合之情，俱見親切。中間點綴絕妙詩情，詩人之文，自饒本色。全是駢語，而猶有生趣，此永明體之大概也。」

4. 譚獻：「巧思、情辭相副，祇覺婉轉悱惻，忘其寒乞，所謂妙於語言。」

5. 許槤：「通篇情思宛妙，絕去粉飾肥豔之習，便覺濃古有餘味。」「姿采幽茂，古力蟠注，乃六朝人眞實本領。」

6. 王文濡：「齊梁以後，文尚浮囂，玄暉特起，獨標風骨，此文華實並茂，悠然神往，潔比白雲在天，清比青江可望，是齊梁體之矯矯者。」

賞析

本文共分四段，首段先敘辭別侯王之情懷，次段追憶侯王對作者之器重與恩德，第三段陳述辭行侯王的場景，第四段抒寫未來與侯王相見的期盼。本文有「譬喻切當」、「用典工妙」、「布局勻整」等特色，誠屬修辭精妙，華實並茂之作。

1. 譬喻切當

第一段發端，作者敘寫「自己希望追隨侯王，卻被迫調職離去」之意，巧用「潢污之水，願朝宗而每竭；駑蹇之乘，希沃若而中疲」這兩組譬喻來表達。一則喻體「自己希望追隨侯王，卻被迫調職」並未出現，也未用喻辭，屬於「借喻」，言簡意賅。再則以「潢污之水，願朝宗而每竭」；「駑蹇之乘，希沃若而中疲」兩組典故為喻依，曲陳其旨，又屬「博喻」。含蓄委婉，耐人尋味。

第三段首聯，作者陳述「侯王對自己正是信任有加，自己卻不得不辭別侯王」之意，再度將「借喻」與「博喻」搭配運用：「（這就有如）滄溟未運，波臣自蕩；渤澥方春，旅翮先謝。」同樣是要言不繁、含蓄委婉、優美如詩的表達。

2.用典工妙

本文作者行文之際，往往巧用典故，以表達其情思，使得文章密度極大，殊堪翫繹。例如「東亂三江，西浮七澤」，運用《尚書．禹貢》、《文選．司馬相如．子虛賦》的典故，說明作者侍從隨王視察所屬軍政業務，地域相當遼廓。再如「長裾日曳，後乘載脂」，運用《漢書．鄒陽傳》、《詩經．邶風．泉水》的典故，說明作者遊於隨王門下，追隨其出巡所受之恩寵與器重。再如「効蓬心於秋實」，合用《莊子．逍遙遊》與《韓詩外傳》的典故，含蓄不露地訴說「報效侯王栽培之恩」的衷懷。舉此數例，即可知本文作者用典之工妙。

3.布局勻整

于光華《昭明文選集評》論本文之布局曰：「先敘別情，次及前好，中述去意，末訂後期。」這段話將本文起、承、轉、結之篇法，精要指陳。

本文作者於第一段「先敘別情」，以「潢汙之水」、「駑蹇之乘」兩組譬喻，自陳「被迫調職，不能如願追隨侯王」之苦衷，然後以「皐壤搖落」、「歧路西東」等四句，曲陳其惆悵之情、歔唈之悲。復著「況乃」一辭，再進一層，點出自己「服義徒擁，歸志莫從」的痛苦與無奈，而此忠心耿耿、「服義徒擁」之心志，以及痛苦無奈、「歸志莫從」之複雜心情，即是全文的感情主線。是爲起筆。

次段先自謙「朓實庸流，行能無算」，然後敘出「天地休明，山川受納」等四句，一則頌揚天子，一則感激侯王之錄用。自「舍耒場圃」至「未測涯涘」凡十二句，歷敘侯王對自己之賞愛與器重，自己追隨侯王赴各地巡視，督辦政、軍事務之經驗，以及擔任侯王幕僚之光榮與自得，以精鍊整齊、有如詩篇之四言句式，化用典故，寫得相當優雅蘊藉。然後以「撫臆論報，早誓肌骨」，說明自己感念之深刻，收束本段。是爲承筆。

於是轉而向侯王陳述離別之意而寫第三段。「滄溟未運，波臣自蕩；渤澥方春，旅翮先謝」一聯，婉轉表達侯王禮遇正隆，自己卻不得不辭別之情。接著，依次將辭行侯王、侯王送別之場景，以及踽踽東行，感懷思念侯王之深情，和盤托出。「去德滋永，思德滋深」兩句，結得情深意厚，實屬警策之句。是爲轉筆。

作者在第四段預期來年春天在首都迎接侯王，久別重逢的場景：「唯待青江可望，候歸艎於春渚；朱邸方開，効蓬心於秋實。」隨王的船隊順著長江東下，作者可躬迎侯王，期盼侯王依舊相與眷顧。「簪履或存，衽席無改」合用《韓詩外傳》與《新書．諭誠》之典故，將企盼侯王存問舊屬之情，委曲寫出，可謂得含蓄之妙。是爲結筆。

本文布局穩妥，各段內容、篇幅相當勻稱，承轉自如，譚復堂曰：「祇覺婉轉悱惻，忘其寒乞。」王文濡曰：「華實並茂，……是齊梁體之矯矯者。」實屬中肯之評。

問題與討論

1.請析論本文之對偶修辭。
2.請析論本文之譬喻修辭。
3.本文之布局有何特色？請加以說明。

文章習作

請設想大學四年級學生之情懷，於畢業之際，以文言撰擬辭別師長或同窗之書信。

附錄

1.張溥〈謝宣城集題辭〉

李青蓮論詩，目無往古，惟於謝玄暉三四稱服，泛月、登樓，篇詠數見，至欲攜之上華山，問青天。余讀青蓮五言詩，情文駿發，亦有似玄暉者。知其興歎難再，誠心儀之，非臨風空憶也。梁武帝極重謝詩，云：「三日不讀，即覺口臭。」簡文與湘東書，推為「文章冠冕，述作楷模」。劉孝綽日置几案，沈休文每誦未有，其見貴當時，又復如是。

今反覆誦之，益信古人知言。雖漸啓唐風，微遜康樂，要已高步諸謝矣。隨王賞愛，晤對不舍，長史間之，殊痛離割。集中文字，亦惟文學辭箋、西府贈詩兩篇獨絶，蓋中情深者為言益工也。（張溥著，殷孟倫注《漢魏六朝百三家集題辭注．謝宣城集》）

2.李白對謝朓之推崇

(1)李白〈金陵城西樓月下吟〉：「解道澄江淨如練，令人長憶謝玄暉。」

(2)〈宣州謝朓樓餞別校書叔雲〉：「蓬萊文章建安骨，中間小謝又清發。俱懷逸興壯思飛，欲上青天覽明月。」

(3)〈遊敬亭寄崔侍御〉：「我家敬亭下，輒繼謝公作。相去數百年，風期宛如昨。」

(4)王士禛《論詩絶句．其三》：「青蓮才筆九州橫，六代淫哇總廢聲。白紵青山魂魄在，一生低首謝宣城。」

崔成宗編撰

10. 序志

劉勰

選文

夫文心者，言爲文之用心也。昔涓子《琴心》[1]、王孫《巧心》[2]，心哉美矣，故用之焉。古來文章，以雕縟[3]成體，豈取騶奭之群言雕龍[4]也？

夫宇宙綿邈，黎獻[5]紛雜，拔萃出類，智術而已。歲月飄忽，性靈[6]不居，騰聲飛實[7]，制作而已。夫人肖貌天地[8]，稟性五才[9]，擬耳目於日月[10]，方聲氣乎風雷[11]，

---

1 涓子琴心：涓子著《琴心》一書。黃侃《文心雕龍札記．序志》：「涓子蓋即《史記．孟子荀卿列傳》之環淵。環淵，楚人，為稷下先生，言黃老道德之術，著書上下篇〔「琴心」蓋即此書之名〕。環，一作『蠉（ㄒㄩㄢ）』，一作『蜎（ㄩㄢ）』。」〕《漢書．藝文志．道家》：「《蜎子》十三篇。注：『名淵，楚人，老子弟子。』」

2 王孫巧心：王孫子著《巧心》一書。《漢書．藝文志．儒家》：「《王孫子》一篇。注：『一曰《巧心》。』」

3 褥：繁采飾。

4 騶奭之群言雕龍：騶奭的許多言論，辭采華麗，有如雕鏤龍文。《史記．孟子荀卿列傳》：「騶奭者，……亦頗采騶衍之術以紀文……騶衍之術，迂大而閎辯。奭也文具難施……故齊人頌曰：『談天衍，雕龍奭。』」裴駰《史記集解》：「劉向《別錄》曰：『騶衍之所言五德終始，天地廣大，盡言天事，故曰「談天」。』騶奭修衍之文，飾若雕鏤龍文，故曰：『雕龍』。」

5 黎獻：黎民之賢者。

6 性靈：指生命。

7 騰聲飛實：傳揚聲譽和成果。

8 肖貌天地：指人的形體象徵天地。

9 五才：即五常，仁、義、禮、智、信。

10 擬耳目於日月：人之耳目精明，觀照萬物，有如日月。

11 方聲氣乎風雷：人之聲音氣息，相當強勁，有如風雷。

其超出萬物，亦已靈矣。形同草木之脆，名踰金石之堅，是以君子處世，樹德建言，豈好辯哉？不得已也。

予生七齡，乃夢彩雲若錦，則攀而採之。齒在踰立[12]，則嘗夜夢執丹漆之禮器[13]，隨仲尼而南行。旦而寤，迺怡然而喜。大哉！聖人之難見也，乃小子之垂夢歟！自生人以來，未有如夫子者也。敷贊聖旨[14]，莫若注經，而馬、鄭[15]諸儒，弘之已精，就有深解，未足立家。唯文章之用，實經典枝條[16]，五禮[17]資之以成，六典[18]因之致用；君臣所以炳煥[19]，軍國所以昭明[20]。詳其本源，莫非經典。而去聖久遠，文體解散[21]，辭人愛

12 齒在踰立：年逾三十。
13 禮器：指籩、豆等祭器。
14 敷贊聖旨：陳述闡明聖人之旨趣。敷，鋪陳，陳述。贊，闡明。
15 馬鄭：馬融、鄭玄。馬融著有《三傳異同說》，曾注《孝經》、《論語》、《詩經》、《書經》、《易經》、《儀禮》、《禮記》、《周禮》。鄭玄曾注《尚書大傳》、《易經》、《詩經》、《書經》、《儀禮》、《論語》、《孝經》。
16 經典枝條：經典之旁枝。
17 五禮：指吉、凶、軍、賓、嘉禮。
18 六典：《周禮．天官．冢宰》：「太宰之職，掌建邦之六典，以佐王治邦國。一曰治典……二曰教典……三曰禮典……四曰政典……五曰刑典……六曰事典。」
19 君臣所以炳煥：國君與臣子之禮儀憑藉文章而闡明。
20 軍國所以昭明：軍隊與國家之制度憑藉文章而彰顯。
21 文體解散：指文體散亂。文體，文章體制。

奇，言貴浮詭[22]。飾羽尚畫[23]，文繡鞶帨[24]。離本彌甚，將遂訛濫。蓋〈周書〉論辭，貴乎體要[25]；尼父陳訓，惡乎異端[26]。辭、訓之異，宜體於要[27]。於是搦筆[28]和墨，乃始論文。

詳觀近代之論文者多矣。至於魏文述《典》[29]，陳思序書[30]，應瑒〈文論〉[31]，陸機〈文賦〉，仲洽《流

22 辭人愛奇，言貴浮詭：《文心雕龍・定勢》：「近代辭人，率好詭巧……厭黷舊式，故穿鑿取新。」

23 飾羽尚畫：喜好再修飾繪畫鳥羽的自然文采，如此反而有傷真美。譬喻崇尚過度華麗的文辭。尚，好尚，崇尚。《莊子・列御寇》：「（顏闔）曰：『殆哉圾乎！仲尼方且飾羽而畫，從事華辭，以支為旨。』」宣穎曰：「羽有自然文采，飾而畫之，則務人巧。」

24 文繡鞶帨：文辭過度雕飾，有如在文采華麗的大帶與佩巾上再加以刺繡。鞶，音ㄆㄢˊ，大帶。帨，音ㄕㄨㄟˋ，佩巾。揚雄《法言・吾子》：「今之學也，非獨為之華藻也，又從而繡其鞶帨。」

25 周書論辭，貴乎體要：《周書》論及文辭，貴尚辭理足而簡約。《周書》，此處指《尚書・畢命》，為周康王命史官所作。《尚書・畢命》：「政貴有恆，辭尚體要，不惟好異。」蔡沈《書集傳》引夏僎曰：「體則具於理而無不足，要則簡於辭而亦不至於有餘，謂辭理足而簡約也。」

26 尼父陳訓，惡乎異端：孔子陳述其教訓，厭惡異端。《論語・為政》：「子曰：『攻乎異端，斯害也已。』」異端，原指不合聖人之道者，此處蓋指浮詭訛濫之辭。

27 辭、訓之異，宜體於要：「〈周書〉論辭，貴乎體要」之辭、「攻乎異端，斯害也已」之訓，所論雖異，都應以體要為本。

28 搦筆：執筆。搦，音ㄋㄨㄛˋ，執。

29 魏文述典：魏文帝曹丕撰《典論・論文》。

30 陳思序書：陳思王曹植撰〈與楊德祖書〉。

31 應瑒文論：應瑒撰〈文質論〉。黃侃《文心雕龍札記・序志》：「案：此文汎論文質之宜。」吳林柏《文心雕龍義疏》：「劉勰所謂『文』，包括自然、典制、文學、藝術等，故本篇直以〈文質論〉為文論。」

別》[32]，宏範《翰林》[33]，各照隅隙，鮮觀衢路。或臧否當時之才，或銓品前修之文，或泛舉雅俗之旨，或撮題篇章之意。魏《典》密而不周[34]，陳書辯而無當[35]，應論華而疏略[36]，陸賦巧而碎亂[37]，《流別》精而少功[38]，

32 仲洽流別：案：洽，當作「治」。晉·摯虞《文章流別論》。摯虞，字仲治。《文章流別論》全書已佚，今存若干則，收錄於嚴可均輯《全上古三代秦漢三國六朝文》。

33 宏範翰林：晉·李充《翰林論》。李充，字宏範。黃侃《文心雕龍札記·序志》：「李充，《晉書》字弘度，此云宏範，或其字兩行。」《翰林論》全書已佚，今存若干則，收錄於嚴可均輯《全上古三代秦漢三國六朝文》。

34 魏典密而不周：魏文帝曹丕撰《典論·論文》持論細密而不周全。今人郭紹虞《中國歷代文論選·文心雕龍序志·注釋》：「《典論·論文》分析作家作品不同的氣，各種文體不同的特徵，比較細密，但仍然只是引了端緒，未能就這些問題做全面周到的闡發，故云『密而不周』。」

35 陳書辯而無當：陳思王曹植〈與楊德祖書〉有其辭辯而說理未當。今人傅庚生《中國文學批評通論》：「陳思王曹植〈與楊德祖書〉：『昔仲宣獨步於漢南，孔璋鷹揚於河朔，偉長擅名於青土，公幹振藻於海隅，德璉發跡於此魏，足下高視於上京。』讚揚而已，無與於品藻。又云：『辭賦小道，固未足以揄揚大義，彰示來世也。昔揚子雲先朝執戟之臣耳，猶稱「壯夫不為」也。吾雖德薄，位為藩侯，猶庶幾勠力上國，流惠下民，建永世之業，留金石之功，豈徒以翰墨為勳績，辭賦為君子哉！』亦似未知重視文學本身之價值。」

36 應論華而疏略：應瑒撰〈文質論〉辭采華麗卻空疏簡略。吳林柏《文心雕龍義疏》：「應瑒撰〈文質論〉辭采光華，然以『文』為『泰』，以『質』為『否』，通篇抑『質』揚『文』，與孔子『文質彬彬』，劉勰『文附質』、『質待文』之旨相背，故曰『疏略』。」

37 陸賦巧而碎亂：陸機〈文賦〉思理巧妙而文辭繁瑣雜亂。《文心雕龍·總術》：「昔陸氏〈文賦〉號為曲盡，然汎論纖悉，而實體未該。」李曰剛《文心雕龍斠詮》：「所謂『纖悉』、『未該』，即『巧而碎亂』之意。」郭紹虞《文筆說考辨》：「可能他（劉勰）即因〈文賦〉沒有講到內容實質的問題，也即沒有講到宗經、徵聖的問題，所以是『實體未該』。」

38 流別精而少功：晉摯虞《文章流別論》內容精審，而缺少功效。

《翰林》淺而寡要[39]。又君山[40]、公幹[41]之徒，吉甫[42]、士龍[43]之輩，泛議文意，往往間出，並未能振葉以尋根，觀瀾而索源。不述先哲之誥[44]，無益後生之慮。

蓋《文心》之作也，本乎道[45]，師乎聖[46]，體乎經[47]，酌乎緯[48]，變乎騷[49]，文之樞紐[50]，亦云極矣。若乃論文敘筆，則囿別區分[51]，原始以表末[52]，釋名以章義[53]，選文以定篇[54]，敷理以舉統[55]。上篇以上，綱領明

---

39 翰林淺而寡要：晉李充《翰林論》文辭淺顯，而不得要領。案：摯虞《文章流別論》、李充《翰林論》已佚，劉勰得見其全貌，所評當有依據。

40 君山：漢桓譚，字君山，著有《新論》，頗有論文之辭。《文心雕龍．通變》：「桓君山云：『予見新進麗文，美而無采，及見劉（劉向）、揚（揚雄）言辭，常輒有得。』」《文心雕龍．定勢》：「桓譚稱：文家各有所慕，或好浮華而不知實覈，或美眾多而不見要約。」此皆桓譚論文之語。

41 公幹：魏劉楨，字公幹。《文心雕龍．風骨》：「公幹亦云：『孔氏（孔融）卓卓，信含異氣。筆墨之性，殆不可勝。』」《文心雕龍．定勢》：「劉楨云：『文之體指（或曰：「指」當作「勢」。）虛實強弱，使其辭已盡而勢有餘，天下一人耳（此「一人」不詳何人），不可得也。』」此皆劉楨論文之語。

42 吉甫：晉應貞，字吉甫。著有《應貞集》，已佚。

43 士龍：晉陸雲，字士龍。其與兄平原書，為數頗多，頗有商榷文章者。

44 先哲之誥：指〈周書〉論辭、尼父陳訓等內涵。

45 本乎道：以道為根本。《文心雕龍》第一篇為〈原道〉。

46 師乎聖：師法於聖人。《文心雕龍》第二篇為〈徵聖〉。

47 體乎經：體察於經典。《文心雕龍》第三篇為〈宗經〉。

48 酌乎緯：斟酌於緯書。《文心雕龍》第四篇為〈正緯〉。

49 變乎騷：《楚辭》為風雅之變體。《文心雕龍》第五篇為〈辨騷〉。

50 文之樞紐：文之關鍵。《文心雕龍》第一篇至第五篇屬文原論。

51 論文敘筆則囿別區分：討論韻文和散文的各種文類，則分別種類加以論述。文，韻文。筆，非韻文。囿、區，指文章種類。

52 原始以表末：追溯文類之起源，以探討其發展。

53 釋名以章義：詮釋文類之名義，以彰顯其涵義。

54 選文以定篇：遴選優秀之作品，以確定文章之典範。

55 敷理以舉統：陳述文類創作之理，以揭示其理論體系。《文心雕龍》第六篇〈明詩〉至第二十五篇〈書記〉屬文體論。

矣。至於剖情析采[56]，籠圈條貫[57]，摛神性[58]，圖風勢[59]，苞會通[60]，閱聲字[61]，崇替[62]於〈時序〉，褒貶於〈才略〉，怊悵[63]於〈知音〉，耿介[64]於〈程器〉，長懷[65]〈序志〉，以馭群篇。下篇以下，毛目[66]顯矣。位理定名[67]，彰乎大《易》之數[68]，其爲文用，四十九篇而已。

夫銓序[69]一文爲易，彌綸[70]群言爲難。雖復輕采毛髮[71]，深極骨髓[72]，或有曲意密源[73]，似近而遠，辭所不

56 剖情析采：分析作品之情感與辭采。

57 籠圈條貫：全面概括寫作條理。籠圈，概括。條貫，條理。李曰剛《文心雕龍斠詮》：「就其範類籠而圈之，故云籠圈；因其統序條而貫之，故云條貫。彥和於列論創作規範二十目外（《文心雕龍》第二十六篇〈神思〉以下二十篇），又於第十卷提出批評理論，如〈時序〉、〈才略〉、〈知音〉、〈程器〉四目，以會通歷代文章之變化，亦條貫之謂也。」

58 摛神性：抒寫〈神思〉、〈體性〉。

59 圖風勢：考慮〈風骨〉、〈定勢〉。

60 苞會通：包括〈附會〉、〈通變〉。

61 閱聲字：觀察〈聲律〉、〈練字〉。

62 崇替：盛衰興廢。

63 怊悵：惆悵感慨。

64 耿介：感傷、感憤。

65 長懷：深長之情懷。

66 毛目：細目。

67 位理定名：依照理論排列各篇，並且確定其篇名。

68 大易之數：指大衍之數。《周易．繫辭上》：「大衍之數五十，其用四十有九。」孔穎達《周易正義》引馬融：「《易》有太極，謂北辰也。太極生兩儀，兩儀生日月，日月生四時，四時生五行，五行生十二月，十二月生二十四氣。北辰居位不動，其餘四十九轉運而用也。」

69 銓序：評述。銓，評量。序，敘。

70 彌綸：概括。

71 輕采毛髮：注意文學創作中細微枝節之問題。毛髮，喻細微枝節。

72 骨髓：喻文學創作之根本問題。

73 曲意密源：曲折之用意、細密之根源。

載，亦不勝數矣。及其品列[74]成文，有同乎舊談者，非雷同也，勢自不可異也；有異乎前論者，非苟異也，理自不可同也。同之與異，不屑古今[75]，擘肌分理[76]，唯務折衷[77]。按轡文雅之場[78]，環絡藻繪之府[79]，亦幾乎備矣。但言不盡意，聖人所難[80]。識在缾管[81]，何能矩矱[82]？茫茫[83]往代，既洗予聞[84]；眇眇[85]來世，倘塵彼觀[86]也。

贊曰：生也有涯，無涯惟智。逐物實難，憑性良易。傲岸[87]泉石[88]，咀嚼文義。文果載心，余心有寄。

題解

本文錄自劉勰《文心雕龍》第五十篇，為《文心雕龍》一書之序。序志，指由此序言，書寫作者之心志。文中說明《文心雕龍》之命名緣由、寫作

74 品列：《梁書．劉勰傳》作「品評」。
75 不屑古今：不計較時代之古或今。屑，顧。
76 擘肌分理：對於文學理論分析精密。
77 折衷：採取恰當的準則。
78 按轡文雅之場：從容行止於文學園地。按轡，按抑韁轡，使馬徐行。
79 環絡藻繪之府：掌握於辭藻之籠頭。喻從事文學創作，得心應手，從容不迫。環絡，收繞馬之籠頭，以止步駐足。
80 言不盡意，聖人所難：文辭無法完全達意。聖人也認為難以用文辭充分達意。《周易．繫辭上》：「子曰：『書不盡言，言不盡意。』」
81 識在缾管：喻識見短淺。以陶缾汲水，以竹管窺天，喻所見者微小。
82 矩矱：法度。矱，音ㄏㄨㄛˋ。
83 茫茫：遙遠的樣子。
84 既洗予聞：謂古代聖哲既已洗滌我之愚蒙。
85 眇眇：遼遠的樣子。
86 倘塵彼觀：或許我劉勰之著作也會讓後世之人研讀。塵彼觀，塵穢彼之視聽。
87 傲岸：高傲不群。
88 泉石：指山林隱居之所。

動機、寫作宗旨、書中內容、組織結構，以及著書立說之心態與期盼。

劉勰深感「歲月飄忽，性靈不居」，因而希望憑藉其智術，「樹德建言」，「拔萃出類」，以追求不朽。他七歲時，夢到「彩雲若錦」；年踰三十，夢到捧著禮器，隨孔子南行。這兩度夢境，說明了他對於孔子聖道的嚮往之情與弘揚之願。然而馬融、鄭玄等先賢已遍注群經，後人「就有深解」，亦難超越。於是劉勰轉而以原道、宗經、徵聖為主軸，另創新猷，別開生面，建構文論，以成一家之言。

《文心雕龍》全書共五十篇。第一篇至第五篇，依序是〈原道〉第一、〈徵聖〉第二、〈宗經〉第三、〈正緯〉第四、〈辨騷〉第五，屬文原論。第六篇至第二十五篇，依序是〈明詩〉第六、〈樂府〉第七、〈詮賦〉第八、〈頌讚〉第九、〈祝盟〉第十、〈銘箴〉第十一、〈誄碑〉第十二、〈哀弔〉第十三、〈雜文〉第十四、〈諧讔〉第十五、〈史傳〉第十六、〈諸子〉第十七、〈論說〉第十八、〈詔策〉第十九、〈檄移〉第二十、〈封禪〉第二十一、〈章表〉第二十二、〈奏啓〉第二十三、〈議對〉第二十四、〈書記〉第二十五，屬文體論。第二十六篇〈神思〉以下二十篇，包括〈神思〉第二十六、〈體性〉第二十七、〈風骨〉第二十八、〈通變〉第二十九、〈定勢〉第三十、〈情采〉第三十一、〈鎔裁〉第三十二、〈聲律〉第三十三、〈章句〉第三十四、〈麗辭〉第三十五、〈比興〉第三十六、〈夸飾〉第三十七、〈事類〉第三十八、〈練字〉第三十九、〈隱秀〉第四十、〈指瑕〉第四十一、〈養氣〉第四十二、〈附會〉第四十三、〈總術〉第四十四、〈物色〉第四十六，屬文術論。至於〈時序〉第四十五，論文學與時代之關係；〈才略〉第四十七，論作者之才華；〈知音〉第四十八，論文學批評；〈程器〉第四十九，論作者之德行；〈序志〉第五十，屬全書之序言。誠可謂組織嚴密，體大思精之作。

本文依據周振甫《文心雕龍注釋》，並參考范文瀾《文心雕龍注》、楊明照《文心雕龍校注》、王更生《文心雕龍讀本》，黃霖整理集評《文心雕龍》校勘文字。

作者

劉勰，字彥和，南朝東莞莒（今山東莒縣）人。約生於宋明帝泰始元年（465？），約卒於梁武帝中大通四年（532？），年約六十八。

劉勰早孤，篤志好學。家貧，不婚娶。依沙門僧祐，與之居處，凡十餘年，遂博通經論。僧祐整理定林寺經藏既成，使人鈔撰要事，為《三藏記》、《法苑記》、《世界記》、《釋迦譜》、《弘明集》等，劉勰皆參與其事。梁武帝天監（502—519）初年，奉朝廷徵召，任奉朝請之職。中軍臨川王蕭宏引兼記室。遷車騎倉曹參軍，出為太末（今浙江衢縣）令，政有清績。其後出任仁威南康簡王蕭績之記室，兼太子東宮通事舍人。昭明太子蕭統喜好文學，對劉勰甚為器重。

劉勰為文長於佛理，京師寺塔及名僧碑誌，必請劉勰製文。後奉敕與慧震沙門於定林寺撰經。證功畢，遂乞求出家。先燔髮以自誓，獲皇帝准許，乃於定林寺出家，改名慧地。出家後未滿一年即圓寂。

著有《文心雕龍》、〈滅惑論〉、〈梁建安王造剡山石城寺石像碑〉等。

評語

1. 紀昀：「此全書（《文心雕龍》）總序。古人之序皆在後，《史記》、《漢書》、《法言》、《潛夫論》之類，古本尚班班可考。」
2. 紀昀：「全書針對此數語（『蓋《周書》論辭，貴乎體要；尼父陳訓，惡乎異端。辭、訓之異，宜體於要』）立言。」
3. 紀昀：「結處自負不淺。」
4. 王更生《文心雕龍讀本．序志》：「近人劉永濟《（文心雕龍）校釋》說：『舍人懼斯文之日靡，攄孤懷而著書，其識度閎闊如此。故其所論，千載猶新，實乃藝苑之通才，非止當時之藥石也。』〈序志〉篇贊曰：『文果載心，余心有寄。』彥和疾名德之不彰，故垂空言以濟世，想不到在一千五百年後的今天，《文心雕龍》已譽滿中外，成了當代的顯學。」

賞析

本文共六段。首段說明《文心雕龍》命名的緣由。第二段主張：君子處世，應憑其智術，樹德建言，以垂不朽。第三段言著作《文心雕龍》之動機與歸本於體要之宗旨。第四段論列前代各家文論，雖然「泛議文意，往往間出」，卻都「不述先哲之誥」，未能徵聖、宗經。第五段闡論《文心雕龍》全書結構，體大思精。第六段陳明著述之困難與寫作之態度，並且自謙才識淺薄，企盼逢遇知音。

綜觀本文，特色頗多。試陳四端，以資隅反。

1.**駢散兼融，自然渾成**：作者以駢文行文，對偶自然，間以散句調節駢偶，文氣流暢，實屬駢文雋上之作。例如：第二段之「唯文章之用……莫非經典」；第六段之「夫銓序一文爲易……亦不勝數矣」等，皆屬之。

2.**現身說法，實踐理論**：劉勰《文心雕龍．鎔裁》有言：「善敷者，辭殊而意顯。」本文第三段「飾羽尚畫，文繡鞶帨」二句，分別用《莊子》、《法言》之典故，其用意都在說明過度雕飾文辭，違反自然之美感。意思雖或重複，而用辭完全殊異。並無「義犯合掌」之失，而具「辭殊意顯」之妙。如此用典行文，正是落實「善敷者，辭殊而意顯」之創作理論。

3.**言簡意賅，虛實相濟**：本文第四段「詳觀近代之論文者多矣」云云，列舉齊、梁以前之重要文論，先以「或臧否當時之才」等四句，標舉其內容與特色；復以「魏《典》密而不周」等四句，指陳其疵病，言簡意賅，是爲實筆。至於「又君山、公幹之徒」等四句，則概略衡評其餘較爲零散之文論，是爲虛筆。如此虛實相濟，而「近代文論」「不述先哲之誥，無益後生之慮」之不可人意，而有待別出心裁，以原道、徵聖、宗經爲核心，重新締構完整精密之理論體系之寫作旨趣，即較爾可知矣。

4.**妙述結構，歸本經典**：《文心雕龍》各篇，皆歸本於儒家經典，固無論矣。即〈序志〉第五段撮述全書篇數與結構，亦「位理定名，彰乎大《易》之數」。劉勰之精熟經典，深具巧思與創見，由此可知。再者，本段列舉全書篇名，筆致靈動多變。述「文之樞紐」，則以「本」、「師」、「體」、「酌」、「變」等動詞，見其卓識；陳「文體論」之寫作，則標舉各篇之體例。至於創作論以下各篇，亦能選用精妙之動詞，以少總多，彰顯要義。凡此皆劉勰杼軸之精緻，以具體之創作行動，體現《文心雕龍》之理論者。

問題與討論

1. 請說明《文心雕龍》命名之旨趣。
2. 劉勰為何撰寫《文心雕龍》？
3. 請說明《文心雕龍》第六篇〈明詩〉至第二十五篇〈書記〉之寫作體例。
4. 請闡述《文心雕龍》一書之結構。

文章習作

1. 請擇一部古籍，以文言說明其書之命名旨趣。文章篇幅以一百字爲限。
2. 請任擇一部典籍，以文言撰寫精要之書評。文章篇幅以二百字爲限。

附錄

1. 曹丕《典論・論文》

文人相輕，自古而然。傅毅之於班固，伯仲之間耳，而固小之。與弟超書曰：「武仲以能屬文為蘭臺令史，下筆不能自休。」夫人善於自見，而文非一體，鮮能備善。是以各以所長，相輕所短。里語曰：「家有弊帚，享之千金。」斯不自見之患也。

今之文人：魯國孔融文舉、廣陵陳琳孔璋、山陽王粲仲宣、北海徐幹偉長、陳留阮瑀元瑜、汝南應瑒德璉、東平劉楨公幹。斯七子者，於學無所遺，於辭無所假，咸以自騁驥騄於千里，仰齊足而並馳，以此相服，亦良難矣。蓋君子審己以度人，故能免於斯累，而作〈論文〉。

王粲長於辭賦，徐幹時有齊氣，然粲之匹也。如粲之〈初征〉、〈登樓〉、〈槐賦〉、〈征思〉，幹之〈玄猿〉、〈漏卮〉、〈圓扇〉、〈橘賦〉，雖張、蔡不過也。然於他文，未能稱是。琳、瑀之章、表、書、記，今之雋也。應瑒和而不壯，劉楨壯而不密。孔融體氣高妙，有過人者，然不能持論，理不勝辭，以至乎雜以嘲戲。及其所善，揚、班儔也。常人貴遠賤近，向聲背實，又患闇於自見，謂己為賢。

夫文本同末異，蓋奏議宜雅，書論宜理，銘誄尚實，詩賦欲麗。此四科不同，故能之者偏也，唯通才能備其體。文以氣為主，氣之清濁有體，不可力強而致。譬諸音樂，曲度雖均，節奏同檢，至於引氣不齊，巧拙有素，雖在父兄，不能以移子弟。

蓋文章經國之大業，不朽之盛事，年壽有時而盡，榮樂止乎其身，二者必至之常期，未若文章之無窮。是以古之作者，寄身於翰墨，見義於篇籍，不假良史之辭，不託飛馳之勢，而聲名自傳於後。故西伯幽而演《易》，周旦顯而制禮，不以隱約而弗務，不以康樂而加思。夫然，則古人賤尺璧而重寸陰，懼乎時之過已。而人多不強力，貧賤則懾於飢寒，富貴則流於逸樂。遂營目前之務，而遺千載之功。日月逝於上，體貌衰於下，忽然與萬物遷化，斯志士之大痛也。融等已逝，唯幹著論，成一家言。（錄自蕭統編、李善注《文選》卷52）

2.曹植〈與楊德祖書〉

植白：數日不見，思子為勞，想同之也。僕少小好為文章，迄至於今，二十有五年矣。然今世作者，可略而言也。昔仲宣獨步於漢南，孔璋鷹揚於河朔，偉長擅名於青土，公幹振藻於海隅，德璉發跡於此魏，足下高視於上京。當此之時，人人自謂握靈蛇之珠，家家自謂抱荊山之玉，吾王於是設天網以該之，頓八紘以掩之，今悉集茲國矣。

然此數子，猶復不能飛軒絕跡，一舉千里。以孔璋之才，不閑於辭賦，而多自謂能與司馬長卿同風，譬畫虎不成，反為狗也。前書嘲之，反作論盛道僕贊其文。夫鍾期不失聽，於今稱之。吾亦不能妄歎者，畏後世之嗤余也。

世人之著述，不能無病。僕常好人譏彈其文，有不善者，應時改定。昔丁敬禮常作小文，使僕潤飾之。僕自以才不過若人，辭不為也。敬禮謂僕：「卿何所疑難？文之佳惡，吾自得之，後世誰相知定吾文者耶？」吾嘗歎此達言，以為美談。昔尼父之文辭，與人通流，至於制《春秋》，游、夏之徒，乃不能措一辭。過此而言不病者，吾未之見也。

蓋有南威之容，乃可以論其淑媛；有龍泉之利，乃可以議其斷割。劉季緒才不能逮於作者，而好詆訶文章，掎摭利病。昔田巴毀五帝，罪三王，呰五霸於稷下，一旦而服千人。魯連一說，使終身杜口。劉生之辯，未若田氏，今之仲連，求之不難，可無息乎？人各有好尚，蘭茝蓀蕙之芳，眾人所好，而海畔有逐臭之夫；〈咸池〉、〈六莖〉之發，眾人所共樂，而墨翟有非之之論。豈可同哉？

今往僕少小所著辭賦一通相與。夫街談巷說，必有可採；擊轅之歌，有應風雅。匹夫之思，未易輕棄也。辭賦小道，固未足以揄揚大義，彰示來世也。昔揚子雲先朝執戟之臣耳，猶稱「壯夫不為也」。吾雖德薄，位為蕃侯，猶庶幾戮力上國，流惠下民，建永世之業，留金石之功，豈徒以翰墨為勳績，辭賦為君子哉？若吾志未果，吾道不行，則將採庶官之實錄，辯時俗之得失，定仁義之衷，成一家之言。雖未能藏之於名山，將以傳之於同好。非要之皓首，豈今日之論乎？其言之不慚，恃惠子之知我也。明早相迎，書不盡懷。植白。（錄自蕭統編、李善注《文選》卷42）

崔成宗編撰

11. 詩品序

鍾嶸

選文

氣[1]之動物，物之感人，故搖蕩性情，形諸舞詠。照燭三才，暉麗萬有。靈祇[2]待之以致饗，幽微藉之以昭告。動天地，感鬼神，莫近於詩[3]。

昔南風之辭[4]、卿雲之頌[5]，厥義夐矣。夏歌曰：「鬱陶乎予心。」[6]楚謠云：「名余曰正則。」[7]雖詩體未全，然是五言之濫觴[8]也。逮漢李陵，始著五言之目[9]

1　氣：自然之節氣。

2　靈祇：天地。謝莊〈月賦〉：「柔祇雪凝，圓靈水鏡。」柔祇，指地。圓靈，指天。

3　莫近：《公羊傳・哀公十四年》：「撥亂世，反諸正，莫近諸《春秋》。」何休注：「莫近，猶莫過之也。」

4　南風之辭：《禮記・樂記》：「昔者舜作五弦之琴，以歌南風。」王肅《孔子家語》：「南風之熏兮，可以解吾民之慍兮；南風之時兮，可以阜吾民之財兮。」崔述《考信錄》：「詞露而意淺，聲曼而力弱，不類唐虞時語，蓋後世工於琴者所擬作。」

5　卿雲之頌：《尚書大傳》：「舜將禪禹，於時俊乂百工相和而歌曰：『卿雲爛兮，糺縵縵兮，日月光華，旦復旦兮。』」王叔岷《鍾嶸詩品箋證稿》：「此歌疑是漢儒偽託。」

6　鬱陶乎予心：《尚書・五子之歌》：「鬱陶乎予心，顏厚有忸怩。」陶，音ㄧㄠˊ。

7　名余曰正則：屈原〈離騷〉：「名余曰正則兮，字余曰靈均。」

8　濫觴：《荀子・子道》：「昔者江出於岷山，其始出也，其源可以濫觴。」

9　逮漢李陵，始著五言之目：蕭統《文選》錄李陵與蘇武詩三首。劉勰《文心雕龍・明詩》：「至成帝品錄，三百餘篇，朝章國采，亦云周備。而辭人遺翰，莫見五言，所以李陵、班婕妤見疑於後代也。」《文選・李陵・與蘇武三首・其三》：「攜手上河梁，遊子暮何之。徘徊蹊路側，悢悢不得辭。行人難久留，各言長相思。安知非日月，弦望自有時。努力崇明德，皓首以為期。」

矣。古詩眇邈，人世難詳。推其文體，固是炎漢之製，非衰周之倡也。自王、揚、枚、馬之徒，辭賦競爽[10]，而吟詠靡聞。從李都尉迄班婕妤，將百年間，有婦人焉，一人而已[11]。《詩》人之風，頓已缺喪。東京二百載中，惟有班固〈詠史〉[12]，質木無文。降及建安，曹公父子，篤好斯文[13]；平原兄弟[14]，鬱為文棟；劉楨、王粲，為其羽翼。次有攀龍托鳳，自致於屬車[15]者，蓋將百計。彬彬之盛，大備於時矣。爾後凌遲[16]衰微，迄於

---

10 王揚枚馬之徒，辭賦競爽：指王褒、揚雄、枚乘、司馬相如等辭賦家。《漢書・藝文志》著錄王褒賦十六篇、揚雄賦十二篇、枚乘賦九篇、司馬相如賦二十九篇。競爽，爭輝。競，彊。爽，明。

11 從李都尉迄班婕妤，將百年間，有婦人焉，一人而已：李陵官騎都尉。班婕妤，漢成帝宮中女官，逯欽立《先秦漢魏晉南北朝詩・班婕妤・怨詩》：「新裂齊紈素，鮮潔如霜雪。裁為合歡扇，團團似明月。出入君懷袖，動搖微風發。常恐秋節至，涼飆奪炎熱。棄捐篋笥中，恩情中道絕。」一人，指李陵。《論語・泰伯》：「舜有臣五人（禹、稷、契、皐陶、伯益）而天下治。武王曰：『予有亂臣十人（周公旦、召公奭、太公望、畢公、榮公、太顛、閎夭、散宜生、南宮适、文母）。』孔子曰：『才難，不其然乎？唐虞之際，於斯為盛。有婦人焉，九人而已。』」

12 班固詠史：逯欽立《先秦漢魏晉南北朝詩・班固・詠史》：「三王德彌薄，惟後用肉刑。太倉令有罪，就遞長安城。自恨身無子，困急獨煢煢。小女痛父言，死者不可生。上書詣闕下，思古歌雞鳴。憂心摧折裂，晨風揚激聲。聖漢孝文帝，惻然感至情。百男何憒憒，不如一緹縈。」

13 斯文：本義為典章文物，此處指文學。《論語・子罕》：「子畏於匡。曰：『文王既沒，文不在茲乎？天之將喪斯文也，後死者不得與於斯文也。天之未喪斯文也，匡人其如予何？』」

14 平原兄弟：陳延傑謂：指平原侯曹植與白馬王曹彪。《三國志・魏書・陳思王植傳》：「（漢獻帝）建安十六年（211）封平原侯。」

15 屬車：蕭統《文選・張衡・東京賦》：「屬車九九。」薛綜注：「副車曰屬，言相連也。」

16 凌遲：衰微，衰敗。

有晉。太康[17]中，三張[18]、二陸[19]、兩潘[20]、一左[21]，勃爾復興，踵武前王。風流未沫[22]，亦文章之中興也。永嘉[23]時，貴黃、老[24]，尚虛談。於時篇什，理過其辭，淡乎寡味。爰及江表，微波尚傳。孫綽、許詢、桓、庾[25]諸公，詩皆平典[26]，似道德論[27]，建安風力盡矣。先是，郭景純用儁[28]上之才，變創其體[29]；劉越石仗清剛之氣，贊成厥美[30]。然彼眾我寡，未能動俗。逮義熙[31]中，謝益壽[32]斐然繼作。元嘉[33]初，有謝靈運，才高詞盛，富豔難

---

17 太康：晉武帝年號（280－289）。

18 三張：張載、張協、張亢。

19 二陸：陸機、陸雲。

20 兩潘：潘岳與其姪潘尼。

21 一左：左思。

22 沫：「末」之假借，已也，止也。

23 永嘉：晉懷帝年號（307－313）。

24 貴黃老：王叔岷《鍾嶸詩品箋證稿》：「黃、老並稱，盛於西漢……仲偉所稱『永嘉時，貴黃、老』，其時所貴者乃莊、老，以黃代莊，蓋承漢以來習稱黃、老之餘緒耳。」

25 桓庾：或指桓玄、桓溫、庾亮、庾闡等。

26 平典：平淡典實。

27 道德論：指何晏、王弼等闡發老、莊思想之作。

28 儁：音ㄐㄩㄣˋ，通「俊」。

29 變創其體：改變平典之體，而創為儁上之體。劉勰《文心雕龍．明詩》：「景純仙篇，挺拔而為俊矣。」

30 劉越石仗清剛之氣，贊成厥美：劉勰《文心雕龍．才略》：「劉琨雅壯而多風。」王叔岷《鍾嶸詩品箋證稿》：「『贊成厥美』意謂越石清剛之氣與景純儁上之才，同是變創之體耳。」劉琨（270－317），郭璞（276－324）。

31 義熙：晉安帝年號（405－418）。

32 謝益壽：謝混（音ㄍㄨㄣˇ），字叔源，小字益壽。

33 元嘉：宋文帝年號（424－453）。

蹤，固已含跨[34]劉、郭，凌轢[35]潘、左。故知陳思爲建安之傑，公幹、仲宣爲輔；陸機爲太康之英，安仁、景陽爲輔；謝客[36]爲元嘉之雄，顏延年爲輔。此皆五言之冠冕、文辭之命世[37]也。

夫四言文約意[38]廣，取效《風》、《騷》，便可多得。每苦文繁而意少，故世罕習焉。五言居文辭之要，是眾作之有滋味者也[39]，故云會於流俗。豈不以指事造形[40]，窮情寫物，最爲詳切者邪？

故《詩》有三義焉：一曰興，二曰比，三曰賦。文已盡而意有餘，興也。因物喻志，比也。直書其事，寓言寫物，賦也。宏斯三義，酌而用之，幹之以風力[41]，潤之以丹彩，使味之者無極，聞之者動心，是詩之至也。若專用比興，則患在意深，意深則辭躓[42]；若但用

---

34 含跨：超越。

35 凌轢：干犯，超越。轢，音ㄌㄧˋ，欺凌。

36 謝客：劉敬叔《異苑》謂：謝靈運生於會稽，其家以子孫難得，送於錢塘杜明師養之，十五方還，故曰「客兒」。杜明，蓋奉五斗米道之宗師也，故稱「師」。

37 命世：名世，名高一世。

38 意：當作「易」，見王叔岷《鍾嶸詩品箋證稿》：「《對雨樓叢書》本、《龍威秘書》本（《詩品》），『意』並作『易』……當從之。四言每句僅四字，易廣其辭。」

39 五言居文辭之要，是眾作之有滋味者也：劉勰《文心雕龍．明詩》：「若夫四言正體，則雅潤為本；五言流調，則清麗居宗。」

40 指事造形：指陳事情，摹寫物象。

41 風力：風骨。

42 躓：困躓不振。

賦體，則患在意浮，意浮則文散。嬉成流移[43]，文無止泊[44]，有蕪漫之累矣。

若乃春風春鳥、秋月秋蟬、夏雲暑雨、冬月祁寒[45]，斯四候之感諸詩者也。嘉會寄詩以親，離群託詩以怨。至於楚臣[46]去境，漢妾[47]辭宮，或骨橫朔野，或魂逐飛蓬，或負戈外戍，或殺氣雄邊[48]。塞客衣單，孀閨淚盡。又士有解珮[49]出朝，一去忘返；女有揚蛾入寵，再盼傾國。凡斯種種，感蕩心靈，非陳詩何以展其義？非長歌何以騁其情？故曰：「詩可以群[50]，可以怨[51]。」使窮賤易安，幽居靡悶，莫尚於詩矣。

故辭人作者，罔不愛好。今之士俗，斯風熾矣。裁[52]能勝衣[53]，甫就小學[54]，必甘心而馳騖[55]焉。於是庸音雜體，人各爲容。至使膏腴子弟，恥文不逮，終朝點

43 流移：文辭流散遷移。陸機〈文賦〉：「言寡情而鮮愛，辭浮漂而不歸。」李善注：「漂，猶流也。不歸，謂不歸於實。」
44 文無止泊：文意無所依附。
45 祁寒：嚴寒。祁，大也。
46 楚臣：指屈原。
47 漢妾：指王昭君。
48 殺氣雄邊：殺伐之氣勁盛於邊塞。
49 解珮：投珮，辭官。珮是古代文官朝服之飾物，因謂脫去朝服，辭卸官職為解珮。
50 群：群居相切磋。
51 怨：怨刺上政。
52 裁：僅。通「才」、「纔」。
53 勝衣：兒童稍長，體足以任衣服。勝，音ㄕㄥ。
54 甫就小學：才就讀小學。許慎《說文解字．敘》：「《周禮》：八歲入小學，保氏教國子，先以六書。」
55 馳騖：謂奔競於吟詠。

綴[56]，分夜[57]呻吟。獨觀謂爲警策，眾覩終淪平鈍。次有輕薄之徒，笑曹、劉[58]爲古拙，謂鮑照羲皇上人[59]，謝朓今古獨步。而師鮑照，終不及「日中市朝滿」[60]；學謝朓，劣得[61]「黃鳥度青枝」[62]。徒自棄於高明，無涉於文流矣。觀王公搢紳之士，每博論之餘，何嘗不以詩爲口實[63]？隨其嗜欲，商榷不同，淄、澠並泛[64]，朱、紫相奪[65]，喧議競起，準的無依。近彭城劉士章[66]，俊賞之士，疾其淆亂，欲爲當世詩品，口陳標榜，其文未遂，嶸感而作焉。

---

56 點綴：點竄綴補。

57 分夜呻吟：半夜吟詠。呻吟，吟詠。

58 曹劉：曹植、劉楨。

59 羲皇上人：指至高無上的統治者，乃推尊之辭。陶潛〈與子儼等疏〉：「常言五、六月中，北窗下臥，遇涼風暫至，自謂是羲皇上人」。

60 日中市朝滿：鮑照〈代結客少年場行〉：「驄馬金絡頭，錦帶佩吳鉤。失意杯酒間，白刃起相讎。追兵一旦至，負劍遠行遊。去鄉三十載，復得還舊丘。升高臨四野，表裡望皇州。九塗平若水，雙闕似雲浮。扶宮羅將相，夾道列王侯。日中市朝滿，車馬若川流。擊鐘陳鼎食，方駕自相求。今我獨何為，坎壈懷百憂。」

61 劣得：僅得。

62 黃鳥度青枝：虞炎〈玉階怨〉：「紫藤拂花樹，黃鳥度青枝。思君一歎息，苦淚應言垂。」謝朓〈玉階怨〉：「夕殿下珠簾，流螢飛復息。長夜縫羅衣，思君此何極。」虞炎學謝朓，僅賦得「黃鳥度青枝」之句。

63 口實：談資、話題。

64 淄澠並泛：《列子・仲尼》：「口將爽者，先辨淄、澠。」張湛注：「淄水出魯郡萊蕪縣，澠水西自北海郡千乘縣界流至壽光縣，二水相合。」舊說二水味異，合則難辨。澠，音ㄕㄥˊ。

65 朱紫相奪：《論語・陽貨》：「惡紫之奪朱也。」朱，正色。紫，間色之好者。

66 劉士章：劉繪，字士章，彭城人。《南史・劉繪傳》：「繪麗雅有風。」鍾嶸《詩品・卷下》評劉繪：「有盛才，詞美英淨」。

昔九品論人[67]，《七略》[68]裁士，校以賓實[69]，誠多未值。至若詩之爲技，較爾[70]可知。以類推之，殆均博弈。方今皇帝[71]，資生知之上才，體沉鬱之幽思，文麗日月，學究天人。昔在貴遊，已爲稱首[72]。況八紘既掩[73]，風靡雲蒸[74]。抱玉者聯肩，握珠者踵武[75]。固以瞰漢、魏而不顧，吞晉、宋於胸中，諒非農歌[76]轅議[77]，敢致流別。嶸之今錄，庶周遊於閭里，均之於談笑耳。

題解

本文參考《梁書·鍾嶸傳》、王叔岷《鍾嶸詩品箋證稿》，定其文字。《鍾嶸詩品》一書，評論歷代一百二十三位詩人，分為上、中、下三品。上卷列上品十一人（《古詩》作者不詳，不列入計算），中卷列中品三十九人，下

67 九品論人：班固《漢書·古今人表》以上上、上中、上下、中上、中中、中下、下上、下中、下下等九品論人。

68 七略：劉歆所著。有〈輯略〉、〈六藝略〉、〈諸子略〉、〈詩賦略〉、〈兵書略〉、〈數術略〉、〈方技略〉。

69 賓實：名實。

70 較爾：皎然，明顯。

71 方今皇帝：指梁武帝。

72 昔在貴遊，已為稱首：《梁書·武帝紀》：「齊竟陵王開西邸，召文學。帝與沈約、謝朓、王融、蕭琛、范雲、任昉、陸倕並遊，號曰八友。」

73 八紘既掩：天下既已包有。八紘，八維，八方。掩，通「奄」，包容。

74 風靡雲蒸：譬喻賢才紛出，如風之所從、雲之蒸騰，以輔佐君王。

75 抱玉者聯肩，握珠者踵武：譬喻懷有高才的人，為數眾多。玉、珠，喻才學。曹植〈與楊德祖書〉：「人人自謂握靈蛇之珠，家家自謂抱荊山之玉。」

76 農歌：蓋指〈擊壤歌〉。郭茂倩《樂府詩集·雜歌謠辭》：「《帝王世紀》曰：『帝堯之世，天下大和，百姓無事，有八、九十老人擊壤而歌曰：「日出而作，日入而息。鑿井而飲，耕田而食。帝力於我何有哉？」』」壤，木製如履之樂器。

77 轅議：車夫的議論，泛指巷議街談。

卷列下品七十三人（依據王叔岷《鍾嶸詩品箋證稿》）。各卷詩人，依時代之先後論列。

今人曹旭《詩品集注》謂：目前所見《詩品》最早的版本是元仁宗延祐七年（1320）圓沙書院刊宋章如愚《群書考索》本，此一版本之《詩品》，以「氣之動物……均之於談笑耳」為序，與《梁書．鍾嶸傳》所載相同。因此，此段文字即《詩品》一書之序。至於「上品」、「中品」之後，各有一段文字，應視為「上品」、「中品」的「後序」。

鍾嶸在此序文中，除了說明詩歌的意義與價值，敘述自《三百篇》至齊、梁時代的詩歌發展概況之外，還針對詩歌的體裁、作法、功能，以及齊、梁時代的作詩風氣，加以評論，然後歸結出《詩品》一書的寫作旨趣，在於樹立詩歌評論的標準。

作者

鍾嶸，字仲偉，南朝潁川長社（今河南許昌）人。約生於宋明帝泰始三年（467？），約卒於梁武帝天監十八年（519？），年約五十三。

鍾嶸為晉侍中鍾雅七世孫。父鍾蹈，齊中軍參軍。齊武帝永明（483—493）中，為國子生，明《周易》。永明三年（485），王儉領國子祭酒，於鍾嶸頗加賞接。舉秀才。齊明帝建武（494—498）初，起家南康王蕭子琳侍郎，遷撫軍行參軍，出為安國令。東昏侯永元（499—501）末，為晉安王蕭寶義司徒行參軍。

梁武帝天監（502—519）初，上書奏請嚴士庶、清濁之辨。天監三年（504），遷中軍臨川王蕭宏行參軍。同年，衡陽王蕭元簡出為會稽太守，以嶸為記室，專掌文翰。時處士何胤築室若耶山，山洪暴發，飄拔樹石，而何胤之室獨存。蕭元簡乃命嶸作〈瑞室頌〉。天監十三年（514），蕭元簡返建康。天監十七年（518），晉安王蕭綱自江州入為西中郎將、丹陽尹，以嶸為記室。約於天監十八年（519），卒於官。

鍾嶸所著《詩品》據《漢書．古今人表》九品論人之意，分列上、中、下三品。論詩主吟詠性情，標舉風力，兼重文質，而以堆垛典故、拘忌聲律為病。王叔岷《鍾嶸詩品箋證稿》、曹旭《詩品集注》可以參閱。

評語

1. 王世貞《藝苑卮言》評語

吾覽鍾記室《詩品》，折衷情文，裁量事代，可謂允矣。詞亦奕奕發之。第所推源出於何者，恐未盡然。邁、凱、昉、約，濫居中品。至魏文不列乎上，曹公屈第乎下，尤爲不公，少損連城之價。吾獨愛其評子建「骨氣奇高，詞采華茂，情兼雅怨，體被文質」；嗣宗「言在耳目之內，情寄八荒之表」；靈運「名章迥句，處處間起，麗典新聲，絡繹奔會」；越石「善爲悽悷之詞，自有清拔之氣」；明遠「得景陽之詭諔，含茂先之靡嫚，骨節強於謝混，駈邁疾於顏延，總四家而並美，跨兩代而孤出」；玄暉「奇章秀句，往往警遒，足使叔源失步，明遠變色」；文通「詩體總雜，善於模擬，筋力於王微，成就於謝朓」。此數評者，讚許既實，錯撰尤工。

2. 郭紹虞《中國歷代文論選（上冊）·詩品序·說明》

《詩品·序》的主要內容，有破有立。屬於破的，就是對南朝詩風的批評，表現在這兩個問題上：第一是反對聲病，主張自然和諧的音律。……第二是反對作詩用典。……無論是反對聲病或是反對用典，都是主張自然眞美，這對瀰漫在南朝詩壇上的雲霧，有廓清的作用。

屬於立的：第一，鍾嶸認爲寫作動機的激發，有賴於客觀事物的感召。也就是說，文學的源泉是現實：「氣之動物，物之感人，故搖蕩性情，形諸舞詠。」這跟《文心雕龍·明詩》所說「人稟七情，應物斯感」，〈物色〉所說「春秋代序，陰陽慘舒，物色之動，心亦搖焉，……情以物遷，詞以情發」的說法同樣是正確的觀點。但現實世界有自然現象，又有社會現象，所以作者繼「四候之感諸詩」之後，又闡述了社會環境對詩人的感召，突出了「群」和「怨」特別是「怨」的作用。……。

第二，在詩歌創作問題上提出了滋味說。鍾嶸既然重視詩歌的群、怨，就決定了他對詩歌的要求，認爲好的詩歌是有滋味的。詩的「滋味」是什麼？文中指出應該是「指事造形，窮情寫物，最爲詳切」。詳，指描寫得細緻；切，指描寫得深刻。而要達到這一目的，必須賦、比、興並重，做到言近旨遠，形象鮮明，有風力，有藻采，乃可耐人玩味，而感染力也越強，這才是「詩之至也」。……然則鍾嶸的滋味說，主要還是強調文學作品形象性的特徵。從重味的觀點出發，他在詩歌的形式上，並不贊成採用「文約」的四言和「文繁」的騷體，而極力主張五言，因爲「五言居文辭之要，是眾作之有滋味者也」。

賞析

本文依其內容分爲七段。第一段說明詩歌的產生、意義，與價值。第二段評述歷代詩歌的發展和每一時期的代表詩人。第三段比較四言詩、五言詩的高下優劣。第四段探討作詩的方法，主張斟酌使用興、比、賦三種方法，並且「幹之以風力，潤之以丹彩」，才能寫出感人作品。第五段闡述詩歌的創作，往往是人生各種際遇的反映，因此「使窮賤易安，幽居靡悶，莫尚於詩矣」。第六段敘寫齊、梁時期士人熱中作詩，卻是「喧議競起，準的無依」，作者因而激起動機，創作《詩品》，以爲當世評詩之標準。末段頌揚梁武帝「文麗日月，學究天人」，自謙所作《詩品》，只是街談巷議，難稱大雅，收束全文。

1.以高明之見解，評述詩歌之發展

鍾嶸強調詩歌能「照燭三才，暉麗萬有」，「動天地，感鬼神」，持論精闢，誠屬卓識。他認爲第一流的詩歌能彰顯天、地、人三才，以及宇宙萬物的意義與價值，能夠感動天地鬼神。可見詩歌絕非只是無聊文人吟風弄月、無病呻吟的遊戲文字、靡靡之音。

鍾嶸秉持著如此高明的詩歌見解，綜述五言詩的發展，而得出下列結論：建安詩壇有「曹公父子，篤好斯文；平原兄弟，鬱爲文棟；劉楨、王粲，爲其羽翼」；晉代詩壇有「三張、二陸、兩潘、一左，勃爾復興」；以及「郭景純用儁上之才，變創其體；劉越石仗清剛之氣，贊成厥美」；元嘉詩壇有「謝靈運，才高詞盛，富豔難蹤，固已含跨劉、

郭，淩轢潘、左……顏延年爲輔」。上述詩人、詩作，都是「五言之冠冕，文辭之命世」。此一結論，相當中肯。

2.兼用興比賦，從事詩歌之創作

鍾嶸認爲五言詩「居文辭之要，是眾作之有滋味者也」。五言詩句較之四言詩句，雖然只是多一字，卻能產生「指事造形，窮情寫物，最爲詳切」的效果。但是創作五言詩時，應該將興、比、賦三種作詩的方法靈活運用，適度配合，所謂「弘斯三義，酌而用之」。除此之外，還須「幹之以風力」，「潤之以丹彩」，而達到《文心雕龍．風骨》所說「風清骨峻，篇體光華」之境界。這樣的五言詩，方可「使味之者無極，聞之者動心」，而臻於「詩之至也」。

3.因應時代需要，撰寫《詩品》一書

《顏氏家訓．文章》載：「近在并州，有一士族，好爲可笑詩賦，誂撇邢、魏諸公，眾共嘲弄，虛相讚說，便擊牛釃酒，招延聲譽。其妻明鑒婦人也，泣而諫之。此人歎曰：『才華不爲妻所容，何況行路！』至死不覺。」鍾嶸有感於齊、梁之時這種「庸音雜體，人各爲容。至使膏腴子弟，恥文不逮，終朝點綴，分夜呻吟。獨觀謂爲警策，眾覩終淪平鈍」的風氣，甚爲普遍，但是詩歌批評的理論和標準，卻是「喧議競起，準的無依」。而彭城劉繪的詩歌評論著作，又不曾問世，因此才激起了撰寫《詩品》一書的動機。可見《詩品》是因應時代的需要而撰寫的。

問題與討論

1.試述詩歌之意義與價值。

2.請比較四言詩與五言詩之異同。

3.何謂賦、比、興？

4.請說明鍾嶸《詩品》一書之寫作旨趣。

5.鍾嶸《詩品．序》對於齊、梁之文學風氣有何評論？

文章習作

1.請以淺近之文言，扼要說明鍾嶸之詩學觀。篇幅以二百字爲限。

2.請以淺近之文言舉例、析述賦、比、興之涵義。篇幅以三百字爲限。

附錄

1.鍾嶸之生卒年

《南史》、《梁書》〈劉勰傳〉稱：嶸齊（武帝）永明（483—493）中為國子生，衛將軍王儉領祭酒，頗賞接之。（梁武帝）天監（502—519）中，遷西中郎將晉安王（簡文帝蕭綱）記室。據《南齊書．王儉傳》稱：儉永明元年（483）進號衛軍將軍。二年（484），領國子祭酒。三年（485），儉表解職，不許。假定嶸為國子生時十七歲（最小十六歲），在永明二年（484），則嶸當生於宋明帝泰始三年（467）。又據《梁書．簡文帝紀》稱：簡文皇帝，天監五年（506）封晉安王；十七年（518）徵為西中郎將。嶸為其記室，似當在晉安王為西中郎將之初。是時，沈約已卒，嶸為《詩品》。頃之，亦卒於官，或卒於天監十八年（519）。故鍾嶸之生卒年或為西元四六七—五一九，約五十三歲。（王叔岷《鍾嶸詩品箋證稿．詩品導論》）

2.郭紹虞《詩話叢話．鍾嶸《詩品》》

詩話之始，當然首推鍾嶸《詩品》。《詩品》以前，劉繪亦「欲為當世詩品，口陳標榜，其文未逮」，見鍾嶸《詩品．序》。此外魏文帝有《詩格》一卷，則出依託；宋顏竣有《詩例錄》二卷，亦未見傳書。所以就詩話言，《詩品》實是最早之作。然其書在宋以前猶不甚顯，故唐、宋類書，除本有詩話性質者，如《吟窗雜錄》等，間或節引數語以外，餘如《藝文類聚》、《初學記》、《北堂書鈔》、《太平御覽》、《事類賦注》等書，均未見稱引。自明以來，刊行叢書之風漸盛，於是

《詩品》遂以收入叢書之故，始見流行。因此，關於《詩品》的版本亦殊不易稽考。張陳卿的《鍾嶸詩品研究》中舉了十四種，其後陸鼎詳復作〈鍾嶸《詩品》版本考〉，載《文化半月刊》第五、六期合刊，又續舉了七種，並正張氏之誤。然二家所舉尚有未盡。以我所知，除張、陸二氏所舉外，尚有：⑴《稗史集傳》本；⑵《說郛》本；⑶《詩法萃編》本；⑷《玉雞苗館叢書》本；⑸《對雨樓叢書》本；⑹《諸子百家精華》本；及最近⑺《四部備要》本。此外，更有管庭芬編《一瓻（音彳）筆存》本，道光間鈔本，天津圖書館藏。

實際上，《詩品》之幸運時期，猶不在於明、清，而在於近代。易言之，即在於叢書之刊行，而在於疏解之撰著。蓋《詩品》之有注，最近始有之，不若《文心雕龍》在宋時已有辛處信注，明時有張墉、洪吉臣合注及梅慶生注，清時復有黃叔琳、張松孫、金甡諸家之注。而明代楊慎之批點，清代紀昀之評，亦均足為劉氏功臣。至於《詩品》之研究，則是近數年事。其著作有：

《詩品講疏》　黃侃撰，未成書。范文瀾《文心雕龍講疏》中每稱引之。

《詩品疏解》　張陳卿撰，據其所撰《鍾嶸《詩品》研究．緒論》謂有是書，當亦爲其屬稿未竟之作。

《鍾嶸《詩品》研究》　張陳卿撰，民國十三年北京文化學社出版。

《詩品注》　陳延傑撰，上海開明書店出版。

《詩品釋》　許文雨撰，此爲許氏《中國詩歌史研究．叢刻》之一，北京大學出版部發行。

《詩品箋》　古直撰，《隅樓叢書本》。

上述六種，猶且種為未成之著。此外，更有陳延傑的〈讀詩品〉載《東方雜誌》二十三卷二十三號；陳衍的〈《詩品》平議〉，載《北平晨報．北晨藝圃》，自二十年五月七日起，至六月十五日止。此二種雖未成書，亦足參考。

《詩品》原稱《詩評》。《梁書．鍾嶸傳》云：「嶸嘗品古今五言詩，論其優劣，名為《詩評》。」《隋志》亦云：「《詩評》三卷，梁鍾嶸撰，或曰《詩品》。」唐、宋各志，猶沿其舊，稱為《詩評》。自晁公武《郡齋讀書志》及陳振孫《（直齋）書錄解題》等始稱《詩品》，今流行諸本遂無作《詩評》者。今案鍾氏〈自序〉中有「九品論人，《七略》裁士」之語，又謂「一品之中，略以世代為先後，不以優劣為詮次」；又云：「至斯三品升降，差非定制。」則稱為《詩品》，似覺較符名實。然於品第之中，亦兼論其優劣，則又鍾氏所謂「辨彰清濁，掎摭病利」者，名為《詩評》，亦未為訛。

我嘗謂《文心雕龍》與《詩品》之所以重要，即因足以代表當時批評家之二派。當時人之所以需要批評，不外兩種作用：其一，是文學作品的指導者；其又一，是文學批評的指導者。文學作品日多，則需要批評以指導，才可使覽無遺功。文學批評日淆，則也需要更健全的批評以主持之，才可使準的有依。所以前者是為文學的批評，《詩品》足以代表之；後者是為文學批評的批評，《文心雕龍》足以代表之。因此，《詩品》的品評方法，較偏於鑒賞的批評，鍾氏亦已明言：

> 至乎吟詠情性，亦何貴乎用事？「思君如流水」，既是即目；「高臺多悲風」，亦唯所見；「清晨登隴首」，羌無故實；「明月照積雪」，詎出經史？觀古今勝語，多非補假，皆由直尋。

此則已開後人摘句之風。如云：

> 陳思〈贈弟〉，仲宣〈七哀〉，公幹〈思友〉，阮籍〈詠懷〉，子卿〈雙鳧〉，叔夜〈雙鸞〉，茂先〈寒夕〉，平叔〈衣單〉，安仁〈倦暑〉，景陽〈苦雨〉，靈運〈鄴中〉，士衡〈擬古〉，越石〈感亂〉，景純〈詠仙〉，王微〈風月〉，謝客〈山泉〉，叔源〈離宴〉，鮑照〈戍邊〉，太沖〈詠史〉，顏延〈入洛〉，陶公〈詠貧〉之製，惠連〈擣衣〉之作，斯皆五言之警策者也。

則又開後人詩話錄詩之風。至其本班固九品論人之法，區為三品，兼摭利病，此亦當時所需要，而又為後世詩壇點將錄之所本。許文雨《詩品釋．序》云：

> 逮夫典午失御，海內分崩，南北區號，歷久爲梗，宋書索虜，魏書島夷，肆其穢詞，互相醜詆。至若出使專對，行人之選，尤必誇其才地，抵掌談論，抑揚盡致，以與鄰國爭勝衡長焉。——是爲屬於政治的批評。又因其時異族雜處，種類混淆，衣冠之族，輒自標異；門閥積習，無可移易。以士庶之別而爲貴賤之分，矜己斥人，所爭尤嚴。——是則起於風俗之批評。夫競爭正統，指斥僭號，矜尚門第，區別流品，既悉爲當時政治風俗習見之例，則其他之文化學術，有不蒙其影響者乎？歷覽藝林，前世文士，頗矜作品，鮮事評論。及曹丕褒貶當世文人，肆爲之辭，於是搦管論文，多以甄別得失爲己任。在梁一代，蕭子顯秉其史論之識，以繩文學；劉勰更逞其雕龍之辨，以評眾製；庾肩吾則載書法之士，而品之有九；鍾嶸亦錄五言之詩家，而次之爲三。衡鑒之作，於斯稱最矣。

此以文學批評為受當時政治風俗之影響，自具卓識。但我以為有數點必須分別言之，則其義始明。⑴漢、魏間的批評風氣，重在論才性，而不重在矜門第；東晉南朝間的批評風氣，重在嚴流品，而不重在申清議。這種批評風氣影響到文學方面，在前者可以曹丕《典論．論文》為代表，在後者可以鍾嶸《詩品》為代表。《典論．論文》所謂「氣之清濁有體」，所謂「齊氣」，所謂「逸氣」，所謂「能之者偏」，都是就才性方面說的，即其褒貶當世之文人，亦不過佐其「能之者偏」的例證而已。至於鍾嶸《詩品》，則所謂辨彰清濁，掎摭病利，便專重在褒貶方面而非衡量才性了。⑵即就文學上的批評言，就其專在褒貶者而言，則鍾嶸與曹氏丕、植亦互異其趣。曹丕云：「文人相輕，自古而然。……夫人善於自見，而文非一體，鮮能備善。是以各以所長相輕所短。」曹植云：「人各有好尚，蘭茝蓀蕙之芳，眾人所好，而海畔有逐臭之夫。〈咸池〉、〈六莖〉之發，眾人所共樂，而墨翟有非之之論，豈可同哉？」一個說作者之難備眾體，一個說批評之絕無標準，蓋他們之所謂批評，本不過為作文之佐助，故以為「有南威之容，乃可以論於淑媛；有龍淵之利，乃可以議於斷割。」至於才不能逮於作者的，便不應詆訶文章、掎摭利病了。至於既經通才批評以後，便也應按其指示，應時改定了。此皆是為作文而批評，所以應得自知其病而不應相輕所短。明得此意，即知丕、植以後，鍾嶸以前之批評風氣，大率如此。鍾嶸云：「陸機〈文賦〉，通而無貶；李充《翰林》，疏而不切；王微《鴻寶》，密而無裁；顏延論文，精而難曉；摯虞《文志》，詳而博贍，頗曰知言。觀斯數家，皆就談文體，而不顯優劣。至於謝客集詩，逢詩輒取；張騭《文士》，逢文即書。諸英志錄，並義在文，曾無品第。」其指斥諸家之失，在「不顯優劣」，在「曾無品第」，則知其自己著書之宗旨，正在顯優劣、有品第了。所以我以為齊、梁以前政治風俗上之批評雖盛，而文學上之批評猶未盛；政治風俗上之批評重在矜門第，而文學上之批評猶不顯優劣。直至梁時始會合此三種風氣而為一，於是才有不必以作者自任的批評家，而在於詆訶文章、掎摭利病之後，也不必有「有不善者，應時改定」的效用。

鍾氏評詩之為後人指摘者，厥有數端：⑴見聞疎陋，評騭未備。此則許印芳《詩法萃編》本《詩品》跋中言之。⑵位置顛錯，品第失當。此則王士禎《古夫于亭雜錄》、沈德潛《說詩晬語》等言之。⑶牽合流派，論述未允。此則葉夢得《石林詩話》、謝榛《四溟詩話》等言之。然而鍾書明言所論止於五言，則知其評騭未備，正亦有故，不得遽以見聞疎漏病之。又鍾氏品第標準，自是根據當時批評風氣，若以後人眼光，議其失當，亦未為允。至於論述源流，在當時或有所據，迄今書缺有間，文獻難徵，更不得據後世流傳之什，肆意攻擊。他如日人遍照金剛《文鏡祕府論》之議其不能四聲，近藤元粹《螢雪軒叢書》本《詩品》語，又議其文辭艱澀平凡，則更為無理取鬧，不足置辯矣。

鍾氏《詩品》，其為後世推尊者亦有數端：⑴思深意遠，能從六藝溯流別。此則章學誠《文史通義》所推為「可以進窺天地之純，古人之大體」者。⑵措撰工妙，詞亦奕奕足以發之。此則王世貞《藝苑卮言》所許為語妙者。然論詩文而泥於家數，總有未安。章氏所云，亦只是史家的偏見。若許其語妙天下，亦僅得其皮相。至如袁樹五《臥雪詩話》推為百代偉作，稱許之言亦嫌過當。求其論量較允，足為鍾氏知己者，其陳衍《詩品平議》乎。

崔成宗編撰

12. 文選序

蕭統

選文

式觀元始[1]，眇覿玄風[2]。冬穴夏巢之時，茹毛飲血之世[3]，世質民淳，斯文[4]未作。逮乎伏羲氏[5]之王天下也，始畫八卦[6]，造書契[7]，以代結繩之政[8]，由是文籍生焉。《易》曰：「觀乎天文，以察時變；觀乎人文，以化成天下[9]。」文之時義遠矣哉。若夫椎輪爲大輅之

1 式觀元始：觀察上古時期。式，句首語氣助詞。元始，指上古時期。

2 眇覿玄風：遠觀古代原始社會的風俗。眇，遠。覿，音ㄉㄧˊ，觀。玄風，玄遠質樸之風。

3 冬穴夏巢之時，茹毛飲血之世：冬日則鑿地為洞穴，夏日則架木於樹上以居處，茹食動物皮毛，飲用動物血液的時期。《禮記．禮運》：「昔者先王未有宮室，冬則居營窟（鑿地為穴），夏則居橧巢（架木樹上以居。橧，音ㄗㄥ）。未有火化，食草木之實、鳥獸之肉，飲其血，茹其毛。」

4 斯文：此處指文字。《論語．子罕》：「子曰：『文王既沒，文不在茲乎？天之將喪斯文也，後死者不得與於斯文也。天之未喪斯文也，匡人其如予何？』」孔子所謂「斯文」，指禮樂典章之屬。

5 伏羲氏：古代帝王，相傳教導人民漁獵畜牧，取犧牲以供庖廚之用，也稱「庖犧氏」。

6 始畫八卦：相傳伏羲氏畫乾、坤、震、艮、離、坎、兌、巽八卦。

7 書契：指文字。

8 結繩之政：《周易．繫辭下》：「上古結繩而治，後世聖人易之以書契。」

9 易曰觀乎天文，以察時變，觀乎人文，以化成天下：《周易．賁卦．彖辭》說：「觀察天的文彩，以了解春、夏、秋、冬四季變化的規律；觀察人類文明的發展，以推動教化，促成天下的文化禮俗。」

始，大輅寧有椎輪之質[10]？增冰[11]為積水所成，積水曾微增冰之凜[12]。何哉？蓋踵其事而增華[13]，變其本而加厲[14]。物既有之，文亦宜然。隨時變改，難可詳悉。

嘗試論之曰：《詩．序》[15]云：「詩有六義焉：一曰風，二賦，三曰比，四曰興，五曰雅，六曰頌。」至於今之作者，異乎古昔[16]。古詩之體，今則全取賦名[17]。荀、宋[18]表之於前，賈、馬[19]繼之於末。自茲以降，源流寔[20]繁。述邑居，則有「憑虛」、「亡是」之作[21]；戒畋

---

10 椎輪為大輅之始，大輅寧有椎輪之質：時代較早的椎輪之車是天子豪華精緻車輛的起始，但是從天子豪華精緻的車輛，哪裡還看得出椎輪的質樸呢？椎輪，元始時期的無輻車輪。大輅，天子乘坐以祭天的大車。輅，音ㄌㄨˋ。

11 增冰：層冰，積厚之冰。：

12 積水曾微增冰之凜：積水乃無積厚之冰之冰寒。曾，乃。微，無。

13 踵其事而增華：繼承前人的事業而更加發展美善。踵，繼，追隨。

14 變其本而加厲：改變事物本來的情狀而更為發展。厲，猛烈。

15 詩序：指卜子夏《毛詩序》。

16 今之作者異乎古昔：指荀卿、宋玉以後之作者，其所作辭賦與《詩經》「六義」之「賦」，取義不同。

17 古詩之體今則全取賦名：《詩經》的「賦」是作詩之法，荀卿、宋玉以後之「賦」，則發展為為文類之名稱。

18 荀宋：指荀卿、宋玉之賦作。《荀子》有〈賦篇〉。《漢書．藝文志．賦》：「宋玉賦十六篇。」

19 賈馬：指賈誼、司馬相如之賦作。《漢書．藝文志．賦》：「賈誼賦七篇。」《漢書．藝文志．賦》：「司馬相如賦二十九篇。」賈誼有〈弔屈原賦〉（蕭統《文選》作〈弔屈原文〉）、〈旱雲賦〉等，收錄於張溥《漢魏六朝百三家集．賈長沙集》。司馬相如有〈子虛賦〉、〈上林賦〉、〈長門賦〉等，收錄於蕭統《文選》。

20 寔：通「實」。

21 述邑居，則有憑虛、亡是之作：敘寫居處於邑里之中，就有「憑虛公子」、「亡是公」等賦作。邑居，居於邑里。張衡〈西京賦〉：「有憑虛公子者……。」司馬相如〈上林賦〉「亡是公听然而笑曰……。」司馬相如〈子虛賦〉：「楚使子虛使於齊……。」

遊，則有〈長楊〉、〈羽獵〉之製[22]。若其紀一事，詠一物，風雲草木之興，魚蟲禽獸之流，推而廣之，不可勝載矣。又楚人屈原，含忠履潔，君匪從流，臣進逆耳[23]，深思遠慮，遂放湘南。耿介之意既傷，壹鬱之懷靡愬[24]。臨淵有懷沙之志[25]，吟澤有憔悴之容[26]。騷人之文，自茲而作。

詩者，蓋志之所之也，情動於中，而形於言。〈關雎〉、〈麟趾〉，正始之道著[27]；〈桑間〉、〈濮上〉，亡國之音表[28]。故風雅之道，粲然可觀。自炎漢

22 戒畋遊則有長楊羽獵之製：勸戒畋獵遊樂，就有揚雄的〈長楊賦〉、〈羽獵賦〉等賦作。

23 君匪從流臣進逆耳：國君並非從善如流，臣子進陳逆耳忠言。從流，典出《左傳．成公八年》：「從善如流，宜哉。」此處用「藏詞」之修辭法，以「從流」藏腰，暗示「善」。逆耳，忠言。《史記．留侯世家》：「良藥苦口利於病，忠言逆耳利於行。」此處亦用「藏詞」之修辭法，以「逆耳」藏頭，暗示「忠言」。

24 壹鬱之懷靡愬：鬱悶的情懷無以傾訴。壹鬱，抑鬱，苦悶。靡，無。愬，音ㄙㄨˋ，通「訴」。

25 懷沙：懷念長沙。《楚辭．懷沙》為屈原絕筆之作。傅錫壬〈楚辭篇題探釋〉以為：把「沙」釋為長沙較為可信。一說：懷沙，謂屈原懷抱沙石自沉於水。

26 吟澤有憔悴之容：《楚辭．漁父》：「屈原既放，游於江潭，行吟澤畔，顏色憔悴，形容枯槁。」

27 關雎、麟趾，正始之道著：《詩經．周南．關雎》祝賀新婚。《詩經．周南．麟之趾》讚美公侯子孫繁盛。體現王者之風度，而匡正天下風氣之道由此始彰顯。《詩經．周南．關雎》首章：「關關雎鳩，在河之洲。窈窕淑女，君子好逑。」糜文開、裴普賢《詩經欣賞與研究》語譯：「水鳥兒咕咕和唱，在河中青草洲上。俊姑娘文靜善良，哥兒要和你成雙。」《詩經．周南．麟之趾》首章：「麟之趾，振振公子，于嗟麟兮。」糜文開、裴普賢《詩經欣賞與研究》語譯：「麒麟有腳趾，昌盛我公子，唉喲！麒麟麒麟多神氣。」

28 桑間、濮上，亡國之音表：濮水畔的桑間之地（今河南延津、滑縣），亡國之音就是在此傳出的。《禮記．樂記》：「〈桑間〉、〈濮上〉之音，亡國之音

中葉，厥途漸異。退傅有「在鄒」之作[29]，降將著「河梁」之篇[30]。四言、五言，區以別矣。又少則三字，多則九言[31]，各體互興，分鑣並驅[32]。

「頌」者，所以游揚[33]德業，褒讚成功。吉甫有「穆若」之談[34]，季子有「至矣」之歎[35]。舒布爲詩，既

也。」鄭玄注：「濮水之上，地有桑間者，亡國之音於此水出焉。昔殷紂使師延作靡靡之樂，已而自沉於濮水。後師涓過焉，夜聞而寫之，為晉平公鼓之，是之謂也。」張守節《史記正義》：「昔殷紂使師延作長夜靡靡之樂，以致亡國。武王伐紂，樂師師延將樂器投濮水而死。後晉國樂師師涓夜過此水，聞水中作此樂，因聽而寫之。既得還國，為晉平公奏之。師曠撫之曰：『此亡國之音也，得此必於桑間濮上乎！紂之所由亡也。』」表，表現，傳出。

29 退傅有在鄒之作：退職的太傅韋孟有在鄒所作的諷諫詩篇。《漢書．韋賢傳》：「韋賢，字長孺，魯國鄒人也。其先韋孟，家本彭城，為楚元王傅，傅子夷王（名『夷王』）及孫王戊（名『戊』），戊荒淫不遵道，孟作詩風諫。後遂去位，徙家於鄒，又作一篇。其諫詩曰：『肅肅我祖，國自豕韋。黼衣朱紱，四牡龍旂。』」

30 降將著河梁之篇：降將李陵寫了「攜手上河梁」的詩篇。蕭統《文選》收錄李陵〈與蘇武〉詩三首。〈與蘇武三首．其三〉云：「攜手上河梁，遊子暮何之？徘徊蹊路側，悢悢不得辭。行人難久留，各言長相思。安知非日月，弦望自有時。努力崇明德，皓首以為期。」

31 少則三字，多則九言：三字詩，如漢〈郊祀歌〉：「左蒼龍，右白虎。靈之來，神哉沛……。」九言詩，如謝莊〈白帝歌〉。《南齊書．樂志》：「（齊明帝）建武二年（495），雩祭明堂，謝朓造辭……〈白帝歌〉：『百川若鏡天地爽且明，雲沖氣舉盛德在素精。庶類收成歲功行欲寧，浹地奉渼罄宇承帝寧。』」

32 分鑣並驅：分途並進。鑣，音ㄅㄧㄠ，馬口所銜之鐵環，此處指坐騎。

33 游揚：宣揚，傳揚。

34 吉甫有穆若之談：周宣王賢臣尹吉甫作頌，有「穆如清風」之評語。《詩經．大雅．烝民》：「吉甫作誦，穆如清風。」誦，通「頌」。如，漢〈魯峻碑〉作「若」。

35 季子有至矣之歎：吳公子季札對於周之頌樂有「至矣哉」的讚歎。《左傳．襄公二十九年》：「吳公子季札來聘，……請觀於周樂，使工……為之歌頌，曰：『至矣哉。……五聲和，八風平，節有度，守有序，盛德之所同也。』」

言如彼[36]；總成爲頌，又亦若此[37]。次則「箴」興於補闕[38]，「戒」出於弼匡[39]。「論」則析理精微[40]，「銘」則序事清潤[41]。美終則「誄」發[42]，圖像則「贊」興[43]。又詔[44]、誥[45]、教[46]、令[47]之流，表[48]、奏[49]、牋[50]、記[51]之

---

36 彼：指《詩經》「六義」「風、賦、比、興、雅、頌」之「頌」。

37 此：指後世「頌贊」之「頌」。

38 箴興於補闕：箴是起於補救人事之缺失。《文心雕龍．銘箴》：「箴者，針也。所以攻疾防患，喻鍼石也。」

39 戒出於弼匡：戒是起於輔弼匡正的需求。《文心雕龍．詔策》：「戒者，慎也。」戒，是尊長告戒下屬之辭。

40 論則析理精微：陸機〈文賦〉：「論精微而朗暢。」蕭統《文選．文賦》李善注：「論以評議臧否，以當為宗。」

41 銘則序事清潤：陸機〈文賦〉：「銘博約而溫潤。」蕭統《文選．文賦》李善注：「博約，謂事博文約也。」

42 美終則誄發：陸機〈文賦〉：「誄纏綿而悽愴。」蕭統《文選．文賦》李善注：「誄以陳哀，故纏綿悽愴。」劉勰《文心雕龍．誄碑》：「誄者，累也，累其德行，旌之不朽也。」

43 圖像則贊興：劉熙《釋名．釋典藝》：「稱人之美曰贊。贊，纂也，纂集其美而敘之也。」圖像，畫像。

44 詔：蕭統《文選．序》呂向注：「詔者，照也，照人之闇，使見事宜。」

45 誥：劉熙《釋名．釋書契》：「上教下曰告。告者，覺也，使覺悟知己意也。」告，通「誥」。蕭統《文選．序》呂向注：「誥者，告也，告諭令曉。」

46 教：蕭統《文選．序》呂向注：「教者，効也，言上為下効。」

47 令：蕭統《文選．序》呂向注：「令者，領也，領之使不相干犯。」

48 表：劉熙《釋名．釋書契》：「下言上曰表。思之於內，表施於外也。」劉勰《文心雕龍．章表》：「表者，標也……表以陳請。」

49 奏：劉勰《文心雕龍．奏啓》：「奏，進也……言敷於下，情進於上也。」

50 牋：劉勰《文心雕龍．書記》：「牋者，表也，表識其情也。」

51 記：劉勰《文心雕龍．書記》：「記之言志，進己志也。」

列，書[52]、誓[53]、符[54]、檄[55]之品，弔[56]、祭[57]、悲[58]、哀[59]之作，答客[60]、指事[61]之制，「三言」、「八字」之文[62]，篇[63]、辭[64]、引[65]、序[66]，碑[67]、碣[68]、誌[69]、狀[70]，眾製鋒

---

52 書：劉勰《文心雕龍．書記》：「書者，舒也。舒布其言，陳之簡牘。」

53 誓：劉勰《文心雕龍．詔策》：「誓以訓戎（《書經》有〈湯誓〉、〈泰誓〉等）。」蕭統《文選．序》張銑注：「諸侯約信曰誓。」

54 符：劉勰《文心雕龍．書記》：「符者，孚也，徵召防偽，事資中孚。三代玉瑞，漢世金竹，末代從省，易以書翰矣。」

55 檄：劉勰《文心雕龍．檄移》：「檄，皦也，宣露於外，皦然明白也。」古代以木簡為檄，長一尺二寸，以供徵召之用。

56 弔：劉勰《文心雕龍．哀弔》：「弔者，至也。《詩（經．小雅．天保）》云：『神之弔矣。』言神至也。」蕭統《文選．序》張銑注：「弔，問也。」

57 祭：蕭統《文選．序》張銑注：「祭，祀也。」高步瀛《文選義疏》引董仲舒《春秋繁露．祭義》：「祭者，察也，以善逮鬼神之謂也。」

58 悲：蕭統《文選．序》張銑注：「悲，蓋傷痛之文也。」

59 哀：劉勰《文心雕龍．哀弔》：「哀者，依也，悲實依心，故曰哀也。」

60 答客：蕭統《文選》收錄東方朔〈答客難〉。

61 指事：蕭統《文選．序》張銑注：「指事，（揚雄）〈解嘲〉之類。」

62 三言、八字之文：三言，指三言詩。說見注31。八字，指八言詩。如魏文帝〈短歌行〉：「人亦有言憂令人老，嗟我白髮生一何早。」張仁青《歷代駢文選．文選序》注，謂：「三言八字疑即《文章緣起》所謂離合體也。……《孝經援神契》曰：『寶文出，劉季握。卯金刀，在軫北。字禾子，天下服。』是三言之文也。……《後漢書．孝女曹娥傳》注，引《會稽典錄》曰：『邯鄲淳作〈曹娥碑〉，操筆而成，無所點定。其後蔡邕又題八字曰：『黃絹幼婦外孫齏（ㄐㄧ）臼。』是八字之文也。」

63 篇：《詩經．周南．關雎》孔穎達《疏》：「篇者，偏也。言出情鋪事，明而偏者也。」蕭統《文選．序》呂延濟注：「篇者，偏也。偏述一章之事。」王充《論衡．書說》：「著文為篇。」

64 辭：蕭統《文選．序》呂延濟注：「辭，猶思也。寄辭以遣思。」

65 引：高步瀛《文選義疏》：「《琴操》有〈列女引〉、〈伯姬引〉、〈貞女引〉、〈思歸引〉、〈霹靂引〉、〈走馬引〉、〈箜篌引〉、〈琴引〉、〈楚引〉凡九。馬融〈長笛賦〉注：『引亦曲也。』然未知此文『引』，指此等否？」

66 序：蕭統《文選．序》呂延濟注：「序，舒也。舒其物理。」

67 碑：陸機〈文賦〉：「碑披文以相質。」劉勰《文心雕龍．誄碑》：「碑者，

起[71]，源流間出[72]。譬陶匏[73]異器，並爲入耳之娛；黼黻[74]不同，俱爲悅目之玩。作者之致，蓋云備矣。

余監撫[75]餘閑，居多暇日，歷觀文囿[76]，泛覽辭林，未嘗不心遊目想[77]，移晷忘倦[78]。自姬、漢[79]以來，眇焉悠邈[80]，時更七代[81]，數逾千祀[82]。詞人才子，則名溢於縹囊[83]；飛文染翰[84]，則卷盈乎緗帙[85]。自非略其蕪穢，

埤也。上古皇帝，紀號封禪，樹石埤岳，故名碑也。」蕭統《文選・序》呂延濟注：「碑，披也。披載其功美也。」

68 碣：《後漢書・竇憲傳》注：「方者謂之碑，圓者謂之碣。」

69 誌：指墓誌。

70 狀：劉勰《文心雕龍・書記》：「狀者，貌也。體貌本原，取其事實，先賢表謚，並有行狀，狀之大者也。」

71 鋒起：喻紛紛發生。鋒，通「蜂」。

72 間出：雜出。間，音ㄐㄧㄢˋ。

73 陶匏：陶，壎（ㄒㄩㄣ；ㄒㄩㄢ）。以土製作之樂器，凡六孔。匏，笙。

74 黼黻：黼，音ㄈㄨˇ，白與黑相次之文采。黻，音ㄈㄨˊ，黑與青相次之文采。

75 監撫：監國撫軍，居太子之位。監，領。國君出行，太子留守而代領國事。撫軍，協助國君撫循軍事。《左傳・閔公二年》：「冢子，君行則守，有守則從，從曰撫軍，守曰監國，古之制也。」

76 文囿：文學之苑囿，文學界。

77 心遊目想：愛慕之深。

78 移晷忘倦：日側而忘其疲倦。晷，音ㄍㄨㄟˇ，日影。：

79 姬漢：姬周、劉漢。

80 眇焉悠邈：年代久遠。眇，久遠。悠邈，長遠。

81 七代：指周、秦、漢、魏、晉、宋、齊等七個朝代。

82 千祀：千年。

83 縹囊：以縹製成之書囊，借指古籍。縹，音ㄆㄧㄠˇ，青白色之帛。

84 染翰：濡筆創作。翰，指毛筆。

85 緗帙：以緗製成之書衣。緗，音ㄒㄧㄤ，淺黃色之帛。

集其清英[86]，蓋欲兼功，太半[87]難矣。若夫姬公[88]之籍，孔父之書[89]，與日月俱懸，鬼神爭奧[90]。孝敬之準式[91]，人倫之師友，豈可重以芟夷[92]，加之剪截？老、莊之作，管、孟之流，蓋以立意爲宗，不以能文爲本。今之所撰，又以略諸。若賢人之美辭、忠臣之抗直[93]、謀夫之話、辨士之端[94]，冰釋泉涌[95]，金相玉振[96]。所謂坐狙丘，議稷下[97]，仲連之卻秦軍[98]，食其之下齊國[99]，留侯

---

86 清英：指佳善之作品。
87 太半：多半，亦作「泰半」。
88 姬公：指周公。
89 孔父之書：孔子之書，指六經。父，男子之美稱。
90 與日月俱懸鬼神爭奧：謂周公、孔子之書明並日月，深如鬼神。奧，深。
91 準式：標準法度。
92 重以芟夷：加以刪削。重，音ㄓㄨㄥˋ，加。芟夷，刪削。芟，音ㄕㄢ。
93 抗直：剛直無所屈撓。
94 辨士之端：謂辯士之舌端。《韓詩外傳》卷七：「君子避三端：避文士之筆端，避武士之鋒端，避辯士之舌端。」辨，通「辯」，言辭工巧。
95 冰釋泉涌：喻辭鋒周浹，如春冰之消融；思緒紛騰，如泉水之湧出。涌，通「湧」。
96 金相玉振：言辭條貫，如金質之華美；口音清晰，如玉聲之振揚。
97 坐狙丘議稷下：蕭統《文選．曹植．與楊德祖書》李善注，引《魯連子》：「齊之辯者田巴，辯於狙丘，而議於稷下，毀五帝，罪三王，……一旦而服千人。」《史記．田完世家》：「宣王喜文學遊說之士，……齊稷下學士復盛，且且數百千人。」狙丘，戰國時齊國地名。稷下，戰國時，齊國於此置館舍，為文士論政之所。齊宣王好文學，鄒衍、淳于髡、田駢、慎到、荀卿、魯仲連等，皆賜高第，而為稷下學士。
98 仲連之卻秦軍：魯仲連，戰國齊人。好奇偉俶儻之畫策，而高蹈不仕。遊於趙國邯鄲，會秦軍圍趙急，魏使新垣衍入趙，請尊秦為帝，以罷秦軍。魯仲連見新垣衍，曉以大義。秦將聞之，退軍五十里，適信陵君魏無忌矯奪將軍晉鄙兵符以救趙，趙因得保全。參見本篇「附錄」。
99 食其之下齊國：《史記．酈生陸賈列傳》：「酈生食其者，陳留高陽人也。好讀書，家貧落魄，無以為衣食業，為里監門吏。然縣中賢豪不敢役，縣中皆謂之狂生。……漢三年秋……使酈生說齊王……伏軾下齊七十餘城。」食，音ㄧˋ。其，音ㄐㄧ。

之發八難[100]，曲逆之吐六奇[101]。蓋乃事美一時，語流千載，概見墳籍[102]，旁出子史。若斯之流，又亦繁博。雖傳之簡牘，而事異篇章，今之所集，亦所不取。至於記事之史、繫年之書[103]，所以褒貶是非，紀別異同[104]，方之篇翰[105]，亦已不同。若其「贊」[106]、「論」之綜緝辭采[107]，序、述之錯比文華[108]，事出於沉思[109]，義歸乎翰藻[110]，故與夫篇什[111]，雜而集之。遠自周室，迄於聖代，都爲三十卷，名曰《文選》云耳。

凡次文之體，各以滙聚[112]。詩、賦體既不一，又以類分[113]。類分之中，各以時代相次[114]。

---

100 留侯之發八難：劉邦為漢王時，與酈食奇謀撓項羽權力。酈食奇曰：「陛下誠能復立六國後世，……楚必斂衽而朝。」劉邦將從之，而張良適至，頗不以為然，因陳八事以詰難之，是謂「八難」。《史記．留侯世家》載張良八難之言，參見本篇「附錄」。張良封留侯。

101 曲逆之吐六奇：陳平，字孺子，漢陽武人。佐漢高祖定天下，凡六出奇計。高步瀛《文選議疏》謂：「奇計世莫能聞，不必舉其事以實之。」錢大昭《漢書辨疑》敘此六奇，參見本篇「附錄」。

102 概見墳籍：其梗概見之於古籍。概，大略、梗概。墳籍，借指古籍。墳，指《三墳》孔安國〈尚書序〉：「伏羲、神農、黃帝之書謂之《三墳》。」

103 繫年之書：指編年體之史書。

104 紀別異同：記錄辨別史事之異同。

105 篇翰：指文學作品。

106 贊：指史書之贊評。《文選》有「史論」、「史述贊」兩類。

107 綜緝辭采：綜合組織辭藻。

108 錯比文華：錯綜排列華麗之文辭。

109 沉思：深刻之文學思考。

110 翰藻：華麗之辭藻。

111 與夫篇什：參與於所選篇章之中。與，音ㄩ丶，參與。

112 凡次文之體，各以滙聚：《文選》選文，自「賦」至「祭文」，凡三十八類。

113 詩賦體既不一又以類分：《文選》「賦」自「京都」至「情」，凡十五類。「詩」自「補亡」至「雜擬」，凡二十三類。

114 類分之中，各以時代相次：《文選》每一類作品，依時代之先後順序排列。

題解

昭明太子蕭統編《文選》，選錄秦、漢至齊、梁之詩文，而成文章總集。其選文以「綜緝辭采，錯比文華」，「事出於沉思，義歸乎翰藻」為標準，故能薈萃八代文章之菁英，而成古典文學之寶庫。唐、宋之文士往往以《文選》為創作研習詩賦文辭之範本。杜甫〈宗武生日〉：「熟精《文選》理，休覓彩衣輕。」又〈水閣朝霽奉簡嚴雲安〉：「呼婢取酒壺，續兒誦《文選》。」宋王應麟《困學紀聞》載：「李善精於《文選》，為注解，因以講授，謂之『《文選》學』。……蓋《選》學自成一家。……故曰：『《文選》爛，秀才半。』」可見其影響之深遠。

高步瀛《文選李注義疏》謂：蕭統編纂《文選》，或親手編定，或與其臣僚商榷編纂，史無明文記載。然而當時文學之士如：王規、殷鈞、張緬、張纘、王筠、到洽等，皆受蕭統之禮遇，東宮幕僚之中，劉孝綽、陸倕、張率、謝舉、謝覽，皆嘗掌東宮管記，徐勉領中庶子之職，明山賓居學士之位，凡此文士，皆一時之選。蕭統選文，或嘗相與商量。至於劉勰，任東宮通事舍人，深為蕭統愛賞，而其《文心雕龍》之見解，復可與《文選》相印證。或許蕭統編纂《文選》時，嘗與前列文士相與商榷。

《文選》行世之後，唐李善為之作注。另有五臣注。五臣者，唐劉良、張銑、呂向、呂延濟、李周翰也。五臣注與李善注相合而為六臣注。明孫鑛有《孫月峰先生評文選》，鄒思明有《文選尤》；清孫琮、孫洙有《山曉閣重定文選》，何焯有《文選》評點，方廷珪有《昭明文選集成》，清于光華會集各家評點，而成《昭明文選集評》。近代以來，黃侃有《文選平點》，高步瀛有《文選李注義疏》，駱鴻凱著《文選學》，屈守元著《文選導讀》，王書才著《文選評點述略》，趙俊玲著《《文選》評點研究》，皆可參閱。

作者

蕭統，字德施，小字維摩，南朝梁南蘭陵（今江蘇常州）人。生於齊和帝中興元年（501），卒於梁武帝中大通三年（531），年三十一。

蕭統為梁武帝長子，自幼遍讀五經，九歲即能通論《孝經》義理。讀書過目不忘。姿容俊秀，舉止閒雅。梁武帝天監九年（510），立為太子。時東宮有書三萬卷，蕭統於是引納天下賢士，商榷古今。篤於孝道，母丁貴嬪有疾，朝夕奉侍。年十五，協理朝政，百官奏事，皆能辨析是非，立決可否。年十七，於玄圃講論佛家典籍。武帝普通五年（524），梁軍北伐，京師物價上漲，民不聊生，蕭統乃節衣縮食，濟助民眾。武帝中大通三年（531），春日遊園，蕩舟溺水，遂一病不起。諡昭明。

蕭統英才豔發，辭采絢麗。嘗集諸學士選錄自姬周至蕭梁之詩文，編纂《文選》三十卷，為現存最早之文章總集，亦駢體文章之薈萃。著有《梁昭明集》，收錄於張溥《漢魏六朝百三家集》。

評語

1. 何焯：「序而似賦，序之變也。」
2. 何焯：「此書於詩、賦已綜其要，賦祖《楚辭》，別有專集，故《騷》列《詩》後，僅標舉大略。郊祀、樂府，自爲一體，事關製作，雖復限以文章，遂從闕如。鮑、謝採錄不遺，陶令獨爲隱逸之宗，則具諸本集。至於眾製，則嬴、劉二代，聊示椎輪，當求之史集。建安（196—220）而降，大同（535—546）以前，眾論之所推服，時士之所鑽仰，蓋無遺憾焉。」
3. 譚獻：「六藝附庸，蔚爲大國，江河萬古，精爽宏多矣。」「精神足以不朽，三十卷之書，遂與六經並壽。吾師吳和甫少宰嘗深論之，比之菽粟之於珠玉云。」

賞析

本文分爲五段。第一段指出文之發展，與時俱進，由古代的質樸，演變到後世的藻麗，是「踵其事而增華，變其本而加厲」的。第二段闡論針對賦由《詩》的六義發展成爲一種文類的原委，以及騷人之文的興起。第三段陳述詩、頌、箴、戒、論、銘、誄、贊、詔、誥、教、令、表、奏、牋、記、書、誓、符、檄、弔、祭、悲、哀、辭、序、引、碑、誌、狀等文類之意義、源流、功用，或寫作要求。第四段說明編纂《文選》之緣起、選文之範圍，以及選文之原則。第五段說明《文選》

之編纂體例。閱讀本文，可注意下列問題：

1.文學與時俱進，踵其事而增華

蕭統說：「文之時義遠矣哉。」強調文章是與時俱進的。他列舉椎輪發展成大輅、積水凝結爲增冰兩個例子，說明事物的發展「踵其事而增華，變其本而加厲」的道理。接著推論：「物既有之，文亦宜然。隨時變改，難可詳悉。」質文代變，人事日繁，文學的日益華麗豐贍，自然也不例外。劉勰《文心雕龍．通變》說：「文律運周，日新其業。」可與蕭統之見解相闡發。

2.周、孔、經、子、史書等文章，不予編選

廣義的文學，包含群經、諸子、史書的作品。蕭統編纂《文選》，對於這些作品，是經過一番深思與別擇的。他說：「若夫姬公之籍、孔父之書……豈可重以芟夷，加之剪裁？」他說：「老莊之作、管孟之流，蓋以立意爲宗，不以能文爲本，今之所撰，又以略諸。」他又說：「若賢人之美辭、忠臣之抗直、謀夫之話、辨士之端，冰釋泉湧，金相玉振……事異篇章……亦所不取。」他還說：「至於紀事之史、繫年之書……方之篇翰，亦已不同。」昭明太子編纂《文選》是經過周嚴的思慮的，他使用排除法，凡是不屬於他所認定的純文學作品，一概不予入選。

3.「綜緝辭采，錯比文華，事出沉思，義歸翰藻」之作，方可入選

至於純文學作品之中，也必須嚴加別擇。他的選文標準是：「綜緝辭釆，錯比文華，事出於沉思，義歸乎翰藻。」換言之，夠資格編入《文選》的作品，必須出於深刻的文學思考，而又具備華麗的辭藻。合於這個標準的作品，才可編入《文選》。關於「事出於沉思，義歸乎翰藻」的詮釋，眾說紛紜，見仁見智。本書參酌殷孟倫〈如何理解《文選》編選的標準〉，以及楊明〈「事出於沉思，義歸乎翰藻」解〉，加以詮說。殷孟倫認爲：「事」，指寫作的活動和寫成的文章。「義」，

指文章所表達的思想內容。楊明認爲：「義」也是指「寫作活動、寫作行爲」；而「歸乎翰藻」指「歸屬於講究藻采的單篇文章」。（見屈守元《文選學新論》）

4.遣詞用字，靈動多變

(1)善用「藏詞」，表達適當：本文第二段有言：「楚人屈原，含忠履潔，君匪從流，臣進逆耳。」「君匪從流」，「臣進逆耳」都運用了「藏詞」的修辭手法。前者依據《左傳．成公八年》：「從善如流，宜哉。」以「從流」藏「善」字，屬「藏詞」的「藏腰」。作者身爲太子，避開「屈原之國君不善」的表述，轉而使用藏詞，也能含蓄地表達同樣的意思。後者依據《史記．留侯世家》：「忠言逆耳利於行。」以「逆耳」藏「忠言」，屬「藏詞」的「藏頭」。如此一來，「君匪從流，臣進逆耳」一聯，不僅字數、結構、詞性皆可相對，而且修辭手法——上聯「藏腰」，下聯「藏頭」，也可相對。眞是文章天成，妙手偶得。

(2)善於變化句型，避免呆板：本文第二段：「次則箴興於補闕，戒出於弼匡。論則析理精微，銘則序事清潤。美終則誄發，圖像則讚興。」這裡說到「箴」、「戒」兩種文類的產生，以五字句相對。接著說明「論」、「銘」的寫作之道和風格，就改用六言對句，以爲調節。至於「美終則誄發，圖像則讚興」兩句，雖然是用五言聯語，解釋「誄」、「讚」文類的起源，而其造句的結構又與「箴興於補闕，戒出於弼匡」異趣。由此可知作者行文之際，筆致靈動而多變化，而其節奏的緩急，也隨時注意調整。

問題與討論

1.昭明太子對於文學的發展，有何見解？

2.昭明太子何以編纂《文選》？

3.請說明《文選》之選文原則。

文章習作

大學入學至今，所修習各科之報告（論文）已有可觀，若彙集所撰報告（論文），裒而成編，當有序文，以弁其端。試擬論文集之名稱，並撰文言序文一篇，文長約三百字。

附錄

1.「若其紀一事，詠一物，風雲草木之興，魚蟲禽獸之流，推而廣之，不可勝載矣」舉例

羅日章〈文選序〉：「紀事如潘岳〈藉田〉、〈西征〉、〈射雉〉，班彪〈北征〉諸賦。詠物如王褒〈洞簫〉、馬融〈長笛〉、嵇康之〈琴〉、潘岳之〈笙〉諸賦。風雲如宋玉〈風賦〉，其後王融、謝朓、沈約〈擬風賦〉，荀況、成公綏〈雲賦〉，陸機〈白雲〉、〈浮雲〉二賦。草木如鍾會、孫楚〈菊花賦〉，魏文帝、曹植、摯虞〈槐賦〉，陸機〈桑賦〉，魏文帝、王粲〈柳賦〉，魚蟲禽獸如摯虞〈觀魚賦〉，蔡邕、孫楚、傅奕〈蟬賦〉，成公綏〈螳螂賦〉，禰衡〈鸚鵡賦〉，顏延之〈赭白馬〉、張華〈鷦鷯〉、鮑照〈舞鶴〉諸賦。」

2.二言詩至八言詩舉例

(1)二言：《詩經・小雅・祈父》：「祈父！予王之爪牙。胡轉予于恤，靡所止居。」
糜文開、裴普賢《詩經欣賞與研究》語譯：「叫聲司馬你細聽：我呀！是王的衛士在京城。為何調我到這兒受痛苦？住的地方都不定。」

(2)三言：《詩經・周頌・桓》：「綏萬邦，婁豐年，天命匪解。桓桓武王，保有厥土。」
糜文開、裴普賢《詩經欣賞與研究》語譯：「底定萬邦天下安，又獲豐收慶連年，天命眷顧不間斷。赫赫武王真勇武，又有卿士保其土。」

(3)五言：《詩經．召南．行露》：「誰謂雀無角？何以穿我屋？誰謂女無家？何以速我獄？雖速我獄，室家不足。」
糜文開、裴普賢《詩經欣賞與研究》語譯：「誰說麻雀不生角？怎會穿破我的屋？誰說女孩兒沒婆家？怎麼硬要送我進監獄？縱使把我送監獄，你要娶我的理由卻不充足。」

(4)六言：《詩經．大雅．蕩》：「文王曰咨，咨女殷商。女炰烋于中國，斂怨以為德。……天不湎爾以酒，不義從式。」
糜文開、裴普賢《詩經欣賞與研究》語譯：「文王說話發歎聲，殷商啊殷商啊你細聽。咆哮中國太驕氣，聚斂怨恨以為了不起。……上天沒有用酒沉醉你，你就不應喝得不停止。」

(5)七言：《詩經．小雅．小旻》：「哀哉為猶，匪先民是程，匪大猶是經，維邇言是聽，維邇言是爭。如彼築室于道謀，是用不潰于成。」
糜文開、裴普賢《詩經欣賞與研究》語譯：「當今的計謀可哀歎，不把古人作規範，撇開大道不去管，只有淺見才聽從，只將淺見爭來用。像是築室要向那路人去請教，所以房屋築不好。」

(6)八言：《詩經．豳風．七月》：「五月斯螽動股，六月莎雞振羽，七月在野，八月在宇，九月在戶，十月蟋蟀入我床下。」
糜文開、裴普賢《詩經欣賞與研究》語譯：「五月斯螽腿抖動，六月紡織娘翅膀碰，七月蟋蟀郊野為家，八月搬到屋簷下，九月就在門戶間，十月直往床底鑽。」

3. 仲連之卻秦軍

《戰國策．趙策》：「秦圍趙之邯鄲，魏安釐王使將軍晉鄙救趙。畏秦，止於蕩陰，不進。魏王使客將軍新垣衍間入邯鄲，因平原君謂趙王曰：『……方今唯秦雄天下，此非必貪邯鄲，其意欲求為帝。趙誠發使尊秦昭王為帝，秦必喜，罷兵去。』平原君猶豫未有所決。此時魯仲連適遊趙，會秦圍趙，聞魏將欲令趙尊秦為帝……（魯仲連謂新垣衍曰）：『……彼秦者，棄禮義而尚首功之國也，權使其士（以權詐使其戰士），虜使其民（以奴虜使其人）。彼則肆然而為帝，過而遂正於天下（甚而遂為君於天下。過，甚。），則連有赴東海而死矣，吾不忍為之民也！所為見將軍者，欲以助趙也。』辛垣衍曰：『先生助之柰何？』魯連曰：『吾將使梁及燕助之，齊、楚則固助之矣。』辛垣衍曰：『燕則吾請以從矣。若乃梁，則吾乃梁人也，先生惡能使梁助之耶？』魯連曰：『梁未覩秦稱帝之害故也，使梁覩秦稱帝之害，則必助趙矣。』新垣衍曰：『秦稱帝之害將柰何？』……魯仲連曰：『然吾將使秦王烹醢梁王。』新垣衍怏然不悅曰：『噫，亦太甚矣，先生之言也。先生又惡能使秦王烹醢梁王？』魯仲連曰：『固也，待吾言之。昔者鬼侯之（之，疑為「與」之訛）鄂侯、文王，紂之三公也。鬼侯有子而好，故入之於紂。紂以為惡，醢鬼侯。鄂侯爭之急，辯之疾，故脯鄂侯。文王聞之，喟然而歎，故拘之於羑里之車（一作「庫」）百日，而欲舍之死。曷為與人俱稱帝王，足就脯醢之地也？……今秦萬乘之國，梁亦萬乘之國，俱據萬乘之國，交有稱王之名，覩其一戰而勝，欲從而帝之，是使三晉之大臣不如鄒、魯之僕妾也。且秦無已而帝，則且變易諸侯之大臣。彼將奪其所不肖，而予其所謂賢；奪其所憎而予其所愛。彼又將使女讒妾以為諸侯妃姬，處梁之宮，梁王安得晏然而已乎？而將軍又何以得故寵乎？』於是新垣衍起，再拜謝曰：『始以先生為庸人，吾乃今日而知先生為天下之士也。吾請去，不敢復言帝秦。』秦將聞之，為卻軍五十里。適會魏公子無忌奪晉鄙軍以救趙擊秦，秦軍引而去。

於是平原君欲封魯仲連，魯仲連辭讓者三，終不肯受。平原君乃置酒，酒酣，起前，以千金為魯連壽。魯連笑曰：『所貴於天下之士者，為人排患、釋難、解紛亂而無所取也。即有所取者，是商賈之人也，仲連不忍為也。』遂辭平原君而去，終身不復見。」

4.留侯之發八難

酈食其建議漢王劉邦復六國之後，以撓項羽權力。《史記・留侯世家》載張良「八難」之辭：「張良對曰：『臣請藉前箸為大王籌之。』曰：『昔者湯伐桀而封其後於杞者，度能制桀之死命也。今陛下能制項籍之死命乎？』曰：『未能也。』『其不可一也。』『武王伐紂，封其後於宋者，度能得紂之頭也。今陛下能得籍之頭乎？』曰：『未能也。』『其不可二也。』『武王入殷，表商容之閭，釋箕子之拘，封比干之墓。今陛下能封聖人之墓，表賢者之閭，式智者之門乎？』曰：『未能也。』『其不可三也。』『發鉅橋之粟，散鹿臺之錢，以賜貧窮。今陛下能散府庫以賜貧窮乎？』曰：『未能也。』『其不可四也。』『殷事已畢，偃革為軒，倒置干戈，覆以虎皮，以示天下不復用兵。今陛下能偃武行文，不復用兵乎？』曰：『未能也。』『其不可五也。』『休馬華山之陽，示以無所為。今陛下能休馬無所用乎？』曰：『未能也。』『其不可六也。』『放牛桃林之陰，以示不復輸積。今陛下能放牛不復輸積乎？』曰：『未能也。』『其不可七也。』『且天下遊士，離其親戚，棄其墳墓，去故舊，從陛下遊者，徒欲日夜望咫尺之地。今復六國，立韓、魏、燕、趙、齊、楚之後，天下遊士各歸事其主，從其親戚，反其故舊墳墓，陛下誰取天下乎？其不可八矣。』」

5. 曲逆之吐六奇

錢大昭《漢書辨疑》謂「六奇」為：「間疏楚君臣，一奇計也。夜出女子二千人滎陽東門，二奇計也。躡漢王立信為齊王，三奇計也。偽遊雲夢縛信，四奇計也。解平城圍，五奇計也。其六當在從擊臧荼、陳豨、黥布時，史傳無文。」

崔成宗編撰

13. 與李那書

徐陵

選文

籍甚清徽[1]，常懷虛眷。山川緬邈，河渭象於經星[2]；顧望風流，長安遠於朝日[3]。青女戒節，白露爲霜[4]；君子惟宜，福履多豫。雍容廊廟，獻納便蕃[5]；留使催書，駐馬成檄。車騎將軍，賓客盈座；丞相長史，瞻對有勞。脱惠箋繒，慰其翹想[6]。

吾棲遲茂陵[7]之下，臥病漳水之濱；迫以崦嵫，難爲砭藥[8]。平生壯意，竊愛篇章；忽覩高文，載懷勞

1　籍甚清徽：籍甚，盛也。清徽，猶言清操。

2　河渭象於經星：河指黃河；渭指渭水。古時習稱行星為緯星，恆星為經星。此言黃河、渭水上應經星相隔之遙遠。

3　顧望風流：風流，言舉止蕭散，品格清高。長安遠於朝日：典出南朝宋．劉義慶《世說新語．夙惠》：「晉明帝數歲，坐元帝膝上，有人從長安來，元帝問洛下消息，潸然流涕。明帝問何以致泣，具以東渡意告之，因問明帝：『汝意謂長安何如日遠？』答曰：『日遠。不聞人從日邊來，居然可知。』元帝異之。明日，集群臣宴會，告以此意，更重問之，乃答曰：『日近。』元帝失色曰：『爾何故異昨日之言邪？』稱曰：『舉目見日，不見長安。』」

4　青女戒節：青女，青霄玉女，主霜雪之神。白露為霜：語本《詩經．秦風．蒹葭》。

5　雍容廊廟獻納便蕃：雍容指有威儀，廊廟言朝廷。獻納便蕃，進獻納貢次數頻繁。

6　脱惠箋繒慰其翹想：「脫惠」，脫手惠贈；「翹想」，仰望想念。箋，信札。繒，絲織品之總名。

7　棲遲茂陵：棲遲，遊息。茂陵，漢武帝陵寢，因置為縣，在今陝西興平縣東北。

8　迫以崦嵫難為砭藥：崦嵫，山名，日所入處，在今甘肅天水縣西。砭藥，古時運用針刺治病之醫術曰針，以石刮曰砭。

佇。此後殷儀同[9]至止，王人授館[10]；用阻班荊[11]，常在公筵。敬析名作，獲殷公所借〈陪駕終南〉、〈入重陽閣〉詩[12]，及〈荊州大乘寺〉、〈宜陽石像碑〉四首。鏗鏘並奏，能驚趙鞅[13]之魂；輝煥相華，時瞬安豐之眼[14]。山澤晻靄[15]，松竹參差；若見三峻之峰[16]，依然四皓[17]之廟。甘泉鹵簿[18]，盡在清文；扶風輦路[19]，悉陳華

9 殷儀同：指殷不害也。儀同，官名，謂儀制與三公同也。周武帝保定元年六月，遣御正殷不害等使於陳，徐陵從殷不害見李那〈重陽閣詩〉、〈荊州宜陽碑文〉，因而與李那書。

10 王人授館：王人，指殷不害貴為王命之人。授館，為賓客備館舍也。

11 用阻班荊：班，布也。荊，薪也。全句意謂：可以阻免鋪薪在地（亦即打地鋪）休息之不便。

12 陪駕終南入重陽閣詩：案：李那所撰〈荊州大乘寺〉、〈宜陽石像碑文〉不傳，其〈適重陽閣詩〉云：「銜悲向玉關，垂淚上瑤臺。舞閣懸新網，歌梁積故埃。紫庭生綠草，丹墀染碧苔。金扉晝常掩，珠簾夜暗開。方池含水思，芳樹結風哀。行雨歸將絕，朝雲去不回。獨有西陵上，松聲薄暮來。」第四詩句與書中「一詠歌梁之言」相應。閣落成於周明帝武成二年，帝是年崩，故詩有「銜悲」、「垂淚」云云。殷不害使陳，即其明年。

13 趙鞅：趙鞅即趙簡子。《史記・趙世家》：「趙簡子疾，五日不知人，大夫皆懼。醫扁鵲視之，出，董安於問。扁鵲曰：血脈治（平和）也，……不出三日必間（病癒或好轉），間必有言也。』居二日半，簡子寤。語大夫曰：『我之帝所甚樂，與百神遊於鈞天，廣樂九奏萬舞，不類三代之樂，其聲動人心。」

14 時瞬安豐之眼：漢竇融爵封安豐侯，家族多貴。又，《晉書・王戎傳》：「戎幼而穎悟，神采特徹，視日不眩，裴楷見而目之曰：『戎眼爛爛，如巖下電。』後封安豐縣侯。」

15 晻靄：晻，音義同「暗」；靄，雲貌。

16 三峻之峰：三聚之山，在今山西聞喜縣境。

17 四皓，秦末東園公、甪（ㄌㄨˋ）里先生、綺里季、夏黃公四人隱於商山，鬚眉盡白，時稱四皓。

18 甘泉鹵簿，甘泉，山名，在今陝西涇陽縣西北百二十里。鹵，大盾；鹵簿即車駕法從次第。蓋兵衛以甲盾居外為前導，連同扇、傘、旗等儀仗隊扈從，皆著之簿也。

19 扶風輦路，扶風，漢郡名，即今陝西扶風縣。輦路，即輦道，王者行車之道也。

簡。昔魏武虛帳[20]，韓王故臺[21]；自古文人，皆爲詞賦。未有登茲舊閣，歎此幽宮；標句清新，發言哀斷。豈止悲聞帝瑟[22]，泣望羊碑[23]；一詠歌梁[24]之言，便掩盈懷之淚[25]。

至如披文相質，意致縱横；才壯風雲，義深淵海。方今二乘[26]斯悟，同免化城[27]；六道[28]知歸，皆踰火宅[29]。

---

20 魏武虛帳：《文選》陸機〈弔魏武帝文並序〉：「魏武帝遺令……曰：「吾婕妤伎人，皆著銅爵臺。於臺堂上施八尺床，繐帳，朝晡上脯糒之屬。月朝十五，輒向帳作伎。汝等時時登銅爵臺，望吾西陵墓田。」

21 韓王故臺：宋・樂史《太平寰宇記・卷二・河南道二・開封府二・酸棗縣》：「韓王臺二，並在縣南一十六里。按孫楚《韓王臺賦》云：『酸棗縣門外，左右有兩故臺。』訪古老，云：『韓王聽政之觀也。』望氣臺，在縣西南十五里。《輿地志》云：『酸棗縣西有韓王望氣臺。』」案：韓王即韓哀侯之後韓襄王也。

22 悲聞帝瑟：《史記・封禪書》：「太帝使素女鼓五十弦瑟，悲，帝禁不止，故破其瑟為二十五弦。」

23 泣望羊碑：羊祜，字叔子，晉南城人。輕裘緩帶，身不披甲，溫文爾雅，有儒將風。鎮襄陽時，常親近儒士。後上伐吳之計，舉杜預自代。及卒，百姓於峴山祜平生遊憩之所立碑，歲時饗祭，望其碑者，莫不流涕，杜預因而名之曰「墮淚碑」。

24 歌梁：《列子・湯問》：「昔韓娥東之齊，匱糧，過雍門，鬻歌假食，既去，而餘音繞梁欐，三日不絕。」後世因以「餘音繞梁」喻歌聲之高亢迴旋。

25 盈懷之淚：《左傳・成公十七年》：「聲伯夢涉洹，或與己瓊瑰食之，泣而為瓊瑰盈其懷。」

26 二乘：佛經分大小二乘，以車乘為喻，言其能載道濟人。佛法因人而施，人有智愚，故所說有深淺，其說廣大深頤者為大乘，淺小者為小乘。

27 化城：佛家語。謂一時化作之城郭，喻小乘之涅槃也。

28 六道：佛家語。謂天、人、阿修羅、畜生、餓鬼、地獄等道。此六處乃眾生輪迴之道途，故曰「六道」。

29 火宅：佛家以喻煩惱世界。

宜陽之作，特會幽衿[30]；所睹黃絹之辭[31]，彌懷白雲之頌[32]。但恨耆闍遠嶽，檀特[33]高峰；開士羅浮[34]，康公懸溜[35]。不獲銘茲雅頌，耀彼幽巖；省覽循環，用忘饑渴。握之不置，恆如趙璧[36]；翫之不足，同於玉枕[37]。京師長者，好事才人；爭造蓬門，請觀高製。軒車滿路，如看太學之碑[38]；街巷相填，無異華陰之市[39]。

---

30 宜陽之作：謂李那作〈宜陽石像碑〉。幽衿：猶言幽人胸襟。

31 黃絹之辭：在此借紹興曹娥碑「黃絹幼婦外孫齏臼」——「絕妙好辭」之隱語以稱揚李那碑文。

32 白雲之頌：《莊子・天地》：「堯觀乎華，華封人曰：『嘻，聖人！請祝聖人，使聖人壽。』堯曰：『辭。』『使聖人富。』堯曰：『辭。』『使聖人多男子。』堯曰：『辭。』封人曰：『壽、富、多男子，人之所欲也。女獨不欲，何邪？』堯曰：『多男子則多懼，富則多事，壽則多辱。是三者，非所以養德也，故辭。』封人曰：『始也我以女為聖人邪，今然君子也。天生萬民，必授之職。多男子 而授之職，則何懼之有？富而使人分之，則何事之有？夫聖人，鶉居而鷇食， 鳥行而無彰。天下有道，則與物皆昌；天下無道，則修德就閒。千歲厭世，去而上僊，乘彼白雲，至於帝鄉。三患莫至，身常無殃，則何辱之有？」

33 耆闍檀特：耆闍，西域山名。檀特，西域州名。

34 開士羅浮：沙門有德者稱為開士；羅浮，山名，位廣東增城縣東。

35 康公懸溜：溜，水溜，今通稱為瀑布。此指廬山康王谷之飛瀑。

36 趙璧：趙國和氏之璧。

37 玉枕：王嘉《拾遺記》：「漢誅梁冀，得一玉虎頭枕，頷下篆云：『帝辛之枕，與妲己同枕之。』」

38 太學之碑：東漢蔡邕，靈帝拜郎中，奏定六經文字，自書冊於碑，使工鐫刻，立於洛陽太學門外，於是後儒晚學，咸所取正。

39 華陰之市：張楷，字公超，東漢成都人，通《嚴氏春秋》、《古文尚書》，隱弘農山中，學者從之，所居成市，後華陰山南遂有公超市。州府連徵之，均不就。善道術，能作五里霧。《後漢書》有傳。

但豐城兩劍，尚不俱來[40]；韓子雙環，必希皆見[41]。莫以好龍無別[42]，木雁可嗤[43]；載望瓊瑤[44]，因乏行李[45]。金風[46]已勁，玉質[47]宜調；書不盡言，但聞爻繫[48]。徐陵頓首。

---

40 豐城兩劍尚不俱來：《晉書・張華傳》：「初，吳之未滅也，斗牛之間常有紫氣，……及吳平之後，紫氣愈明。華聞豫章人雷煥妙達緯象，乃要煥宿，……登樓仰觀。……煥曰：『寶劍之精，上徹於天耳。……在豫章豐城。』……華大喜，即補煥為豐城令。煥到縣，掘獄屋基，入地四丈餘，得一石函，光氣非常，中有雙劍，並刻題，一曰龍泉，一曰太阿。其夕，斗牛間氣不復見焉。遣使送一劍……與華，留一自佩。……華得劍，寶愛之，……報煥書曰：『詳觀劍文，乃干將也，莫邪何復不至？雖然，天生神物，終當合耳。』……華誅，失劍所在。煥卒，子華為州從事，持劍行經延平津，劍忽於腰間躍出墮水。使人沒水取之，不見劍，但見兩龍各長數丈，蟠縈有文章，沒者懼而反。須臾光彩照水，波浪驚沸，於是失劍。華歎曰：『先君化去之言、張公終合之論，此其驗乎！』」此借言尚有詩稿未全睹者。

41 韓子雙環必希皆見：《左傳・昭公十六年》：「韓宣子有環，其一在鄭商，宣子謁諸鄭伯，子產弗與。」所謂鄭商者，蓋鄭商欲將宣子失環沽之於晉人也，故宣子欲藉鄭伯之威奪回。今解作：要求寄示全稿。

42 好龍無別：劉向《新序・雜事》：「葉公子高好龍，鉤以寫龍，鑿以寫龍，屋室雕文以寫龍。於是天龍聞而下之，窺頭於牖，施尾於堂。葉公見之，棄而還走，失其魂魄，五色無主。是葉公非真好龍也，好夫似龍而非龍者也。」後以此為浮慕無實之喻。

43 木雁可嗤：《莊子・山木》：「莊子行於山中，見大木，枝葉盛茂。伐木者止其旁而不取也。問其故，曰：『無所可用。』莊子曰：『此木以不材得終其天年。』夫子出於山，舍於故人之家。故人喜，命豎子殺雁而烹之。豎子請曰：『其一能鳴，其一不能鳴，請奚殺？』主人曰：『殺不能鳴者。』明日，弟子問於莊子曰：『昨日山中之木，以不材得終其天年；今主人之雁，以不材死。先生將何處？』莊子笑曰：『周將處乎材與不材之間。材與不材之間，似之而非也，故未免乎累。』」

44 載望瓊瑤：載，語首助詞，無義。瓊瑤，美玉也，引申為稱人書信之美辭。

45 行李：春秋時代至六朝謂使人或行人為「行李」，唐以後，則專指出行者所攜之行裝。

46 金風：即秋風，蓋西方在五行屬金，其風亦稱「金風」。

47 玉質：形容氣質如玉之美也。

48 爻繫：蓋以《易・繫辭傳》曰：「書不盡言，言不盡意。」故有此語。

題解

本篇選自《文苑英華》第六百七十九卷，為徐陵寫與李那之尺牘。李那，名昶，那其小字也，幼能屬文，有聲洛下。北周武帝時，以近侍清要盛選國華，乃以李昶及臨淄公唐瑾等並為納言。昶以世亂，生父李志奔江左，己寓關右，因而自少及終，不飲酒聽樂，時論以此稱焉。《北史》有傳。

作者

徐陵（507—583），字孝穆，東海郯（今江蘇鎮江丹徒）人也。祖超之，齊鬱林太守，梁員外散騎常侍。父摛，梁戎昭將軍、太子左衛率，贈侍中、太子詹事，諡貞子。母臧氏，嘗夢五色雲化而為鳳，集左肩上，已而誕陵焉。時寶志上人者，世稱其有道，陵年數歲，家人攜以候之，寶志手摩其頂，曰：「此天上石麒麟也。」光宅惠雲法師每嗟陵早成就，謂之「當世顏回」。八歲能屬文，十二通《莊》、《老》義。既長，博涉史籍，縱橫有口辯。

梁武帝蕭衍時期，任東宮學士，常出入禁闥，遷通直散騎侍郎。後奉使魏朝，適齊受魏禪，被留甚久。及南還不久，而陳受梁禪，遂仕於陳。累官御史中丞、太子太傅、尚書左僕射、中書監等職。陵器局深遠，容止可觀，性又清簡，無所營樹，祿俸與親族共之。自有陳創業，文檄軍書，及禪授詔策，皆陵所製。所為駢儷，緝裁巧密，輕靡綺豔，卓有新意，與被留北周之庾信齊名，並稱「徐庾」，與北朝郭茂倩並稱「樂府雙璧」。至德元年謝世，諡曰章，時年七十七，墓位於東平（今江蘇句容北）梯門鄉東瓦莊村東南山峪內，三面環山。遺有《徐孝穆集》六卷、《玉臺新詠》十卷行世。

評語

1. 蔣士銓評曰：「比任、沈爲諧今，視王、楊爲近古。文質之間，升降之漸，學者所宜究心也。」
2. 譚獻曰：「從容抒寫，神骨甚清。」
3. 王文濡曰：「此文獨持風骨，不尙詞華，標句清新，發言哀斷。又復一氣舒卷，意態縱橫；蓋情摯而文自眞，氣勁而筆斯達。」

賞析

本文分四段，當時以徐陵在陳，李那在長安，故書信首段開頭即言相隔之遠，除讚其飲譽於北朝外，兼敘離思之殷。

次段：據《周書・武帝》所載：「（保定元年）六月乙酉，遣治御正殷不害等使於陳。」殷不害使陳帶來北魏李彪之孫李那（又名李昶）之詩文〈陪駕終南〉、〈入重陽閣〉、〈荊州大乘寺〉、〈宜陽石像碑〉等四篇，徐陵抱病觀後，大爲讚賞，隨即報書李那，直陳己見。書信中備言李那〈陪駕終南〉、〈入重陽閣〉詩所寫之景，美其語語精絕，與專事鋪排者有天淵之別。

三段：讚〈荊州大乘寺〉、〈宜陽石像碑〉，亦有勁氣，不尚詞華。

末段：言尚有詩稿未全睹者，要求寄示全稿，幸勿以我爲不辨妍嗤也。雖「書不盡言，言不盡意」，但仍冀獲瑤章之頒。

徐陵此篇雖屬書信體，實乃聲色妍美之抒情文。全篇風骨高騫，情韻又復不竭，流連耽詠，能協眾音於己出，觀其在北齊〈與楊僕射書〉古今無第二手之作外，斯亦駢體之矯矯者。

問題與討論

或有以為：徐陵〈與李那書〉展現其早期之文學思想，於肯定宮體詩崇尚聲律、重視辭藻、風格綺麗之前提下，注意文章之質，以「質」為主，要有悲壯美；「文」為輔，要文質相宣。厥乃北方文壇追求南方麗靡詩風，從追慕模仿至融合提高新階段在理論上之反映。調合南北之文學思想，與《顏氏家訓・文章》一南一北，交相輝映，具有一定之意義。此論，汝以為如何？

文章習作

試作〈與友人論詩書〉一篇。

附錄

案：李那得徐陵書後，旋即修書作答，意態飄然，風韻跌宕，謙遜有加。茲附錄於次：

〈答徐陵書〉

「繁霜應管，能響豐山之鐘；玄雲觸石，又動流泉之奏。矧伊物候，且或冥符；況乃衿期，相忘道術。楚齊風馬，吳會浮雲；行李無因，音塵不嗣。殷御正銜命來歸，嘉言累札。江南橘茂，薊北桑枯；陰慘陽舒，行止多福。

足下泰山竹箭，浙水明珠；海內風流，江南獨步。扶風計吏，議折祥禽；平陵李廉，辨詶文約。況復麗藻星舖，雕文錦縟；風雲景物，義盡緣情。經綸憲章，辭殫表奏。久以京師紙貴，天下家藏；調移齊右之音，韻改河西之俗。豈直揚雲藻翰，獨留千金；嗣宗文雅，唯傳好事。

僕世傳經術，才謝劉歆；家有賜書，學匪班嗣。弱年有意，頗愛雕蟲；歲月三餘，無忘肄業。户牖之間，時安筆硯；顰眉難巧，學步非工。恆經牧豬之譏，屢被陳思之誚。羞逢仲子，類君山之鼓琴；屢見子將，同本初之車服。不謂殷侯，虛談成價；遂同布鼓，輕響雷門。燕石空雕，終慚比德；楚鞏雖拂，實愧棲桐。豈若邯鄲舉袖，唯聞變曲；協律飛塵，必應不顧。是以日南寶貝，遙望歸秦；合浦文犀，更希還漢。芳春行獻，鶯其鳴矣；懸豫章之床，置長安之驛。厚築牆垣，思逢鄭僑之聘；工歌周頌，佇奏延陵之樂。書繒有復，道意無伸。李那頓首。」

又案：李那答書，譚獻評其工力與徐陵在伯仲之間。然蔣士銓則評曰：「非不清麗，視孝穆作便有上下床之別，讀者合兩書並觀之，便得為文之道矣。」

陳慶煌編撰

14. 哀江南賦序

庾信

選文

粵以戊辰之年，建亥之月[1]，大盜移國，金陵瓦解[2]。余乃竄身荒谷，公私塗炭[3]。華陽奔命，有去無歸[4]：中興道銷，窮於甲戌[5]。三日哭於都亭[6]，三年囚於別館[7]。天道周星，物極不反[8]。傅燮之但悲身世，無處

1 粵，發語詞。戊辰，指梁武帝太清二年（548）。建亥之月，指夏曆十月。

2 大盜，竊國篡位者，此指侯景。移國，篡國。《後漢書．光武帝紀贊》：「炎正中微，大盜移國。」金陵：即建鄴，今南京市，梁國都。《南史．梁武帝紀贊》：「（太清二年）八月戊戌，侯景舉兵反。……冬十月，……至建鄴。」

3 竄，逃匿也。荒谷，《左傳》杜預注：「荒谷，楚地。」此指江陵。《北史．庾信傳》：「侯景作亂，梁簡文帝命信率宮中文武千餘人營於朱雀航。及景至，信以眾先退。臺城陷後，信奔於江陵。」公私，公室與私門。塗炭，指陷於泥塗炭火。《尚書》：「有夏昏德，民墜塗炭。」

4 華陽，華山之南。陽，山南。此指江陵。奔命，奉命奔走。梁元帝承聖三年（554），庾信奉命由江陵出使西魏，十一月，西魏陷江陵，庾信遂滯留長安未歸。

5 中興，指梁元帝於承聖元年（552）平定侯景之亂，即位江陵。道銷：中興之道銷亡。甲戌：指承聖三年（554）。《南史．元帝紀》：「（承聖三年）魏使……於謹來攻。……十一月……丁亥，魏軍至柵下。……辛亥……。帝見執，……。辛未，魏人戕帝。」

6 「三日」句：《晉書．羅憲傳》：「魏之伐蜀，……憲守永安城。及成都敗，……知劉禪降，乃率所部臨於都亭三日。」臨，《左傳》杜注：「哭也。」都亭，都城亭閣。

7 「三年」句：《左傳．昭公二十三年》載：「晉人來討，叔孫婼如晉，晉人執之，……乃館諸於箕。」

8 天道：天理。周星：即歲星，亦稱太歲，木星，因其一十二年繞天一周，故名。物極不反：指梁朝就此一蹶不振，再難恢復。

求生[9]；袁安之每念王室，自然流涕[10]。

昔桓君山之志事[11]，杜元凱之平生[12]，並有著書，咸能自序[13]。潘岳之文采，始述家風[14]；陸機之辭賦，先陳世德[15]。信年始二毛，即逢喪亂[16]，藐是流離，至於暮齒[17]。〈燕歌〉遠別，悲不自勝[18]；楚老相逢，泣將何

---

9 傅燮，字南容，東漢末年人。無處求生：據《後漢書．傅燮傳》載，傅燮任漢陽太守，王國、韓遂等率兵攻城，城中兵少糧盡，其子勸父棄城歸鄉，燮歎曰：「汝知吾必死耶！……世亂不能養浩然之志，食祿又欲避其難乎？吾行何之，必死於此！」於是命令左右進兵，臨陣戰死。燮，音ㄒㄧㄝˋ。

10 袁安，字邵公，後漢時汝南汝陽人也。自然流涕：《後漢書．袁安傳》：「安……為司徒，……以天子幼弱，外戚擅權，每朝會進見，及與公卿言國家事，未嘗不噫嗚流涕。」

11 桓君山，即桓譚，字君山，後漢時人。著《新論》二十九篇。志事：一作「志士」。

12 杜元凱，即杜預，字元凱，晉代人，有《春秋經傳集解》。書序云：「少而好學，在官則觀於吏治，在家則滋味典籍。」

13 自序：古人著書往往有自序記述身世及寫作旨意。桓譚《新論》自序今已散佚。

14 潘岳，字安仁，晉代詩人。始述家風：潘岳有〈家風詩〉，自述家族風尚。

15 陸機，字士衡，晉代詩人。先陳世德：陸機有〈祖德賦〉、〈述先賦〉，又有〈文賦〉：「詠世德之駿烈。」

16 二毛，指頭髮有黑白二色。喪亂：指因侯景之亂及江陵淪陷而被留西魏。當時庾信年四十左右。

17 藐，遠。「藐是」一作「狼狽」。暮齒：暮年。

18 〈燕歌〉指樂府〈燕歌行〉。《樂府詩集》引《廣題》曰：「燕，地名也，言良人從役於燕而為此曲。」《北史．王褒傳》：「褒曾作〈燕歌〉，妙盡塞北苦寒之言。元帝及諸文士並和之，而競為淒切之辭。」今《庾子山集》中亦有此作。

及[19]！畏南山之雨，忽踐秦庭[20]；讓東海之濱，遂餐周粟[21]。下亭漂泊，高橋羈旅[22]。楚歌非取樂之方[23]，魯酒無忘憂之用[24]。追爲此賦，聊以記言[25]；不無危苦之辭，惟以悲哀爲主[26]。

---

19 楚老，代指故國父老。舊說引《漢書·王貢兩龔鮑傳》，言楚人龔勝於王莽時不願「一身事二姓」，「遂不復開口飲食，積十四日死」，庾信世居楚地，故引此事深慚其身事二姓。泣將何及：《後漢書·逸民列傳》：「桓帝世黨錮事起，守外黃令陳留張升去官歸鄉里，道逢友人，共班草而言。……因相抱而泣。老父趨而過之，植其杖，太息言曰：『吁！二大夫何泣之悲也？夫龍不隱鱗，鳳不藏羽，網羅高懸，去將安所？雖泣何及乎！』」

20 南山之雨，《列女傳·賢明傳》：「妾聞南山有玄豹，霧雨七日而不下食者，何也？欲以澤其毛而成文章也。故藏而遠害。」一說以山高而在陽喻君主，指迫於君命不敢不使魏也。踐秦庭：《左傳·定公四年》：「申包胥如秦乞師，……立依於庭牆而哭，日夜不絕聲，……七日，……秦師乃出。」此喻出使求和救急。

21 讓東海之濱遂餐周粟，據《史記·伯夷列傳》載，孤竹君之子伯夷、叔齊因相互推讓君位，先後逃至海濱。武王滅紂，二人義不食周粟，餓死首陽山。此二句言其本以謙讓為懷，卻不能如伯夷、叔齊殉義。一說「讓東海」句引用《史記·齊太公世家》中所載，齊康公十九年（前385）「田常曾孫田和始為諸侯，遷康公海濱」一事，指魏、周換代。

22 下亭，《後漢書·范式傳》載孔嵩應召入京，在下亭道旁過夜時，馬匹被盜。高橋，一作「皋橋」。《後漢書·梁鴻傳》：梁鴻「至吳，依大家皋伯通，居廡下」。皋家傍橋，在今江蘇蘇州閶門內。此二句言其旅途勞頓。

23 楚歌，楚地民歌。《漢書·高帝紀》：「帝謂戚夫人曰：『為我楚舞，吾為若楚歌。』」

24 魯酒，魯地之酒。許慎《淮南子注》：「楚會諸侯，魯、趙俱獻酒於楚王，魯酒薄而趙酒厚。楚之主酒吏求酒於趙，趙弗與。吏怒，乃以趙厚酒易魯薄酒，奏之。楚王以趙酒薄，故圍邯鄲也。」

25 記言，《漢書·藝文志》：「古之王者，世有史官，左史記言，右史記事。」據此可知庾信作是賦，非唯慨歎身世，亦為兼記歷史。

26 不無危苦之辭惟以悲哀為主，原本出自嵇康〈琴賦〉序：「稱其材幹，則以危苦為上；賦其聲音，則以悲哀為主。」

日暮途遠，人間何世[27]？將軍一去，大樹飄零[28]；壯士不還，寒風蕭瑟[29]。荊璧睨柱，受連城而見欺[30]；載書橫階，捧珠盤而不定[31]。鍾儀君子，入就南冠之囚[32]；季

27 日暮途遠，指年歲已老而離鄉路遠。《吳越春秋》：「子胥謝申包胥曰：『吾日暮途遠，吾故倒行而逆施之。』」「遠」一作「窮」。人間何世：《莊子》有〈人間世〉篇，王先謙《集解》：「人間世，謂當世也。」二句感慨年老世變。

28 將軍一去大樹飄零，《後漢書．馮異傳》：「每所止舍，諸將並坐論功，異常獨屏樹下，軍中號曰『大樹將軍』。」作者在此以馮異自喻，謂其去國，梁朝淪亡。

29 壯士，指荊軻。《戰國策．燕策》記太子丹送荊軻易水上，「高漸離擊筑，荊軻和而歌，……曰：『風蕭蕭兮易水寒，壯士一去兮不復還！』」此二句謂其出使西魏，一去不歸。

30 荊璧，即和氏璧，因楚人和氏在楚山挖得而名。睨：斜視。連城：相連之城。二句典出《史記．廉頗藺相如列傳》：「趙惠文王時，得楚和氏璧。秦昭王聞之，使之遺趙書，願以十五城請易璧。……遂遣相如奉璧西入秦。……相如視秦王無意償趙城，……因持璧卻立，倚柱，怒髮上沖冠，謂秦王曰：『……大王必欲急臣，臣頭今與璧俱碎於柱矣！』……秦王恐其破璧，乃辭謝固請，召有司案圖，指從此以往十五都予趙。……相如度秦王雖齋，決負約不償城，乃使其從者衣褐，懷其璧，從徑道亡，歸璧於趙。」作者借此喻其出使西魏受騙。

31 載書，盟書。珠盤：諸侯盟誓所用器皿。《周禮．天官．塚宰》：「若合諸侯，則共珠盤玉敦。」鄭玄注：「合諸侯者必割牛耳，取其血歃之以盟。珠盤以盛牛耳。」二句引用毛遂事。《史記．平原君列傳》：「平原君與楚合縱，言其利害，日出而言之，日中不決。……毛遂按劍歷階而上，……謂楚王之左右曰：『取雞狗馬之血來！』毛遂奉銅盤而跪進之，……於是定縱於殿上。」作者在此謂其出使西魏，未能締約，梁朝反遭侵略。

32 鍾儀君子入就南冠之囚：《左傳．成公七年》：「楚子重伐鄭。……囚鄖公鍾儀，獻諸晉。……晉人以鍾儀歸，囚諸軍府。」九年，「晉侯觀於軍府，見鍾儀問之曰：『南冠而縶者誰也？』有司對曰：『鄭人所獻楚囚也。』……使與之琴，操南音，……范文子……曰：『楚囚，君子也。』」作者在此以鍾儀自比，稱其原本楚人，卻羈留西魏、北周，類似「南冠之囚」。

孫行人，留守西河之館[33]。申包胥之頓地，碎之以首[34]；蔡威公之淚盡，加之以血[35]。釣臺移柳，非玉關之可望[36]；華亭鶴唳，豈河橋之可聞[37]。

孫策以天下爲三分，衆纔一旅[38]；項籍用江東之子弟，人惟八千[39]。遂乃分裂山河，宰割天下[40]；豈有百萬

---

33 季孫，春秋時魯國大夫。行人：掌朝覲聘問之官員。西河：在今陝西省東部。《左傳．昭公十三年》載：諸侯盟於平丘，邾、莒告魯朝夕伐之，因無力向晉進貢。晉遂執季孫，後欲釋之，季孫不肯歸。叔魚威脅曰：「……歸子而不歸鮒也，聞諸吏將為子除館於西河，其若之何？」季孫懼，乃歸魯。此二句乃作者自比季孫，但稍變原意，謂其拘留異國他鄉，難以回歸。

34 申包胥，春秋時楚國大夫。頓地：叩頭至地。事見《左傳．定公四年》，吳伐楚，申包胥至秦求救兵，「立依於庭牆而哭，日夜不絕聲，勺飲不入口。七日，秦哀公為之賦〈無衣〉，九頓首而坐。秦師乃出。」此二句作者言曾為救梁朝而竭盡心力。

35 蔡威公之淚盡加之以血，劉向《說苑》：「蔡威公閉門而泣，三日三夜，泣盡而繼之以血，曰：『吾國且亡。』」此言作者使魏後，對梁之覆滅深感悲痛。

36 釣臺，在武昌，此代指南方故土。移柳：一作栘柳，《古今注》：「栘柳亦曰蒲柳。」據《晉書．陶侃傳》，陶侃鎮武昌時，曾命各軍營植柳。玉關：玉門關，在今甘肅敦煌縣西。此代指北地。此二句作者自謂：滯留北地，難再見南方故土之柳樹。

37 華亭，在今上海市松江縣，東吳時有清泉茂林，陸機兄弟曾共遊於此十餘年。河橋，在今河南孟縣，陸機在此兵敗被誅。《世說新語．尤悔》：「陸平原河橋敗，為盧志所讒，被誅。臨刑歎曰：『欲聞華亭鶴唳，可復得乎！』」此二句是謂：故鄉鶴鳴已非身處異地遊子所能聽聞。

38 孫策，字伯符，三國時吳郡富春（即今浙江富陽）人。先以數百人依附袁術，後平定江東，建立吳國。三分：指魏、蜀、吳三分天下。一旅：五百人。《三國志．吳志．陸遜傳》：「遜上疏曰：『昔桓王（孫策諡號長沙桓王）創基，兵不一旅，而開大業。』」

39 項籍，字羽，下相（今江蘇宿遷西南）人。江東：長江南岸南京一帶地區。《史記．項羽本紀》記載項羽兵敗烏江，笑著對亭長曰：「籍與江東子弟八千人渡江而西，今無一人還。」

40 遂乃分裂山河宰割天下，原本出自賈誼〈過秦論〉：「宰割天下，分裂山河。」

義師，一朝捲甲；芟夷斬伐，如草木焉[41]！江淮無涯岸之阻，亭壁無藩籬之固[42]。頭會箕斂者合從締交[43]，鋤耰棘矜者因利乘便[44]；將非江表王氣，終於三百年乎[45]？是知併吞六合，不免軹道之災[46]；混一車書，無救平陽之禍[47]。

嗚呼！山嶽崩頽，既履危亡之運[48]；春秋迭代，必有去故之悲[49]。天意人事，可以悽愴傷心者矣[50]！況復舟

41 百萬義師，指平定侯景作亂之梁朝大軍。捲甲：捲斂衣甲而逃。芟夷：刪削除滅。據《南史・侯景傳》載，侯景造反，梁將王質率兵三千無故自退，謝禧棄白下城遠走，援兵至北岸，號稱百萬，後悉敗逃。另外，侯景曾告戒諸將曰：「破城邑淨殺卻，使天下知吾威名。」

42 江淮，指長江、淮河。涯岸，水邊河岸。亭壁，指軍中壁壘。藩籬，竹木所編屏障。

43 頭會箕斂，《漢書・陳餘傳》：「頭會箕斂以供軍費。」服虔注：「吏到其家，以人頭數出穀，以箕斂之。」合從締交：賈誼〈過秦論〉：「合從締交，相與為一。」原為戰國時六國聯合抗秦之一種謀略，此指起事者彼此串聯，相互勾結。

44 鋤耰，簡陋之農具。棘矜，低劣之兵器。賈誼〈過秦論〉：「鋤耰棘矜，不敵於鉤戟長鎩也。」因利乘便：賈誼〈過秦論〉：「因利乘便，以宰割天下。」此指陳霸先乘梁朝衰亂，取而代之。

45 江表，江外，長江以南。王氣，古時以為天子所在地必有祥雲王氣籠罩。三百年：指從孫權稱帝江南，歷東晉、宋、齊、梁四代，前後約三百年時間。

46 六合，指天地四方。賈誼〈過秦論〉：「吞二周而亡諸侯，履至尊而制六合。」軹道之災：《史記・高祖本紀》記漢高祖入關：「秦王子嬰素車白馬，……降軹道旁。」軹道，在今陝西咸陽市西北。

47 混一車書，指統一天下。《禮記・中庸》：「今天下車同軌，書同文，行同倫。」平陽之禍，據《晉書・孝懷帝本紀》，永嘉五年（311）劉聰攻陷洛陽，遷晉懷帝於平陽。七年（313），懷帝被害。又《孝愍帝本紀》載，晉愍帝建興四年（316），劉曜攻陷長安，遷愍帝於平陽。五年（317），愍帝遇害。平陽，在今山西臨汾縣。

48 山嶽崩頽既履危亡之運，《國語・周語》：「山崩川竭，亡之徵也。」

49 春秋迭代，比喻梁、陳兩朝更替。去故：離別故國。

50 淒愴傷心，阮籍《詠懷詩》其九：「素質遊商聲，淒愴傷我心。」

楫路窮，星漢非乘槎可上[51]；風飆道阻，蓬萊無可到之期[52]。窮者欲達其言，勞者須歌其事[53]。陸士衡聞而撫掌，是所甘心[54]；張平子見而陋之，固其宜矣[55]！

題解

本文作於庾信出使西魏被扣後之第三年，亦即陳武帝永定元年（557）十二月，乃〈哀江南賦〉前之駢體序文。題目「哀江南」取自宋玉〈招魂〉中：「魂兮歸來哀江南」句。作者自傷身世，眷懷故國，作賦以寄託鄉關之思。賦中記梁朝一代興亡，敘個人家世盛衰與己之飄零。是序概括全賦大意，著重說明創作之背景與緣起，雖屬賦之有機組成部分，卻可獨立成篇，為六朝駢文之佳製。

作者

庾信（513—581），字子山，祖籍南陽新野（今河南新野）。早年與父

51 楫，船槳。星漢，銀河。槎，竹筏木排。張華《博物志》：「舊說云天河與海通。近世有人居海渚者，年年八月有浮槎去來不失期。」

52 飆，暴風。蓬萊，傳說中三座神山之一。無可到之期，《漢書．郊祀志》：「自威宣、燕昭使人入海求蓬萊、方丈、瀛洲。此三神山者，其傳在勃海中，……未至，望之如雲；及到，三神山反居水下。水臨之，患且至，則風輒引船而去，終莫能至云。」

53 窮者，指仕途困躓之人。達，表達。《晉書．王隱傳》：「隱曰：『蓋古人遭時則以功達其道，不遇則以言達其才。』」何休《公羊傳解詁》：「饑者歌其食，勞者歌其事。」此二句說明作者作賦係有感而發。

54 陸士衡，陸機字士衡。撫掌：拍手。《晉書．左思傳》載，左思作《三都賦》，「初陸機入洛，欲為此賦。聞思作之，撫掌而笑，與弟雲書曰：『此間有傖父作《三都賦》。須其成，當以覆酒甕耳。』及思賦出，機絕歎伏，以為不能加也，遂輟筆焉。」此二句謂：作者為此賦即使受人嘲諷，亦心甘情願。

55 張平子，張衡字平子。陋：輕視。《藝文類聚》：「昔班固睹世祖遷都於洛邑，懼將必踰溢制度，不能遵先聖之正法也。故假西都賓，盛稱長安舊制，有陋洛邑之議，而為東都主人折禮衷以答之。張平子薄而陋之，故更造焉。」此二句言：作者之賦雖受輕視，亦理所當然也。

肩吾以及徐摛、徐陵父子並為梁宮廷學士，文體綺豔，號「徐庾體」。梁元帝時出使西魏被留，以後歷仕西魏、北周，隋開皇元年卒。在入北之初約十年內，由於處境艱難、生活貧困以及對故國之思，寫下大量感人至深之詩賦，風格也一變而為蒼涼沉鬱，有極高之藝術成就。被推為六朝集大成之作家，對唐人詩賦影響至鉅。所遺《庾子山集》，清・倪璠有注。

評語

1. 金・王若虛《滹南遺老集・文辨》云：「庾信〈哀江南賦〉堆垛故實，以寓時事。……而荒蕪不雅，了無足觀。如『崩如鉅鹿之沙，碎於長平之瓦』，此何等語？至云：『申包胥之頓地，碎之以首』，尤不成文也。杜詩云：『庾信文章老更成，淩雲健筆意縱橫。今人嗤點流傳賦，未覺前賢畏後生。』嘗讀庾氏諸賦，類不足觀。……然子美推稱如此，且譏誚嗤點者，余恐少陵之語未公，而嗤點者未爲過也。」
2. 《四庫全書總目》稱庾信「其駢偶之文，則集六朝之大成，而導四傑之先路，自古迄今，屹然爲四六宗匠」。
3. 清・李調元《賦話》卷八載：宋太宗端拱中，進士劉安國酷愛〈哀江南賦〉，雖日旰未食而不饑。蓋辭氣鼓動，快哉愜心而已。故前賢評品，以爲風、雅之變，而流宕之勝者。
4. 劉師培《論文雜記》曰：「〈哀江南賦〉，懷舊都，出於〈哀郢〉者也。」
5. 林紓《春覺齋論文》曰：「子山〈哀江南賦〉，則不名爲賦，當視之爲亡國大夫之血淚。」

賞析

王禮卿《歷代文約選詳評》謂〈哀江南賦〉：「賦以身世之感，亡國之痛，爲一篇之綱領。以天意人事，悽愴傷心，爲一篇之關目。以不無危苦之辭，唯以悲哀爲主，示一篇之旨趣。……至其結構：序則綜括全旨，而挈其綱維，揭其關目，標其旨趣。」於綱領、關目、旨趣、結構，言之極爲精簡而允當。由於序用駢文書寫，側重在抒情，而賦側重在記史，因此二者互相生發，組成有機之整體。蓋此篇序文綜括亡國之痛、身世之悲，爲所以作賦之由，全賦要義盡具於此，合於彥和所謂「序以建言，首引情本」之旨，故爲賦之序也。大致可分爲五段。

從開端「粵以戊辰之年」至「惟以悲哀爲主」爲首段，乃序文之總起。敘己作此賦之背景與原因。以精練之筆，總舉侯景作亂，金陵淪陷，己則兵敗奔楚投梁元帝；不意奉使西魏被拘，江陵復陷，元帝殉國，王室之痛與身世之悲由此而起，於是家國淪喪之悲哀遂爲全賦主調。

從「昔桓君山之志業」至「惟以悲哀爲主」爲次段：承上文身世之悲而來，綜敘所以作賦之由。起用開筆，言古人多有身世之著述；況己遭逢喪亂，屈節西魏、北周，自不能無危苦悲哀之作。沉鬱蒼涼，筆力馳騁。

從「日暮途遠」至「豈河橋之可聞」爲第三段。主要爲敘己北使被拘經過，同時亦表達對故國之思。起處換用提筆，歎詫而入，語語工鍊，淋漓盡致。

從「孫策以天下爲三分」至「無救平原之禍」爲第四段。此段前半承上文王室之痛而來，繼敘金陵、江陵淪陷，以迄梁亡，總抒亡國之痛。起處突用反證，以逆筆跌入梁之敗衄。然後由敘而議，一氣旋轉，落到梁亡。氣力沉雄，跌宕頓挫。末點天意人事，爲全賦關目，落到傷心，渡入下段，起滅無痕。主要敘其對梁朝忽亡之疑惑與深沉痛惜，爲賦文全面分析梁亡原因預作伏筆。

而「嗚呼，山嶽崩頽」至「張平子見而陋之，固其宜矣」爲末段。係雙綰上文，再次點明故國「履危亡之運」之痛與個人「舟楫路窮」之悲，乃寫作此賦之背景與原因。續寫途窮望絕之感，收歸作賦之意。緊承上文悽愴傷心，跌入自身道窮望絕，故欲達言歌事，收到作賦，爲全序結束。調響辭鍊，氣韻蒼勁。

庾信爲文運思沉著，用筆刻峭，使事用典，博觀約取，方法靈活多變，熔鑄史料，如同己出，大多貼切傳神，無不切情切境，頗多清剛激楚之聲，蕭瑟悲涼之調。要之，此序構短意賅，極爲精警。有蒼莽之氣，跌宕之姿，悲壯之音，沉雄之韻，鬱勃哀婉，前無古者，眞百讀彌傷之作也。

問題與討論

1. 根據庾信〈哀江南賦序〉與屈原《楚辭・九章・涉江》，知兩人皆有去國之悲，然其去國之原因與情感卻相異。且兩篇文章中皆有正面用典，其使典有何作用？又，兩人於文中均表達一己悲痛之情，汝較同情何人？
2. 庾信有〈哀江南賦〉，而清末王闓運亦仿作〈哀江南賦〉，寫太平天國起義時，與清軍廝殺所造成江南地區生靈塗炭之悲慘境域，能否一較其優劣？

文章習作

試習作〈讀哀江南賦〉文章一篇。

附錄

〈哀江南賦〉之寫作時間，據考證：魯同群主張當作於陳武帝永定元年（557）十二月；林怡以為作於陳文帝天康元年（566），牛貴琥則謂作於陳廢帝光大二年（568）。大概應以557年之說較合理。證據有三：一是序中「三年囚於別館」一句，已實際交代作者作賦之時間與身分。庾信554年出使西魏被扣，後三年，恰為557年。且庾信在西魏、北周跡近拘囚，北朝雖拜之為金紫光祿大夫、儀同三司、驃騎大將軍等，但皆為勳官或戎號之類，而非實職。二是梁朝最後一位皇帝梁敬帝被害於558年，而寫梁朝五十年盛衰興亡，有「賦史」美稱之〈哀江南賦〉對此竟隻字未提，亦足證其必寫於558年以前。三是庾信入北之初，政治處境艱難，生活頗為困乏，在其詩賦中多有反映，本序所謂「舟楫路窮」、「風飆道阻」等語，亦隱見此一意涵，因而絕非作於如陳寅恪先生所說之二十年後，亦即578年十二月，庾信六十六歲時。而此際庾信「位望通顯」，因而「詩賦動江關」，聲名遠播，自是合情合理。

陳慶煌編撰

15. 秋日登洪府滕王閣餞別序

王勃

選文

豫章故郡，洪都新府。星分翼軫[1]，地接衡廬[2]。襟三江而帶五湖[3]，控蠻荊而引甌越[4]。物華天寶，龍光射牛斗之墟[5]；人傑地靈，徐孺下陳蕃之榻[6]。雄州霧列，俊彩星馳。臺隍枕[7]夷夏之交，賓主盡東南之美。都督閻公[8]之雅望，棨戟遙臨[9]；宇文新州之懿範，襜帷暫

1 星分翼軫，翼、軫，皆星宿名，此句意指兩宿在天空之分際線，正當地上之南昌。
2 衡廬，指衡山、廬山。
3 襟三江而帶五湖，指南昌位在三江之上，據五湖之中，狀南昌地勢之壯闊。
4 控蠻荊而引甌越，狀地勢之險要。
5 物華天寶：物華，萬物之精華。天寶，天上之至寶。龍光射牛斗之墟：龍光，劍氣也。牛斗，二星名。墟，域。晉惠帝時，張華見牛斗二星之間有紫氣，聞豫章雷煥知天象，召問，煥言係豐城寶劍之精上達於天故也。張華遂派煥為豐城令，命尋寶劍、後挖監獄屋基，果獲二寶劍，一名龍泉，一名太阿，皆光芒耀目，為稀世珍寶。詳見徐陵〈與李那書〉注。
6 徐孺，即徐孺子，名穉，東漢豫章人，人品高尚，時稱「南州高士」。陳蕃：豫章太守，素不接賓客，唯特一榻禮遇徐孺子。
7 臺隍，臺，城上之樓臺。隍，城下近河之處。臺隍，即「城池」之意。枕，臨據。
8 都督閻公，都督，對「州牧」之敬稱。閻公，即當時之洪州州牧閻伯嶼。
9 棨戟，有衣之戟。古時官吏出行時，以騎吏持之先行，以為引導，相當今之儀仗隊。遙臨，從遠方來南昌做州牧。棨戟借代為閻公。

駐[10]。十旬休暇[11]，勝友如雲。千里逢迎，高朋滿座。騰蛟起鳳，孟學士之詞宗[12]；紫電青霜，王將軍之武庫[13]。家君作宰，路出名區[14]。童子何知？躬逢勝餞[15]。

時維九日，序屬三秋[16]；潦水盡而[17]寒潭清，煙光凝而暮山紫。儼驂騑於上路，訪風景於崇阿[18]；臨帝子之長洲，得仙人之舊館[19]。層巒聳翠，上出重霄；飛閣流丹[20]，下臨無地。鶴汀鳧渚[21]，窮島嶼之縈迴；桂殿蘭宮，即岡巒之體勢[22]。披繡闥，俯雕甍[23]；山原曠其盈

---

10 宇文新州，新任豐州牧宇文鈞。懿範，優美之風度。襜帷：襜，在馬車前之車帷；帷，在兩旁之車帷，此指車馬，實代宇文氏。

11 十旬休暇，十日為旬。唐制，官員每逢旬日休沐。作者作序時為重九，佳節自亦休假，一連兩日假期，故泛說「十旬休暇」。

12 騰蛟起鳳，比喻當時與會者之才華洋溢。孟學士：指晉時孟嘉，少時有文名，為桓溫參軍。重九桓溫設宴群僚，風吹孟嘉帽落，桓溫命人為文哂之，嘉亦為文作答。詞宗：文辭之宗師，為文人所推崇。

13 紫電青霜，紫電、青霜，皆為劍名，此泛指兵器。「紫電」典出《古今注・輿服篇》，吳大帝寶劍有六，其二曰紫電。「清霜」典出《西京雜記》，漢高祖斬白蛇之劍，十二年磨一次，劍刃鋒利，光寒如霜。王將軍：指南北朝時梁朝王僧辯，嘗任大都督，與陳霸先合兵擊敗侯景，加官太尉。

14 家君，對人稱己父。作宰：指赴交阯就職縣令。路出名區：出，經過。名區，指南昌，對主人之敬稱，猶言「貴地」。

15 童子，與會之人，作者年紀最輕，故自稱「童子」。躬逢勝餞：躬，親自。餞，送行之酒宴。

16 九日，即重陽節；一作「九月」。序，時序。三秋，秋天第三個月。

17 潦，音ㄌㄠˇ，雨後地面之積水。而，表示順承關係。

18 儼，通嚴，整治也。驂騑，古時一車四馬，中二馬駕轅曰服馬，左右兩旁之馬曰騑馬，亦稱驂馬；此處泛指車馬。崇阿，高陵。

19 帝子，指滕王李元嬰，唐高祖之子。仙人，此指滕王。舊館，指滕王閣。

20 飛閣，形容架空修建之高閣其檐似飛。丹，紅色。

21 鶴汀鳧渚，鳧，水鴨。汀、渚，水中小洲。

22 桂殿蘭宮，形容殿閣之豪華。即岡巒體勢，指依山岡峰巒起伏之形狀與氣勢。

23 披繡闥：披，開。闥，音ㄊㄚˋ，門屏。甍，屋脊。

視，川澤紆其駭矚。閭閻撲地，鐘鳴鼎食之家[24]；舸艦迷津，青雀黃龍之舳[25]。虹銷雨霽，彩徹雲衢[26]；落霞與孤鶩齊飛，秋水共長天一色[27]。漁舟唱晚，響窮彭蠡之濱[28]；雁陣驚寒，聲斷衡陽之浦[29]。遙襟甫暢，逸興遄飛[30]；爽籟發而清風生，纖歌凝而白雲遏[31]。睢園綠竹，氣凌彭澤之樽[32]；鄴水朱華，光照臨川之筆[33]。四美具，二難並[34]。窮睇眄於中天，極娛遊於暇日[35]。天高地迥，覺宇宙之無窮[36]；興盡悲來，識盈虛之有數[37]。望長安於日下，指吳會於雲間[38]。地勢極而南溟深，天柱高而北

---

24 閭閻：閭，里門。閻，里中巷門，此指屋舍。撲地，遍地。鐘鳴鼎食之家，富貴人家，鳴鐘會食，食則列鼎。

25 舸，大船。迷津，堵塞渡口，形容船舶之多。青雀黃龍，按照龍鳥形狀所造之船。舳，船尾掌舵之處。

26 霽，雨停。彩徹區明，彩，指夕陽。徹，通也。「雲衢」一作「區明」，區，天空也。此句意為雲霞光彩，遍布天空。

27 落霞與孤鶩齊飛秋水共長天一色，典出庾信〈三月三日華林園馬射賦〉：「落花與芝蓋同飛，楊柳共春旗一色。」鶩，野鴨。

28 彭蠡，鄱陽湖。

29 衡陽，衡山之南。浦，水濱。

30 遙襟，喻廣闊之胸懷，一作「遙吟」，即遠望長吟。甫暢，始暢。遄，急速。

31 籟，空竅所發之聲音，此處指簫管聲。纖歌凝而白雲遏，柔細美好之歌聲繚繞，使天上白雲為之停留。

32 睢園綠竹，睢園：指西漢梁孝王在睢陽所建之兔園。此句以喻座中之有德者。氣凌彭澤之樽，凌，超越。彭澤，陶淵明。樽，酒杯。此處舉陶潛以喻座中之善飲者。

33 鄴水，曹丕在鄴水所築之鄴宮。朱華，荷花。臨川之筆，指南朝曾任劉宋臨川內史謝靈運之文章。

34 四美，良辰、美景、賞心、樂事。二難，賢主與嘉賓難得之遇合。

35 睇眄，睇，小視也。眄，斜視。

36 迥，寥遠也。

37 盈虛，盛衰，窮達。數，定數。

38 吳會，吳郡，會稽郡，泛指現在之江浙地方。極，遠。

辰遠[39]。關山難越，誰悲失路之人。萍水相逢，盡是他鄉之客。懷帝閽而不見，奉宣室以何年[40]？

嗟乎！時運不齊，命途多舛。馮唐易老，李廣難封[41]。屈賈誼於長沙，非無聖主[42]；竄梁鴻於海曲，豈乏明時[43]？所賴君子安貧，達人知命。老當益壯，寧移白首之心；窮且益堅，不墜青雲之志[44]。酌貪泉而覺爽[45]，處涸轍而猶懽[46]。北海雖賒，扶搖可接[47]；東隅已逝，桑榆非晚[48]。孟嘗高潔，空懷報國之情[49]；阮籍猖狂，豈效窮途之哭[50]？

---

39 南溟，南海。天柱，傳說崑崙山有銅柱，其高入天，名為「天柱」。北辰，北極星。

40 帝閽，掌管天廷門戶開關之人，此喻朝廷君門。宣室，漢未央宮正殿，文帝曾在此召見賈誼；因而代指入朝為官，表示何日能如賈誼般獲皇帝寵召。

41 馮唐易老，馮唐，西漢臣，歷事文帝、景帝，及武帝即位，仍欲用之，但年已九十餘，不能再為官。李廣難封：西漢名將李廣，一生與匈奴大小七十餘戰，但未能封侯。

42 屈賈誼於長沙，賈誼，西漢人，文帝愛其才，欲予公卿職位，但為老臣周勃、灌嬰等反對，只得屈就長沙王太傅。

43 竄梁鴻於海曲，梁鴻：東漢人，耿介有節操，恥事權貴。過洛陽，見宮室富麗，作〈五噫歌〉諷焉。章帝欲捕之，遂易名姓，攜妻逃匿東吳。海曲：海邊偏遠之處。

44 青雲，比喻為高遠之志向。

45 酌貪泉而覺爽，晉吳隱之為廣州刺史，未至州，遇一水，名為貪泉，乃吟詩：「古人云此水，一歃懷千金，試使夷齊飲，終當不易心。」

46 涸轍，涸，乾枯。轍，車輪之跡。此喻困境。懽，同「歡」。

47 賒，遠。扶搖，自下盤旋而上之暴風。

48 東隅，東方日出之地，指早晨。桑榆，日落時，光尚留在桑榆之上，指黃昏。

49 孟嘗高潔，孟嘗，東漢人，曾為合浦太守，為人高潔，後被徵當還，人民挽留不得去，遂遁歸，隱居窮澤。

50 阮籍猖狂，豈效窮途之哭，阮籍，三國魏人，身處亂世，放蕩不羈，嗜酒，任性而為，常獨駕入山，遇徑路不通，則痛哭而返。

勃三尺微命，一介書生[51]。無路請纓，等終軍之弱冠[52]；有懷投筆，慕宗慤之長風[53]。舍簪笏於百齡，奉晨昏於萬里[54]。非謝家之寶樹，接孟氏之芳鄰[55]。他日趨庭，叨陪鯉對[56]；今晨捧袂，喜托龍門[57]。楊意不逢，撫凌雲而自惜[58]；鍾期既遇，奏流水以何慚[59]？嗚呼！勝地不常，盛筵難再。蘭亭已矣，梓澤邱墟[60]。臨別贈言，幸承恩於偉餞；登高作賦，是所望於群公。敢竭鄙誠，

51 三尺微命，自謙渺小。

52 無路請纓，等終軍之弱冠，纓，古時用以繫冠之帶子，後世謂投軍報國為「請纓」。終軍，人名，年二十，上書漢武帝，請求賜予長纓，必羈南越王而致之闕下，事未成，被害，死時二十餘歲。弱冠，指男子二十歲。

53 投筆，指漢班超投筆從戎。慕，愛。宗慤，南北朝宋人，年少時，其叔父問志向，曰：「願乘長風破萬里浪。」後官至將軍。

54 舍簪笏，舍：同「捨」。簪笏，冠簪和手版，皆古時官員之物，此指做官。奉晨昏，早晚侍奉雙親。

55 謝家之寶樹，晉謝玄有自喻「譬如芝蘭玉樹」，此引用喻佳子弟。孟氏之芳鄰：孟子之母，為擇好鄰里，曾遷居三次，事見《列女傳・母儀》，以上言幸得與諸賢相接近。

56 他日趨庭，叨陪鯉對，鯉，孔子之子，名鯉，字伯魚。幼時快步過庭，孔子曾問「學詩乎？」「學禮乎？」而以「不學詩，無以言」、「不學禮，無以立」施教，後世常用作家庭教育之典故。此表示王勃至交趾，父子晤對，亦如孔子父子般。

57 捧袂，以手扶長者之手，進謁之意。龍門，地在山西稷山縣西北，陝西韓城縣東北，為大禹所開鑿，相傳鯉魚至龍門下，躍過即化為龍。事見《太平廣記・三秦記》。東漢李膺，自高聲名，士人被其容接，名為「登龍門」。此藉李膺比閻公。己獲其接待，亦即登龍門。

58 楊意不逢，撫凌雲而自惜：此二句引用楊得意薦司馬相如予漢武帝，帝讀相如所寫之〈大人賦〉後，覺飄飄然有凌雲氣之故事。「凌雲」於此即代指司馬相如之賦，王勃自比司馬相如，苦無人引薦。

59 鍾期既遇，奏流水以何慚，俞伯牙鼓琴，志在高山，或志在流水，唯鍾子期知之。此喻今日幸遇知音。

60 蘭亭，晉王羲之曾與友人在此聚會。梓澤，晉朝石崇於洛陽所建之金谷有一別館，名曰「梓澤」。

恭疏短引[61]。一言均賦，四韻俱成[62]。請灑潘江，各傾陸海云爾[63]。

滕王高閣臨江渚，佩玉鳴鸞罷歌舞[64]。
畫棟朝飛南浦雲，珠簾暮捲西山雨[65]。
閒雲潭影日悠悠，物換星移幾度秋[66]。
閣中帝子今何在？檻外長江空自流[67]！

題解

本文為贈序類文體，據《全唐文》卷一八一與《王子安集》卷八校錄，標題則從《文苑英華》，他本作〈滕王閣序〉者乃省稱；倘依文末附詩並謂：「登高作賦，是所望於群公。……請灑潘江，各傾陸海。」似應增一「詩」字，而題作〈秋日登洪府滕王閣餞別詩序〉。

滕王閣乃唐高祖李淵第二十二子滕王李元嬰任州牧時所建，落成之日，適被封為滕王，因以名閣。故址在今江西南昌市西章江門上，下臨贛江。唐高宗上元二年（675）重陽日，王勃侍父福畤南下交趾，八月過淮陰，九月經洪州，逢都督閻公於閣中宴賓，其婿吳子章能文，令宿構閣序，欲出誇之；及以紙筆假意巡讓賓客，至勃竟不辭而即席寫下此七百六十五字千古名篇，觀其布

61 恭疏短引，恭敬寫下此篇序文。

62 一言均賦，四韻俱成，一言指詩一首，均賦指每人各作一首。「四韻俱成」指寫成四韻八句。

63 潘江陸海，陸，陸機。潘，潘岳。均為文學家，此用以指與會之人士。

64 佩玉鳴鸞，古代士大夫身佩玉製飾物，車亦繫有鸞鈴，動輒發出輕脆之撞擊聲。《禮記・玉藻》曰：「故君子在車則聞鸞和之聲，行則鳴佩玉。」蓋鳴鸞即車鈴也。

65 南浦，在南昌西南。西山，山名，古名慶原山，在南昌西北三十里，又稱南昌山。

66 悠悠，安閒靜止貌。

67 檻，欄杆。長江，指贛江。

局靈巧，開闔相因，繡句珍辭，層見疊出，洵曠世之奇才也。

作者

王勃（650—676），字子安，絳州龍門（今山西河津縣西北、陝西韓城東北）人。隋末大儒王通之孫。生於唐高宗永徽元年（650），六歲能文，構思無滯，辭情英邁，有神童之美譽；九歲讀顏師古《漢書注》，撰《指瑕》十卷；十歲該綜五經；十四歲應幽素科及第，授朝散郎；十六歲為沛王（李賢）府修撰，作《平臺鈔略》十篇。時，諸王鬥雞，勃戲作〈檄英王雞〉文，高宗以為「二王鬥雞，王勃身為博士，不行諫諍，反作檄文，有意虛構，誇大事態，是交搆之漸」，遂見斥。爰漫遊蜀中、江漢，後補虢州（今河南靈寶縣南）參軍，因匿殺官奴獲死罪，遇赦除名，其父亦受累貶為交趾縣令，上元三年（676）勃侍父上任。八月渡南海，溺水驚悸致病而卒，得年二十七。

勃才華橫溢，與楊炯、盧照鄰、駱賓王並稱「初唐四傑」。其詩壯闊精整，氣象渾厚，開初唐新風，尤以五言律為工；其駢文繪章絺句，對仗精工，剛健華滋，為「四傑」之冠。明人輯有《王子安集》。

評語

1. 楊慎云：「蕭明〈與王僧辯書〉：『霜戈電戟，無非武庫之兵；龍甲犀渠，皆是雲臺之仗。』王勃〈滕王閣序〉：『紫電青霜，王將軍之武庫。』正用此事。以十四歲之童子（案：此說容有誤，因按年份計算不甚合理，故僅屬傳聞），胸中萬卷，千載之下，宿儒猶不能知其出處，豈非間世奇才？使勃與韓、杜並世對毫，恐地上老驥，不能追雲中俊鶻。後生之指點流傳，妄哉！」
2. 蔣士銓評云：「清華婉麗，秀逸圓勻，子安之序，推此第一。」
3. 林雲銘《古文析義》謂：王勃分六大段鋪敘此篇，極具匠心，「其中布置之巧，步步銜接，步步脫卸，皆有開闔相因之妙」。
4. 余誠《重訂古文釋義新編》曰：「字句屬對極工，詞旨轉折一氣，結構渾成，竟似無縫之衣。縱使出自從容雕琢，亦不得不歎爲神奇，況乃以倉卒立就，尤屬絕無而僅有矣。」

5.王先謙曰：「文興到落筆，不無機調過熟之病；而英思壯采，如泉源之湧。流離遷謫，哀感駢集；固是名作，不能抹殺。」

賞析

本篇原題爲〈秋日登洪府滕王閣餞別序〉，全文運思謀篇，皆緊扣此一題目。其主旨在敘說因侍父上任，道經洪都，躬逢盛宴，感閻公知遇，撰序賦詩作別，藉抒己抱。文分六段：

首段：起手極力鋪敘洪州地勢之雄，人文薈萃，風物雋美，並從閻公廣致嘉賓而言及自己參與宴會之緣由，都緊扣題中「洪府」二字來寫。

次段分三小節：先入題點明赴會之日期，與沿途所見之勝景，並鋪敘滕王閣形勢之壯美秀麗。續從登閣俯瞰，當山映水，四面遼闊，屋舍遍地，物阜民豐，儼然一幅流光溢彩之滕王閣秋景圖，無論近觀遠眺，均緊扣題目「秋日登」、「滕王閣」六字來寫，屬濃墨重彩。再由正面敘述閣中文酒盛會，無所不備，極盡歡樂；轉念身世，觸發人生感慨，係緊扣題中「餞」字來寫。

三段：以時運不齊，安貧知命，老壯窮堅，自我解喻，藉鏗鏘語調表達不甘沉淪之決心，並慰勉與會失意之人。

四段：自敘遭際，言此行去向，並表明既逢勝會、遇知音，願主動應命作序賦詩，則緊扣題中「別」、「序」二字來寫。

五段：說明此次餞別賦詩不可無序，而作序意在拋磚引玉，願與會者吟詩作賦，共襄盛舉。

六段：文末附詩，表現物換星移、人世變遷之感慨！

抑有晉者，王勃雖因餞別而作序，但對宴會之盛僅數筆帶過，卻傾全力寫登閣所見之景，因景而生之情，獨闢蹊徑，不落窠臼。其布局謀篇，取捨立意，頗見爲文之根柢。全文層次井然，脈絡清晰；由地及人，由人而景，由景生情，可謂絲絲入扣，層層扣題。其運典使事也，有明用：莫不辭約意豐，氣暢而藻麗；有暗用：以己之思想語言，隱括典故之旨義；有化用：乃點化古典以喻今，比況自如；有連用：即多典濃縮，而增強效果。

要之，王勃善用靈活多變之筆法描繪山容水態，突顯樓臺之壯觀，從而使讀者置身審美之時空，體現一定之美學特徵。如「紫電」、「流丹」、「聳翠」、「青雀」、「黃龍」、「朱簾」等辭彙，在視覺上，絢麗繽紛，搖曳生輝。尤以「潦水盡而寒潭清，煙光凝而暮山紫」對句，著力表現水色山光變化，上聯淡雅，下聯凝重，在濃淡對比中，寫盡九秋特殊之景。下筆由近及遠，構成一幅如詩如畫，富有層次與縱深感之江南全景圖。使讀者與景物融爲一體，人在景中，景中有人。「落霞與孤鶩齊飛，秋水共長天一色」，更屬千古絕唱。青天碧水，水天相接，上下渾然一色：彩霞自上而下，孤鶩自下而上，相映增輝，構成一幅色彩明麗而又上下渾成之絕妙好圖。「漁舟唱晚，響窮彭蠡之濱；雁陣驚寒，聲斷衡陽之浦」四句。憑藉聽覺聯想，運實入虛，虛實諧調，相互映襯，傳達遠方景觀，令讀者眼界頓開，視通萬里，誠千古不朽之偉構也。

問題與討論

近人錢濟鄂《中國文學縱橫談》云：「製駢，必古文讀得爛熟，方能見效。必仗年少，生活樸實，記憶敏捷，始可奏功。視王勃之作，蒙被苦思，可以證之。勃之駢，雖秀逸圓潤，清雋之極，信美矣！然猶遭後人評曰：『不免流滑，為其失耳。』足見為駢之事，大不易也！」其說汝以為然否？願聞其詳。

文章習作

試作〈夏日五虎崗贈別畢業學長序〉一篇。

附錄

1. 韓愈〈新修滕王閣記〉曰：「愈少時則聞江南多臨觀之美，而滕王閣獨為第一，有瑰偉絕特之稱。及得三王所為序、賦、記等，壯其文辭，益欲往一觀而讀之，以忘吾憂。」三王中，王仲舒〈遊滕王閣記〉、王緒〈遊滕王閣賦〉，均已失傳，獨王勃此序留存。或許文中有深沉感慨及以志節自勵之精神，頗能觸動後代失意文人之心弦，連排斥時文最力之韓愈，亦因浸染其壯采而忘憂，更以將來名列其後為「有榮耀焉」。

2. 滕王閣始建於唐代永徽四年（653），之後屢毀屢建達二十八次之多，最後在一九二六年被北洋軍閥鄧如琢部縱火焚毀。一九八九年十月，南昌市人民政府撥款，做歷史上第二十九次之重建，一九九一年春落成。重修後之滕王閣，樓高七層，聳峙於南昌城西，贛江之濱。滕王閣之所以獨享盛名，全歸功於王勃此序。

3. 曾霽虹〈題贈滕王閣楹聯〉云：「傑閣倚晴霄，自王子安題序表揚，舊館猶存，長洲無恙。潯陽九派，挾贛水以俱東；匡嶺千重，掛銀河而直上。北門鎖鑰，驕踞小孤；南服屏藩，高盤大庾。鄱湖展明鏡，波光照耀海隅；石鐘奏古樂，仙韻傳來江左。春花秋月，結伴登臨，美景豈勝收，風物八方歸品藻；名區饒偉蹟，溯陶靖節賦詩先導，才人踵接，作者輩興。永叔雄辭，得馬班之嫡嗣；涪翁雅詠，與白蘇為比鄰。奕葉清芬，緬懷祖鞏；兩間正氣，秀出文山。遠公闢道場，蓮社遂成淨土；雪箇痛宗祚，丹青蔚起藝林。玉振金聲，乘時奮勵，前修宜可則，雲龍百代起賢豪。」案：此長聯具駢文格局，氣勢磅礴，原書跡經紅木精刻彩漆，高懸滕王閣第一樓大廳，使名樓為之增色。

4. 陳冠甫〈跋滕王閣序帖後〉云：「洪都饒勝概，高閣集賢才。勃也文天縱，席中雲錦裁。長天秋水際，孤鶩落霞隈。名句傳千古，萬家絃誦來！」

5. 陳冠甫〈四六名義源起及其流變〉云：「清・章學誠《文史通義》曰：『後世文章，皆源於六藝，而多出於詩教。』此所謂六藝者，即六經，亦即六籍。蓋六經文字絕多以四言句為主，緣『四字密而不促』；以四言為載體，乃自然而然之理也。古文構篇既有取諸四言句，駢文尚偶，豈能獨捨於此也耶？唯全篇累牘，一味四言，難辭單調而少變化之譏。若增益二字以成六言，『六字裕而非緩』，將六言與四言搭配，建構為『四六・四六』或『四四・六六』，甚至為『六六・四四』或『六四・六四』以及『四四・四四』或『六六・六六』句型，遂成歷代士人所共賞『駢四儷六』之四六文。……王勃……千秋傳誦之名文，除以四六句為文章主要載體外，仍須有七言句，方可使其聲調、節奏更為美聽。此如王序中所云：『襟三江而帶五湖，控蠻荊而引甌越。』兩而』字屬連詞；『臺隍枕夷夏之交，賓主盡東南之美。』兩『之』字屬介詞；『潦水盡而寒潭清，煙光凝而暮山紫。』兩『而』字屬承接詞；『爽籟發而清風生，纖歌凝而白雲遏。』『地勢極而南溟深，天柱高而北辰遠。』所有『而』字，均屬承接詞。至於『落霞與孤鶩齊飛，秋水共長天一色。』雖清・章藻功《思綺堂集》載有：『子安死後，常於湖濱風月之下，自吟此二句，有士人泊舟於此，聞之，輒曰：曷不去與、共二字，乃更佳。勃大悟，自爾不復吟。』然孔廣森在〈孫星衍儀鄭堂駢儷文序〉中以為：若刪去『與、共』二字，便成俗響矣。可見增一字能令文氣充足而舒緩，弦律更為搖曳生姿，又何必苦守六字句哉！」

陳慶煌編撰

16. 乞校正陸贄奏議上進劄子

蘇軾

選文

元祐八年[1]五月七日，端明殿學士兼翰林侍讀學士左朝奉郎守禮部尚書蘇軾，同呂希哲[2]、吳安詩[3]、豐稷[4]、趙彥若[5]、范祖禹[6]、顧臨[7]，劄子[8]奏。

臣等猥[9]以空疏[10]，備員[11]講讀[12]。聖明天縱[13]，學問

1 元祐八年：宋哲宗元祐八年（1093）。

2 呂希哲：（？—1114）字原明，宋壽州（今安徽壽縣）人，呂公著之長子，學者稱滎陽先生。嘗從孫復、胡瑗等為學，復從程顥、程頤、張載遊。宋哲宗元祐（1086—1094）年間，為崇政殿說書，教皇帝以「正心誠意」為本。

3 吳安詩：（？—？）字傳正，浦城（今福建浦城）人，吳充長子。有賢行，以蔭入仕，歷官至中書舍人。

4 豐稷：（1033—1107）字相之，宋明州鄞（今浙江鄞縣）人，宋仁宗嘉祐四年（1059）進士，歷官至禮部尚書。

5 趙彥若：（？—？）字元考，宋青州臨淄（今山東臨淄）人。趙師民之子。以蔭入仕，歷官至知制誥。

6 范祖禹：（1041—1098）字淳父，宋華陽（今四川成都市）人，宋仁宗嘉祐八年（1063）進士。從司馬光修《資治通鑑》。嘗進《唐鑑》十二卷，闡明唐代三百年之治亂，學者尊之，目為唐鑑公。

7 顧臨：（？—？）字子敦，宋會稽（今浙江紹興）人。學於胡瑗，精擅經學。歷官至翰林學士。

8 劄子：舊時用以上奏之文書。歐陽脩《歸田錄》：「唐人奏事，非表非狀者謂之牓子，亦謂之錄子，今謂之劄子。」

9 猥：辱也。

10 空疏：謙言己無實學。

11 備員：備充官數之不足。

12 講讀：侍講、侍讀，皆官名。宋代置侍講、翰林侍讀學士。

13 聖明天縱：皇帝之睿智為天所賦予。縱，放任而不為限量。《論語．子罕》：「固天縱之將聖，又多能也。」

日新。臣等才有限而道無窮，心欲言而口不逮。以此自愧，莫知所爲。竊謂人臣之納忠，譬如醫者之用藥。藥雖進於醫手，方多傳於古人。若已經效於世間，不必皆從於己出。

伏見唐宰相陸贄，才本王佐[14]，學爲帝師[15]。論深切於事情，言不離於道德。智如子房，而文則過[16]；辯如賈誼，而術不疏[17]。上以格君心之非[18]，下以通天下之志。但其不幸，仕不遇時。德宗[19]以苛刻爲能，而贄諫之以忠厚；德宗以猜疑爲術，而贄勸之以推誠。德宗

14 才本王佐：原有輔佐帝王之才學。

15 帝師：帝王之師。

16 智如子房而文則過：智謀有如張良，而文學造詣則超過張良。張良，字子房，輔佐劉邦，平定天下。運籌帷幄之中，決勝千里之外，此其智謀絕倫者也。

17 辯如賈誼而術不疏：《漢書・賈誼傳》：「賈誼，雒陽人也。年十八，以能誦詩書屬文稱於郡中。河南守吳公聞其秀材，召置門下，甚幸愛。文帝初立……（吳公）乃言誼年少，頗通諸家之書，文帝召以為博士。是時，誼年二十餘，最為少。每詔令議下，諸老先生未能言，誼盡為之對，人人各如其意所出。諸生於是以為能。文帝悅之，超遷，歲中至太中大夫。誼以為漢興二十餘年，天下和洽，宜當改正朔，易服色制度，定官名，興禮樂，乃草具其儀法……於是天子議以誼任公卿之位，絳（絳侯周勃）、灌（灌嬰）、東陽侯（張相如）、馮敬之屬盡害之，乃毀誼曰：『雒陽之人，年少初學，專欲擅權，紛亂諸事。』於是天子後亦疏之，不用其議。以誼為長沙王太傅。……三年……為梁懷王太傅。……是時，匈奴強，侵邊。天下初定，制度疏闊……誼數上疏陳政事，多所欲匡建，其大略曰：『……。』（案：即〈治安策〉）」又《漢書・賈誼傳・贊》：「及欲改定制度，以漢為土德，色上黃，數用五，及欲試屬國，施五餌三表以係單于，其術固以疏矣。」案：五餌三表，可參閱《漢書・賈誼傳・贊》顏師古注。

18 格君心之非：匡正國君不正當的想法。格，匡正。

19 德宗：唐德宗，名适，唐代宗之太子，繼位之後，政清民安，當時稱為賢主。唯性喜自任，每好猜忌。委用奸相盧杞，朝政因而紊亂。建中四年（783），姚令言、朱泚亂作，犯京師，德宗幸奉天（今陝西乾縣）。李晟收復長安，始還，下詔罪己。自是方鎮日強，王綱難振矣。在位二十六年崩。

好用兵，而贄以消兵爲先；德宗好聚財，而贄以散財爲急。至於用人聽言之法、治邊御將之方，罪己以收人心，改過以應天道，去小人以除民患，惜名器[20]以待有功，如此之流，未易悉數。可謂進苦口之藥石[21]，鍼害身之膏肓[22]。使德宗盡用其言，則貞觀可得而復。

臣等每退自西閣[23]，即私相告言。以陛下聖明，必喜贄議論。但使聖賢之相契，即如臣主之同時。昔馮唐論頗、牧之賢，則漢文爲之太息[24]；魏相條晁、董之對，則孝宣以致中興[25]。若陛下能自得師，則莫若近取諸贄。

---

20 名器：用以分別尊卑的爵位及車服儀制。

21 藥石：藥物的總稱。藥，藥劑。石，砭石。喻規戒他人過失之言論。

22 鍼害身之膏肓：醫治有害生命的重病。鍼，醫治。膏肓，《左傳．成公十年》：「（晉景）公疾病，求醫於秦，秦伯使醫緩（緩，醫生名）為之，未至，公夢疾為二豎子，曰：『彼良醫也，懼傷我，焉逃之。』其一曰：『居肓之上，膏之下，若我何？』醫至，曰：『疾不可為也，在肓之上，膏之下，攻之不可，達之不及，藥不至焉，不可為也。』公曰：『良醫也。』厚為之禮而歸之。」

23 西閣：皇宮西側之殿閣，與東閣相對。

24 馮唐論頗牧之賢，則漢文為之太息：《史記．張釋之馮唐列傳》記載馮唐與漢文帝之言：「（馮）唐對曰：『（趙將李齊）尚不如廉頗、李牧之為將也。』上曰：『何以？』唐曰：『臣大父在趙時，為官率將，善李牧。臣父故為代相，善趙將李齊，知其為人也。』上既聞廉頗、李牧為人，良說，而搏髀曰：『嗟乎！吾獨不得廉頗、李牧時為吾將，吾豈憂匈奴哉？』」

25 魏相條晁、董之對，則孝宣以致中興：《漢書．魏相丙吉傳》：「魏相，字若翁，濟陰定陶人也。……宣帝始親萬機，厲精為治，練群臣，核名實，而相總領眾職，甚稱上意。……（魏）相明《易經》，有師法，好觀漢故事及便（ㄅㄧㄢˋ）宜章奏，以為古今異制，方今務在奉行故事而已。數條漢興已來國家便宜行事，及賢臣賈誼、晁錯、董仲舒等所言，奏請施行之。……上施行其策。」魏相為人嚴毅，與御史大夫丙吉同心輔政，綜合名實，吏治肅然，遂啓漢宣帝中興之盛業。

夫六經三史[26]、諸子百家，非無可觀，皆足爲治。但聖言幽遠，末學支離。譬如山海之崇深，難以一二而推擇。如贄之論，開卷了然。聚古今之精英，實治亂之龜鑑[27]。臣等欲取其奏議，稍加校正，繕寫進呈。願陛下置之坐隅，如見贄面；反覆熟讀，如與贄言。必能發聖性之高明，成治功於歲月。臣等不勝區區之意。取進止[28]。

題解

本文錄自《蘇文忠公全集》。屬奏議類之駢文。陸贄，字敬輿，唐嘉興（今浙江嘉興）人。生於唐玄宗天寶十三載（754），卒於唐順宗永貞元年（805），年五十二。陸贄少孤，特立不群，賦性忠藎，雅好儒學。年十八，登進士第，以博學宏詞登科，授華州鄭縣尉。德宗居東宮時，素知其名，即位後召陸贄為翰林學士，甚見親任，雖有宰相，而謀猷參決，多出於贄，時號「內相」。德宗建中四年（783），朱泚亂作，贄從駕幸奉天（今陝西乾縣），時天下叛亂，一日之內，詔書數百，贄揮翰起草，思如泉注，初若不經思慮，既成之後，莫不曲盡事情。是以行在詔書始頒，雖武夫悍卒，皆感激涕下。累遷考功郎中、諫議大夫。德宗貞元八年（792），以陸贄為中書侍郎、門下同平章事，精於吏事，斟酌剖決，不爽錙銖。

據晁公武《郡齋讀書志》，陸贄有《榜子集》五卷、《議論集》三卷、《翰苑集》十卷。宋哲宗元祐（1086－1094）間，蘇軾乞校正進呈，改稱

26 三史：指司馬遷《史記》、班固《漢書》、范曄《後漢書》。

27 龜鑑：龜甲可占卜吉凶，銅鏡可辨別美醜，比喻可引以為戒的教訓，或可供對照師法的模範。

28 取進止：唐、宋奏章結尾之習用語，同「奉進止」，即奉行聖旨。司馬光《資治通鑑．唐德宗貞元元年》胡三省注：「自唐以來，率以奉聖旨為『奉進止』，蓋言聖旨使之進則進，使之止則止也。」

《陸宣公奏議》，凡十二卷。劄子，又稱「榜子」，舊時官府中用以上奏或啓事之文書。宋歐陽脩《歸田錄》：「唐人奏事，非表非狀者謂之『榜子』，亦謂之『錄子』，今謂之『劄子』。凡群臣百司上殿奏事，兩制以上，非時有所奏陳，皆用劄子。中書樞密院事有不降宣敕者，亦用劄子。」

本文典贍高華，渾厚和雅，奇氣雄邁，卓犖不群，雖以駢體行文，而較少用典，其對偶亦每以較長之文句為之，實屬宋四六之代表作。

作者

蘇軾，字子瞻，號東坡，宋眉州眉山（今四川眉山）人，生於宋仁宗景祐三年（1036），卒於宋徽宗建中靖國元年（1101），年六十六。

蘇軾幼穎悟，從母程太夫人治學，慨然以漢代之范滂自許，奮厲有經世之志。弱冠之年，博通經史，尤好莊子、賈誼、陸贄之書。仁宗嘉祐二年（1057），與弟蘇轍同登進士第。主試歐陽脩閱其文，語梅聖俞：「吾當避此人出一頭地。」神宗熙寧四年（1071），因反對王安時變法，自請外放，為杭州通判。其後歷任密州、徐州、湖州知州。神宗元豐二年（1079），遭烏臺詩案，下御史臺獄。元豐三年（1080）以黃州團練副使安置。蘇軾於黃州之東坡築雪堂，自號「東坡居士」。哲宗元祐元年（1086）任翰林學士，知制誥。元祐八年（1093），章惇、呂惠卿復官。哲宗紹聖元年（1094），復為新黨排擠，貶寧遠軍節度副使、惠州安置，紹聖四年（1097），貶儋州。哲宗元符二年（1100）赦還，次年，卒於常州。

蘇軾為人瀟灑出塵，才高學博，議論縱橫，識見高遠。其於駢文、散文、詩、詞、書、畫，莫不精擅。所作每窮理盡性，貫通天人，凡宇宙萬象，可喜可愕之事，有感於衷懷，輒形於腕底，雖嘻笑怒罵之辭，皆可書而誦之。孫梅評其文曰：「東坡四六，工麗絕倫中，筆力矯變，有意擺落隋、唐、五季蹊徑，以四六觀之，則獨闢異境；以古文觀之，則故是本色，所以奇也。」趙翼評其詩曰：「才思橫溢，觸處生春，胸中萬卷繁富，又足以供其左抽右旋，無不如意。其尤不可及者，天生一枝健筆，爽如哀梨，快如并剪，有必達之隱，無難顯之情，此所以繼李杜為一大家也。」

評語

1.茅坤《蘇文忠公文超》：「長公所最得意識見，亦最得意條奏。借贄之所苦口於德宗者，感動主上。」
2.儲欣《東坡先生全集錄》：「所以進書之意，軒豁流露。」
3.浦起龍《古文眉銓》：「此劄之上，當元祐（1086—1094）之末，伏莽將起，蓄計講求紹述之時，文惟述往，意實議今，非泛泛者。至以對屬爲流行，又古文絕頂高手。」
4.《唐宋八家鈔》，高嵣評：「前段從自己進諫之意吸起贄奏，虛冒大意。中段論贄贊奏，如是標舉其君，恰得言言對照，以此堅定君心，面面剔透。」
5.林雲銘《古文析義》：「陸宣公奏議，剴切精當，自是政治第一部書。無論何代之君，俱宜取置坐側。」
6.張仁青《歷代駢文選》：「本篇……鋪陳直敘，不著藻彩，而奇氣旁魄，夭矯騰驤，有昂首天外、旁若無人之概。其揄揚容有過當處，然爲協邦衡、動主聽，固應如此也。」

賞析

蘇軾〈答虔倅俞括〉：「文人之盛，莫如近世。然私所敬慕者，獨陸宣公一人。家有公奏議善本，頃侍講讀，嘗繕寫進御。區區之忠，自謂庶幾於孟軻之敬主，且欲推此學於天下，使家藏此方，人挾此藥，以待世之病者，豈非仁人君子之至情也哉！今觀所示議論，自東漢以下十篇，皆欲酌古以御今，有意於濟世之實用，而不志於耳目之觀美，此正平生所望於朋友與凡學道之君子也。」蘇軾自謂「私所敬慕者，獨陸宣公一人」，因爲陸宣公爲仁人君子，其奏議酌古御今，有助於濟世之實用，有如治病之藥方也。

本文分爲五段。除了第一段爲劄子的寫作格式之外，第二段至第五段依起、承、轉、結的篇法布局。第二段說明作者等人備員講讀，應精擇講讀之典籍，以納忠誠、獻藥方。第三段承接第二段，陳述陸贄之才學、言論、智辨、作爲，以及忠厚推誠以事君，「用人聽言之法」、

「治邊御將之方」等施政方略，對於陸贄推崇備至。第四段讚美皇帝聖明，必然喜好陸贄之議論，並且列舉史例，表達其聖君賢臣相契之期盼。第五段請求皇帝熟讀陸贄之奏議，以收「發聖性之高明，成治功於歲月」之效。本文結構緊密，布局講究，典贍高華，渾厚和雅，誠屬「長公所最得意識見，亦最得意條奏」（茅坤語）之作。

1.善於措辭，講究布局

本文第二段至第五段依起、承、轉、結的篇法行文。作者首先頌揚皇帝「聖明天縱，學問日新」；且自謙「才有限而道無窮，心欲言而口未能」，如此措辭，引出講讀之典籍文獻，有如醫方，可乞靈於古人。經此起筆，然後揭出「伏見唐宰相陸贄」一番極力推崇陸贄才學作爲、事君施政之評論。既然有此爲政之賢臣典型，因此以陛下之聖明天縱（與第二段照應），「必喜贄議論」，雖然與陸贄相隔二百餘年，卻「如臣主之同時」，當亦有雲龍風虎、聖主賢臣相契相彰之效。最後強調陸贄之奏議不但「開卷了然」，易於研閱，而且「聚古今之精英，實治亂之龜鑑」，深具政治之參考價值。若能置之座隅，反覆熟讀，必然收效甚宏。

再就各段的篇幅而言，起、轉、結三段，篇幅相若，頗爲勻稱。至於第三段承筆，則其篇幅倍於其他各段。所以然者，作者與其同僚上此劄子，主要在於勸導皇帝熟讀陸贄之奏議，因此對於陸贄的「才本王佐，學爲帝師」；「論深切於事情，言不離於道德」；「智如子房，辯如賈誼」等才學智慧之特質，以及「用人聽言之法」、「治邊御將之方」等事君施政之行誼，自然是重筆濃墨，大書特書。這是本文講究布局之特色。

2.長句屬對，生動自然

張仁青《中國駢文發展史》認爲宋代駢文有下列特色：一、體製狹隘，二、工於裁剪，三、喜用長聯，四、格律謹嚴，五、長於議論，六、繁用成語。蘇軾此文之工於裁剪、長於議論，固無論矣。即就其以較長之文句屬對而言，試舉數例，列之於後：

(1)德宗以苛刻爲能，而贄諫之以忠厚；
　德宗以猜疑爲術，而贄勸之以推誠。
(2)德宗好用兵，而贄以消兵爲先；
　德宗好聚財，而贄以散財爲急。
(3)馮唐論頗、牧之賢，則漢文爲之太息；
　魏相條鼂、董之對，則孝宣以致中興。

上列(1)、(2)例，直書其事，並未用典，以「隔句對」行文，上、下聯之文句皆較長，張仁青《中國駢文發展史》謂：「每一意必以較長之句達之，則正其所以能生動也。……宋人四六之能自樹立，亦正在此。」至於第(3)例，則除了上、下聯之文句較長之外，復裁剪漢代之典故，屬對陳辭，以達其意。其文辭之密度更大，更爲耐人翫繹。這是本文之特色，也是宋代駢文之特色。

問題與討論

1.試述本文之寫作旨趣。
2.本文作者對於陸贄之奏議文章有何評論？
3.請分析本文之章法結構。

文章習作

請就古今典籍，任擇一部，以文言撰寫書評一篇。文長以三百字爲度。

附錄

1.蘇軾〈答虔倅俞括〉

孔子曰：「辭達而已矣。」物固有是理，患不知之。知之，患不能達之於口與手。所謂文者，能達是而已。文人之盛，莫如近世。然私所敬慕者，獨陸宣公一人。家有公奏議善本，頃侍講讀，嘗繕寫進御。區區之忠，自謂庶幾於孟軻之敬主，且推此學於天下，使家藏此方，人挾此藥，以待世之病者，豈非仁人君子之至情也哉。今觀所示議論，自東漢以下十篇，皆欲酌古以御今，有意於濟世之實用，而不止於耳目之觀美，此正平生所望於朋友與凡學道之君子也。

然去歲在都下，見一醫工，頗藝而窮，慨然謂僕曰：「人所以服藥，端為病耳，若欲以適口，則莫如芻豢，何以藥為？今孫氏、劉氏皆以藥顯，孫氏蘄於治病，不擇甘苦，而劉氏專務適口，病者宜安所去取？而劉氏富倍孫氏，此何理也？使君斯文，恐未必售於世。」然售不售，豈吾儕所當掛口哉？聊以發一笑耳。進宣公奏議，有一表，輒錄呈，不須示人也。餘俟面謝，不宣。

2. 宋郎曄〈經進唐陸宣公奏議表〉

迪功郎紹興府嵊縣主簿臣曄言：臣所注《唐陸宣公贄奏議》十五卷，繕寫成帙，謹詣登聞檢院投進者。不負所學，期納仲於一時；據直而言，果為法於後世。可謂皆本仁義，非徒曲盡事情。雖殫見聞，奚探涯涘。臣誠惶誠懼，頓首頓首。

竊以言有逆順，道存是非。大臣知憂國而愛君，有懷必吐；小人喜乘時而射利，流弊無窮。顧忠邪之跡易明，豈聽納之際難辨。倘人主用心，或好順而惡逆，則群下進說，必以是而為非。此忠言多致於不行，而吾道每憂其難合。惟陸贄蘊經濟之略，值德宗當艱難之初，勢雖危疑，動必剴切。無片言不合於理，靡一事或失於機。策之熟，見之明，若燭照而數計；言之重，辭之複，冀陽長而陰消。惜乎枘鑿不謀，冰炭難入。方其多難，姑屈意以聽從；逮至小康，遽追仇而擯棄。主眷則異，臣心益堅。第知卹天下之安危，豈復計吾身之利害！論諫數百，雖晦蝕於建中、貞元之間，勸講再三，迺發揮於元祐、淳熙之盛。幸聖賢之默契，宜今古之同符。

恭惟至尊壽皇聖帝，性本誠明，學全終始。既多識於前言往行，道積厥躬；猶不遺於片善寸長，近取諸贄。折衷一語，鼓動四方。斯蓋恭遇皇帝陛下，法〈乾〉行健，繼〈離〉嚮明。治已至，不忘於兢業；德雖盛，尤樂於討論。粤自潛藩，屢披奏牘。惟精惟一，固得於問安視膳之餘；嘉謀嘉猷，復取於考古驗今之次。臣自慚魯鈍，有愧師承。妄加採摭之工，僭釋精英之論。庶期觀覽，易究端倪。畫蛇寧免於支離，坐井曷窺於大小。徒傾口耳，何補涓埃？伏望皇帝陛下置座之右，以古為鑑。廓日月之明，斷制庶政；恢江海之量，容納眾言。監瓜果而賞不妄加，念兵實而將不輕用。斯皆治道之急務，固亦聖主所優為。使毫釐有濟於斯民，則竹帛愈光於前哲。其奏議注並目錄共十一冊，謹隨表上進以聞。臣冒犯天威，下情無任激切屏營之至。臣誠惶誠懼，頓首頓首。謹言。

3. 王世貞〈讀陸宣公奏議說〉

唐世賢相，善謀善斷，尚通尚法，尚直尚文，功業素表，非無可稱，然皆出於才質之美，而未嘗根於學問，殆不免乎朱子所謂村宰相者。獨魏鄭公，恥其君不為堯舜，進諫論事，每以仁義為勸，頗為知學。夫何建成之事，君子病焉？吾所敬服者，惟陸宣公乎，論諫數百，炳若丹青，雖當擾攘之際，說其君未嘗用數。今觀奏議一書，若罪己改過之言、用人聽言之方，以及備邊御將、財用稅法，纖悉必舉。其學之純粹，蓋三百年間一人而已。德宗僅能聽其一二，尚能削平朱泚，恢復舊物，使盡行其所學，貞觀之治尚足言哉？嗚呼！有王佐之臣，而知之不用，用之不終，於公固無所損益，然唐之天下則可悲矣。

4. 曾國藩評語（姚永樸《文學研究法》引述）

陸公文無一句不對，無一字不諧平仄，無一聯不調馬蹄。而義理之精，足以比隆濂、洛，氣勢之盛，亦堪方駕韓、蘇。退之本為陸公所取士，子瞻奏議，終身效法陸公，而公之剖析事理精當，則非韓、蘇所能及。

崔成宗編撰

17. 加封孔子制

閻湞

選文

上天眷命，皇帝聖旨：蓋聞先孔子而聖者，非孔子無以明[1]；後孔子而聖者，非孔子無以法[2]。所謂祖述堯、舜，憲章文、武[3]，儀範百王，師表萬世[4]者也。

朕纂承丕緒，敬仰休風[5]。循治古之良規，舉追封之盛典。加號「大成至聖文宣王」。遣使闕里[6]，祀以太牢[7]。

於戲[8]！父子之親，君臣之義，永惟聖教之尊；天地

1 先孔子而聖者非孔子無以明：先孔子而生者有伏羲、堯、舜、禹、湯、文、武、周公，然彼等皆有待孔子之祖述與憲章，世人始克明白其所以為聖。

2 後孔子而聖者非孔子無以法：後孔子而生者，亦有顏回、曾參、孟子，一為復聖，一為宗聖，一為亞聖，然彼等若無孔子為之典範以供效法，又如何修到聖人之境界哉！

3 祖述堯舜憲章文武：參見注1。

4 儀範百王師表萬世：為後代所有帝王之儀型典範，萬世萬代之師尊表率。

5 朕纂承丕緒敬仰休風：朕，從秦始皇以後，專屬皇帝之自稱。纂承，繼承並加強修養、治理；丕緒，大業也。休風，吉慶而美善之風範。

6 闕里，孔子故里，在今山東曲阜城孔廟東牆外之闕里街。因有兩石闕，故名。孔子曾在此講學，後世所建孔廟，幾占全城之半。《孔子家語・七十二弟子解》：「顏由，顏回父，字季路，孔子始教學於闕里，而受學，少孔子六歲。」故闕里亦借指曲阜孔廟，三國・魏・應璩〈與廣川長岑文瑜書〉：「土龍矯首於玄寺，泥人鶴立於闕里。」又，借指儒學，唐・張說〈中書令逍遙公墓誌銘〉：「究蓬山之百氏，綜闕里之六藝。」

7 太牢，指古代祭祀使用之犧牲—牛、羊、豕三牲。太者，大也；牢指在祭祀之前將牲畜圈養，有牢困之意。此係最高規格，通常為天子用於祭天或祭孔。

8 於戲，音ㄨ ㄏㄨ，歎美辭。

之大，日月之明，奚罄名言之妙。尚資神化[9]，祚我皇元。主者施行。

題解

據閻復在元武宗至大三年（1310）所作〈加號大成詔書碑陰記〉曰：「大德丁未（1307）秋，近臣傳旨，議加至聖文宣王封號。臣復承乏翰林，獲預其議。……宜加號。奏可。璽書錫命。臣復職當具草，繼已頒示天下矣。」可知閻復乃加封孔子尊號之倡議者之一，更為加封孔子制詔之起草人。

西元二〇〇四年，河北保定市元代州學遺址出土一塊殘碑，碑額為郭貫篆書「有元加封孔子大成誥」，碑文即為閻復撰〈加封孔子制〉。碑文以隸書寫就，署款：大德十一年（1307）七月，雖不知書丹者何人，但本文則據此迻錄。

作者

閻復（1236—1312），字子靜，一作子靖，號靜軒、靜齋。其先祖平陽（今山西省臨汾）人，後遷東平（今山東省泰安市）。師事名儒康曄，為「東平四傑」（另三人為徐琰、李謙、孟祺）之一。元世祖至元八年（1271），得王磐舉薦，供奉翰林院。至元十六年（1279），入為翰林直學士。至元二十三年（1286），改集賢學士，並歷官僉河北河南道提刑按察司事、浙西道肅政廉訪使等職，後以桑哥事件牽連免官。成宗即位，詔入朝，授集賢學士，大德四年（1300），拜翰林學士承旨，階正奉大夫。武宗即位，仍拜翰林學士承旨，進階榮祿大夫，遙授中書平章政事。仁宗皇慶元年（1312）卒，享年七十七歲。

閻復以文學名，朝廷詔敕、冊文、制書多出其手。因而元貞三年（1297）成宗詔玄教宗師張留孫於崇真萬壽宮設金籙醮儀，即命之撰〈大都

9 尚資神化，意為還得借助孔子的神聖教化。緣借助加封孔子尊號以粉飾文教，淡化武宗朝倒行逆施之腐敗，籠絡漢族官僚及士人，而維護其統治。

崇真萬壽宮瑞鶴詩〉。元人黃天爵編《元文類》，卷九收有閻復〈加封五嶽四瀆四海詔〉、〈建儲詔〉、〈即位詔〉，卷十收〈皇太子冊文〉，卷十九收〈曲阜孔子廟碑〉。閻復尊孔重儒，於成宗時上疏言大都應首建宣聖廟學，嗣定孔子主祀，孔林灑掃二十八戶及祀田五千畝。大德十一年（1307）七月，武宗即位詔書即出其手，復為撰〈加封孔子制〉，尊孔子為「大成至聖文宣王」，足見眼光高大，見識深遠。以其居翰林最久，作贊精切，時人風誦，傳為楷則。惜所著《靜軒集》五十卷久佚，幸清末繆荃孫輯有六卷本，收入《藕香零拾》叢書。

評語

1. 元大德十一年（1307）七月，甫即位之元武宗璽書加封孔子「大成至聖文宣王」。爲何加「大成」二字？蓋以孟子嘗言：「孔子之謂集大成。集大成也者，金聲而玉振之也。」元代儒臣閻復對此詮釋云：「蓋言孔子集三聖之事，爲一大成之事，猶作樂者集眾音之小成而爲一大成也。」且因而復讚歎曰：唐、宋對孔子徽美之稱，「孰若我朝取孟子之言爲準，以聖譽聖之深切著名也」！
2. 雖有元儒臣張養浩嘗對武宗時期王、公之類封贈批爲：「自有國以來，名器之輕，無甚今日。」然而陳冠甫對閻復倡議武宗尊孔之卓見遠識，仍特加推許，賦詩〈題閻復爲元武宗擬「加封孔子制」二首〉云：「蒙元皇帝能尊孔，閻復應居第一功。王號文宣名分定，大成至聖世崇隆。」「歷仕三朝承旨意，成宗崩後武宗施。胡尊孔聖南人服，九五登基復預知。」

賞析

本篇除開頭：「上天眷命，皇帝聖旨」八字與結尾「主者施行」四字，爲元代朝廷「制」體文書必用語外，其餘文字共分三段：

首段：先說明所以加封孔子之原因，乃緣其「儀範百王，師表萬世」，係先後聖人中之至聖故也。

次段：言己以繼承大統，遂沿例追封孔子「大成至聖文宣王」七字之封號，並派專使前往祀以最敬之禮。

末段：先讚歎孔子定「君臣父子」人倫綱紀教化之尊，以天地日月之光明偉大，亦難形容其高妙。最後，憑「尙資神化，祚我皇元」八字，揭示其所以追封孔子之主要目的，蓋亦不外藉神道以設教也。

抑有晉者：元以前中原歷代王朝所頒詔書，尙無使用「上天眷命」此類用語之先例；唯北方遊牧王朝，卻早有此習套。在匈奴單于致西漢皇帝國書中，開頭用語常爲：「天所立匈奴大單于敬問皇帝無恙。」「天地所生，日月所置，匈奴大單于敬問漢皇帝無恙。」其中，諸如「天所立」、「天地所生，日月所置」等用語，皆可視爲蒙元詔書起首語之濫觴。突厥可汗致隋朝皇帝國書亦有類似習語，如：「從天生大突厥天下賢聖天子、伊利俱盧設莫何始波羅可汗致書大隋皇帝。」無論爲「天所立」、「從天生」，抑或「上天眷命」，均代表北方民族王朝敬天之傳統。在此須說明者，乃元朝詔書起首語之使用，直接影響及明、清兩代詔書文體。自朱元璋定鼎南京，建立大明王朝前後，大致保留元朝聖旨習慣之起首語，僅將「上天眷命」易爲「奉天承運」。

今觀本篇元時制詔，首語必曰：「上天眷命」，其義蓋謂：天之眷佑人主，故能若此，未盡謙卑奉順之意。大明王朝命易爲：「奉天承運」，庶見人主奉若天命，言動皆奉天而行，非敢自專也。

問題與討論

1. 天不生孔子，萬古如長夜。蓋孔子乃儒學宗師，係萬世師表，自漢武帝「罷黜百家，獨尊儒術」後，任何封建皇朝為鞏固其政權，莫不尊奉之，歷代追封各種尊號，或公，或父，或王，更僕難數。如東漢平帝追封為「褒成宣尼公」；北周宣皇帝則進封為「鄒國公」；唐太宗時先升之為「先聖」，後詔尊之為「宣父」；唐玄宗升之為王爵，諡號「文宣」，稱「文宣王」。
2. 元世祖忽必烈之孫、元成宗之侄元武宗，名海山，自十餘歲起即鎮守漠北，征戰海都、篤哇等叛王有功，奠定元朝為四大汗國宗主之地位，於中原傳統之政治制度與文化，卻認知有限。大德十一年正月初八（1307

年2月10日），元成宗病逝，儲位虛懸。海山之弟與父串同右丞相及漢人侍從李孟發動流血政變，海山因軍功卓著，兼有眾多將領及蒙古諸王貴戚擁戴，以強大兵力迫弟讓出，在上都即皇帝位，是為元武宗。既而，立其弟為皇太子，約定兄終弟及、叔侄相承。但所受教育不同，政見亦相左，矛盾衝突、政治鬥爭，勢所難免。武宗尊孔，其目的在藉孔子「君君、臣臣」之綱常禮教制約皇太子。大德十一年七月十九日（1307年8月17日），元武宗之所以下詔加封「至聖文宣王」孔子為「大成至聖文宣王」。細究原因，建請者乃三朝儒臣翰林學士閻復，武宗能接受倡議，必與閻復擁戴其爭奪皇位有關。武宗之即位詔書即閻復所撰，詔書內稱武宗「世祖曾孫之嫡，裕宗正派之傳，以功以賢，宜膺大寶」，極力表彰其繼承大統之正當性、合理性及合法性，可見閻復與之關係密切，故能獲其寵信。蓋武宗之所以追封孔子尊號，係為維護蒙古對中原漢土之長久統治，藉綱常以粉飾文教，籠絡漢族官僚與士人，淡化其倒行逆施之行。觀其結語云：「尚資神化，祚我皇元。」則武宗加封孔子之真正目的已昭然揭露矣。

文章習作

試就閻復〈加封孔子制〉書一讀後心得。

附錄

閻復善書法，嘗受命作〈瑞鶴詩〉，見於北京東嶽廟立趙孟頫撰並書〈張公碑銘〉，有「詔文臣閻復等作頌刻石」句；另見於《道園學古錄》卷五十〈張宗師墓誌銘〉與《清容居士集》卷三十四〈有元開府儀同三司上卿玄教大宗師張公家傳〉，因有此卷〈大都崇真萬壽宮瑞鶴詩〉為證也。又：清・吳升《大觀錄・元賢詩翰姓氏》嘗提及閻復「法得〈化度寺碑〉之神逸」，可證閻復楷書嘗學唐之歐陽詢。

陳慶煌編撰

18. 上蜀府牋

方孝孺

選文

伏以恭承寵眷，常懷難報之恩；夙荷深知，每恥過情之譽。撫心感作，省己兢慙[1]。敬惟親王殿下[2]，有剛健中正純粹之德，而加之日新[3]；有聰明睿智寬裕之才，而本乎天縱[4]。以忠恕[5]爲治國之要，以詩書爲養心之資。不見者三年，聖學之增，譬諸水湧而山出[6]；侍

1 撫心感作省己兢慙：撫，按摩也；即反躬自省，有感而作。兢慙亦作「兢慚」，即惶恐慚愧。前蜀・杜光庭〈大王本命醮葛仙化詞〉：「況荷殊榮，久叨重寄，循涯省分，常切兢慙。」宋・曾鞏〈襄州岳廟祈雨文〉：「麥田苦於旱乾，民室憂於病癘。永惟責任，內集兢慚。」

2 親王殿下：殿下，原指殿階之下，後來成為對皇族成員之尊稱，次於代表君主之陛下。自漢朝起，即稱太子、諸王為殿下。此指蜀獻王朱椿之世子，朱椿乃明太祖第十一子，洪武十一年（1378）封。十八年命駐鳳陽。二十三年就藩成都。性孝友慈祥，博綜典籍，容止都雅，帝嘗呼為「蜀秀才」。在鳳陽時，闢西堂，延李叔荊、蘇伯衡商榷文史。既至蜀，聘方孝孺為世子傅，表其居曰「正學」，以風蜀人。詣講郡學，知諸博士貧，分祿餼之，月一石，後為定制。造安車，賜長史陳南賓。聞義烏王紳賢，聘至，待以客禮；紳父褘死雲南，往求遺骼，資給之。

3 剛健中正純粹之德：《周易・大畜》：「彖曰：『大畜，剛健篤實，輝光日新其德。剛上而尚賢，能止健，大正也。』」

4 聰明睿智寬裕之才而本乎天縱：《中庸》：「唯天下至聖，為能聰明睿智，足以有臨也；寬裕溫柔，足以有容也。」天縱，天所放任，意謂上天賦予。常用以諛美帝王。《論語・子罕》：「固天縱之將聖，又多能也。」南朝・梁沈約〈丞相長沙宣武王墓銘〉：「峩峩哲人，寔惟天縱。」

5 忠恕，《論語・里仁》：「子曰：『參乎！吾道一以貫之。』曾子曰：『唯。』子出，門人問曰：『何謂也？』曾子曰：『夫子之道，忠恕而已矣！』」「忠恕」二字，宋朝大儒朱熹釋為：「盡己之謂忠，推己之謂恕。」

6 水湧而山出：水向上冒曰湧，《廣雅》：「湧，出也。」《論衡・狀留》：「泉暴出者曰湧。」喻聖學增益，如泉水之暴噴，積若山高。

朝者兩月，仁政[7]之美，可使物阜而民康[8]。實皇家太平之基，抑道統盛隆之兆。

臣受才最陋，執德未弘；雖有志於求仁，實無能於應世。幸日月之垂照，借朽木以光華[9]；喜江漢之滂流，霑涸魚以潤澤[10]。雄辭秀句，一字踰華袞之褒[11]；大節美名，百口破帲幪之賜[12]。友朋攜酒，賀子美草堂[13]之尚存；兒女候門，指淵明松菊之猶在[14]。孰非陶鎔之

---

7 仁政：「仁政」是由孟子首先提出，為孟子政治思想之核心，係對孔子「仁學」思想之繼承和發展。《孟子．梁惠王》：「王如施仁政於民，省刑罰，薄稅斂。」「夫仁政，必自經界始。」

8 物阜而民康：語出曹植〈銅雀臺賦〉：「思化及乎四海兮，嘉物阜而民康。」

9 幸日月之垂照，借朽木以光華：漢．許慎《說文解字》釋「示」為「天垂象」，「三垂日月星」。即日月星之光輝垂照於宇宙之意象。《論語．公冶長》：「宰予晝寢。子曰：『朽木不可雕也，糞土之牆不可杇也，於予與，何誅。』」

10 喜江漢之滂流霑涸魚以潤澤：江漢即長江、漢水；謝朓〈出藩曲〉：「夫君邁遺德，江漢仰清和。」滂流即廣泛流布。「涸魚」語出《新唐書．諸夷蕃將列傳》：「何力被執也，或讒之帝曰：『何力入延陀，如涸魚得水，其脫必遽。』帝曰：『不然。若人心如鐵石，殆不背我。』」涸轍之魚得水潤澤，喻絕處逢生，有所憑藉也。

11 雄辭秀句一字踰華袞之褒：晉．范寧《穀梁傳．序》：「一字之褒，寵逾華袞之贈；一言之貶，辱過市井之撻。」

12 破帲幪之賜：破，勝過。帲幪本指帳幕，在旁曰帲，在上曰幪，後亦引申為覆蓋之意。帲，音ㄅㄧㄥˇ。

13 子美草堂：詩聖杜甫字子美，其所曾居住之草堂遺址，現存三十七處。歷史最久者：為詩人在唐肅宗乾元二年（759）十月，離秦州（今天水），至同谷（即今成縣飛龍峽），於山帶水環、霞飛霧落、清麗可人處，嘗逗留月餘，創作〈鳳凰臺〉、〈同谷七歌〉等詩篇，之後即取道嘉陵江入蜀。在成都獲嚴武之助，於浣花溪畔結茅，居住四年中，共作詩二百四十餘首，為其創作高峰。

14 兒女候門指淵明松菊之猶在：語本陶潛〈歸去來辭〉：「僮僕歡迎，稚子候門；三徑就荒，松菊猶存。」

力，共推化育之仁[15]。第[16]恩之大者，非疏賤之所能報；而心之至者，亦言語之所難宣。惟當守道以立身，期不負於天地；庶幾責難而陳善，或有效於涓塵[17]。無任瞻仰激切屏營之至[18]。

題解

《遜志齋集》載有方孝孺上蜀府牋十七篇，清・薛熙纂《明文在》，僅輯其六，茲慎擇其中一篇，以概其餘。夫牋乃書札之通稱，蓋楮紙之精緻華美者曰牋或箋，如錦箋、花箋、彩箋等，多供題詠書札之用。方孝孺此牋係上呈明太祖第十一子——蜀獻王朱椿，以榮膺世子傅，所居獲表曰「正學」。因而特上此牋以示：受寵眷褒譽過情，厚恩難報之忱。

作者

方孝孺（1357—1402），字希直，又字希古。浙江定海人，生於元順帝至正十七年（1357），父諱克勤。孝孺幼警敏，雙眸炯炯，讀書日盈寸，鄉人目為小韓子。約明代朱元璋洪武九年（1376）受業於大儒宋濂，其文醇深雄邁，末視文藝，恆以明王道致太平為己任。濂門下知名士，皆出其下；而前輩胡翰、蘇伯衡亦自歎弗如。十五年（1382），太祖召見；二十五年（1392）以薦授漢中教授。太祖第十一子蜀獻王朱椿聞其名，聘為世子傅，

15 孰非陶鎔之力共推化育之仁：陶鎔，亦作「陶熔」，即陶鑄熔煉，比喻培育、造就。化育即化生長育；《禮記・中庸》：「能盡物之性則可以贊天地之化育，可以贊天地之化育則可以與天地參矣。」

16 第：作「但是」解。

17 涓塵：細水與微塵，喻微小之事物。南朝・宋・謝靈運《撰征賦》：「施隆貸而有渥，報涓塵而無期。」

18 屏營：彷徨也；《國語・吳語》：「王親獨行，屏營彷徨于山林之中，三日乃見其涓人疇。」李白〈獻從叔當塗宰陽冰〉詩：「長歎即歸路，臨川空屏營。」屏，音ㄅㄧㄥ。

表其居曰「正學」，以風蜀人。

洪武三十一年（1398），太祖駕崩，太孫惠帝朱允炆即位，以孝孺為翰林侍講。建文元年（1399）升侍講學士，既而更定官制，改為文學博士。其文章極富時名，嘗總裁《明太祖實錄》等書之編修。靖難之役後，詔檄多出其手。政治上：主張復古改制，於建文時改定官制，更易宮殿名稱；經濟上：主張實行井田，以治國安民。以為明初處於天下喪亂之際，戶口不及承平十分之一，乃實行均田最適宜之時。

建文三年（1401），燕王朱棣上書請罷兵，孝孺主張不准其請，並致書燕世子朱高熾，謀用離間計瓦解燕師，未成。四年（1402）五月，燕師臨江，孝孺建議詭許割地求和，以待勤王之師。六月，燕師渡江，孝孺力主固守。南京城破被執下獄，列名「奸黨」；加之拒絕為朱棣起草登極詔，遂磔於市，年四十六歲。

夫文以人重，人因文顯；當靖難師起，姚廣孝嘗以孝孺託燕王曰：「城下之日，彼必不降，幸勿殺之，殺孝孺天下讀書種子絕矣。」然卒致一門殉節，十族全誅。其著作於永樂時遭禁，門人王稌潛輯遺文為《侯城集》，宣德後稍見流播；以闕文脫簡頗多，謝方石等又輯成《遜志齋集》，而《四庫》著錄者凡二十四卷。福王時，追諡文正，《明史》卷一百四十一有傳。

評語

謝鴻軒《駢文衡論》云：「希直文章，醇深雄邁。每一篇出，海內爭相傳誦。」「希直抗節成仁，湛十族而不悔。浩然之氣，貫金石，動天地，故文章可與日月並懸，山河並永。其縱橫豪放，出入於東坡、龍川之間。嘗謂：『魏晉至隋，流麗淫靡，浮急促數，殆欲無文。』是其遺辭雖偶，要皆出於自然，不爲雕刻。

賞析

本篇，主要分爲三段。首段：「伏以恭承寵眷，常懷難報之恩；夙荷深知，每恥過情之譽。撫心感作，省己兢慙。」爲牋札開頭自謙之辭。

次段：「敬惟親王殿下，有剛健中正純粹之德，而加之日新；有聰明睿智寬裕之才，而本乎天縱。」直至「實皇家太平之基，抑道統盛隆之兆。」爲對親王世子殿下讚美之敬語

末段：「臣受才最陋，執德未弘；雖有志於求仁，實無能於應世。」直至「惟當守道以立身，期不負於天地；庶幾責難而陳善，或有效於涓塵。無任瞻仰激切屏營之至。」爲對親王日月垂照，江漢潤澤，寵褒厚賜，大恩難報，言語難宣之表。

大致寫來，文從字順，使典平實，用心謙誠，眞至情至性之作也。王文祿《文脈新論》謂其綽有東坡之才，健逸過王褘，誠然；唯博不及宋濂一節，則似有未當。

問題與討論

1. 方孝孺於〈上蜀府牋〉中所提「以忠恕為治國之要，以詩書為養心之資」，汝認為應如何進行，始克落實？
2. 方孝孺於〈上蜀府牋〉中曾靈活融入哪些典故？試舉出並詳加探討。

文章習作

試作與友人論「讀書種子」牋。

附錄

陳冠甫《蛇王轉世報前仇・詩詠方孝孺祖上造墳燒赤錬蛇遭報應以警世》：「孝孺祖上修墳先，紅衣耆老求展延。天明但顧吉時屆，夢中情景忘如煙。穴挖赤蛇近八百，燐火滅絕天動憐。入夜現身怨至極，揚言誓必報其冤。蛇王投胎方氏孫，生有宿慧才學兼。奇哉舌頭竟開岔，張口隱約吐信然。外形酷似小龍相，罵賊書篡招厄端。南京城破惠帝遯，拒為草詔酷刑連。孝孺剛烈禍十族，魔自心生奈何天。燕王怒誅以千計，讀書種子嗟失傳。朱棣兇殘罪孽重，輪迴六畜受熬煎。前世今生慈壽斷，語出明僧有根源。眾善奉行惡莫作，隨身是業非是錢。瞧牠蟲蟻亦生命，相互尊重獲天年。因緣果報永難了，愛護生靈休忽焉。」

按：人皆善惡夾雜、混淆不清，所以有時行善，有時又造惡。此雖往昔業緣所催，然亦一時無明所成。明代高僧慈壽法師，有〈放生偈〉曰：「世上多殺生，遂有刀兵劫。負命殺汝身，負財焚汝宅。離散汝妻子，曾破牠巢穴。報應各相當，洗耳聆佛說。」

在明太祖駕崩，太孫建文即位不久，燕王朱棣起兵叛變，南京城破，方孝孺剛烈正直不屈而被朱棣令人以刀割裂其嘴角至雙耳，誅殺八百七十三人，行刑七天之久，即為慘絕人寰之案例。

當方孝孺未出生前，其祖因深信風水之說，禮聘大師尋龍穴，擇良辰葬其先人。夜夢一紅衣老人來向他三拜，然後要求說：「你現在所選之穴，我已住了很久，我生生世世，子子孫孫，所有眷屬都在此。請你等我三天，讓我眷屬都移走後，你再挖開此穴。」

孝孺祖父夢醒後，命人來墳地挖掘，果然有一洞穴，見赤蛇約八百餘，撒以磷磺，點火悉焚燒之。入夜，此紅衣老人復至，哭曰：「汝殺我八百眷屬，誓將報仇，亦殺汝八百眷屬！」

迨方孝孺出世，生有異相，性情耿直。輔佐明惠帝時，因駐守北京之燕王，兵力強大，一路攻下南京，敚（ㄉㄨㄛˊ，古同「奪」）其姪之帝位。以孝孺乃大學者，命草登極詔書，以示起兵之正當性。孝孺但寫：「燕賊篡位」。燕王不悅，命改寫，不從；欲誅其九族，孝孺心魔忽然因前世業障生，滅其十族竟無所畏懼；燕王於是下令，禍滅十族！十族者，九族之外，連其師徒也！

因果循環，代代糾連。殺人者死，欠債還錢。孝孺祖上，焚蛇結冤。十族誅戮，痛呼蒼天。

註：此亦慈壽法師所撰，略爲僭易數字。末句原作：「才呼蒼天」，傳言：方家有易姓爲「才」，避難逃生而留存者。

陳慶煌編撰

19. 自序

汪中

選文

昔劉孝標自序平生，以爲比跡敬通，三同四異，後世誦其言而悲之。嘗綜平原之遺軌，喻我生之靡樂，異同之故，猶可言焉。夫亮節慷慨，率性而行，博極群書，文藻秀出，斯惟天至，非由人力。雖情符曩哲，未足多矜。余玄髮未艾[1]，野性難馴。麋鹿同遊，不嫌擯斥[2]。商瞿生子，一經可遺[3]。凡此四科，無勞舉例。

孝標嬰年失怙，藐是流離[4]，托足桑門，栖尋劉寶[5]；余幼罹窮罰，多能鄙事[6]，賃舂牧豕，一飽無時[7]。此一同也。孝標悍妻在室，家道轗軻；余受詐輿公，勃

---

1 玄髮未艾：玄髮，黑髮也；艾，老也。全句為黑髮未白之意。

2 麋鹿同遊不嫌擯斥：麋鹿，喻鄙野無知也。擯斥，排斥也。全句謂己隱居山野，恬然自適，雖見棄於朝廷，亦無所嫌怨。

3 商瞿生子一經可遺：商瞿字子木，春秋魯人，孔子弟子，小孔子二十九歲，雅好《易經》，孔子如其志傳之。三十八無子，孔子勸無憂，過四十當有五子，後果然。案：汪中年四十二始生子汪喜孫。全句謂己亦如商瞿之年過四十而始得子，其貴重之一經可以傳矣。

4 嬰年失怙藐是流離：嬰兒之齡喪父，孤獨到流離失所。

5 托足桑門栖尋劉寶：桑門即沙門、寺院之異譯；栖，通「棲」，居也。尋，求也。《南史・劉峻傳》云：「峻（462—521）生期月而璇之（孝標父名）卒，……。宋泰始初，魏克青州，峻時年八歲，為人所略為奴，至中山。中山富人劉寶愍峻，以束帛贖之，教以書學。魏人聞其江南有戚族，更徙之代都，居貧不自立，與母並出家為尼僧，既而還俗。」

6 幼罹窮罰多能鄙事：言幼時遭窮困之打擊，七歲而孤，因而多能鄙賤之事。

7 賃舂牧豕一飽無時：言為人擣粟餵豬，難有飽餐一頓之時。

谿累歲[8]，里煩言於乞火[9]，家構釁於蒸藜[10]，蹀躞東西，終成溝水[11]。此二同也。孝標自少至長，戚戚無歡；余久歷艱屯，生人道盡，春朝秋夕，登山臨水，極目傷心，非悲則恨。此三同也。孝標夙嬰羸疾，慮損天年；余藥裹關心，負薪永曠[12]，鰥魚嗟其不瞑，桐枝惟餘半生[13]，鬼伯在門，四序非我[14]。此四同也。

孝標生自將家，期功以上，參朝列者十有餘人，

---

8 受詐興公，勃谿累歲：晉孫綽字興公，嘗將其頑嚚之女阿恆騙王虔之阿智迎娶。汪中借此喻自己亦受騙娶入不賢之妻，常年爭鬥。謹案：汪中原配詩才極高，有句曰：「人意好如秋後葉，一回相見一回疏。」惜以不能生育及操勞家務而失姑歡，遂遭出之，汪中難免有放翁之憾。

9 里煩言於乞火：《漢書．蒯通傳》：「臣之里婦，與里之諸母相善也。里婦夜亡肉，姑以為盜，怒而逐之。婦晨去，過所善諸母，語以事而謝之。里母曰：『汝安行，我今令而家追汝矣。』即束緼（舊絮也，音ㄩㄣˋ。）請火於亡肉家，曰：『昨暮夜，犬得肉，爭鬥相殺，請火治之。』亡肉家遽追呼其婦。」此言鄰里紛紛談論其母與妻爭執事並為之排解也。唐．李德裕〈積薪賦〉：「時束緼以請火，訪蓬茨於善鄰。」

10 家構釁於蒸藜：《孔子家語．七十二弟子解》：曾參字子輿，武城人，事親至孝。「後母遇之無恩，而供養不衰。及其妻以蒸藜不熟，因出之。人曰：『非七出也。』答曰：『蒸藜，小物耳。吾欲使熟，而不用吾命，況大事乎？』」此言其妻事姑不敬，終致家道失和。

11 蹀躞東西終成溝水：言與其妻離異。蹀躞，小步徘徊也。溝水，喻分別各不相涉。仿自卓文君〈白頭吟〉：「今日斗酒會，明日溝水頭。蹀躞御溝上，溝水東西流。」

12 藥裹關心負薪永曠：藥裹，藥袋也。作者體弱多病，時時關心藥袋。負薪，擔柴也。何休《公羊傳．桓公十六年注》：「天子有疾稱不豫，諸侯稱負茲，大夫稱犬馬，士稱負薪。」曠，廢缺也。言永遠難就業以養親也。

13 鰥魚嗟其不瞑桐枝惟餘半生：鰥魚之目恆不閉，以喻無妻者愁悒不寐也。枚乘〈七發〉：「龍門之桐，高百尺而無枝。……其根半死半生。」言己同鰥魚，恆嗟歎至通夜失眠；如龍門之桐，已呈半死半生狀態。

14 鬼伯在門四序非我：言鬼卒候門，二豎纏身，一年四季已非我屬。

兄典方州，餘光在壁[15]；余衰宗零替，顧影無儔，白屋藜羹，饋而不祭[16]。此一異也。孝標倦遊梁楚，兩事英王[17]，作賦章華之宮，置酒睢陽之苑[18]，白璧黃金，尊為上客，雖車耳未生，而長裾屢曳[19]；余簪筆傭書，倡優同畜[20]，百里之長，再命之士，苞苴禮絕，問訊不通[21]。此二異也。孝標高蹈東陽，端居遺世，鴻冥蟬蛻，物外天全[22]；余卑棲塵俗，降志辱身[23]，乞食餓鴟之餘[24]，寄命東陵之上[25]，生重義輕，望實交隕[26]。此三異也。

---

15 「孝標生自將家」五句：孝標堂侄劉懷珍為齊左衛將軍，兄長孝慶任齊兗州刺史，遠近親屬在朝為官者有十餘位，餘榮光耀於宗廟祖壁。

16 白屋藜羹饋而不祭：古時布衣之士，其居室皆露本材，不容僭施彩畫，是為白屋。藜羹即藜菜湯。饋猶歸也，祭祀進黍稷謂之饋食。汪中因家貧無黍稷，故不成祭禮。

17 孝標倦遊梁楚兩事英王：倦遊，飽遊而倦也。南齊之豫州即漢時梁國，荊州即古之楚國也。孝標嘗任齊始安王之子蕭遙欣豫州府刑獄。後任梁安成王蕭秀荊州戶曹參軍，均頗受禮遇。

18 作賦章華之宮置酒睢陽之苑：章華，戰國楚靈王所建宮名。睢陽，故城在今河南商丘縣南，漢文帝次子梁孝王築東苑並修兔園於此，時與賓客遊宴其中。

19 雖車耳未生而長裾屢曳：車兩旁反出如耳之部分，用以遮塵泥。一說指車之屏障，用以遮蔽車廂。漢．揚雄《太玄經》：「君子積善，至於車耳。」蓋周朝時以此為卿大夫以上之車飾，凡人不與也。曳裾謂寄食王侯之門下也。二句言孝標雖未能膺高官，食厚祿，而屢蒙王侯青睞，亦足顯揚於當世。

20 余簪筆傭書倡優同畜：謂插筆於首，受雇為人書記，地位之微賤直如倡優。

21 百里之長再命之士苞苴禮絕問訊不通：言一縣之長，再命之大夫，均拒絕送禮，從未通訊問候。

22 孝標高蹈東陽端居遺世鴻冥蟬蛻物外天全：言孝標隱居東陽郡金華山，如鴻雁高翔遠引，金蟬退殼，超然脫離塵世之羈絆，韜光養晦，保全其天性。

23 降志辱身：反言不獲高尚其志、榮耀其身之可悲。

24 乞食餓鴟之餘：以乞食餓鴟所得腐鼠之殘餘自喻其卑賤。

25 寄命東陵之上：以寄命於東陵山盜跖之死地，喻己行險生，不能如孝標之縱情山水，優遊卒歲。

26 生重義輕望實交隕：言己只求生存，不顧道義，遂令聲望、實學交相墮落。

孝標身淪道顯，籍甚當時，高齋學士之選[27]，安成《類苑》之編[28]，國門可懸，都人爭寫[29]；余著書五車，數窮覆瓿[30]，長卿恨不同時[31]，子雲見知後世[32]，昔聞其語，今無其事。此四異也。孝標履道貞吉，不干世議[33]；余天讒司命，赤口燒城[34]。笑齒啼顏，盡成罪狀，跬步才蹈，荊棘已生[35]。此五異也。

嗟乎！敬通窮矣，孝標比之，則加酷焉。余於孝標，抑又不逮。是知九淵之下，尚有天衢[36]；秋荼之甘，或云如薺[37]。我辰安在？實命不同[38]。勞者自歌，非求傾聽。目瞑意倦，聊復書之。

---

27 孝標身淪道顯籍甚當時高齋學士之選：案《梁書》與《南史》劉峻傳，皆言孝標召入西省，是為西省學士。高齋應屬劉孝威。

28 安成《類苑》之編：梁安成王蕭秀雅重孝標，使撰《類苑》。

29 國門可懸都人爭寫：言其文章著作，飲譽當世。見《藝文類聚》所載劉之遴〈與孝標借類苑書〉云：「間聞足下作《類苑》，括綜百家，馳聘千載，……鉛摘既畢，殺青已就，義以類聚，事以群分，……雖復子野調聲，寄知音於後世，文信構覽，懸百金於當時，居然無以相尚。」足以為證。

30 余著書五車數窮覆瓿：言己著作雖多，卻命歸蓋甕，無人賞識。

31 長卿恨不同時：恨己不與司馬相如同世，能獲漢武帝之賞愛。

32 子雲見知後世：言己不比揚雄所撰《太玄》、《法言》，能獲後世學者如張衡以至司馬光等為之作注。

33 孝標履道貞吉不干世議：言孝標動止禎祥，不遭物議。

34 余天讒司命赤口燒城：天讒，星名，主口舌是非。此言輿論界紛紛責難，遂使己之命運前途深受打擊。

35 跬步才蹈荊棘已生：跬步，半步也。荊棘，形容梗阻之狀。此言動輒得咎。

36 九淵之下尚有天衢：九淵，形容水之極深。天衢，即天路。此言於極低窪之處，猶有如天空遼闊翱翔無礙之大道。

37 秋荼之甘，或云如薺：荼，苦菜。薺，莖高尺餘之蔬類植物，嫩葉可食。此喻孝標雖牢騷滿腹，自歎不如敬通遠甚；然我於孝標，更望塵莫及。使吾能有孝標之際遇，則於願足矣。

38 我辰安在實命不同：言我生所值之時辰何在？之所以如是顛厄，實因生不逢時，命與人相異。

題解

自序約有二類，一為作者自述其著書之旨趣，一為自述己之生平也。唐・劉知幾《史通・序傳》嘗考其源流曰：「蓋作者自序，其流出於中古乎？案屈原《離騷經》，其首章上陳氏族，下列祖考；先述厥生，次顯名字。自敘發跡，實基於此。降及司馬相如，始以自序為傳；然其所敘者，但記自少及長立身行事而已，逮於祖先所出則蔑爾無聞。至馬遷，又徵三閭之故事，放文園之近作，模楷二家，勒成一卷。於是揚雄遵其舊轍，班固酌其餘波。自序之篇，實煩於代，雖屬辭有異，而茲體無易。」摛藻自述平生之作，司馬相如而降，蜚聲文苑者厥為梁・劉峻之自序，清・汪中之自序即仿其體而作。

本篇選自清・嘉慶刊《文選樓叢書》本《述學》，並參之以古直《汪容甫文箋》，戴慶鈺、涂小馬校點《述學・補遺》，田漢雲點校《新編汪中集》，及王清信、葉純芳點校《汪中集》。

作者

汪中（1744—1794），清代哲學家、文學家、史學家，與阮元、焦循同為「揚州學派」的傑出代表。字容甫，江都（今屬江蘇揚州）人，祖籍安徽歙縣。乾隆四十二年（1777）為拔貢，後絕意仕進。遍讀經史百家之書，卓然成家。能詩，工駢文，所作〈哀鹽船文〉，為杭世駿所歎賞，因此文名大顯。精於史學，曾博考先秦圖書，研究古代學制興廢。著有《述學》、《廣陵通典》、《容甫遺詩》等。

評語

1. 姚梅伯評曰：「楚些吳歈，能使座人愮愴，況哀蠶軋軋，抽機中獨繭絲耶。」
2. 張菊齡曰：「兩兩比較，四同五異，激昂悲憤，慨當以慷，有志感絲篁、氣變金石之概。
3. 張仁青《中國駢文發展史》云：「自昔遺佚阨窮之士，功名頓挫，時命齟齬，往往有感時觸事之作，以洩其無憀不平之鳴，若虞卿之愁，韓非之憤，墨翟之悲，梁鴻之噫，唐衢之哭是也。容甫才性卓異，博通經史，有志用世，於國計民生，古今沿革之事，罔不潛心探研。唯因性情偏宕，言辭過激，以至赤舌燒城，橫逆麕至。益以弱年孤苦，貧不聊生，憤世嫉俗，由之而起，發爲文章，遂多悲號激楚之音，此自古才人，莫不皆然，固不獨容甫一人已也。」

賞析

本篇，文分四段。首段：汪中容甫言南朝劉峻孝標嘗自序其平生，比跡東漢馮衍敬通，有所謂「三同四異」。而己之與孝標，亮節、率性、博文、生子四科，無勞舉例。

次段：言孝標嬰年失怙，己則幼罹窮罰；孝標家有悍妻，己則離異；孝標一生戚戚無懽，己則艱屯悲恨；孝標夙疾損年，己則半生半死，凡有四項相同。

三段：舉孝標生自將長，己則衰宗零替；孝標兩事英王，己則簪筆傭書；孝標高蹈東陽，己則卑棲塵俗；孝標身淪道顯，己則著書覆瓿；孝標履道貞吉，己則天讒司命，共有五款相異。

末段：既嗟孝標比敬通酷窮，復歎己較孝標更爲不如，實命不同也。

要之，通篇氣息深厚，情致高遠，意度雍容，而且用典屬對，精當貼切，逼近魏晉，自傷身世，幾於和淚代書，令人不忍卒讀。容甫駢文之所以特出於當世，不僅有學問、辭采，能吸收魏晉六朝駢文之長；更重要者在於自身具卓越之思想與眞感情，其文章皆經長期之醞釀，不得不發時，始爲之也。

問題與討論

1. 案：興化李審言云：「容甫妻本孫氏，偶援與公取便隸事，予始歎其精絕，繼乃病容甫厚誣其妻，百年沉冤，蘊而不舉。蓋容甫之妻，不能操作，失姑之歡，容甫出之，實有難言之隱，故文中所使勃谿、乞火、蒸藜，皆婦姓間事，冥默自傷，掩抑獨喻。阮太傅元〈廣陵詩事〉云：

汪容甫明經中元配妻孫氏，工詩，有句云：『人意好如秋後葉，一回相見一回疏。』有才如此，豈有越禮自棄通門，委如落葉？且既出後不再醮。包氏世臣猶及見之，見《藝舟雙楫‧書述學六卷後》，文中未加醜詆。夫阮公譽之，慎伯稱之，孫無大過審矣。容甫至孝，此事所不忍言，世傳容甫躁急，加以殺妻之罪。文章之士，又據容甫此文，妄坐其罪，錯無人理。嗟乎！貞婦冥冥，誰為平反一揮涕邪！余不怪容甫，獨咎孟慈一代循吏，所著書僅云『先君容甫先生初娶孫』，夫不稱前母，而稱曰孫，蔑禮之辭，輕同夫已，不為先人稍抒其隱，謂之不孝可也。容甫感同放翁，孟慈罪浮永叔，予乃不能不為之三歎矣。」李詳此言是否審慎？請加以討論。

文章習作

請作〈自序〉一篇。

附錄

1.《後漢書‧馮衍傳》：馮衍字敬通，東漢杜陵人。幼有奇才，九歲能誦詩，至二十而博通群書。不肯仕新莽。莽遣廉丹討山東賊，丹辟衍為掾，衍勸以屯兵觀變，不為所納。及丹戰死，衍亡命河東，與鮑永從更始帝，官至狼孟長，後歸光武。帝怨衍不時至，黜之。旋起為曲陽令，遷司隸從事，未幾廢放於家。妻為北地任氏女，悍妒不許置媵妾，老年為所逐，坷坎以終，年八十餘，作有〈顯志賦〉等行於世。

2.劉孝標〈自序〉：「余自比馮敬通，而有同之者三，異之者四。何則？敬通雄才冠世，志剛金石；余雖不及之，而節亮慷慨。此一同也。敬通值中興明君，而終不試用；余逢命世英主，亦擯斥當年。此二同也。敬通有忌妻，至於身操井臼；余有悍室，亦令家道轗軻。此三同也。敬通當更始之世，手握兵符，躍馬食肉；余自少迄長，戚戚無歡。此一異也。敬通有一子仲文，官成名立；余禍同伯道，永無血胤。此二異也。敬通膂力方剛，老而益壯；余有犬馬之疾，溘死無時。此三異也。敬通雖芝殘蕙焚，終填溝壑，而為名賢所慕，其風流郁烈芬芳，久而彌盛；余聲塵寂寞，世不吾知，魂魄一去，將同秋草。此四異也。所以力自為敘，遺之好事云。」

3.黃侃〈自序〉：「劉峻自序，比跡馮衍，而汪中作文擬劉，文辭之工，私淑久矣。暇日尋舊史，重省汪文，竊慕三君，略陳同異。　至於慷慨之節，金石齊剛，依彼當仁，夫何敢讓？少好玄理，粗識菀枯，寄命危邦，得全為幸。本不干進，誰能斥之？三君皆遇悍妻，勃谿貽誚；余中年鰥處，罔罔無聊，親愛仳離，慚魂弔影，惟此一事，彷彿前文。若乃握符之願，久絕胸懷，伯道之嗟，幸而獲免。持校往者，亦有參差。敬通膂力方剛，老而益壯；劉汪並稱多疾，惡死憂生。然劉則年過指使，汪亦壽半期頤；以視敬通，知非懸絕。余歲纔三十，羸病已咸，卷施拔心，差堪為比，六芝延命，未見其徵，此不類者一也。三君文學，誠有等差，而郁烈芬芳，同為後來所慕。余幼承庭訓，長事大師，六藝百家，皆非牆面，一吟一詠，劣足自娛；然著書不行，解人難索，一歸蒿里，永閟修名，此不類者二也。三君雖俱歷艱屯，亦俱逢盛世，衡門高詠，可以忘飢。余遭罹世變，狼狽遷流，避地辭鄉，扶老攜幼，萍飄蓬轉，稅駕無時，上冢還家，徒存夢想。而且窮年迫於憂慄，終歲不免勞勤，樂生之心，悽然已盡，此不類者三也。詩曰：『我不見兮，言從之邁。』今之自序，聊欲瞻望古人，非必遺之好事也。」

4.陳冠甫〈書馮衍傳及劉汪李黃四家自序後〉：「孝標自序話平生，比跡敬通同異呈。容甫視劉尤慘酷，荼甘若薺釋悲情。季剛上欲三君較，憂慄窮年音學鳴。郁烈芬芳添越縵，遺之好事亦賢聲。」

陳慶煌編撰

20. 山房對月記

成惕軒

選文

綿綿遠道，東西南北之人[1]；黯黯流光，離合悲歡之迹。羨閒鷗物外[2]，直忘黍谷[3]暄寒；問皎兔天邊，幾閱蓬瀛[4]清淺。試稽弦望[5]，用志滄桑。

粵[6]當弱冠之年，適遘多艱之會。掠郡而角方倡亂[7]，辭家則粲賦從軍[8]。揚彼秋帆，憩於夏口[9]。爾乃馮

1 東西南北之人：居無常處的人。《禮記‧檀弓》：「孔子曰：『吾聞之，古也，墓而不墳。今丘也，東西南北之人也，不可以弗識也。』」

2 物外：世外。

3 黍谷：黍谷舊址在河北密雲西南。相傳燕人種黍其中，因而得名。《清一統志》：「劉向《別錄》：『燕有黍谷，美而寒，不生五穀。鄒子居之，吹律而溫氣生。』舊有鄒衍祠，在山上。舊志：『亦名燕谷山，亦名寒谷。』左思賦：『寒谷豐黍，吹律以暖之』是也。山有風洞，洞口風氣凜冽，盛夏不敢入。」後因稱處境困窘而生轉機為黍谷生春。

4 蓬瀛：蓬萊與瀛洲。皆海上仙山。《列子‧湯問》：「渤海之中不知幾億萬里，有大壑焉……其中有五山焉，一曰岱輿，二曰員嶠，三曰方壺，四曰瀛洲，五曰蓬萊。」

5 弦望：月也。蕭統《文選‧李陵與蘇武詩三首‧其三》：「安知非日月，弦望自有時。」李善注：「劉熙《釋名》曰：『弦，月半之名也。其形一旁曲，一旁直，若張弓弛弦也。望，月滿之名也。月大十六日，月小十五日，日在東，月在西，遙相望也。』」

6 粵：句首語氣助詞，通「曰」。

7 略郡而角方倡亂：東漢靈帝時，鉅鹿人張角以妖術授徒為亂，其徒眾以黃巾為標識，時人謂之黃巾賊。《後漢書‧靈帝紀》：「（靈帝）中平元年（184）春二月，鉅鹿人張角自稱『黃天』，其部師有三十六萬，皆著黃巾，同日反叛。」

8 辭家則粲賦從軍：東漢末年，天下大亂，王粲辭家入長安。詔拜黃門侍郎，王粲以長安局勢混亂，不就。於是離開長安，南依荊州牧劉表。曾賦〈從軍〉詩五首，述流離遷徙之苦。

9 夏口：今湖北漢口。

夷肆虐[10]，黔首罹災。平路成江，訝老蛟之未死[11]；層樓獨夜，招黃鶴而不來[12]。溼螢與墜露爭飛，澤雁共寒蘆一色。挽瀾無計，橫槊誰歌。極人事之蕭條，嗟江山之搖落。此漢皋[13]之月也。

　　嗣旅上京[14]，欣瞻弘業。龍蟠虎踞[15]，盛開一代風雲；草長鶯飛[16]，消盡六朝金粉[17]。眷懷名蹟，刻意清游，嘗坐花以攬澄輝，或瀹茗[18]而消永夕焉。天不祐漢，海忽揚波[19]，見迫強鄰，遂興義戰。時則驚烏繞

---

10 馮夷肆虐：洪水為災。馮夷，水神名，即何伯。

11 訝老蛟之未死：驚訝洪災尚未退卻。老蛟未死，老蛟興風作浪，洪災尚未退卻。

12 層樓獨夜招黃鶴而不來：獨自登上黃鶴樓，卻不見黃鶴飛來。崔顥〈黃鶴樓〉：「昔人已乘黃鶴去，此地空餘黃鶴樓。黃鶴一去不復返，白雲千載空悠悠。晴川歷歷漢陽樹，芳草萋萋鸚鵡洲。日暮鄉關何處是，煙波江上使人愁。」成惕軒〈贈曾君霽虹序〉：「民國二十年，長江氾濫為災，民歎其魚，澤多哀雁。一夕，涼飆振響，素月流輝，獨登黃鶴樓，誦杜老〈茅屋為秋風所破歌〉，慨然有廣廈萬間之志。歸草〈災黎賦〉二千言，以寄其意。」

13 漢皋：漢口之別名。

14 嗣旅上京：民國二十年十一月，本文作者應南京軍需學校之聘，任該校雜誌社少校編譯，始旅居南京。民國二十六年底離南京，隨軍需學校赴四川。參考陳慶煌、成怡夏編著《成惕軒先生年譜》。

15 龍蟠虎踞：張敦頤《六朝事迹》：「諸葛亮論金陵地形云：『鍾阜龍蟠，石城虎踞，真帝王之宅也。』」

16 草長鶯飛：蕭統《文選．丘遲．與陳伯之書》：「暮春三月，江南草長，雜花生樹，群鶯亂飛。」

17 六朝金粉：六朝首都豪華奢靡之景象。六朝，指東吳、東晉、宋、齊、梁、陳。

18 瀹茗：煮茶。瀹，音ㄩㄝˋ，煮。

19 海忽揚波：大海忽然揚起波濤，指日本侵華。此處反用《韓詩外傳》之典。《韓詩外傳．卷5》：「久矣，天之不迅風疾雨也，海不波溢也，三年於茲矣。意者，中國當有聖人。」

樹[20]，突騎[21]窺江，傍桃渡[22]以星稀，望盧溝[23]而雲暗。磨牙鯨鱷[24]，自矜海國之雄；赬尾魴魚，眞痛王城之燬[25]。拜手[26]向紫金陵墓[27]，敢告在天；舉頭指白玉樓臺[28]，誓當還我。相看寥廓[29]，無限低徊。此南都之月也。

樓船西邁，蜀道天高。憑萬夫莫開之關[30]，當半壁[31]方張之寇。修其器甲，固我山川。雖胡馬之牧臨洮[32]，難踰跬步[33]；而火牛之扞即墨，罔及層空[34]。警訊頻傳，

---

20 驚烏繞樹：蕭統《文選．魏武帝．短歌行》：「月明星稀，烏鵲南飛。繞樹三匝，何枝可依。」

21 突騎：衝突軍陣。

22 桃渡：桃葉渡，在今江蘇南京秦淮河畔。相傳晉王獻之送其妾桃葉於此，因而得名。

23 盧溝：橋名，在河北宛平縣。燕京八景有「盧溝曉月」。

24 鯨鱷：此處借指兇殘之敵寇。

25 赬尾魴魚真痛王城之燬：《詩經．周南．汝墳》：「魴魚赬尾，王室如燬。」（糜文開、裴普賢《詩經欣賞與研究》譯此二句：「魴魚的尾巴發了紅，京城一片亂烘烘。」）毛亨〈傳〉：「赬，赤也。魚勞則尾赤。燬，火也。」鄭玄〈箋〉：「君子仕於亂世，其顏色瘦病，如魚勞則尾赤。」

26 拜手：古代男子跪拜禮之一種。長跪後拱手，頭俯至手。也作「拜首」。

27 紫金陵墓：紫金山的明孝陵、中山陵。紫金，指鍾山。

28 白玉樓臺：此處指南京之樓臺。

29 寥廓：廣遠空闊的樣子。

30 萬夫莫開之關：李白〈蜀道難〉：「嗟爾遠道之人胡為乎來哉？劍閣崢嶸而崔嵬。一夫當關，萬夫莫開。」

31 半壁：半邊。

32 胡馬之牧臨洮：指日軍侵犯我國邊境。杜甫〈近聞〉：「近聞犬戎遠遁逃，牧馬不敢侵臨洮。」洮，音ㄧㄠˊ。

33 跬步：半步。跬，音ㄎㄨㄟˇ，半步。

34 火牛之扞即墨罔及層空：國軍地面部隊以寡擊眾，抵禦日軍，而防空力量不足，日本空軍遂得轟炸四川。火牛之扞即墨，典出《史記．田單列傳》：「田單乃收城中得千餘牛，為絳繒衣，畫以五彩龍文，束兵刃於其角，而灌脂束葦於尾，燒其端。鑿城數十穴，夜縱牛，壯士五千人隨其後。牛尾熱，怒而奔燕軍……燕軍大駭，敗走。」。

良宵每負。穴中人靜，惟鬥蟻之堪聞；竿上燈青，知毒鳶[35]之已遁。星河依舊，歲籥載更[36]。俄而港陷珍珠，島焚玉石[37]。彊弩朝挫，降幡夕張。迴日馭於瀛邊，扶桑半萎[38]；湧冰輪於劍外，爆竹齊喧[39]。戲語素娥[40]，行辭白帝[41]。此巴山之月也。

薊北新收[42]，江南亟返。錦帆[43]去也，三聲啼巫峽之猿[44]；玉宇紛然，萬貫舞揚州之鶴[45]。舊巷偶尋馬糞[46]，

35 毒鳶：指日本飛機。
36 歲籥載更：年歲改換。歲籥，歲末蜡祭吹奏之笛，借喻歲末。載，乃，於是。更，改換。
37 港陷珍珠島焚玉石：民國三十年十二月八日，日本空軍偷襲美國海軍基地珍珠港，太平洋戰爭爆發。民國三十四年，美國空軍以原子彈轟炸日本廣島、長崎，日本於是在同年八月投降。《尚書．胤征》：「火炎崑岡，玉石俱焚。」孔穎達《正義》：「火炎崑山之岡，玉石俱被焚燒。」
38 迴日馭於瀛邊扶桑半萎：第二次世界大戰結束，日本無條件投降，日軍遭遣返，其國內太半燬於戰火，殘破不堪。日馭，馭日之神。扶桑，指日本。
39 湧冰輪於劍外爆竹齊喧：抗日戰爭勝利，在四川賞月，到處都是慶祝勝利的爆竹聲。冰輪，喻圓月。劍外，劍門之外，指四川。
40 素娥：嫦娥。蕭統《文選．謝莊．月賦》李周翰注：「嫦娥竊藥奔月，月色白，故云素娥。」素娥亦可泛指素衣之美女。
41 行辭白帝：即將辭別四川。白帝城，故址在今四川奉節東。
42 薊北新收：淪陷區剛收復。典出杜甫〈聞官軍收河南河北〉：「劍外忽傳收薊北，初聞涕淚滿衣裳。卻看妻子愁何在，漫卷詩書喜欲狂。白日放歌須縱酒，青春作伴好還鄉。即從巴峽穿巫峽，便下襄陽向洛陽。」
43 錦帆：指抗戰勝利，由四川歸返江南之舟船。
44 三聲啼巫峽之猿：酈道元《水經．江水注》：「自三峽七百里中，兩岸連山，略無缺處，……，每至晴初霜旦，林寒澗肅，常有高猿長嘯，屬引淒異，空谷傳響，哀轉久絕。故漁者歌曰：『巴東三峽巫峽長，猿鳴三聲淚沾裳。』」
45 萬貫舞揚州之鶴：殷芸《商芸小說》：「有客相從，各言所志。或願為揚州刺史，或願多貲財，或願騎鶴上昇。其一人曰：『腰纏十萬貫，騎鶴上揚州。』欲兼三者。」
46 舊巷偶尋馬糞：偶尋舊時之馬糞巷。《南史．王志傳》：「（王）志家居建康禁中里馬糞巷，父僧虔門風寬恕，志尤惇厚，兄弟子姪，皆篤實謙和，時人

文物都非；疏簾重認蛾眉，嬋娟未減。朱絃翠袖，歌垂楊曉岸之詞[47]；綠醑[48]華燈，度玉樹後庭之曲[49]。無何[50]而烽傳青犢[51]，劫墮紅羊[52]，彌天騰鼓角[53]之聲，大地碎山河之影。銅仙[54]淚滴，寶鏡[55]光沉。賸堤柳[56]以棲鴉，淒其[57]隋苑；撫煙蘿[58]而駐馬，別矣吳山[59]。此滬、杭之月

號：馬糞諸王為長者。」

47 歌垂楊曉岸之詞：俞文豹《吹劍錄》：「東坡在玉堂日，有幕士善歌，因問：『我詞何如柳七？』對曰：『柳郎中詞，只合十七、八女郎，執紅牙板，歌「楊柳岸、曉風殘月」。』」柳永〈雨霖鈴〉：「今宵酒醒何處？楊柳岸、曉風殘月。」

48 綠醑：綠色之美酒。醑，音ㄒㄩˇ，美酒。

49 玉樹後庭之曲：陳後主與臣僚遊宴，共賦新詩，有〈玉樹後庭花〉。《陳書．後主沈皇后傳》：「後主每引賓客，對貴妃等遊宴，則使諸貴人及女學士，與狎客共賦新詩，互相贈答，採其尤豔麗者，以為詞曲，被以新聲。選宮女有容色者，以千百數，令習而歌之，分部迭進，持以相樂，其曲有〈玉樹後庭花〉。」《隋書．五行志》：「（陳後主）禎明（587-589）初，後主作新歌，辭甚哀怨，令後宮美人習而歌之，其辭曰：『玉樹後庭花，花開不復久。』時人以為歌讖，此其不久之兆也。」

50 無何：不久。

51 烽傳青犢：戰爭傳自賊寇。烽，烽火。青犢，東漢光武帝時之反賊，此處借指賊寇。《後漢書．光武紀》：「別號諸賊青犢等，各領部曲。」

52 劫墮紅羊：陷於災厄之中。宋柴望《丙丁龜鑑》，謂自戰國迄五代，發生於丙午、丁未年之災難，共二十一次。丙屬火，其色紅。未為羊。故稱紅羊。

53 鼓角：軍鼓號角，指軍隊。

54 銅仙：銅人像。古代多以銅人像裝飾宮廟門闕。蕭統《文選．張衡．西京賦》：「列坐金狄。」李善注：「金狄，金人也。《史記》曰：『始皇收天下兵，銷以為金人十二，各重千斤，致於宮中。』」

55 寶鏡：喻圓月。

56 堤柳：隋堤上的柳樹。《隋書．煬帝紀》：「煬帝自板渚引河作街道，植以楊柳，名曰隋堤，一千三百里。」

57 淒其：淒然。

58 煙蘿：草木茂密，煙聚蘿纏。借指幽居或修道之處所。皇甫冉〈送鄭秀才〉：「吟詩向月路，驅馬出煙蘿。」

59 吳山：山名，在浙江杭州。

也。

金甌[60]再缺，鐵幕四垂。轉徙羊城[61]，朅來鯤嶠[62]。故園歸夢，託河葦以徒勞[63]；倦客羈愁，隨階蓂[64]而共長。杜鵑枝外，咽笳吹[65]於三更；銅馬[66]聲中，莽關河[67]其萬里。鄉心五處，思白傅之弟兄[68]；皓魄連宵，憶鄜州之兒女[69]。誰遣晶盤[70]出海，盛淚遙年；但期銀漢分

---

60 金甌：以金所作之甌盆，以喻鞏固。

61 轉徙羊城：輾轉遷徙於廣州。羊城，五羊城，廣東廣州市之別名。《明一統志》：「《寰宇記》云：『五羊城在廣州府南海縣，初有五仙人騎五色羊，執六穗秬而至，今呼五羊。』」世因又稱廣州市為穗垣。

62 朅來鯤嶠：於是來到臺灣。朅，音ㄑㄧㄝˋ，句首語氣助詞，無義。鯤嶠，借指臺灣。

63 託河葦以徒勞：徒然想乘小舟歸返故鄉，卻無法如願。《詩經．衛風．河廣》：「誰謂河廣？一葦杭之。」一葦，一束葦，喻小舟。

64 階蓂：階前之蓂莢。蓂莢，瑞應之草。《竹書紀年．陶唐氏》：「有草夾階而生，月朔始生一莢，月半而生十五莢，十六日以後，日落一莢，及晦而盡。月小，則一莢焦而不落，名曰蓂莢，一曰曆莢。」

65 笳吹：郭茂倩《樂府詩集》：「蔡文姬為胡人所掠，入番為王后。武帝（曹操）與邕（蔡邕，文姬之父）有舊，敕大將軍贖以歸漢。胡人思慕文姬，乃捲蘆葉為吹笳，奏哀怨之音。後董生以琴寫胡笳聲為十八拍，今之〈胡笳弄〉是也。」

66 銅馬：指亂賊。《後漢書．光武紀》：「是時長安政亂，四方背叛……主賊銅馬……等，各領部曲，……所在寇亂。……秋，光武擊銅馬……追至館陶，大破之……復與大戰於蒲陽，悉破降之。」

67 關河：山河艱難之旅程。庾信〈哀江南賦〉：「提挈老幼，關河累年。」

68 鄉心五處思白傅之弟兄：白居易〈望月有感〉：「時難年荒世業空，弟兄羈旅各西東。田園寥落干戈後，骨肉流離道路中。弔影分為千里雁，辭根散作九秋蓬。共看明月應垂淚，一夜鄉心五處同。」白傅，白居易曾任太子少傅。

69 皓魄連宵憶鄜州之兒女：杜甫〈月夜〉：「今夜鄜州月，閨中只獨看。遙憐小兒女，未解憶長安。香霧雲鬟溼，清輝玉臂寒。何時倚虛幌，雙照淚痕乾。」

70 晶盤：水晶盤，喻圓月。

潮，洗兵來日[71]。此蓬壺[72]之月也。

行役四方，閱時卅稔。蟾圓天上[73]，纔得三百六十回；蟲劫[74]人間，何啻[75]百千萬億數。月猶是也，而陵谷推遷[76]，波雲詭譎[77]。覩崇臺之鹿走[78]，聽荒埭之雞鳴[79]，蓋有不勝其駭愕[80]悵惋者焉。所願氛埃[81]掃卻，桂魄[82]增瑩，笑語迎來，柳梢無恙。清樽對飲，長娛伉健[83]之

---

71 但期銀漢分潮洗兵來日：只是期盼天河的潮水在將來能淨洗甲兵，停止戰爭。杜甫〈洗兵馬行〉：「安得壯士挽天河，淨洗甲兵長不用。」

72 蓬壺：借指臺灣。《列子．湯問》：「渤海之中不知幾億萬里，有大壑焉……其中有五山焉，一曰岱輿，二曰員嶠，三曰方壺，四曰瀛洲，五曰蓬萊。」《史記．秦始皇本紀》：「齊人徐市（ㄈㄨˊ）等上書，言海中有三神山，名曰蓬萊、方丈、瀛洲，僊人居之。」

73 蟾圓天上：月圓於天上。傳說月中有蟾蜍，故稱月為蟾月，稱月光為蟾光。

74 蟲劫：喻從軍而戰死者。《太平御覽》卷七十四引《抱朴子》：「周穆王南征，一軍盡化，君子為猿為鶴，小人為蟲為沙。」

75 何啻：何止。啻，音ㄔˋ，止。

76 陵谷推遷：山陵、山谷，遞相遷改。《詩經．小雅．十月之交》：「高岸為谷，深谷為陵。」《晉書．杜預傳》：「（杜預）刻石為二碑，紀其勳績，一沉萬山之下，一立峴山之上，曰：『焉知此後不為陵谷乎？』」

77 波雲詭譎：喻世局難測。

78 覩崇臺之鹿走：見宮殿化為丘墟。《史記．淮南王傳》：「伍被曰：『臣聞子胥諫吳王，吳王不用，乃曰：「臣今見麋鹿遊姑蘇之臺也。」』」

79 聽荒埭之雞鳴：聽聞荒涼的雞鳴埭群雞啼叫。《明一統志》：「雞鳴埭在青溪西南潮溝之上，齊武帝早遊鍾山射雉，至此埭則聞雞鳴。」埭，音ㄉㄞˋ，以土堰水，往來舟泊征榷之所。

80 駭愕：驚懼。愕，驚訝。

81 氛埃：塵埃，垢穢。氛，妖氣。

82 桂魄：月亮。段成式《酉陽雜俎》：「月中有桂樹，高五百丈。」

83 伉健：強健。伉，強。

身；虛幌同看[84]，更接光華之旦[85]。

題解

本文錄自《楚望樓駢體文．內篇》，為作者於臺北寓所，對月感懷，追憶平生之作。作者於人生之不同時地瞻望圓月，情懷各異，於是撰寫本文，以抒襟抱。作者自青年時期在湖北漢口望月寫起，復就其人生之各階段，依次敘寫寄寓任職於南京、抗戰於重慶、復員於滬杭、東渡於臺灣等際遇、見聞，以及望月之情懷感觸。立意布局，別出心裁，構思嚴密，情感真摯，實屬作者駢文之代表作品。

作者

成惕軒，字康廬，號楚望，湖北陽新人。生於中華民國前二年（1910），卒於民國七十八年（1989），年八十。

成先生自幼穎悟，父炳南公親授《四書》及五經大義，且以「知行合一王巡撫，憂樂相關范秀才」一聯揭之於門，蓋期以遠大也。弱冠，從羅田大儒王葆心游，博覽社會科學新典籍，眼界益開。民國二十年，長江氾濫為災，獨登黃鶴樓，望滾滾洪濤，傷災民遍地，歸草〈災黎賦〉二千言以寄慨。軍需學校校長張敘忠將軍誦其文而善之，民國二十一年，邀赴南京，主持雜誌之編務，其後又任教該校。民國二十八年，先生在重慶，參加高等文官考試及第，升任軍需學校中校教官。陳布雷讀其文章，推薦擔任國防最高委員會秘書。抗戰勝利，改任考試院簡任秘書，復調任參事。八年之後，調任總統府參事。民國四十九年，特任考試院第三屆考試委員，蟬聯至第六屆。公餘曾兼任國史館纂

---

84 虛幌同看：謂作者與夫人共賞圓月。典出杜甫〈月夜〉：「今夜鄜州月，閨中只獨看。遙憐小兒女，未解憶長安。香務雲鬟溼，清輝玉臂寒。何時倚虛幌，雙照淚痕乾。」

85 光華之旦：景色明麗的日子。《尚書大傳．虞夏傳》：「維十有五祀，卿雲聚，俊乂集，百工相和而歌卿雲。帝乃倡曰：『卿雲爛兮， 縵縵兮。日月光華，旦復旦兮。」

修、私立正陽法學院、文化大學、國立政治大學、國立臺灣師範大學、國立中央大學等校教授，春風化雨，裁成多士。

先生襟抱恢宏，性情純摯，提攜後進，不遺餘力。所撰駢文，清真溫雅，明白曉暢，講求寫作技巧，重視時代精神，風清骨峻，篇體光華，足以藏諸名山，傳之其人。其古、近體詩，則緝裁巧密，辭采麗則，深饒情韻，風華雋上。著有《楚望樓駢體文・內篇》、《楚望樓駢體文・外篇》、《楚望樓駢體文・續編》、《楚望樓詩》、《楚望樓聯語》、《汲古新議》、《汲古新議・續集》等。

評語

1. 張仁青《駢文學》：「（成先生）駢文風格，一如其詩，四十年間，所作已逾三百首。其文備具眾體，無所不宜，探之而益深，索之而益遠。如三辰五星，森麗天漢，昭昭乎可觀而不可窮。……人徒見其英華外發之盛，而不知其本固有在也。所謂蘊之爲德行，行之爲事業，發之爲文章者，殆可於此見之。」
2. 張仁青《駢文學》：「（成）先生之文，雖係綆汲千載，皋勞百家，不宗一體，不法一派，但講求寫作之技巧，重視時代之精神，無論形式、內容，並皆充實。緣是六朝渾厚之氣，三唐蘊藉之風，兩宋淡雅之致，均於是乎在。加以舊學湛深，海涵地負，所作多清新純懿，劖刻淬鍊，而有儒者風。故能於新潮陵蕩之時，文苑塵霾之會，潤色鴻業，振藻揚葩，使此最足以表現中國文字優美之駢文，不致作《廣陵》之絕，厥功殊偉。趙甌北詩云：『江山代有才人出，各領風騷數百年。』眞不啻爲先生詠也。可謂墨海之洪濤，文峰之巨嶽矣。」

賞析

本文作者追懷人生每一階段之際遇，瞻望圓月，情懷各異，於是撰寫此文，以抒發其家國身世之感。全文分爲七段。第一段揭出全篇主旨。第二段至第六段依序抒發面對漢皋之月、南都之月、巴山之月、滬杭之月、蓬壺之月的際遇和感懷。第七段以駭愕悵惋之感歎收束前六段，復以天下太平、國運昌隆，身體康泰，伉儷得以常賞圓月爲願景，收結全文。

本文警策之對句，比比皆是，例如：「龍蟠虎踞，盛開一代風雲；草長鶯飛，消盡六朝金粉。」「俄而港陷珍珠，島焚玉石；彊弩朝挫，降幡夕張。」「鄉心五處，思白傅之弟兄；皓魄連宵，憶鄜州之兒女。」「蟾圓天上，纔得三百六十回；蟲劫人間，何啻百千萬億數。」巧用典故，妙鑄麗辭，新穎雋爽，生面別開。劉勰《文心雕龍》〈事類〉所謂「才爲盟主，學爲輔佐。主、佐合德，文采必霸」；〈麗辭〉所謂「理圓事密，聯璧其章」者，若持斯言，以評本文之作者，實爲恰當。本文尚有下列要點，可資探究：

1.立意布局，別出心裁

本文第一段屬起筆，揭示全篇主旨。作者畢生擔任公職，爲國服務，遭逢國步多艱，奔波各地，因而自稱是「東西南北之人」，飽經悲歡離合之世事，每對圓月，感慨殊深。

第二段至第六段屬承筆，抒發其於人生之各階段，面對漢皋之月、南都之月、巴山之月、滬杭之月、蓬壺之月的「悲歡離合之迹」。足見作者實屬「東西南北之人」。第七段屬結筆，作者於此段綜合三十年來之望月經驗與回憶，而得出「月猶是也，而陵谷推遷，波雲詭譎」的不勝其駭愕悵惋之感歎，以與第一段的「悲歡離合之跡」，與「滄桑」之感遙相照應。最後則以「氛埃掃卻，桂魄增瑩」，「清樽對飲，長娛伉健之身；虛幌同看，更接光華之旦」等天下太平、國運昌隆，身體康泰，伉儷得以常賞圓月之願景，收結全文。可謂善於立意，工於布局，而又能得性情之眞、得性情之正之作。

2.月猶是也，而世事多變

民國二十年，長江氾濫爲災，作者月夜獨登黃鶴樓，四望洪濤滾滾，哀鴻遍野，歸草〈災黎賦〉二千言以寄慨。這是漢皋對月，「極人事之蕭條，嗟江山之搖落」之情懷。

民國二十一年，作者任職於南京，時常「眷懷名跡，刻意清遊」。其後日本侵華，作者追隨國民政府，西遷重慶。臨別南京之際，「舉頭指白玉樓臺，誓當還我」。這是南都對月，「相看寥廓，無限低徊」之情懷。

陪都重慶於抗戰期間，全體軍民，莫不「修其器甲，固我山川」，重以「警訊頻傳」，經常躲避敵機之轟炸。其後「彊弩朝挫，降幡夕張」，日本敗降，還都有望。這是巴山對月，「戲語素娥，行辭白帝」之情懷。

民國三十五年，抗戰勝利，國民政府還都南京。作者舊地重遊，尋訪文物。其後離南京，歷滬、杭，奉公於廣東、成都等地，而於民國三十九年底，轉徙來臺。這是滬杭對月，「撫煙蘿而駐馬，別矣吳山」之情懷。

來臺定居之後，飽更喪亂之餘，念茲在茲的是無盡的「故園歸夢」，揮之不去的是無邊的「倦客羈愁」。而作者最期盼的就是有朝一日，海晏河清，得返故鄉，享受昇平之樂。這是蓬壺對月，「但期銀漢分潮，洗兵來日」之情懷。

三十年來，作者至少有三百六十回的對月經驗，「月猶是也」，明月未曾改變，而人間之事，何其多變。作者走筆至此，遂興「不勝其駭愕悵惋」之浩歎。

問題與討論

1. 試列舉三則與月相關之典故，並説明其寓意。
2. 試説明本文之立意與布局。
3. 本文對偶流麗自然，用典適切精妙，試舉例析論之。

文章習作

試以文言撰寫〈書房對月記〉一篇，文長三百字。

附錄

成惕軒〈略談駢體文作法〉（錄自成惕軒《汲古新議·續集》，臺灣商務印書館《人人文庫·特703》）

駢文作法，向乏專書，即偶有論及者，亦多散見篇章，罕成體系。良以學者個性之癖嗜既殊，造詣之淺深復異，甚或遞有師承，各成家數，若有法，若無法，神而明之，存乎其人，初未易以一二言盡也。茲僅就初學必須具備之基本條件，分左列三事言之：

（一）須先識字　韓昌黎云：「凡為文辭，須略識字。」蓋積字成句，積句成文，苟字義既明，則施之於文，斯無往而不當。古代善為文者，如司馬相如、揚雄之徒，莫不專精字學。所謂「文從字順」，實為百世不易之論，散文然，駢文又何獨不然？

（二）須多讀史　杜工部云：「讀書破萬卷，下筆如有神。」如為作文而讀書，自以史書為尤要。蓋六經諸子，義蘊精深，初學未易猝解。若史書則較經子為易讀，且除學習其文法外，史事夥頤，可供作文之材料。大抵初學作文，每苦缺乏材料。材料缺乏，則胸中枯窘，無可驅使，立意雖極完善，而竟無辭以達之，甯非憾事？若能多讀史書，則饋貧有糧，材料不患其不足矣。且散文尚可白描，駢文則非多儲材料不可。昔人形容文章之富麗者，曰「七寶樓臺」，樓臺之裝飾，固不必盡須七寶，但若欲建成一莊嚴華麗之樓臺，捨七寶其又奚自？

（三）須熟誦古人之文　語云：「熟讀唐詩三百首，不會吟來也會吟。」吾於駢文，亦復云爾。蓋古代名家，竭其心思才力，發為文章，傳之千百年，必有其可為吾人法式者在。吾人誦古人文，務宜明其立言之體要、修辭之技術，俾能心領神會，知所取裁。孟子云：「大匠能與人規矩，不能與人巧。」然規矩不明，即無以定方圓，遑論技巧？故文有體製，非讀古人之文不足以知之；文有聲色格律氣味，非讀古人之文不足以盡之。如讀之既熟，則融會貫串，左右逢原，而古人之文，皆能供我驅使與運用矣。

上述三者，實為習駢、散文者所應同具之條件，未容偏廢。至駢文究應如何寫作，姑就所知，粗舉其略。

一曰審音：凡為文章，須具音節之美，而駢文則視音節為尤要。因駢文須講對仗，不惟句儷，且貴音諧，故宜辨四聲，安平仄。具體言之，駢文係由四字句與六字句，錯雜成篇。即用四個字與另一四個字作對，亦即四個音與另一四個音作對，以組成若干聯。其屬六字句者，亦同此例。若當平而仄，當仄而平，則音調參差，不免棘句鉤章之病。

二曰用典：劉彥和論用事之法曰：「取事貴約，校練務精。」故駢文引用故事，必須經過一番選擇工夫，無論比附某一事物，或形容某一事物，務令脗合無間，刻劃入微，方為盡其能事。既不宜過僻，更不容稍泛。如宋汪藻代撰〈隆裕太后布告天下手書〉有云：「漢家之厄十世，宜光武之中興；獻公之子九人，惟重耳之尚在。」所用故事，何等切合，學者宜於此三致意焉。又屬對貴有剪裁，雜湊無章，最所深忌。

三曰鍊字：《四六法海．總論》云：「四六不可無藻麗。」固矣。然若過求藻麗，則專從字面上著眼，轉失其真。作者往往易患夸飾、纖巧、晦澀、新奇之病，皆緣用字修辭，未克「犁然有當」所致。故就駢文技術而論，鍊字尚焉。劉舍人曰：「富於萬篇，貧於一字。」蓋謂倚馬雖可萬言，而一字未安，亦殊有足令人吟髭拈斷者。鍊字之難，於茲可見。第語其要，當亦不外力求字義之精確，字面之高華，字音之瀏亮而已。

四曰培氣：駢文最大之弊，莫過如浮詞累句，堆砌成篇，死氣沉沉，了無生趣。故初學駢文，最宜培氣。能培氣，則縱橫變化，舒卷自如，多至萬言不覺其長，少至數十語亦不覺其短。蓋文之有氣，猶木之有榦。條榦既立，則枝葉扶疏；勁氣貫中，則風骨自顯。若徒以堆字疊句，湊合成篇，音蹇礙而不振，氣窒塞而不揚，適足成為一種「死文字」而已，其與所謂「木偶」「僵尸」，又何以異？孟子善養浩然之氣，故其文汪洋恣肆，千古獨絕。培氣之不可忽，不益於此足徵乎？清代袁簡齋之駢文，才氣最為縱橫，初學不妨選讀。

至體製之戒涉凡猥，篇章之貴求謹嚴，立意之宜面面俱到，則凡文皆然，而駢文猶當措意者也。

最後，尚有一言以為諸君告者：文章之為用，在有益於民生國計，世道人心。而欲達成此目的，首在作品做到無不達之情，無不析之理，無不明之事。其尤要者，則在體察人群之需要，發揚時代之精神。或謂抒情達意，駢不如散，實則駢文亦善能達意，如陸宣公《翰苑集》中之所為，剖析利害，窮盡事理，何嘗有遜於散文？其〈奉天改元（大赦制）〉一詔，情真語摯，驕兵悍將，聞而感泣，又何嘗不是動人心魄，感人肺腑？或又謂駢文慣用典故，餖飣成篇，讀之使人生厭。實則徵引故實，駢散攸同，散文既多參用現代事物，駢文又何獨不可？宇宙萬象，人事萬端，隨時隨地，足供取材，是在吾人之善為運用而已。顧亭林云：「文須有益於天下。」梅曾亮云：「文章之事，莫大乎因時，立吾言於此，雖事之至微，物之甚小者，而一時朝野風俗好尚，皆可因吾言而見。」善哉言乎，吾願以是勉並世有志之青年，並以自勉。

崔成宗編撰

附錄一

崔成宗編撰

1. 東方朔畫贊

夏侯湛

選文

大夫諱朔，字曼倩，平原厭次人也。魏（漢）建安中，分厭次以爲樂陵郡，故又爲郡人焉。事漢武帝，《漢書》具載其事。

先生瓌瑋博達，思周變通。以爲濁世不可以富貴也，故薄遊以取位；苟出不可以直道也，故頡頏以傲世；傲世不可以垂訓也，故正諫以明節；明節不可以久安也，故詼諧以取容。潔其道而穢其迹，清其質而濁其文，弛張而不爲邪，進退而不離群。

若乃遠心曠度，贍智宏材，倜儻博物，觸類多能。合變以明筭，幽贊以知來。自《三墳》、《五典》、《八索》、《九丘》，陰陽圖緯之學，百家眾流之論，周給敏捷之辯，支離覆逆之數，經脈藥石之藝，射御書計之術，乃研精而究其理，不習而盡其功，經目而諷於口，過耳而諳於心。

夫其明濟開豁，包含弘大；凌轢卿相，嘲哂豪傑；籠罩靡前，跆籍貴勢；出不休顯，賤不憂戚；戲萬乘若寮友，視儔列如草芥。雄節邁倫，高氣蓋世，可謂拔乎其萃，遊方之外者已。

談者又以先生噓吸冲和，吐故納新，蟬蛻龍變，棄俗登仙，神交造化，靈爲星辰。此又奇怪惚恍，不可備論者也。

大人來守此國，僕自京都，言歸定省。覩先生之縣邑，想先生之高風。徘徊路寢，見先生之遺像；逍遙城郭，觀先生之祠宇。慨然有懷，乃作頌焉。其辭曰：

矯矯先生，肥遯居貞。退不終否，進亦避榮。臨世濯足，希古振纓。涅而無滓，既濁能清。無滓伊何？高明克柔。能清伊何？視汙若浮。樂在必行，處淪罔憂。跨世凌時，遠蹈獨游。

瞻望往代，爰想遐蹤。邈邈先生，其道猶龍。染迹朝隱，和而不同。棲遲下位，聊以從容。我來自東，言適茲邑。敬問墟墳，企佇原隰。墟墓徒存，精靈永戢。民思其軌，祠宇斯立。

徘徊寺寢，遺像在圖。周旋祠宇，庭序荒蕪。榱棟傾落，草萊弗除。肅肅先生，豈焉是居？是居弗形，悠悠我情。昔在有德，罔不遺靈。天秩有禮，神監孔明。彷彿風塵，用垂頌聲。

題解

本文錄自蕭統《文選》卷四十七。作者夏侯湛之父夏侯莊為樂陵郡太守，夏侯湛往樂陵郡省親，因而有此機緣，祭拜東方朔之祠廟，瞻仰東方朔之畫像，懷想其高風亮節，而撰本文。

本文推崇東方朔「潔其道而穢其跡，清其質而濁其文」，「弛張而不為邪，進退而不離群」的言行思想；「倜儻博物，觸類多能」，「合變明筭，幽贊知來」的才學智慧，與「凌轢卿相，嘲哂豪傑」，「戲萬乘若寮友，視儔列如草芥」的雄節高氣，表達出對於前代高賢的欽敬嚮往之忱。

贊是一種文類，《文心雕龍．頌讚》作「讚」。《文心雕龍．頌讚》

說：「讚者，明也，助也。……及遷《史》固《書》，託讚褒貶。約文以總錄，頌體以論辭。又紀傳後評，亦同其名。……及景純注《雅》，動植必讚，義兼美惡，亦猶頌之變耳。」又說：「頌者，容也，所以美盛德而述形容也。」讚、頌原是性質相近的文類，其屬辭諧韻、風格特質，也相當近似。而其區別，則是頌的內容，都屬正面的讚美，而贊則「義兼美惡」，可以是正面的褒美，也可以做負面的評論。郭璞所著《爾雅圖讚》，即其例證。

孫琮評：「一序鉤深著隱，能於滑稽詼辨中，看出雄節高氣，真是東方生知己。贊亦謹嚴有法。」邵長蘅評本文：「佳處正在一序中，寫出東方生人品如畫。」

作者

夏侯湛，字孝若，晉譙國譙（今安徽亳縣）人。生於魏邵陵厲公正始四年（243），卒於晉惠帝元康元年（291），年四十九。

夏侯湛幼有盛才，文章宏富，善構新詞。容儀甚美，行止每與潘岳同輿接席，京師號為「連璧」。晉武帝泰始四年（268）舉賢良，對策中第，授郎中。歷官至散騎常侍。夏侯湛為世家子弟，性本豪侈，侯服玉食，窮滋極珍。晉惠帝元康元年（291）卒，臨終之際，遺命小棺薄殮，不修封樹。《晉書·夏侯湛傳》載：「論者謂湛雖生不砥礪名節，死則儉約令終，是深達存亡之理。」潘岳為作〈夏侯常侍誄〉。

夏侯湛學問淵博，文擅眾體，著論三十餘篇。《晉書·夏侯湛傳·贊》論之曰：「湛稱弄翰，縟彩雕煥。才高位卑，往哲攸歎。」

2. 文賦

陸機

選文

余每觀才士之所作，竊有以得其用心。夫放言遣辭，良多變矣。妍蚩好惡，可得而言。每自屬文，尤見其情。恆患意不稱物，文不逮意。蓋非知之難，能之難也。故作〈文賦〉，以述先士之盛藻，因論作文之利害所由，他日殆可謂曲盡其妙。至於操斧伐柯，雖取則不遠，若夫隨手之變，良難以辭逮。蓋所能言者，具於此云。

佇中區以玄覽，頤情志於典墳。遵四時以歎逝，瞻萬物而思紛。悲落葉於勁秋，喜柔條於芳春。心懍懍以懷霜，志眇眇而臨雲。詠世德之駿烈，誦先人之清芬。遊文章之林府，嘉麗藻之彬彬。慨投篇而援筆，聊宣之乎斯文。

其始也，皆收視反聽，耽思傍訊，精騖八極，心遊萬仞。其致也，情曈曨而彌鮮，物昭晣而互進。傾群言之瀝液，漱六藝之芳潤。浮天淵以安流，濯下泉而潛浸。於是沉辭怫悅，若遊魚銜鉤而出重淵之深；浮藻聯翩，若翰鳥纓繳而墜曾雲之峻。收百世之闕文，採千載之遺韻。謝朝華於已披，啓夕秀於未振。觀古今於須臾，撫四海於一瞬。然後選義按部，考辭就班。抱暑者咸叩，懷響者畢彈。或因枝以振葉，或沿波而討源，或本隱以之顯，或求易而得難，或虎變而獸擾，或龍見而鳥瀾，或妥帖而易施，或岨峿而不安。罄澄心以凝思，眇眾慮而爲言。籠天地於形內，挫萬物於筆端。始躑躅於燥吻，終流離於濡翰。理扶質以立幹，文垂條而結繁。信情貌之不差，故每變而在顏。思涉樂其必笑，方言哀而已歎。或操觚以率爾，或含毫而邈然。伊茲事之可樂，固聖賢之所欽。課虛無以責有，叩寂寞而求音。函緜邈於尺素，吐滂沛乎寸心。言恢之而彌廣，思按之而逾深。播芳蕤之馥馥，發青條之森森。粲風飛而猋豎，鬱雲起乎翰林。體有萬殊，物無一量。紛紜揮霍，形難爲狀。辭程才以效伎，意司契而爲匠。在有無而僶俛，當淺深而不讓。雖離方而遯圓，期窮形而盡相。故夫誇目者尚奢，愜心者貴當。言窮者無隘，論達者唯曠。

詩緣情而綺靡，賦體物而瀏亮。碑披文以相質，誄纏緜而悽愴。銘博約而溫潤，箴頓挫而清壯。頌優遊以彬蔚，論精微而朗暢。奏平徹以閒雅，說煒曄而譎狂。雖區分之在茲，亦禁邪而制放。要辭達而理舉，故無取乎冗長。

其爲物也多姿，其爲體也屢遷。其會意也尚巧，其遣言也貴妍。暨音聲之迭代，若五色之相宣。雖逝止之無常，固崎錡而難便。苟達變而識次，猶開流以納泉。如失機而後會，恆操末以續顛。謬玄黃之袟敘，故淟涊而不鮮。或仰逼於先條，或俯侵於後章。或辭害而理比，或言順而義妨。離之則雙美，合之則兩傷。考殿最於錙銖，定去留於毫芒。苟銓衡之所裁，固應繩其必當。或文繁而理富，而意不指適。極無兩致，盡不可益。立片言而居要，乃一篇之警策。雖眾辭之有條，必代茲而效績。亮功多而累寡，故取足而不易。或藻思綺合，清麗千眠。炳若縟繡，悽若繁弦。必所擬之不殊，乃闇合乎曩篇。雖杼軸於予懷，怵他人之我先。苟傷廉而愆義，亦雖愛而必捐。或苕發穎豎，離眾絕致，形不可逐，響難爲係。塊孤立而特峙，非常音之所緯。心牢落而無偶，意徘徊而不能揥。石韞玉而山輝，水懷珠而川媚。彼榛楛之勿翦，亦蒙榮於集翠。綴下里於白雪，吾亦濟夫所偉。

或託言於短韻，對窮迹而孤興。俯寂寞而無友，仰寥廓而莫承。譬偏弦之獨張，含清唱而靡應。或寄辭於瘁音，徒靡言而弗華。混妍蚩而成體，累良質而爲瑕。象下管之偏疾，故雖應而不和。或遺理以存異，徒尋虛以逐微。言寡情而鮮愛，辭浮漂而不歸。猶弦么而徽急，故雖和而不悲。或奔放以諧合，務嘈囋而妖冶。徒悅目而偶俗，固高聲而曲下。寤防露與桑間，又雖悲而不雅。或清虛以婉約，每除煩而去濫。闕大羹之遺味，同朱弦之清氾。雖一唱而三歎，固既雅而不豔。

若夫豐約之裁、俯仰之形，因宜適變，曲有微情。或言拙而喻巧，或理朴而辭輕。或襲故而彌新，或沿濁而更清。或覽之而必察，或研之而後精。譬猶舞者赴節以投袂，歌者應弦而遣聲。是蓋輪扁所不得言，故亦非華說之所能精。

普辭條與文律，良余膺之所服。練世情之常尤，識前修之所淑。雖濬發於巧心，或受欰於拙目。彼瓊敷與玉藻，若中原之有菽。同橐籥之罔窮，與天地乎並育。

雖紛藹於此世，嗟不盈於予掬。患挈缾之屢空，病昌言之難屬。故踸踔於短垣，放庸音以足曲。恆遺恨以終篇，豈懷盈而自足？懼蒙塵於叩缶，顧取笑乎鳴玉。

若夫應感之會，通塞之紀，來不可遏，去不可止。藏若景滅，行猶響起。方天機之駿利，夫何紛而不理？思風發於胸臆，言泉流於脣齒。紛葳蕤以馺遝，唯毫素之所擬。文徽徽以溢目，音泠泠而盈耳。及其六情底滯，志往神留，兀若枯木，豁若涸流；攬營魂以探賾，頓精爽於自求；理翳翳而愈伏，思乙乙其若抽。是以或竭情而多悔，或率意而寡尤。雖茲物之在我，非余力之所戮。故時撫空懷而自惋，吾未識夫開塞之所由。

伊茲文之爲用，固眾理之所因。恢萬里而無閡，通億載而爲津。俯貽則於來葉，仰觀象乎古人。濟文武於將墜，宣風聲於不泯。塗無遠而不彌，理無微而弗綸。配霑潤於雲雨，象變化乎鬼神。被金石而德廣，流管弦而日新。

題解

中國文學批評史上第一篇完整而有系統的文論，當屬陸機〈文賦〉。〈文賦〉對於文學創作時，萬物的觀照、經典的研閱、情懷的醞釀、想像力的培養，都提出精了要的論述：「佇中區以玄覽，頤情志於典墳。遵四時以歎逝，瞻萬物而思紛。悲落葉於勁秋，喜柔條於芳春。心懍懍以懷霜，志眇眇而臨雲。」陸機特別重視創作時想像力的培養，他主張「收視反聽，耽思傍訊。精鶩八極，心遊萬仞」；主張「罄澄心以凝思，眇眾慮而為言」。

至於文類、風格、聲律、創新、文章疵病等課題，陸機也都提出精闢的見解。例如：「詩緣情而綺靡，賦體物而瀏亮。碑披文以相質，誄纏緜而悽愴。銘博約而溫潤，箴頓挫而清壯。頌優遊以彬蔚，論精微而朗暢。奏平徹以閑雅，說煒曄而譎狂」云云，就是說明文學作品的分類及其體式風格。至於「暨音聲之迭代，若五色之相宣」，論文章之聲律；「立片言以居要，乃一篇之警策」，論警策之文句；「謝朝花於已披，啓夕秀於未振」，「雖杼軸於予懷，怵他人之我先。苟傷廉而愆義，亦雖愛而必捐」云云，強調作品的創新；「或託言於短韻」，「或寄辭於悴音」，「徒尋虛而逐微」，「務嘈囋而妖冶」等，則指陳文章之疵病。

〈文賦〉的最後一段，陸機揭示了文學作品的功用在於「恢萬里而無閡，通億載而為津。俯貽則於來葉，仰觀象乎古人」；在於「濟文武於將墜，宣風聲於不泯。塗無遠而不彌，理無微而弗綸」；在於「配霑潤於雲雨，象變化乎鬼神。被金石而德廣，流管弦而日新」。文學作品可以宏闡聖道，傳承文化，詮說眾理，德被生民，其功用與價值，誠然是極為深遠的。

孫鑛評：「士衡本是文人，知之精故說之透，大約皆極深研幾之語，謂曲盡其妙，良不誣。」何焯評：「論文之妙備矣。『心志』字、『意』字、『理』字，皆緊要處。文貴可傳，故首墳典，末歸於被金石而流管弦也。」又評：「起言文之原本，次言運思命筆之事，次言體製之各殊，為前大段。中言會意遣言之細，正是利害所由，為後大段。而以文之用為結。此全篇結構也。」

作者

陸機，字士衡，晉吳郡人，生於吳景帝永安四年（261），卒於晉惠帝太安二年（303），年四十三。

祖遜，吳丞相。父抗，吳大司馬。陸機少有異才，服膺儒術，動靜以禮。抗卒，領父兵為牙門將。年二十而吳滅，於是退居舊里，閉戶勤學凡十年。晉武帝太康（280—289）末，與弟雲俱入洛，太常張華素重其名，一見即如舊識，曰：「伐吳之役，利獲二俊。」即辟為祭酒。惠帝即位，遷太子洗馬、著作郎，尋為趙王倫相國參軍。倫誅，坐徙邊，遇赦，成都王穎薦為平原內史。太安（302—304）初，穎與河間王顒起兵討長沙王乂，陸機任後將軍河北大都督，兵敗河橋，孟玖譖於成都王穎，機與弟雲並遭誅戮。

陸機天才秀逸，辭藻宏麗，張華嘗謂曰：「人之為文常患才少，而子更患其多。」葛洪著書稱：「機文猶玄圃之積玉，無非夜光焉；五河之吐流，泉源如一焉。其弘麗妍贍，英銳飄逸，亦一代之絕乎！」今存文七十四篇，收錄於嚴可均《全上古三代秦漢三國六朝文》；詩近百篇，收錄於逯欽立《先秦漢魏晉南北朝詩》。

3. 雪賦

謝惠連

選文

歲將暮，時既昏，寒風積，愁雲繁。梁王不悅，游於兔園。迺置旨酒，命賓友，召鄒生，延枚叟。相如末至，居客之右。俄而微霰零，密雪下。王迺歌北風於衛詩，詠南山於周雅。授簡於司馬大夫曰：「抽子祕思，騁子妍辭，侔色揣稱，爲寡人賦之。」

相如於是避席而起，逡巡而揖，曰：「臣聞雪宮建於東國，雪山峙於西域。岐昌發詠於來思，姬滿申歌於黃竹。《曹風》以麻衣比色，楚謠以幽蘭儷曲。盈尺則呈瑞於豐年，袤丈則表沴於陰德。雪之時義遠矣哉。

請言其始。若迺玄律窮，嚴氣升，焦溪涸，湯谷凝，火井滅，溫泉冰。沸潭無湧，炎風不興。北户墐扉，裸壤垂繒。於是河海生雲，朔漠飛沙。連氛累靄，揜日韜霞。霰淅瀝而先集，雪紛糅而遂多。其爲狀也，散漫交錯，氛氳蕭索。藹藹浮浮，瀌瀌弈弈。聯翩飛灑，徘徊委積。始緣甍而冒棟，終開簾而入隙。初便娟於墀廡，末縈盈於帷席。既因方而爲珪，亦遇圓而成璧。眄隰則萬頃同縞，瞻山則千巖俱白。於是臺如重璧，逵似連璐。庭列瑤階，林挺瓊樹。皓鶴奪鮮，白鷴失素。紈袖慙冶，玉顏掩姱。

若迺積素未虧，白日朝鮮。爛兮若燭龍，銜耀照崑山。爾其流滴垂冰，緣霤承隅。粲兮若馮夷，剖蚌列明珠。至夫繽紛繁鶩之貌、皓旰皦絜之儀、迴散縈積之勢、飛聚凝曜之奇，固輾轉而無窮，嗟難得而備知。

若迺申娛翫之無已，夜幽靜而多懷。風觸楹而轉響，月承幌而通暉。酌湘吳之醇酎，御狐狢之兼衣。對庭鵾之雙舞，瞻雲雁之孤飛。踐霜雪之交積，憐枝葉之相違。馳遙思於千里，願接手而同歸。」

鄒陽聞之，懣然心服。有懷妍唱，敬接末曲。於是迺作而賦積雪之歌。歌曰：「攜佳人兮披重幄，援綺衾兮坐芳褥。燎薰爐兮炳明燭，酌桂酒兮揚清曲。」又續而爲白雪之歌。歌曰：「曲既揚兮酒既陳，朱顏酡兮思自親。願低帷以昵枕，念解珮而褫紳。怨年歲之易暮，傷後會之無因。君寧見階上之白雪，豈鮮耀於陽春？」歌卒，王迺尋繹吟翫，撫覽扼腕，顧謂枚叔，起而爲亂。

亂曰：「白羽雖白，質以輕兮。白玉雖白，空守貞兮。未若茲雪，因時興滅。玄陰凝，不昧其潔；太陽曜，不固其節。節豈我名？潔豈我貞？憑雲升降，從風飄零。值物賦象，任地班形。素因遇立，污隨染成。縱心皓然，何慮何營？」

題解

本文錄自《文選》卷十三。本文假託西漢梁孝王遊於兔園，招致鄒陽、枚乘、司馬相如等文士，賞雪詠雪。於是諸文士馳騁其神思，揮灑其筆墨，自鑄偉辭，援引與雪有關的典故，摹狀雪景，抒發賞雪的情懷。篇末「亂曰」一段，由雪的顏色與質性，闡論其理。錢鍾書《管錐編・全宋文卷三四》謂此段文字「判心、跡為二，跡之污潔，於心無著，任運隨遇，得大自在，已是釋、老之餘緒流風。……蓋雪之『節』最易失，雪之『潔』最易污，雪之『貞』若『素』最不足恃，故託玄理以為飾辭，庶不『罵題』而可『尊題』」。

何焯評：「合觀全局，以梁王起，以相如承，以鄒生轉，以枚叟結。就相如一大段言之，以雪之名義起，以雪之原始承，以雪之形狀轉，以雪之感興結。鄒、枚二段，又以感人處申言之耳。」清邵長蘅評：「雪、月等賦，秀色可餐，脫盡前人濃重之氣，另成一格。」

作者

謝惠連，南朝宋陳郡陽夏（今河南太康）人。生於晉安帝義熙三年（407），卒於宋文帝元嘉十年（433），年二十七。

惠連幼而聰慧，十歲能屬文。宋文帝元嘉（424—453）初，父謝方明任會稽太守，惠連隨父於任所，受讀於何長瑜。族兄謝靈運辭永嘉太守，歸途至會稽，訪方明，見惠連，深相知賞。見其新作，輒曰：「張華重生，不能易也。」又曰：「每有篇章，對惠連輒得佳語。」元嘉七年（430），為司徒彭城王劉義康法曹參軍，兼記室。時義康治東府城，城塹中得古冢，為之改葬，使惠連為祭文，其文甚美。又為〈雪賦〉，亦以高華見奇。著有《謝法曹集》，收錄於張溥編《漢魏六朝百三家集》。

4. 蕪城賦

鮑照

選文

瀰迤平原，南馳蒼梧漲海，北走紫塞雁門。柂以漕渠，軸以崑岡。重江複關之隩，四會五達之莊。當昔全盛之時，車挂轊，人駕肩。廛閈撲地，歌吹沸天。孳貨鹽田，鏟利銅山。才力雄富，士馬精妍。故能奓秦法，佚周令，劃崇墉，刳濬洫，圖修世以休命。是以板築雉堞之殷，井幹烽櫓之勤，格高五嶽，袤廣三墳，崪若斷岸，矗似長雲。製磁石以禦衝，糊頳壤以飛文。觀基扃之固護，將萬祀而一君。出入三代，五百餘載，竟瓜剖而豆分。

澤葵依井，荒葛罥塗。壇羅虺蜮，階鬥麏鼯。木魅山鬼，野鼠城狐。風嗥雨嘯，昏見晨趨。饑鷹厲吻，寒鴟嚇雛。伏虣藏虎，乳血飧膚。崩榛塞路，崢嶸古馗。白楊早落，塞草前衰。稜稜霜氣，蔌蔌風威。孤蓬自振，驚砂坐飛。灌莽杳而無際，叢薄紛其相依。通池既已夷，峻隅又已頹。直視千里外，唯見起黃埃。凝思寂聽，心傷已摧。

若夫藻扃黼帳，歌堂舞閣之基；琁淵碧樹，弋林釣渚之館。吳、蔡、齊、秦之聲，魚龍爵馬之玩。皆薰歇燼滅，光沉響絕。東都妙姬、南國麗人，蕙心紈質，玉貌絳唇。莫不埋魂幽石，委骨窮塵。豈憶同輿之愉樂、離宮之苦辛哉？天道如何，吞恨者多。抽琴命操，爲蕪城之歌。

歌曰：「邊風急兮城上寒，井逕滅兮丘隴殘。千齡兮萬代，共盡兮何言。」

題解

本文錄自《文選》卷十一。蕪城，即廣陵（今江蘇揚州）故城。宋文帝元嘉二十七年（450）冬十二月，北魏南侵，廣陵太守劉懷之逆燒城府，盡率其民渡江。宋孝武帝大明三年（459），竟陵王劉誕據廣陵造反，七月，沈慶之討平之。帝令屠城，沈慶之奏請留下城內健壯丁男，以女子配軍士。被誅者三千餘人。廣陵於十年之間，兩遭兵燹，已不復昔日之繁華雄麗。鮑照登城瞻眺，只見一片荒蕪殘破之景象，感慨萬千，因而撰寫此賦。本文首先鋪陳廣陵昔日的繁華富庶，然後調轉筆鋒，敘寫遭逢巨變之後，廣陵殘破荒涼的慘況。透過昔之繁華、今之荒蕪的鮮明對比，抒發其深沉的感慨。

孫鑛評：「多偶語，鍛鍊甚工細，然氣脈卻狹小，是後世律賦祖。」孫琮評：「一時壯麗，消歸無有，覺古木寒鴉，無非慘淡之色。從繁華處寫到淒涼，足令懷舊者為之墮淚，雄姿者見而心灰。」何焯評：「前半言蕪城昔日之盛，後半言蕪城今日之衰，全在兩兩相形處生出感慨。」方廷珪評：「前半城未蕪時，何等雄麗。後半城既蕪時，何等荒涼。總見興廢由人，不徒吳王圖謀非望，自速其亡，即城不能保及五百年以後也。但城所以就蕪，天為之乎？人為之乎？即此可為千秋亡國者鑑戒。筆筆正鋒，不一字躲閃題外，是為擲地有聲。」林紓評：「入手言廣陵形勝及其繁盛，後乃寫其凋敝衰颯之形，俯仰蒼茫，滿目悲涼之狀，溢於紙上，真足以驚心動魄矣。」

作者

鮑照，字明遠，南朝宋東海（今江蘇灌雲）人，生年不詳，卒於宋明帝泰始二年（466）。

鮑照少有才思，文辭贍麗，嘗作古樂府，甚為遒麗。宋文帝元嘉（424—

453）年間，河、濟俱清，當時以為祥瑞，鮑照作〈河清頌〉，見重於當世。又嘗獻詩於臨川王劉義慶，劉義慶奇之，賜帛二十匹，尋擢為國侍郎，甚見知賞。宋孝武帝時，歷官中書舍人、秣陵令、海虞令。其後為臨海王劉子頊參軍，掌書記之任。孝武帝死，明帝即位。晉安王劉子勳起兵江州，與明帝爭位，劉子頊響應之。其後劉子勳兵敗，江陵人宋景為亂，鮑照為亂軍所殺。時年約五十餘。

鮑照文辭贍逸，蒼勁峻潔。蕭子顯稱其所作「發唱驚挺，操調險急」。方東樹《昭昧詹言》謂鮑照詩「以俊逸活潑為長」。著有《鮑參軍集》，收錄於張溥編《漢魏六朝百三家集》。

5. 月賦

謝莊

選文

陳王初喪應、劉，端憂多暇。綠苔生閣，芳塵凝榭。悄焉疚懷，不怡中夜。迺清蘭路，肅桂苑，騰吹寒山，弭蓋秋阪。臨濬壑而怨遙，登崇岫而傷遠。於時斜漢左界，北陸南躔，白露曖空，素月流天。沉吟齊章，殷勤陳篇。抽毫進牘，以命仲宣。

仲宣跪而稱曰：「臣東鄙幽介，長自丘樊。昧道懵學，孤奉明恩。臣聞沉潛既義，高明既經。日以陽德，月以陰靈。擅扶光於東沼，嗣若英於西冥，引玄兔於帝臺，集素娥於後庭。朒朓警闕，朏魄示冲。順辰通燭，從星澤風。增華臺室，揚采軒宮。委照而吳業昌，淪精而漢道融。

若夫氣霽地表，雲斂天末。洞庭始波，木葉微脫。菊散芳於山椒，雁流哀於江瀨。升清質之悠悠，降澄輝之藹藹。列宿掩縟，長河韜映。柔祇雪凝，圓靈水鏡。連觀霜縞，周除冰淨。君王迺厭晨懽，樂宵宴，收妙舞，弛清縣，去燭房，即月殿。芳酒登，鳴琴薦。

若迺涼夜自淒，風篁成韻。親懿莫從，羈孤遞進。聆皐禽之夕聞，聽朔管之秋引。於是弦桐練響，音容選和。徘徊〈房露〉，惆悵〈陽阿〉。聲林虛籟，淪池滅波。情紆軫其何託，愬浩月而長歌。

歌曰：『美人邁兮音塵闕，隔千里兮共明月。臨風歎兮將焉歇，川路長兮不可越。』歌響未終，餘景就畢。滿堂變容，迴遑如失。又稱歌曰：『月既沒兮露欲晞，歲方晏兮無與歸。佳期可以還，微霜霑人衣。』」

陳王曰：「善。」迺命執事，獻壽羞璧。敬佩玉音，復之無斁。

題解

本文錄自《文選》卷十三。作者藉陳思王曹植於月色皎潔之夜晚，命王粲屬辭作賦，詠歌蟾月清輝。王粲於是鋪陳月出時星河、天地、宮室之情景，敘寫賞月時的氛圍與鼓琴賞曲的種種活動。至於全文結尾，兩度稱歌助興，收束全篇。「美人邁兮音塵闕，隔千里兮共明月」云云，敘寫對君子美人的嚮慕之情，尤為膾炙人口，唐‧張若虛〈春江花月夜〉「願逐月華流照君」，以及宋‧蘇軾〈水調歌頭〉「但願人長久，千里共嬋娟」的詩詞意境，或亦通變於此。

孫鑛評：「尚未入宏深境，然風度卻飄然可挹，固遠出〈雪賦〉上。」何焯評：「前寫月之故實，次入即景之語，後言興感之情，大意全在二歌，由始升以及既沒，前後自相照應。」又評：「假陳王立局，與〈雪賦〉同意，『端憂多暇』一句，生出全篇情致。」邵長蘅評：「此賦與小謝略同，更為輕倩，略無形似語，大致只寫月下之情，非為賦月也，賦至此自居逸品。」

作者

謝莊，字希逸，南朝宋陳郡陽夏（今河南太康）人，生於宋武帝永初二年（421），卒於宋明帝泰始二年（466），年四十六。

謝莊年七歲，能屬文，通《論語》。及長，美容儀。宋文帝見而異之，謂尚書僕射殷景仁、領軍將軍劉湛曰：「藍田生玉，豈虛也哉？」元嘉十七年（440）任始興王劉濬法曹行參軍，轉太子舍人。又任廬陵王劉紹南中郎諮議參軍。又轉任隨王劉誕後軍諮議，並領記室。元嘉二十七年（450），宋、魏相拒於彭城（今江蘇徐州），魏遣尚書李孝伯訪問謝莊及王微，其名聲遠布如此。元嘉二十九年（452），任太子中庶子。時南平王劉鑠獻赤鸚鵡，皇帝令群臣作賦歌詠，袁淑之文冠於當時，作賦畢，以示謝莊。及見謝莊之賦，歎曰：「江東無我，卿當獨秀。我若無卿，亦一時之傑。」遂自隱其賦。宋孝武帝孝建元年（454）遷左將軍。孝武帝嘗問顏延之：「謝希逸〈月賦〉何如？」答曰：「美則美矣，但莊只知『隔千里兮共明月』。」孝武帝召謝莊，以顏延之答語告之，謝莊應聲曰：「延之作〈秋胡詩〉，始知『生為久別離，沒為長不歸』。」孝武帝撫掌稱讚。孝武帝大明（457—464）年間，河南獻舞馬，詔群臣為賦，謝莊所作〈舞馬賦〉甚美。著有《謝光祿集》，收錄於張溥編《漢魏六朝百三家集》。

6. 宋書謝靈運傳論

沈約

選文

史臣曰：民稟天地之靈，含五常之德，剛柔迭用，喜慍分情。夫志動於中，則歌詠外發，六義所因，四始攸繫。升降謳謠，紛披風什。雖虞、夏以前，遺文不覩。稟氣懷靈，理無或異。然則歌詠所興，宜自生民始也。

周室既衰，風流彌著。屈平、宋玉，導清源於前；賈誼、相如，振芳塵於後。英辭潤金石，高義薄雲天。自茲以降，情志愈廣。王襃、劉向、揚、班、崔、蔡之徒，異軌同奔，遞相師祖。雖清辭麗曲，時發乎篇；而蕪音累氣，固亦多矣。若夫平子豔發，文以情變，絕唱高蹤，久無嗣響。至於建安，曹氏基命。三祖陳王，咸蓄盛藻。甫乃以情緯文，以文被質。自漢至魏，四百餘年，辭人才子，文體三變：相如工爲形似之言，二班長於情理之說，子建、仲宣，以氣質爲體。並標能擅美，獨映當時。是以一世之士，各相慕習。源其飆流所始，莫不同祖《風》、《騷》，徒以賞好異情，故意製相詭。

降及元康，潘、陸特秀。律異班、賈，體變曹、王。縟旨星稠，繁文綺合。綴平臺之逸響，采南皮之高韻。遺風餘烈，事極江右。在晉中興，玄風獨扇。爲學窮於柱下，博物止乎七篇。馳騁文辭，義殫乎此。自建武暨於義熙，歷載將百，雖比響聯辭，波屬雲委，莫不寄言上德，託意玄珠，遒麗之辭，無聞焉爾。仲文始革孫、許之風，叔源大變太元之氣。爰逮宋氏，顏、謝騰聲。靈運之興會標舉，延年之體裁明密。並方軌前秀，垂範後昆。

若夫敷衽論心，商榷前藻。工拙之數，如有可言。夫五色相宣，八音協暢，由乎玄黃律呂，各適物宜。欲使宮羽相變，低昂舛節。若前有浮聲，則後須切響。一簡之內，音韻盡殊；兩句之中，輕重悉異。妙達此旨，始可言文。至於先士茂製，諷高歷賞。子建函京之作、仲宣灞岸之篇、子荊零雨之章、正長朔風之句，並直舉胸情，非傍詩史。正以音律調韻，取高前式。自靈均以來，多歷年代，雖文體稍精，而此秘未睹。至於高言妙句，音韻天成，皆暗與理合，匪由思至。張、蔡、曹、王，曾無先覺；潘、陸、顏、謝，去之彌遠。世之知音者，有以得之。此言非謬，如曰不然，請待來哲。

題解

本文錄自《文選》卷五十。為《宋書．謝靈運傳》後的歷史評論，旨在綜論劉宋以前歷代文學之變遷發展，且特別闡論聲律之論。《宋書》凡一百卷，沈約所著，為《二十五史》之一。

謝靈運，小名客兒，襲封康樂公，世稱謝康樂。晉陳郡陽夏（今河南太康）人。生於東晉孝武帝太元十年（385），卒於宋文帝元嘉十年（433），年四十九。

鍾嶸《詩品．宋臨川太守謝靈運詩》推崇其文學成就：「嶸謂若人，興多才高，寓目輒書，內無乏思，外無遺物，其繁富宜哉。然名章迴句，處處間起，麗典新聲，絡繹奔會。譬青松之拔灌木，白玉之映塵沙，未足貶其高潔也。」《詩品・序》則說：「謝客為元嘉之雄。」

明・張溥《漢魏六朝百三家集題辭・謝康樂集》：「詩冠江左，世推富豔。以予觀之，吐言天拔，政繇素心獨絕耳。」謝靈運詩，工於模山範水，逸韻高趣，歸於自然。靈運著述宏富，張溥輯有《謝康樂集》，收錄於《漢魏六朝百三家集》。

孫鑛評本文：「評論歷來作者，頗得大概。乃其意所獨貴，則似在音調耳。遣辭未甚錬淨，然亦微有華采。」邵長蘅評：「論詩學源流，最詳細可依據。其言聲律處，是休文獨得之祕。以齊、梁聲病，開唐人近體之先者。」何焯評：「此篇專是論詩，因謝客而發耳。」方廷圭評：「由屈、宋而漢、魏，文體三變，由西晉、東晉，而宋，文體又三變，然其體裁總不遠乎古初。沈休文始嚴四音之辨，古體方變為近體，今之五、七言律是也。學者競趨於是，遂至數典而忘其祖，屈、宋以下，即置不觀。是休文以窺古人不傳之秘，為功之首。予謂以啓學者蔑古之弊，又罪之魁也。且三百篇中，若云遣調，莫過於十五國風；若云設色，孰加於〈東山〉、〈七月〉，及二《雅》、三《頌》？遂欲以此矜為獨得，將靈均以後許多巨手，盡行放倒，此乃從來文士相掩惡習，若據其言為信，誠然乎哉？」

作者

沈約，字休文，南朝梁吳興武康（今浙江武康）人。生於宋文帝元嘉十八年（441），卒於梁武帝天監十二年（513），年七十三。謚隱侯。

沈約幼孤貧，篤志好學，晝夜不釋卷。晝之所讀，夜輒誦之，遂博通群籍，善屬文。宋名臣蔡興宗聞其才，辟為安西外兵參軍，常謂其諸子曰：「沈記室人倫師表，宜善師之。」齊文惠太子擢為步兵校尉，管書記，校四部圖書。時東宮多士，沈約特蒙禮遇，尋遷太子家令、著作郎、黃門侍郎。竟陵王蕭子良招納天下才士，沈約與王融、蕭衍等並受禮遇，號「竟陵八友」。蕭衍稱帝，沈約參與密謀，而為梁之開國功臣，歷官至左光祿大夫。

沈約左目重瞳子，聰明過人，喜好典籍，聚書至二萬卷。長於詩文，

《南史・沈約傳》謂：「謝玄暉善為詩，任彥昇工於筆，約兼而有之，然不能過也。」著《四聲譜》，提倡四聲之說。另著有《晉書》、《宋書》、《宋世文章志》、《沈隱侯集》等。明・張溥輯其作品編為《沈隱侯集》，收錄於《漢魏六朝百三家集》。

7. 別賦

江淹

選文

黯然銷魂者，唯別而已矣。況秦吳兮絕國，復燕宋兮千里。或春苔兮始生，乍秋風兮蹔起。是以行子腸斷，百感悽惻。風蕭蕭而異響，雲漫漫而奇色。舟凝滯於水濱，車逶遲於山側。櫂容與而詎前，馬寒鳴而不息。掩金觴而誰御，橫玉柱而霑軾。居人愁臥，怳若有亡。日下壁而沉彩，月上軒而飛光。見紅蘭之受露，望青楸之離霜。巡曾楹而空揜，撫錦幕而虛涼。知離夢之躑躅，意別魂之飛揚。故別雖一緒，事乃萬族。

至若龍馬銀鞍，朱軒繡軸。帳飲東都，送客金谷。琴羽張兮簫鼓陳，燕趙歌兮傷美人。珠與玉兮豔暮秋，羅與綺兮嬌上春。驚駟馬之仰秣，聳淵魚之赤鱗。造分手而銜涕，感寂寞而傷神。

乃有劍客慚恩，少年報士。韓國趙廁，吳宮燕市。割慈忍愛，離邦去里。瀝泣共訣，抆血相視。驅征馬而不顧，見行塵之時起。方銜感於一劍，非買價於泉裡。金石震而色變，骨肉悲而心死。

或乃邊郡未和，負羽從軍。遼水無極，雁山參雲。閨中風暖，陌上草薰。日出天而耀景，露下地而騰文。鏡朱塵之照爛，襲青氣之煙煴。攀桃李兮不忍別，送愛子兮霑羅裙。

至如一赴絕國，詎相見期。視喬木兮故里，決北梁兮永辭。左右兮魂動，親賓兮淚滋。可班荊兮贈恨，唯罇酒兮敘悲。值秋雁兮飛日，當白露兮下時。怨復怨兮遠山曲，去復去兮長河湄。

又若君居淄右，妾家河陽。同瓊珮之晨照，共金爐之夕香。君結綬兮千里，惜瑤草之徒芳。慙幽閨之琴瑟，晦高臺之流黃。春宮閟此青苔色，秋帳含茲明月光。夏簟清兮晝不暮，東釭凝兮夜何長。織錦曲兮泣已盡，迴文詩兮影獨傷。

儻有華陰上士，服食還山。術既妙而猶學，道已寂而未傳。守丹竈而不顧，鍊金鼎而方堅。駕鶴上漢，驂鸞騰天。蹔遊萬里，少別千年。惟世間兮重別，謝主人兮依然。

下有芍藥之詩、佳人之歌。桑中衛女、上宮陳娥。春草碧色，春水淥波。送君南浦，傷如之何！

至乃秋露如珠，秋月如珪。明月白露，光陰往來。與子之別，思心徘徊。是以別方不定，別理千名。有別必怨，有怨必盈。使人意奪神駭，心折骨驚。雖淵雲之墨妙，嚴樂之筆精；金閨之諸彥，蘭臺之群英，賦有凌雲之稱，辯有雕龍之聲，誰能摹暫離之狀，寫永訣之情者乎？

題解

本文錄自《文選》卷十六，旨在鋪寫別離之愁苦悽惻。作者以離情別緒為主軸，貫串全文，分別就行子、居人、顯貴、俠士、從軍、出使、伉儷、遊仙等各種人的別離處境與情懷，設身處地，加以摹寫。纏綿柔婉，黯然銷魂。對偶精工，音調諧美。洵屬六朝駢文中最能感動人心之作。明孫鑛評：「風度似前篇（〈別賦〉），更覺飄逸，語亦更加婉至。」清何焯評：「文法與〈恨賦〉同，而氣舒詞麗，一起尤警。」又評：「賦家至齊、梁，變態已盡，至文通已幾幾乎唐人之律賦矣，特其秀色非後人之所及也。」清陶元藻《泊鷗山房集·書江淹〈恨賦〉後》評：「余竊謂〈恨賦〉不如〈別賦〉遠甚，其賦別也，分別門類，摹其情與事，而不實指其人，故言簡而該，味深而永。」

作者

江淹（444—505），字文通，濟陽考城（今河南蘭考縣）人。少孤貧，後任中書侍郎，歷仕宋、齊、梁三代，梁天監元年為散騎常侍左衛將軍，封臨沮縣伯，遷金紫光祿大夫，卒贈醴陵侯，得年六十二。渠少年時以文章著名，晚年才思減退，傳為夢中還郭璞五色筆，爾後作詩，遂無美句，世稱「江郎才盡」。有《江文通集》傳世。

文通學識淵博，情采豐贍，詩追大謝，善刻畫模擬，雄視江左；文擅眾體，小賦遣詞精工，新麗有頓挫，且工於藻飾，鬱伊多感，落落表奇，字字烹鍊，固南朝文士之佼佼者。今存賦三十八篇、騷九篇，要以柔婉之〈別賦〉與抗激之〈恨賦〉二篇，最為膾炙人口，靈心遒骨，化為一片，豈彩筆華錦獨工於言情也耶！

8. 自序

劉峻

選文

峻字孝標，平原人也。生於秣陵縣，朞月歸故鄉。八歲，遇桑梓顛覆，身充僕圉。

齎中濟濟皆升堂，亦有愚者解衣裳。

余自比馮敬通，而有同之者三，異之者四。何則？敬通雄才冠世，志剛金石；余雖不及之，而節亮慷慨。此一同也。敬通值中興明君，而終不試用；余逢命世英主，亦擯斥當年。此二同也。敬通有忌妻，至於身操井臼；余有悍室，亦令家道轗軻。此三同也。

敬通當更始之世，手握兵符，躍馬食肉；余自少迄長，戚戚無歡。此一異也。敬通有一子仲文，官成名立；余禍同伯道，永無血胤。此二異也。敬通膂力方剛，老而益壯；余有犬馬之疾，溘死無時。此三異也。敬通雖芝殘蕙焚，終填溝壑，而為名賢所慕，其風流郁烈芬芳，久而彌盛；余聲塵寂漠，世不吾知，魂魄一去，將同秋草。此四異也。所以自力為序，遺之好事云。

題解

本文錄自劉峻著、羅國威校注《劉孝標集校注》。本文並非劉峻〈自序〉之原貌。錢鍾書《管錐編．全梁文卷五七》：「劉峻〈自序〉：『余自比馮敬通』云云。按《梁書．文學傳》：『又書為〈自序〉，其略曰：「余自比」云云。』明言所錄非全文。《南史》本傳末，亦錄〈自序〉，全同《梁書》，而傳首言其『少年魯鈍』曰：『故其〈自序〉云：「鬢中濟濟皆升堂，亦有愚者解衣裳。」』嚴（可均）氏已輯，益見全文必詳於今存者多許。余觀《文選》（劉）峻〈重答劉秣陵沼書〉李善注：『劉峻〈自序〉云：「峻，字孝標，平原人也。生於秣陵縣，期月歸故鄉，遇桑梓顛覆，身充僕圉。」』此等語亦顯出〈自序〉，可補嚴輯。……劉知幾《史通・內篇・自敘》，上溯承學之年，下止著書之歲，終之曰：『昔梁徵士劉孝標作敘傳，其自比於馮敬通者有三，而予竊不自揆，亦竊比於揚子雲者有四。』益見《梁書》所錄，亦即峻〈自序〉之末節，概觀平生，發為深喟，略如史傳末之有論、贊，或碑志末之有銘詞。至若峻〈自序〉載事迹遇處，當已酌採入本傳中，而不一一標識來歷矣。……汪中《述學・補遺》有〈自序〉一首，師《梁書》劉峻此篇一節，文筆之妙，青勝於藍，而誤一斑為全豹，亦緣未究司馬相如、馬融下至劉氏同時江淹〈自序〉格制也。」由此可知今存劉峻〈自序〉的內容，應是原作的後幅，並非原文之全豹。

作者

劉峻，字孝標，原名法虎。南朝宋平原（今山東淄博）人。生於宋孝武帝大明六年（462），卒於梁武帝普通二年（521），年六十。

劉峻生於建康，期月而其父劉琁之卒，母許氏攜劉峻與其兄法鳳還鄉里。宋明帝泰始五年（469），北魏克青州，劉峻時八歲，遭擄為奴，至中山。中山富人劉寶以束帛贖之，教以書學。魏人徙之代郡，居貧，與其母出家為尼僧。還俗之後，力學不輟。苦所見不博，遍借異書而讀之，清河崔慰祖稱之為「書淫」。齊武帝永明四年（486），舉家奔江南，改名峻。齊明帝建武元年（494），蕭遙欣出為荊州刺史，徙雍州刺史，以劉峻為刑獄參軍，甚為禮遇。梁武帝天監（502—519）初，召入西省，典校祕書。天監七年（508），安成王蕭秀為荊州刺史，引劉峻為戶曹參軍，使鈔撰《類苑》一百二十卷。劉峻為人率性而動，不能隨眾沉浮，亦不事諂諛，梁武帝頗嫌之，故不重用，其後歸隱浙江東陽（今浙江金華）紫巖山，作〈山棲志〉。梁武帝普通二年（521）卒，門人諡曰「玄靖先生」。

孝標之文，善析事理，情感深摯，格調清雋，卓犖不群。著有《劉戶曹集》，收錄於張溥編《漢魏六朝百三家集》。

9. 與齊尚書僕射楊遵彥書

徐陵

選文

陵叩頭叩頭。夫一言所感，凝暉照於魯陽；一志冥通，飛泉涌於疏勒。況復元首康哉，股肱良哉，鄰國相聞，風教相期者也。天道窮剝，鍾亂本朝。情計馳惶，公私騷懼。而骸骨之請，徒淹歲寒；顛沛之祈，空盈卷軸。是所不圖也，非所仰望也。執事不聞之乎？昔分鼇命鳫之世，觀河拜洛之年，則有日烏流災，風禽騁暴。天傾西北，地缺東南。盛旱坼三州，長波含五嶽。我大梁膺金圖而有亢，纂玉鏡而猶屯。何則？聖人不能爲時，斯固窮通之恆理也。

至若荊州刺史湘東王，幾神之本，無寄名言；陶鑄之餘，猶爲堯舜。雖復六代之舞，陳於總章；九州之歌，登於司樂。虞夔拊石，晉曠調鐘，未足頌此英聲，無以宣其盛德者也。若使郊禋楚翼，寧非祀夏之君；龕定京師，即是匡周之霸。豈徒豳王徙雍，朞月爲都；姚帝遷河，周年成邑。方今越裳藐藐，馴雉北飛；肅慎茫茫，風牛南偃。吾君之子，含識知歸，而答旨云：「何所投身？」斯所未喻一也。

又聞晉熙等郡，皆入貴朝。去我尋陽，經途何幾？至於鐺鐺曉漏，的的宵烽，隔溆浦而相聞，臨高臺而可望。泉流寶盌，遙憶湓城；峰號香爐，依然廬岳。日者鄱陽嗣王範治兵匯泒，屯戍淪波。朝夕牋書，春秋方物，吾無從以躡屐，彼何路而齊鑣？豈其然乎？斯不然矣。不謂邵陵王綸通和此國，郢中上客，雲聚魏都；鄴下名卿，風馳江浦。豈盧龍之徑，於彼新開；銅駝之街，於我長閉？何彼途甚易，非勞於五丁；我路爲難，如登於九折？地不私載，何其爽歟？而答旨云：「還路無從。」斯所未喻二也。

又晉熙、廬江、義陽、安陸，皆云款附，非復危邦。計彼中途，便當靜晏。自斯以北，桴鼓不鳴，鄰惠所通；自此以南，王靈未缺。如其境外，脱殞輕軀，幸非邊吏之羞，何在匹夫之命？又此賓遊，通無貨殖。忝非韓起聘鄭，私買玉環；吳札過徐，躬要寶劍。由來宴錫，凡厥囊裝，行役淹留，皆已虛罄。散有限之微財，供無期之久客，斯可知矣。且據圖刎首，愚者不爲；運斧全身，庸流所鑒。何則？生輕一髮，自重千鈞，不以貫盜明矣。骨肉不任充鼎俎，皮毛不足入貨財，盜有道焉，吾無憂也。又公家遣使，脱有資須，本朝非隆平之時，遊客豈皇華之勢。輕裝獨宿，非勞聚橐之儀；微騎漸行，寧望輶軒之禮？歸人將從，私具驢騾，緣道亭郵，唯希蔬粟。若曰留之無煩於執事，遣之有費於官司，或以顛沛爲言，或云資裝可懼，固非通論，皆是外篇。斯所未喻三也。

又若以吾徒應還侯景，侯景凶逆，殲我國家，天下含靈，人懷憤厲。既不獲投身社稷，衛難乘輿，四家磔蚩尤，千臠割王莽，安所謂俛眉頓膝，歸奉寇讎，佩弭腰鞬，為其皂隸？又日者通和，方敦曩睦；兇人狙詐，遂駭狼心。頗疑宋萬之誅，彌懼荀罃之請。所以奔蹄勁角，專恣憑陵，凡我行人，偏鍾讎憾。政當菹筋醢骨，抽舌探肝，於彼兇情，猶當未雪。海內之所知也，君侯之所具焉。又聞本朝王公，居人士女，風行雨散，東播西沉，城闕丘墟，菅蓬蕭瑟。偃師還望，咸為草萊；霸陵回首，皆霑霜露，此又君之所知也。彼以何義，爭免寇讎？我有何勳，爭歸委質？昔鉅平貴將，懸重於陸公；叔向若流，深知於鬷蔑。吾雖不敏，常慕前修，不圖明庶為懷，翻其以此量物。昔魏氏將亡，群兇挺爭，諸賢戮力，想得其朋。為葛榮之黨也？為邢杲之徒邪？如曰不然，斯所未喻四也。

　　又假使吾徒還為兇黨，侯景生於趙、代，家自幽、恆，居則臺司，行為連率。山川形勢、軍國彝章，不勞請箸為籌，便當屈指能算。景以逋逃小醜，羊豕同群，身寓江皐，家留河朔，鄉井鄉邑，如鬼如神。其不然乎？抑又君之所知也。且夫宮闈祕事，皆若雲霄；英俊訏謨，寧非帷幄。或陽驚以定策，或焚稿而奏書。朝廷之士，猶難參預；羈旅之人，何階耳目？至於禮樂沿革，刑政寬猛，謳歌已遠，萬舞成風，不知手之舞之，足之蹈之也。安在搖其牙齒，為間諜者哉？若謂復命西朝，終奔東魯，雖齊、梁有隔，尉侯奚殊，豈以河曲之難浮，而曰江關之有濟？河橋馬渡，寧非宋典之奸；關路雞鳴，皆是田文之客。何其通弊，乃爾相妨？斯所未喻五也。

又兵交使在，雖著前經，儻同徇僕之尤，追肆韓山之怒。則凡諸元帥，並釋縲囚。爰及偏裨，同加恩禮。乃至鍾儀見赦，朋笑遵途；襄老蒙歸，虞歌引路。吾等張旜拭玉，修好尋盟，涉泗之與浮河，郊勞至於贈賄。公恩既備，賓敬無違。今者何愆？翻蒙貶責。若以此爲言，斯所未喻六也。

若曰妖氛永久，喪亂悠然，哀悼奔波，存其形魄。固以銘茲厚德，載此洪恩，譬渤澥而俱深，方嵩華而猶重。但山梁飲啄，非有意於籠樊；江海飛浮，本無情於鐘鼓。況吾等營魂已謝，餘息空留，悲默爲生，何能支久？是則雖蒙養護，更夭天年。若以此爲言，斯所未喻七也。

若云逆豎殲夷，當聽反命。高軒繼路，飛蓋相隨。未解其言，何能善謔？夫亨屯治亂，豈有意於前期？謝常侍今年五十有一，吾今年四十有四，介已知命，儐又杖鄉，計彼侯生，肩隨而已。豈銀臺之要，彼未從師；金竈之方，吾知其訣？正恐南陽菊水，竟不延齡；東海桑田，無由佇望。若以此爲言，斯所未喻八也。

足下清襟勝託，書圃文林。凡曰洪荒，終於幽、厲。如吾今日，寧有其人？爰至春秋，微宜商略。夫宗姬殄墜，霸道昏凶。或執政之多門，或陪臣之涼德。故臧孫有禮，翻囚與國之賓；周伯無愆，空怒天王之使。遷箕卿於兩館，縶樂子於三年，斯非貪亂之風邪？寧當今之高例也？至於雙崤且帝，四海爭雄，或構趙而侵燕，或連韓而謀魏。自求盟於楚殿，躬奪璧於秦廷。輸寶鼎以託齊王，憑安車而誘梁客。其外膏唇敗舌，分路揚鑣，無辜無罪，如兄如弟。逮乎中陽受命，天下同規。巡省諸華，無聞幽辱。及三方之霸也，孫甘言以嫵媚，曹屈詐以羈縻。旌軨歲到於句吳，冠蓋年馳於庸蜀。則客嘲殊險，賓戲已深，共進遊談，誰云猜忤？若使搜求故實，脫有前蹤，恐是叔世之姦謀，而非爲邦之勝略也。

抑又聞之，雲師火帝，澆淳乃異其風；龍躍麟驚，王霸雖殊其道，莫不崇君親以詔物，敦敬養以治民。預有邦家，曾無隆替。吾奉違溫清，仍屬亂離，寇虜猖狂，公私播越。蕭軒靡御，王舫誰持？瞻望鄉關，何心天地？自非生憑廩竹，源出空桑，行路含情，猶其相愍。嘗以擇官而仕，非曰孝家；擇事而趨，非云忠國。況乎欽承有道，驂駕前王，郎吏明經，鴟鳶知禮。巡方省化，咸問高年，東序西膠，皆尊耆耋。吾以珪璋玉帛，通聘來朝，屬世道之屯期，鍾生民之否運。兼年累載，無申元直之祈；銜泣吞聲，長對公閭之怒。情禮之訴，將同逆鱗；忠孝之言，皆應對舌。是所不圖也，非所仰望也。

且天倫之愛，何得忘懷？妻子之情，誰能無累？夫以清河公主之貴、餘姚書佐之家，莫限高卑，皆被驅掠。自東南醜虜，抄販饑民，臺署郎官，俱餒牆壁。況吾生離死別，多歷暄寒，孀室嬰兒，何可言念？如得身還鄉壤，躬自推求，猶冀提攜，俱免凶虐。夫四聰不達，華陽君所謂亂臣；百姓無冤，孫叔敖稱爲良相。足下高才重譽，參贊經綸，非虎非貔，聞詩聞禮。而中朝大議，曾未經論；清禁嘉謨，安能相及？諤諤非周舍，容容類胡廣，何其無諍臣哉？歲月如流，人生何幾，晨看旅雁，心赴江淮；昏望牽牛，情馳揚越。朝千悲而下泣，夕萬緒而迴腸。不自知其爲生，不自知其爲死也。

足下素挺辭峰，兼長理窟，匡丞相解頤之說、樂令君清耳之談，向所未疑，誰能曉喻？若鄙言爲謬，來旨必通，分請灰釘，甘從斧鑊，何但規規默默，齰舌低頭而已哉？若一理存焉，猶希矜眷，何故期令我等必死齊都，足趙、魏之黃塵，加幽、并之片骨？遂使東平拱樹，長懷向漢之悲；西洛孤墳，恆表思鄉之夢。干祈已屢，哽慟良深。徐陵叩頭再拜。

題解

本文錄自徐陵著，許逸民校箋《徐陵集校箋》。《文苑英華》收錄本文，題為〈使東魏值侯景亂與北齊尚書令求還書〉，嚴可均《全上古三代秦漢三國六朝文》作〈與齊尚書僕射楊遵彥書〉，較為切當，今從之。徐陵博極群書，辯才無礙。梁武帝時，任東宮學士，遷通直散騎侍郎。梁武帝太清二年（548），奉使東魏。梁簡文帝大寶元年（550）五月，東魏丞相高洋代魏稱帝，建北齊。徐陵滯留北方，屢求覆命，終拘留不遣。徐陵於是在北齊文宣帝天寶三年（552）撰寫本文給楊愔（字遵彥），請求遣返故國。《陳書．徐陵傳》：「遵彥竟不報書。」遲至天保六年（555），徐陵始隨蕭淵明返國，除尚書吏部郎，掌詔誥。

清・蔣士銓《忠雅堂評選《四六法海》》評：「祈請之書，至數千言，可謂嘔出心肝矣，然無一語失體。」又評：「沉雄之氣，略遜於子山，而頓宕風流，後來無比。」

錢・鍾書《管錐編》評：「徐陵〈與齊尚書僕射楊遵彥書〉，按：陵集中壓卷。使陵無他文，亦堪追蹤李陵報蘇武、楊惲答孫會宗，皆祇以一書傳矣。非僅陳籲，亦為詰難，析之以理，復動之以情，強抑氣之憤而仍山湧，力挫詞之銳而尚劍銛。『未喻』八端，援據切當，倫脊分明，有物有序之言，彩藻華縟而博辯縱橫，譬之佩玉瓊琚，未妨走趨，隸事工而論事暢。後世古文家攻擊駢文，駢文家每以此篇為墨守之帶若堞焉。」

作者

徐陵（507—583），字孝穆，東海郯（今江蘇鎮江丹徒）人也。祖超之，齊鬱林太守，梁員外散騎常侍。父摛，梁戎昭將軍、太子左衛率，贈侍中、太子詹事，謚貞子。母臧氏，嘗夢五色雲化而為鳳，集左肩上，已而誕陵焉。時寶志上人者，世稱其有道，陵年數歲，家人攜以候之，寶志手摩其頂，曰：「此天上石麒麟也。」光宅惠雲法師每嗟陵早成就，謂之「當世顏回」。八歲能屬文，十二通《莊》、《老》義。既長，博涉史籍，縱橫有口辯。

梁武帝蕭衍時期，任東宮學士，常出入禁闥，遷通直散騎侍郎。後奉使魏朝，適齊受魏禪，被留甚久。及南還不久，而陳受梁禪，遂仕於陳。累官御史中丞、太子太傅、尚書左僕射、中書監等職。陵器局深遠，容止可觀，性又清簡，無所營樹，祿俸與親族共之。自有陳創業，文檄軍書，及禪授詔策，皆陵所製。所為駢儷，緝裁巧密，輕靡綺豔，卓有新意，與被留北周之庾信齊名，並稱「徐庾」，與北朝郭茂倩並稱「樂府雙璧」。至德元年謝世，謚曰章，時年七十七，墓位於東平（今江蘇句容北）梯門鄉東瓦莊村東南山峪內，三面環山。遺有《徐孝穆集》六卷、《玉臺新詠》十卷行世。

10. 哀江南賦

庾信

選文

我之掌庾承周，以世功而爲族；經邦佐漢，用論道而當官。稟嵩華之玉石，潤河洛之波瀾。居負洛而重世，邑臨河而宴安。逮永嘉之艱虞，始中原之乏主。民枕倚於牆壁，路交橫於豺虎。值五馬之南奔，逢三星之東聚。彼凌江而建國，始播遷於吾祖。分南陽而賜田，裂東嶽而胙土。誅茅宋玉之宅，穿徑臨江之府。

水木交運，山川崩竭。家有直道，人多全節。訓子見於純深，事君彰於義烈。新野有生祠之廟，河南有胡書之碣。況乃少微眞人、天山逸民，階庭空谷，門巷蒲輪。移談講樹，就簡書筠。降生世德，載誕貞臣。文詞高於甲觀，楷模盛於漳濱。嗟有道而無鳳，歎非時而有麟。既奸回之贔匿，終不悅於仁人。

王子濱洛之歲，蘭成射策之年。始含香於建禮，仍矯翼於崇賢。遊洊雷之講肆，齒明離之冑筵。既傾蠡而酌海，遂測管而窺天。方塘水白，釣渚池圓。侍戎韜於武帳，聽雅曲於文弦。乃解懸而通籍，遂崇文而會武。居笠轂而掌兵，出蘭池而典午。論兵於江漢之君，拭玉於西河之主。

於時朝野歡娛，池臺鐘鼓。里爲冠蓋，門成鄒魯。連茂苑於海陵，跨橫塘於江浦。東門則鞭石成橋，南極則鑄銅爲柱。橘則園植萬株，竹則家封千户。西賮浮玉，南琛沒羽。吳歈越吟、荊豔楚舞。草木之遇陽春，魚龍之逢風雨。五十年中，江表無事。王歙爲和親之侯，班超爲定遠之使。馬武無預於兵甲，馮唐不論於將帥。豈知山嶽闇然，江湖潛沸。漁陽有閭左戍卒，離石有將兵都尉。

天子方刪詩書，定禮樂，設重雲之講，開士林之學。談劫燼之灰飛，辨長星之夜落。地平魚齒，城危獸角。臥刁斗於滎陽，絆龍媒於平樂。宰衡以干戈爲兒戲，縉紳以清談爲廟略。乘潰水以膠船，馭奔駒以朽索。小人則將及水火，君子則方成猿鶴。敝箄不能救鹽池之鹹，阿膠不能止黃河之濁。既而魴魚赬尾，四郊多壘。殿狎江鷗，宮鳴野雉。湛盧去國，艅艎失水。見被髮於伊川，知百年而爲戎矣。

彼奸逆之熾盛，久遊魂而放命。大則有鯨有鯢，小則爲梟爲獍。負其牛羊之力，兇其水草之性。非玉燭之能調，豈璿璣之可正。值天下之無爲，尚有欲於羈縻。飲其琉璃之酒，賞其虎豹之皮。見胡柯於大廈，識烏卵於條枝。豺牙密厲，虺毒潛吹。輕九鼎而欲問，聞三川而遂窺。

始則王子召戎，奸臣介胄。既官政而離逷，遂師言而泄漏。望廷尉之逋囚，反淮南之窮寇。出狄泉之蒼鳥，起橫江之困獸。地則石鼓鳴山，天則金精動宿。北闕龍吟，東陵麟鬥。爾乃桀黠橫扇，馮陵畿甸。擁狼望於黃圖，填盧山於赤縣。青袍如草，白馬如練。天子履端廢朝，單于長圍高宴。兩觀當戟，千門受箭。白虹貫日，蒼鷹擊殿。竟遭夏臺之禍，終視堯城之變。官守無奔問之人，干戚非平戎之戰。陶侃空爭米船，顧榮虛搖羽扇。

將軍死綏，路絕長圍。烽隨星落，書逐鳶飛。遂乃韓分趙裂，鼓臥旗折。失群班馬，迷輪亂轍。猛士嬰城，謀臣捲舌。昆陽之戰象走林，常山之陣蛇奔穴。五郡則兄弟相悲，三州則父子離別。

護軍慷慨，忠能死節。三世爲將，終於此滅。濟陽忠壯，身參末將。兄弟三人，義聲俱唱。主辱臣死，名存身喪。狄人歸元，三軍悽愴。尚書多算，守備是長。雲梯可拒，地道能防。有齊將之閉壁，無燕師之臥牆。大事去矣，人之云亡。

申子奮發，勇氣咆勃。實總元戎，身先士卒。冑落魚門，兵填馬窟。屢犯通中，頻遭刮骨。功業夭枉，身名埋沒。或以隼翼鷃披，虎威狐假。沾漬鋒鏑，脂膏原野。兵弱虜強，城孤氣寡。聞鶴唳而心驚，聽胡笳而淚下。拒神亭而亡戟，臨橫江而棄馬。崩於鉅鹿之沙，碎於長平之瓦。

於是桂林顛覆，長洲麋鹿。潰潰沸騰，茫茫墋黷。天地離阻，神人慘酷。晉、鄭靡依，魯、衛不穆。競動天關，爭迴地軸。探雀鷇而未飽，待熊蹯而詎熟。乃有車側郭門，筋懸廟屋。鬼同曹社之謀，人有秦庭之哭。

爾乃假刻璽於關塞，稱使者之酬對。逢鄂坂之譏嫌，值彤門之徵稅。乘白馬而不前，策青騾而轉礙。吹落葉之扁舟，飄長風於上游。彼鋸牙而鉤爪，又循江而習流。排青龍之戰艦，鬥飛燕之船樓。張遼臨於赤壁，王濬下於巴丘。乍風驚而射火，或箭重而回舟。未辨聲於黃蓋，已先沉於杜侯。落帆黃鶴之浦，藏船鸚鵡之洲。路已分於湘、漢，星猶看於斗、牛。

若乃陰陵失路，釣臺斜趣。望赤壁而沾衣，艤烏江而不渡。雷池柵浦，鵲陵焚戍。旅舍無煙，巢禽無樹。謂荊、衡之杞梓，庶江、漢之可恃。淮海維揚，三千餘里。過漂渚而寄食，託蘆中而渡水。届於七澤，濱於十死。嗟天保之未定，見殷憂之方始。本不達於危行，又無情於祿仕。謬掌衛於中軍，濫尸丞於御史。

信生世等於龍門，辭親同於河洛。奉立身之遺訓，受成書之顧託。昔三世而無慚，今七葉而始落。泣風雨於〈梁山〉，惟枯魚之銜索。入欹斜之小徑，掩蓬藋之荒扉。就汀洲之杜若，待蘆葦之單衣。

於是西楚霸王，劍及繁陽。鏖兵金匱，校戰玉堂。蒼鷹、赤雀、鐵舳、牙檣。沉白馬而誓眾，負黃龍而渡江。海潮迎艦，江萍送王。戎車屯於石城，戈船掩於淮、泗。諸侯則鄭伯前驅，盟主則荀罃暮至。剖巢燻穴，奔魑走魅。埋長狄於駒門，斬蚩尤於中冀。燃腹爲燈，飲頭爲器。直虹貫壘，長星屬地。昔之虎踞龍盤，加以黃旗紫氣，莫不隨狐兔而窟穴，與風塵而殄瘁。

西瞻博望，北臨玄圃，月榭風臺，池平樹古。倚弓於玉女窗扉，繫馬於鳳凰樓柱。仁壽之鏡徒懸，茂陵之書空聚。若夫立德立言，謨明寅亮。聲超於繫表，道高於河上。更不遇於浮丘，遂無言於師曠。以愛子而託人，知西陵而誰望？非無北闕之兵，猶有雲臺之仗。司徒之表裡經綸，狐偃之惟王實勤。橫琱戈而對霸主，執金鼓而問賊臣。平吳之功，壯於杜元凱；王室是賴，深於溫太眞。始則地名全節，終則山稱枉人。南陽校書，去之已遠；上蔡逐獵，知之何晚？鎭北之負譽矜前，風飆凜然。水神遭箭，山靈見鞭。是以蟄熊傷馬，浮蛟沒船。才子並命，俱非百年。

中宗之夷凶靖亂，大雪冤恥。去代邸而承基，遷唐郊而纂祀。反舊章於司隸，歸餘風於正始。沉猜則方騁其欲，藏疾則自矜於己。天下之事沒焉，諸侯之心搖矣。既而齊交北絕，秦患西起。況背關而懷楚，異端委而開吳。驅綠林之散卒，拒驪山之叛徒。營軍梁溠，蒐乘巴渝。問諸淫昏之鬼，求諸厭劾之符。荊門遭廪筵之戮，夏口濫逵泉之誅。蔑因親以教愛，忍和樂於彎弧。既無謀於肉食，非所望於《論都》。未深思於五難，先自擅於三端。登陽城而避險，臥砥柱而求安。既言多於忌刻，實志勇而形殘。但坐觀於時變，本無情於急難。地惟黑子，城猶彈丸。其怨則黷，其盟則寒。豈冤禽之能塞海，非愚叟之可移山。況以沴氣朝浮，妖精夜隕。赤烏則三朝夾日，蒼雲則七重圍軫。亡吳之歲既窮，入郢之年斯盡。

周含鄭怒，楚結秦冤。有南風之不競，值西鄰之責言。俄而梯衝亂舞，冀馬雲屯。僆秦軍於暢轂，沓漢鼓於雷門。下陳倉而連弩，渡臨晉而横船。雖復楚有七澤，人稱三户。箭不麗於六麋，雷無驚於九虎。辭洞庭兮落木，去涔陽兮極浦。熾火兮焚旗，貞風兮害蠱。乃使玉軸揚灰，龍文折柱。

下江餘城，長林故營。徒思拑馬之秣，未見燒牛之兵。章曼支以轂走，宮之奇以族行。河無冰而馬渡，關未曉而雞鳴。忠臣解骨，君子吞聲。章華望祭之所，雲夢僞遊之地。荒谷縊於莫敖，冶父囚於群帥。硎阱折拉，鷹鸇批擠。冤霜夏零，憤泉秋沸。城崩杞婦之哭，竹染湘妃之淚。

水毒秦涇，山高趙陘。十里五里，長亭短亭。饑隨蟄燕，暗逐流螢。秦中水黑，關上泥青。於時瓦解冰泮，風飛電散。渾然千里，淄、澠一亂。雪暗如沙，冰横似岸。逢赴洛之陸機，見離家之王粲。莫不聞隴水而掩泣，向關山而長歎。況復君在交河，妾在青波，石望夫而逾遠，山望子而逾多。才人之憶代郡，公主之去清河。栩陽亭有離別之賦，臨江王有愁思之歌。別有飄颻武威，羈旅金微。班超生而望返，溫序死而思歸。李陵之雙鳧永去，蘇武之一雁空飛。

若江陵之中否，乃金陵之禍始。雖借人之外力，實蕭牆之內起。撥亂之主忽焉，中興之宗不祀。伯兮叔兮，同見戮於猶子。荊山鵲飛而玉碎，隋岸蛇生而珠死。鬼火亂於平林，殤魂遊於新市。梁故豐徙，楚實秦亡。不有所廢，其何以昌？有嬀之後，將育於姜。輸我神器，居爲讓王。天地之大德曰生，聖人之大寶曰位。用無賴之子弟，舉江東而全棄。惜天下之一家，遭東南之反氣。以鶉首而賜秦，天何爲而此醉？

且夫天道迴旋，生民預焉。余烈祖於西晉，始流播於東川。洎余身而七葉，又遭時而北遷。提挈老幼，關河累年。死生契闊，不可問天。況復零落將盡，靈光巋然！日窮於紀，歲將復始。逼切危慮，端憂暮齒。踐長樂之神皋，望宣平之貴里。渭水貫於天門，驪山迴於地市。幕府大將軍之愛客，丞相平津侯之待士。見鐘鼎於金、張，聞弦歌於許、史。豈知灞陵夜獵，猶是故時將軍；咸陽布衣，非獨思歸王子。

題解

本文錄自庾信著，倪璠注，許逸民校點《庾子山集注》。《楚辭．招魂》：「目極千里兮傷春心，魂兮歸來哀江南。」本文篇題蓋本於此。〈哀江南賦〉前有序文，已編於本書〈正編〉，茲不重複。

梁元帝承聖三年（554），庾信奉命由江陵出使西魏，前往長安。西魏于瑾、楊忠、宇文護等率軍五萬，攻陷江陵，梁元帝被殺殉國，梁朝淪亡。庾信遭逢亡國之痛，被迫滯留北方，後來又不得已而出仕西魏、北周，終其一生，都無法再回到南方。〈哀江南賦並序〉作於陳武帝永定元年（557）。《周書．庾信傳》載：「信雖位望通顯，常有鄉關之思，乃作〈哀江南賦〉，以致其意。」杜甫〈詠懷古跡五首．其一〉說：「庾信生平最蕭瑟，暮年詩賦動江關。」都說明了〈哀江南賦並序〉是庾信暮年感懷身世，抒發鄉愁，哀傷家國淪亡之作。

作者

庾信（513—581），字子山，祖籍南陽新野（今河南新野）。早年與父肩吾以及徐摛、徐陵父子並為梁宮廷學士，文體綺豔，號「徐庾體」。梁元帝時出使西魏被留，以後歷仕西魏、北周，隋開皇元年卒。在入北之初約十年內，由於處境艱難、生活貧困以及對故國之思，寫下大量感人至深之詩賦，風格也一變而為蒼涼沉鬱，有極高之藝術成就。被推為六朝集大成之作家，對唐人詩賦影響至鉅。所遺《庾子山集》，清・倪璠有注。

11. 奉天改元大赦制

陸贄

選文

門下：致理興化，必在推誠。忘己濟人，不吝改過。朕嗣守丕構，君臨萬方，失守宗祧，越在草莽。不念率德，誠莫追於既往；永言思咎，期有復於將來，明徵厥初，以示天下。

惟我烈祖，邁德庇人，致俗化於和平，拯生靈於塗炭。重熙積慶，垂二百年。伊爾卿尹庶官，洎億兆之眾，代受亭育，以迄於今。功存於人，澤垂於後。肆予小子，獲纘鴻業，懼德不嗣，罔敢怠荒。然以長於深宮之中，暗於經國之務，積習易溺，居安忘危。不知稼穡之艱難，不察征戍之勞苦。澤靡下究，情不上通。事既壅隔，人懷疑阻。猶昧省己，遂用興戎。徵師四方，轉餉千里。賦車籍馬，遠近騷然。行齎居送，眾庶勞止。或一日屢交鋒刃，或連年不解甲胄。祀奠乏主，室家靡依。生死流離，怨氣凝結。力役不息，田萊多荒。暴命峻於誅求，疲甿空於杼軸。轉死溝壑，離去鄉閭。邑里丘墟，人煙斷絕。天譴於上而朕不悟，人怨於下而朕不知。馴至亂階，變興都邑。賊臣乘釁，肆逆滔天。曾莫愧畏，敢行凌逼。萬品失序，九廟震驚。上辱於祖宗，下負於黎庶。痛心靦貌，罪實在予。永言愧悼，若墜深谷。賴天地降祐，神人叶謀，將相竭誠，爪牙宣力，屏逐大盜，載張皇維。將弘永圖，必布新令。

朕晨興夕惕，惟念前非。乃者公卿百寮，累抗章疏，猥以徽號，加於朕躬。固辭不獲，俯遂輿議。昨因内省，良用瞿然。體陰陽不測之謂神，與天地合德之謂聖。顧惟淺昧，非所宜當。文者所以成化，武者所以定亂。今化之不被，亂是用興，豈可更徇群情，苟膺虛美？重余不德，祇益懷慚。自今以後，中外所書奏，不得更稱聖神文武之號。

夫人情不常，繫於時化。天道既隱，亂獄滋豐。朕既不能弘德導人，又不能一法齊眾，苟設密網，以羅非辜，爲之父母，實增愧悼。今上元統曆，獻歲發生，宜革紀年之號，式敷在宥之澤，與人更始，以答天休。可大赦天下，改建中五年爲興元元年。自正月一日昧爽以前，大辟罪已下，罪無輕重，咸赦除之。

李希烈、田悅、王武俊、李納等，有以忠勞任膺將相，有以勳舊繼守藩維。朕撫馭乖方，信誠靡著，致令疑懼，不自保安。兵興累年，海内騷擾，皆由上失其道，下罹其災。朕實不君，人則何罪？屈己弘物，予何愛焉？庶懷引慝之誠，以洽好生之德。其李希烈、田悅、王武俊、李納及所管將士、官吏等，一切並與洗滌，各復爵位，待之如初。仍即遣使，分道宣諭。朱滔雖與賊泚連坐，路遠未必同謀。朕方推以至誠，務欲弘貸，如能效順，亦與惟新。其河南、北諸軍兵馬，並宜各於本道，自固封疆，勿相侵軼。

朱泚大爲不道，棄義蔑恩，反易天常，盜竊名器。暴犯陵寢，所不忍言；獲罪祖宗，朕不敢赦。其應被朱泚脅從將士、官吏、百姓及諸色人等，有遭其扇誘，有迫以兇威，苟能自新，理可矜宥。但官軍未到京城以前，能去逆效順，及散歸本道者，並從赦例原免，一切不問。

天下左降官，即與量移近處。已量移者，更與量移。流人配隸，及藩鎮效力，並緣罪犯，與諸使驅使官，兼別敕諸州縣安置，及得罪人家口未得歸者，一切放還。應先有痕累禁錮，及反逆緣坐，承前恩赦所不該者，並宜洗雪。亡官失爵，放歸勿齒者，量加收敘。人之行業，或未必兼。構大廈者，方集於群材；建奇功者，不限於常檢，苟在適用，則無棄人。況黜免之人，沉鬱既久，朝過夕改，仁何遠哉？流移降黜、亡官失爵、配隸人等，有材能著聞者，特加錄用，勿拘常例。

諸軍使諸道赴奉天及進收京城將士等，或百戰摧敵，或萬里勤王，扞固全城，驅除大憝。濟危難者其節著，復社稷者其業崇。我圖爾功，特加彝典，錫名疇賦，永永無窮。宜並賜名「奉天定難功臣」。身有過犯，遞減罪三等；子孫有過犯，遞減罪二等。當户應有差科使役，一切蠲免。其功臣已後，雖衰老疾患，不任軍旅，當分糧賜，並宜全給。身死之後，十年内仍回給家口。其有食實封者，子孫相繼，代代無絕。其餘敘錄及功賞條件，待收京日，並準去年十月十七日、十一月十四日敕處分。諸道、諸軍將士等，久勤扞禦，累著功勳。方鎮克寧，惟爾之力。其應在行營者，並超三資與官，仍賜勳五轉。不離鎮者，依資與官，賜勳三轉。其累加勳爵，仍許回授周親。內外文武官，三品已上，賜爵一級；四品已上，各加一階，仍並賜勳兩轉。

見危致命，先哲攸貴；掩骼薶胔，禮典所先。雖效用而或殊，在惻隱而何間。諸道將士，有死王事者，各委所在州縣，給遞送歸。本管官為葬祭。其有因戰陣殺戮，及擒獲伏辜、暴骨原野者，亦委所在，逐近便收葬。應緣流貶及犯罪未葬者，並許其家各據本官品以禮收葬。

自頃軍旅所給，賦役繁興，吏因為姦，人不堪命。咨嗟怨歎，道路無聊。汔可小康，與之休息。其墊陌及稅間架、竹、木、茶、漆、榷鐵等，諸色名目，悉宜停罷。京畿之內，屬此寇戎，攻劫焚燒，靡有寧室。王師仰給，人以重勞。特宜減放今年夏稅之半。朕以凶醜犯闕，遽用於征，爰度近郊，息駕茲邑。軍儲克辦，師旅攸寧。式當褒旌，以志吾過。其奉天宜升為赤縣，百姓並給復五年。

尚德者，教化之所先；求賢者，邦家之大本。永言茲道，夢想勞懷。而澆薄之風，趨競不息。幽棲之士，寂寞無聞。蓋誠所未孚，故求之未至。天下有隱居行義，才德高遠，晦跡丘園，不求聞達者，委所在長吏，具姓名聞奏，當備禮邀致。諸色人中，有賢良方正，能直言極諫，及博通墳典，達於教化，並洞識韜鈐，堪任將帥者，委常參官及所在長吏聞薦。天下孤老鰥寡惸獨不能自活者，並委州縣長吏量事優恤。其年九十已上者，刺史、縣令就門存問。義夫、節婦、孝子、順孫，旌表門閭，終身勿事。

大兵之後，內外耗竭。貶食省用，宜自朕躬。當節乘輿之服御，絕宮室之華飾，率己師儉，為天下先。諸道貢獻，自非供宗廟軍國之用，一切並停。應內外官有冗員，及百司有不急之費，委中書門下，即商量條件，停減聞奏。

布澤行賞，仰惟舊章。今以餘孽未平，帑藏空竭，有乖慶賜，深愧於懷。

赦書有所未該者，委所司類例條件聞奏。敢以赦前事相言告者，以其罪罪之。亡命山澤，挾藏軍器，百日不首，復罪如初。赦書日行五百里，布告遐邇，咸使聞知。

題解

本文錄自陸贄著，王素點校《陸贄集》。為唐德宗興元元年（784）所頒布之赦書。唐朝自安史之亂後，藩鎮跋扈，幾無寧日。德宗即位，魏博、盧龍、成德、淄青四鎮位於河北，不服朝廷，聯合謀反，各自稱王。建中三年（782），淮西節度使李希烈自稱天下都元帥建興王，其後復進稱楚帝，中原擾攘，天下震動。建中四年（783），李希烈攻陷汝州，進圍襄城，德宗命涇原節度使姚令言率軍東援襄城。姚令言軍過長安，師次滻水，京兆尹王翃犒師，所備皆粗糲之食，軍士大怒曰：「吾輩將死於敵，而食且不飽，安能以微命拒白刃耶？聞瓊林、大盈二庫，金帛盈溢，不如相與取之。」於是鼓譟叛變，攻進長安，恣意劫掠。德宗與王貴妃、韋淑妃、太子、諸王等出幸奉天

（今陝西乾縣）。叛軍擁立前隴右節度使朱泚，朱泚遂僭稱帝，國號秦，改元應天，以姚令言為侍中關內元帥，自引叛軍，攻德宗於奉天。金吾大將軍渾瑊，率軍守城，情勢相當危急。當時群臣昧於時勢，猶奏請加尊號以應厄運。陸贄則謂：「陛下宜痛自引過，以感人心……陛下誠能以言謝天下，使書詔無所避忌，庶令反側之徒，革心向化。」爰撰本文，示德宗悔過引咎之意，頒行天下。驕兵悍將，讀之泣下，朝野士氣，為之大振。朔方節度使李懷光敗朱泚兵於澧泉，遂解奉天之圍。

《舊唐書．陸贄傳》載：「李抱真入朝，奏曰：『陛下幸奉天山南時，赦書至山東，宣諭之時，士卒無不感泣。臣見人情如此，知賊不足平也。』」

陸贄著，王素點校《陸贄集》引馬傳庚評語：「罪己以收人心，赦過以安天下。曠典備舉，闓澤覃敷。大哉王言，規模宏遠矣。」

作者

陸贄，字敬輿，唐嘉興（今浙江嘉興）人。生於唐玄宗天寶十三載（754），卒於唐順宗永貞元年（805），年五十二。

陸贄少孤，特立不群，賦性忠藎，雅好儒學。年十八，登進士第，以博學宏詞登科，授華州鄭縣尉。罷秩，東歸。壽州（今安徽壽縣）刺史張鎰有時名，贄往謁之，張鎰留之三日，再見與語，稱賞之，請結忘年之契。後以書判拔萃，選授渭南縣主簿，遷監察御史。德宗居東宮時，素知其名，即位後，召陸贄為翰林學士，甚見親任，雖有宰相，而謀猷參決，多出於贄，時號內相。德宗建中四年（783），朱泚亂作，贄從駕幸奉天（今陝西乾縣），時天下叛亂，一日之內，詔書數百，贄揮翰起草，思如泉注，初若不經思慮，既成之後，莫不曲盡事情。是以行在詔書始頒，雖武夫悍卒，皆感激涕下。累遷考功郎中、諫議大夫。德宗貞元八年（792），以陸贄為中書侍郎、門下同平章事，陸贄精於吏事，斟酌剖決，不爽錙銖。貞元十年（794）十二月，除太子賓客，罷知政事。貞元十一年（795）春，遭逢旱災，邊軍芻粟不給，戶部侍郎裴延齡誣贄與張滂、李充等鼓煽軍情，貶忠州別駕。贄居忠州十年，常閉關靜處，韜光養晦。家居瘴鄉，人多癘疫，乃鈔撮方書，為《陸氏集驗方》五十卷。順宗立，召還，詔未至而陸贄卒。贈兵部尚書，謚曰「宣」。著有《翰苑集》。

12. 花間集敘

歐陽炯

選文

鏤玉雕瓊，擬化工而迥巧；裁花翦葉，奪春豔以爭鮮。是以唱《雲謠》則金母詞清，挹霞醴則穆王心醉。名高〈白雪〉，聲聲而自合鸞歌；響遏青雲，字字而偏諧鳳律。〈楊柳〉、〈大堤〉之句，樂府相傳；〈芙蓉〉、〈曲渚〉之篇，豪家自製。莫不爭高門下，三千玳瑁之簪；競富樽前，數十珊瑚之樹。

則有綺筵公子、繡幌佳人，遞葉葉之花牋，文抽麗錦；舉纖纖之玉指，拍按香檀。不無清絕之辭，用助嬌嬈之態。自南朝之宮體，扇北里之倡風。何止言之不文，所謂秀而不實。

有唐已降，率土之濱，家家之香徑春風，寧尋越豔；處處之紅樓夜月，自鎖嫦娥。在明皇朝，則有李太白應制〈清平樂詞〉四首。近代溫飛卿復有《金筌集》。邇來作者，無愧前人。

今衛尉少卿字弘基，以拾翠洲邊，自得羽毛之異；織綃泉底，獨殊機杼之功。廣會眾賓，時延佳論。因集近來詩客曲子詞五百首，分爲十卷。以炯麤預知音，辱請命題，仍爲序引。昔郢人有歌〈陽春〉者，號爲絕唱。乃命之爲《花間集》，庶以〈陽春〉之曲，將使西園英哲，用資羽蓋之歡；南國嬋娟，休唱蓮舟之引。

時大蜀廣政三年夏四月日歐陽炯敘。

題解

本文錄自文淵閣《四庫全書．集部．詞曲類．詞選之屬．花間集》。《花間集》，後蜀趙崇祚編，詞的總集以此為最早，收錄晚唐五代十八位詞人之作品。所錄詞作，自唐文宗開成元年（836）起，至後蜀廣政三年（940），亦即晉高祖天福五年，凡五百首。陳振孫《直齋書錄解題》譽之為「倚聲填詞之祖」。民國以來，李冰若有《花間集評注》，蕭繼宗有《花間集校注》，陳慶煌有《花間集校注》，沈祥源、傅生文有《花間集新注》，李冬紅著《《花間集》接受史論稿》，可參閱。

作者

歐陽炯，五代益州華陽（今四川華陽）人，生於唐昭宗乾寧三年（896），卒於宋太祖開寶四年（971），年七十六。

歐陽炯少事前蜀主王衍，為中書舍人。前蜀亡，隨王衍至洛陽，歸後唐，補秦州從事。孟知祥鎮成都，歐陽炯復歸蜀。孟知祥建後蜀，以歐陽炯為中書舍人。後主孟昶廣政十二年（922），任翰林學士，廣政二十四年（934）拜門下侍郎兼戶部尚書、平章事，監修國史。宋太祖乾德三年（965），後蜀亡，歐陽炯隨孟昶歸宋，官翰林學士，轉左散騎常侍，後分司西京。開寶四年（971）卒，贈工部尚書。

歐陽炯個性坦率，能文章，工詩詞，雅善長笛，為花間詞派詞人。其詞婉約輕豔。《全唐詩》收錄其詞四十八首。

Note

- 轉——推所應讓之人
  - 推薦賢士——李喜、魯芝、李胤，服事華髮，以禮終始。
  - 謙退自持——誓心守節，無苟進之志。
- 結——乞留前恩，盼察其志
  - 使臣速還屯所，以免外虞。
  - 不勝憂懼，觸冒拜表。
  - 惟陛下察其志不可奪。

附錄二

1.〈薦禰衡表〉文章結構表

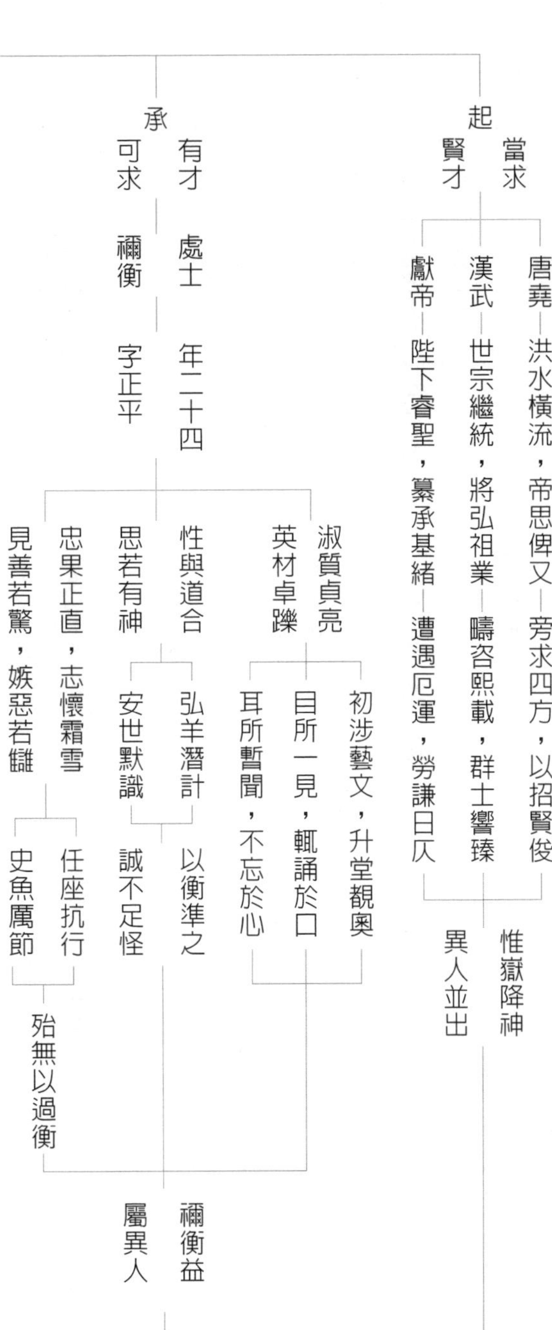

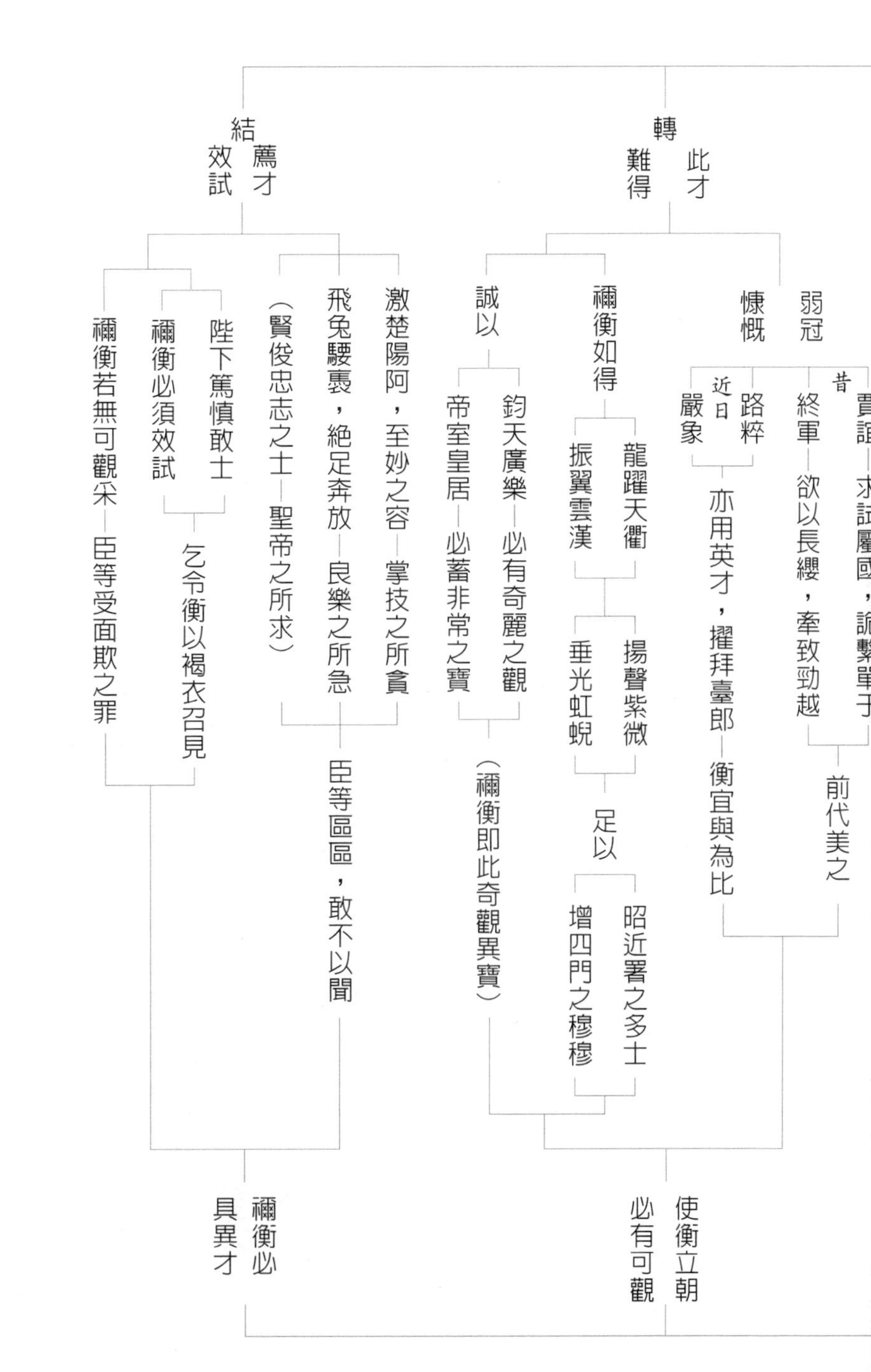
轉
此才
難得
弱冠
慷慨
昔
賈誼—求試屬國，詭繫單于
終軍—欲以長纓，牽致勁越
前代美之
路粹
近日
嚴象
亦用英才，擢拜臺郎—衡宜與為比
禰衡如得
龍躍天衢
振翼雲漢
揚聲紫微
垂光虹蜺
足以
昭近署之多士
增四門之穆穆
誠以
鈞天廣樂—必有奇麗之觀
帝室皇居—必蓄非常之寶
（禰衡即此奇觀異寶）
使衡立朝
必有可觀
結
薦才
效試
激楚陽阿，至妙之容—掌技之所貪
飛兔騕褭，絕足奔放—良樂之所急
（賢俊忠志之士—聖帝之所求）
臣等區區，敢不以聞
陛下篤慎取士
禰衡必須效試
乞令衡以褐衣召見
禰衡若無可觀采—臣等受面欺之罪
禰衡必
具異才

2.〈讓開府表〉文章結構表

- 起—誡寵過，守臣節
  - 陳述事由—伏聞恩詔，拔臣使同臺司。
  - 說明心情—極顯重之地，常以榮為憂。
  - 引述古語—臣聞古人之言：德未為衆所服……勞臣不勸。
  - 辭讓恩寵—先遜舊寵（誡在寵過），再讓新恩（無功可堪）。
  - 強調臣節—大臣之節，不可則止。
- 承—謙言用己之失
  - 側席求賢—天下初定，側席求賢。
  - 遺才未薦—遺德隱才，未盡舉薦。
  - 謬擢之失—用臣不以為非，臣自處不以為愧，所失大矣。

- 仰睇天路，府促鳴弦—神儀嫵媚，舉止詳妍

- 承
  - 清音感余
    - 激清音以感余，願接膝以交言
    - 欲自往以結誓，懼冒禮之為嗇
    - 待鳳鳥以致辭，恐他人之我先
    - 意惶惑而靡寧，魂須臾而九遷
  - 十願
    - 願在衣而為領，承華首之餘芳—悲羅襟之宵離，怨秋夜之未央
    - 願在裳而為帶，束窈窕之纖身—嗟溫涼之異氣，或脫故而服新
    - 願在髮而為澤，刷玄鬢於頹肩—悲佳人之屢沐，從白水以枯煎
    - 願在眉而為黛，隨瞻視以閒揚—悲脂粉之尚鮮，或取毀於華妝
    - 願在莞而為席，安弱體於三秋—悲文茵之代御，方經年而見求
    - 願在絲而為履，附素足以周旋—悲行止之有節，空委棄於床前
    - 願在晝而為影，常依形而西東—悲高樹之多蔭，慨有時而不同
    - 願在夜而為燭，照玉顏於兩楹—悲扶桑之舒光，奄滅景而藏明
    - 願在竹而為扇，含淒飆於柔握—悲白露之晨零，顧襟袖以緬邈
    - 願在木而為桐，作膝上之鳴琴—悲樂極以哀來，終推我而輟音

3.〈豪士賦序〉文章結構表

- 起—功不足矜
  - 主旨—庸人遇時，亦可成功。
  - 議論—夫立德之基有常……豐約唯所遭遇。
  - 設喻
    - 落葉俟微風以隕，而風之力蓋寡。
    - 孟嘗遭雍門而泣，而琴之感以末。
  - 收束
    - 苟時啓於天……斗筲可以定烈士之業。
    - 故曰：才不半古，而功已倍之，蓋得之於時勢也。
- 承—功高位重 實不易居
  - 主旨—功高位重之地，實不易居。
  - 引證—（虛筆）歷觀古今，徼一時之功而居伊周之位者有矣。
  - 議論
    - 自我肯定之盲點—夫我之自我……任出才表者哉。
    - 天不可讎—且好榮惡辱……天可讎乎。
    - 引證（實筆）
      - 袨服荷戟，立於廟門之下。
      - 援旗誓眾，奮於阡陌之上。
  - 收束
    - 逼進一層—況乎代主制命，自下裁物者哉。
    - 再襯一筆—廣樹恩不足以敵怨，勤興利不足以補害。
    - 收束全段—故曰：代大匠斲者，必傷其手。
- 主旨—功高位重，聖賢處之，且遭疑謗，況今功在位者乎。政由甯氏，忠臣所為慷慨。

- 轉
  - 矜功怙位　必招疑謗
    - 舉例
      - 君奭鞅鞅，不悅公旦之舉
      - 高平師師，側目博陸之勢
        - 成王不遺嫌吝於懷。
        - 宣帝若負芒刺於背。
    - 申論
      - 光于四表，德莫富焉（承「君奭」）
      - 登帝大位，忠莫至焉（承「高平」）
        - 傾側顛沛，僅而自全。
    - 承論
      - 伊生抱明允以嬰戮
      - 文子懷忠敬而齒劍
        - 固其所也。
    - 收束
      - 篤聖穆親，大德至忠，不能取信人主而止謗。
      - 過此以往，惡覩其可。
      - 況乎運短才而易聖哲所難者哉。
  - 忌　功名過己　寵祿踰量
    - 主旨—功名之地，處之無道，必不免於禍敗。
    - 評述—身危由於勢過……暗成敗之有會。
    - 議論作結
      - 是以事窮運盡，必於顛仆，風起塵合，而禍至常酷也。
      - 聖人忌功名之過己，惡寵祿之踰量，蓋為此也。
- 結　豪士　應　超然引退
  - 主旨—揭出作賦諷諭之旨。
  - 議論
    - 引論，夫惡欲之大端……受生之分……唯此而已。
    - 正論—夫蓋世之業，名莫大焉……身逾逸而名逾劭。
    - 反論—此之不為，彼之必昧……荼毒之痛，豈不謬哉。
  - 作序緣由—故聊賦焉，庶使百世少有寤云。

4.〈閑情賦〉文章結構表

序
寫作緣起
初
張衡作定情賦
蔡邕作靜情賦
檢逸辭而宗澹泊
蕩思慮而歸閑正
將以
抑流宕之邪心
諒有助於諷諫
綴文之士
奕代繼作
並因觸類
廣其辭義
余
作賦自謙
園閭多暇，復染翰為之
雖文妙不足，庶不謬作者之意
起
瓌逸令姿
曠世秀群
表傾城之豔色，期有得於傳聞
佩鳴玉以比潔，齊幽蘭以爭芬
淡柔情於俗內，負雅志於高雲
悲晨曦之易夕，感人生之長勤
同一盡於百年，何歡寡而愁殷
褰朱幃而正坐，汎青瑟以自欣
送纖指之餘好，攘皓袖之繽紛
瞬美目以流眄，含言笑而不分
曲調將半，景落西軒
悲商叩林，白雲依山

行雲逝而無語，時奄冉而就過
徒勤思以自悲，終阻山而滯河
迎清風以袪累，寄弱志於歸波

結
閑邪存誠
尤〈蔓草〉之為會
誦〈邵南〉之餘歌
坦萬慮以存誠，憩遙情於八遐

5.〈為宋公修張良廟教〉文章結構表

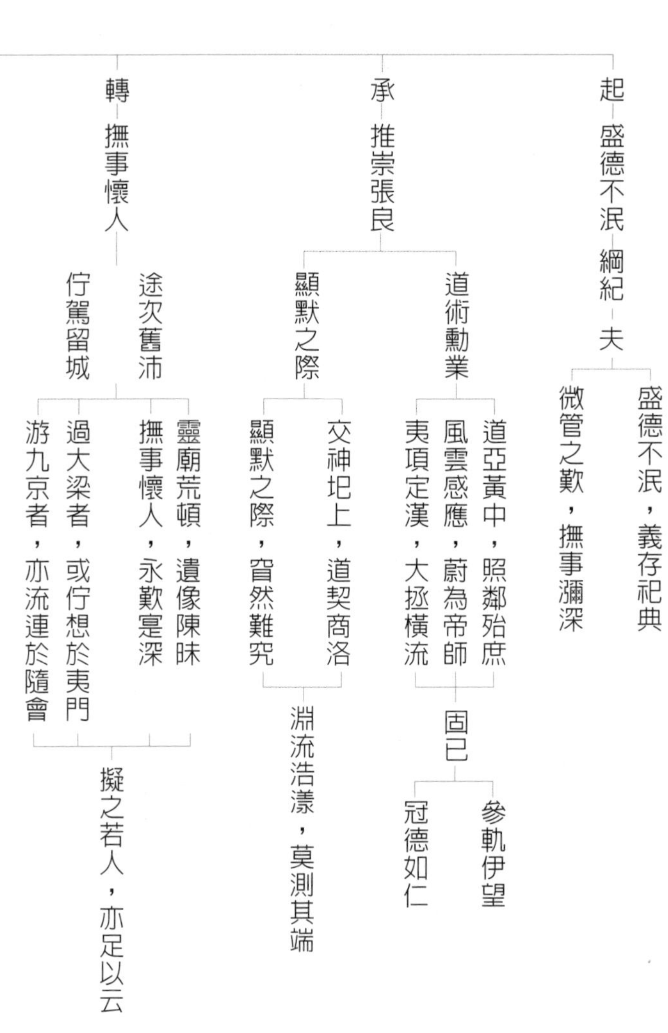

起
盛德不泯綱紀
夫
盛德不泯，義存祀典
微管之歎，撫事彌深
承
推崇張良
道術勳業
道亞黃中，照鄰殆庶
風雲感應，蔚為帝師
夷項定漢，大拯橫流
固已
參軌伊望
冠德如仁
顯默之際
交神圯上，道契商洛
顯默之際，窅然難究
淵流浩漾，莫測其端
轉
撫事懷人
途次舊沛
靈廟荒頓，遺像陳昧
撫事懷人，永歎寔深
佇駕留城
過大梁者，或佇想於夷門
游九京者，亦流連於隨會
擬之若人，亦足以云
改構棟宇，修飾丹青

「抒懷古之情，存不刊之烈」

- 轉
  - 事與願違 慘懍不安
    - 考所願而必違，徒契契以苦心
    - 擁勞情而罔訴，步容與於南林
    - 棲木蘭之遺露，翳青松之餘陰
    - 儻行行之有覿，交欣懼於中襟
    - 竟寂寞而無見，獨悁想以空尋
    - 斂輕裾以候路，瞻夕陽而流歎
    - 步徙倚以忘趣，色慘懍而矜顏
    - 葉燮燮以去條，氣淒淒而就寒
    - 日負影以偕沒，月媚景於雲端
    - 鳥悽聲以孤歸，獸索偶而不還
    - 悼當年之晚暮，恨茲歲之欲殫
    - 思宵夢以從之，神飄飄而不安
    - 若憑舟之失櫂，譬緣崖而無攀
  - 衆念徘徊 寄志歸波
    - 畢昴盈軒，北風淒淒
    - 炯炯不寐，眾念徘徊
    - 起攝帶以待晨，繁霜粲於素階
    - 雞斂翅而未鳴，笛流遠以清哀
    - 始妙密以閒和，終寥亮而藏摧
    - 意夫人之在茲，托行雲以送懷

7.〈北山移文〉文章結構表

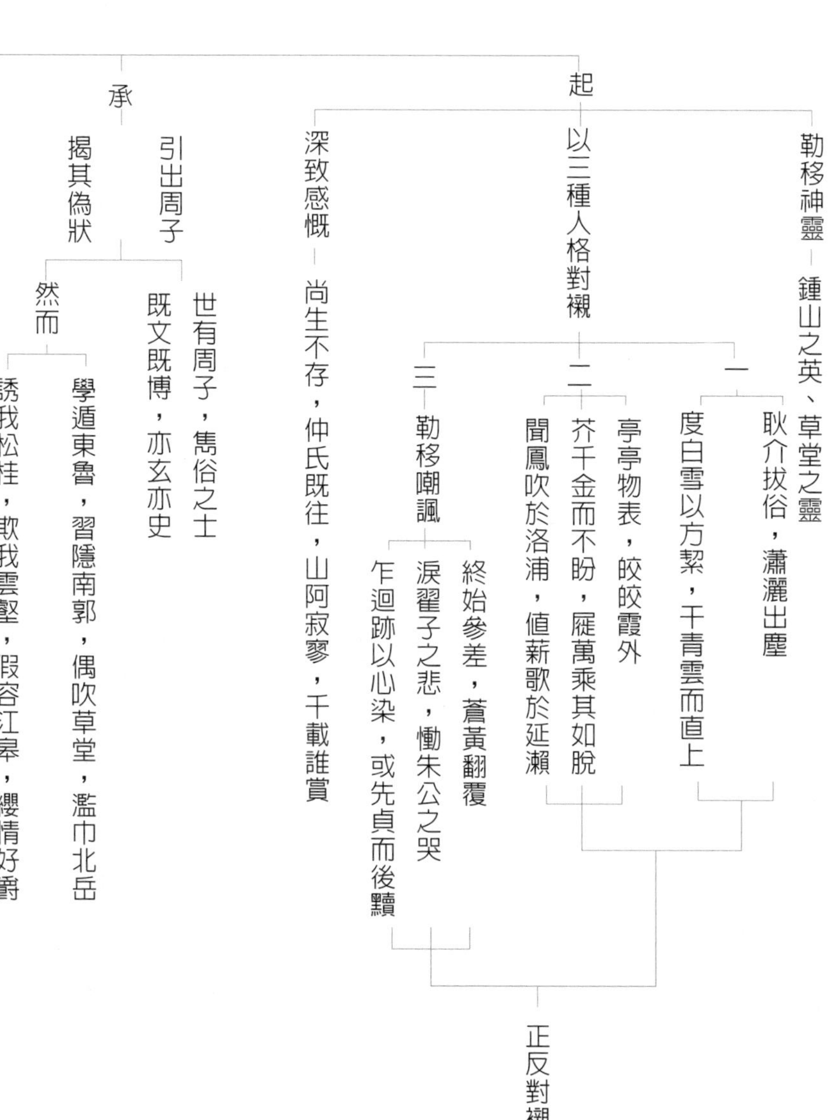
起
勒移神靈
鍾山之英、草堂之靈
一
耿介拔俗，瀟灑出塵
度白雪以方絜，干青雲而直上
以三種人格對襯
二
亭亭物表，皎皎霞外
芥千金而不盼，屣萬乘其如脫
聞鳳吹於洛浦，值薪歌於延瀨
三
勒移嘲諷
終始參差，蒼黃翻覆
淚翟子之悲，慟朱公之哭
乍迴跡以心染，或先貞而後黷
正反對襯
深致感慨
尚生不存，仲氏既往，山阿寂寥，千載誰賞
承
引出周子
世有周子，雋俗之士
既文既博，亦玄亦史
揭其偽狀
然而
學遁東魯，習隱南郭，偶吹草堂，濫巾北岳
誘我松桂，欺我雲壑，假容江皋，纓情好爵

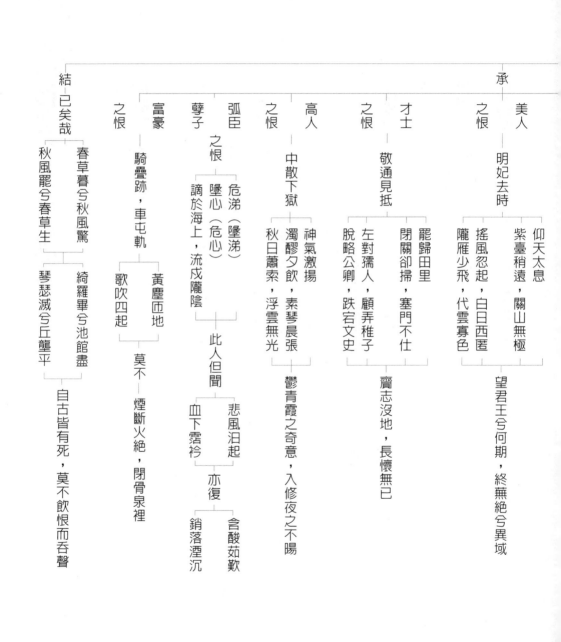

- 承
  - 美人之恨
    - 明妃去時
      - 仰天太息
      - 紫臺稍遠，關山無極
      - 搖風忽起，白日西匿
      - 隴雁少飛，代雲寡色
        - 望君王兮何期，終蕪絕兮異域
  - 才士之恨
    - 敬通見抵
      - 罷歸田里
      - 閉關卻掃，塞門不仕
      - 左對孺人，顧弄稚子
      - 脫略公卿，跌宕文史
        - 齎志沒地，長懷無已
  - 高人之恨
    - 中散下獄
      - 神氣激揚
      - 濁醪夕飲，素琴晨張
      - 秋日蕭索，浮雲無光
        - 鬱青霞之奇意，入修夜之不暘
  - 孤臣孽子之恨
    - 危涕（墜涕）
    - 墜心（危心）
    - 謫於海上，流戍隴陰
      - 此人但聞
        - 悲風汨起
        - 血下霑衿
          - 亦復
            - 含酸茹歎
            - 銷落湮沉
  - 富豪之恨
    - 騎疊跡，車屯軌
      - 黃塵帀地
      - 歌吹四起
        - 莫不
          - 煙斷火絕，閉骨泉裡
- 結
  - 已矣哉
    - 春草暮兮秋風驚
    - 秋風罷兮春草生
      - 綺羅畢兮池館盡
      - 琴瑟滅兮丘壟平
        - 自古皆有死，莫不飲恨而吞聲

6.〈恨賦〉文章結構表

起
試望平原
蔓草縈骨，拱木斂魂
人生到此，天道寧論
於是
僕本恨人
心驚不已
直念
古者
伏恨而死
帝王之恨
秦帝按劍
諸侯西馳
削平天下，同文共規
華山為城，紫淵為池
雄圖既溢，武力未畢
方
駕黿鼉以為梁
巡海右以送日
一旦魂斷
宮車晚出
諸侯之恨
趙王既虜
遷於房陵
薄暮心動，昧旦神興
別豔姬與美女，喪金輿及玉乘
置酒欲飲，悲來填膺
千秋萬歲，為怨難勝
名將之恨
李君降北
名辱身冤
拔劍擊柱，弔影慚魂
情往上郡，心留雁門
裂帛繫書，誓還漢恩
朝露溘至，握手何言

- 轉
  - 譏諷
  - 假隱士
    - 周子初志
      - 排巢父，拉許由，傲百民，蔑王侯
      - 風情張日，霜氣橫秋
      - 或歎幽人長往，或怨王孫不遊
      - 談空空於釋部，覈玄玄於道流
        - 務光何足比
        - 涓子不能儔
    - 出仕忘形
      - 俗態
        - 鳴騶入谷，鶴書赴隴，形馳魄散，志變神動
        - 眉軒席次，袂聳筵上，抗塵容而走俗狀
      - 反響
        - 風雲悽其帶憤，石泉咽而下愴
        - 望林巒而有失，顧草木而如喪
    - 紐金章綰墨綬
      - 跨屬城之雄
      - 冠百里之首
        - 張英風於海甸，馳妙譽於浙右
        - 道帙長殯，法筵久埋
        - 敲扑諠囂犯其慮，牒訴倥傯裝其懷
        - 琴歌既斷，酒賦無續
        - 常綢繆於結課，每紛綸於折獄
        - 籠張趙於往圖，架卓魯於前籙
          - 希蹤三輔豪
          - 馳聲九州牧

於是

叢條瞋膽

疊穎怒魄

或飛柯以折輪

乍低枝而掃跡

8.〈為范始興作求立太宰碑表〉文章結構表

第一段：論述立碑之功用
臣雲言：
起
溯源
原夫
存樹風猷
沒著徽烈
必資不刊之書
而
藏諸名山
則陵谷遷貿
府之延閣
則青編落簡
推論
然則
配天之迹，存乎泗水之上
素王之道，紀於沂川之側
由是
崇師之義，擬迹於西河
尊主之情，致之於堯禹
結語
故
精廬妄啓，必窮鐫勒之盛
君長一城，亦盡刊刻之美
逼進一層立論
況乎
甄陶周、召，孕育伊、顏
第二段：推崇蕭子良之勳業與涵養，陳述臣民皆追懷蕭子良
承
故太宰竟陵
文宣王臣某
勳業貢獻
與存與亡，則義刑社稷
嚴天配地，則周公其人
體國端朝，出藩入守
進思必告之道，退無苟利之專
道藝涵養
一言一行，盛德之風
琴書藝業，述作之茂
道非兼濟，事止樂善
亦無得而稱焉

- 人之云亡
  - 鴟鴞東徙
  - 松價成行
- 忽移歲序
  - 六府臣僚，三藩士女
    - 人蓄油素，家懷鉛筆
    - 瞻彼景山，徒然望慕

- 轉
  - 第三段：乞依前例，允許立碑
  - 援引前例 — 昔晉氏初禁立碑
    - 守法 — 魏舒之亡，亦從班列
    - 破例 — 阮略既泯，首冒嚴科
  - 宜在常均之外者
    - 道被如仁
    - 功參微管
    - 褚淵、蕭嶷 — 親賢並軌，即為成規
  - 乞依前例，賜許刊立 — 寧容使
    - 長想九原，樵蘇罔識其禁
    - 駐蹕長陵，輶軒不知所適

- 結
  - 第四段：既曲逢前施，實仰覬後澤（賜許為竟陵王立碑）
  - 自謙卑微 — 臣里閭孤賤，才無可甄
  - 頌揚君王 — 值齊網之弘，弛賓客之禁
  - 抒其憂思 — 策名委質，忽焉二紀。慮先犬馬，厚恩不答
  - 自身幸存而得立碑
    - （范　雲）弊帷毀蓋，未薦螻蟻
    - （蕭子良）珠襦玉匣，遽飾幽泉
  - 陛下
    - 弘獎名教
    - 不隔微物
    - 使臣得
      - 駿奔南浦 — 儻驗杜預山頂之言
      - 長號北陵 — 庶存馬駿必拜之感
  - 收束 — 臨表悲懼，言不自宣。臣誠惶已下。

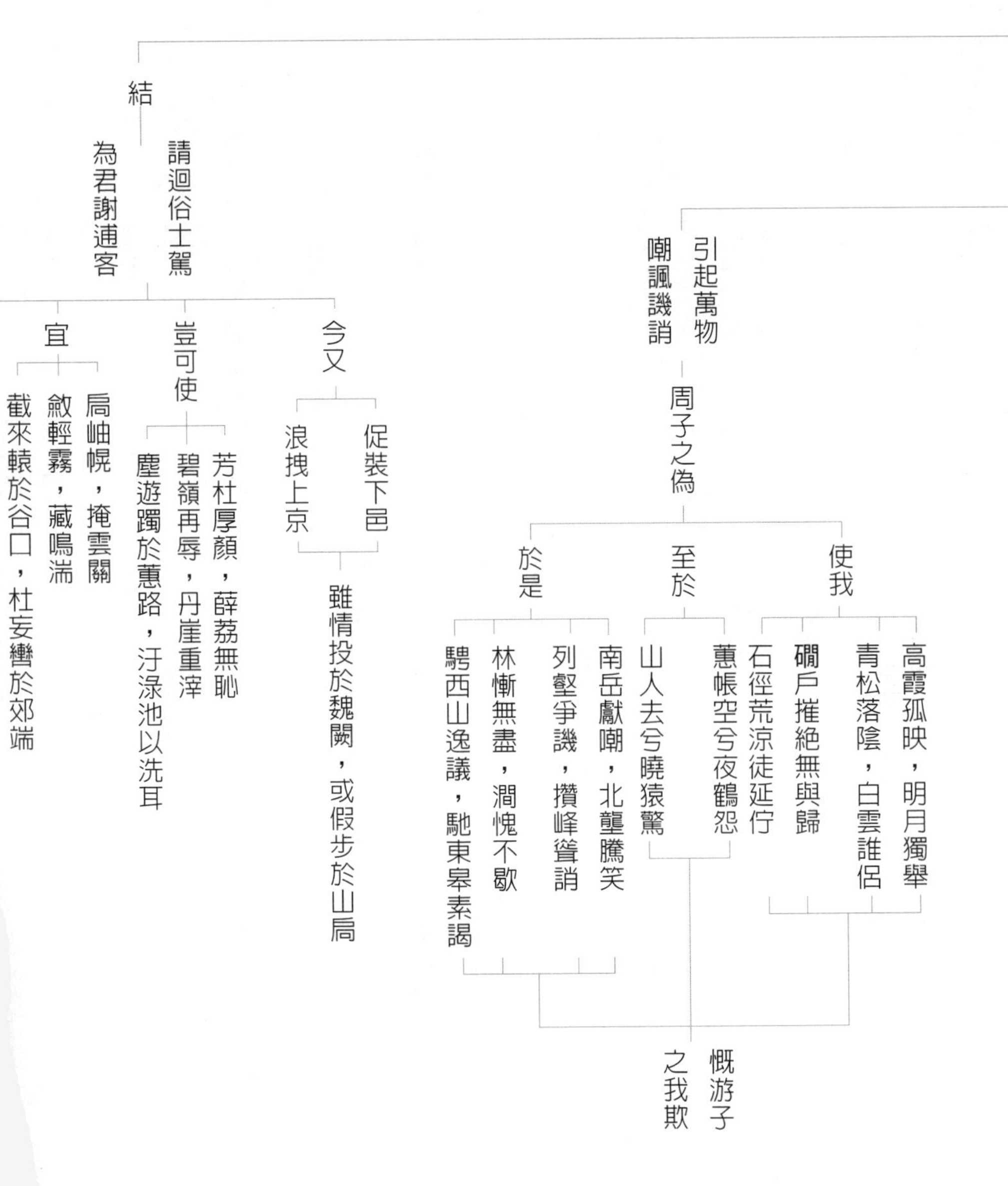

引起萬物
嘲諷譏誚
周子之偽
使我
高霞孤映，明月獨舉
青松落陰，白雲誰侶
磵戶摧絕無與歸
石徑荒涼徒延佇
至於
蕙帳空兮夜鶴怨
山人去兮曉猿驚
於是
南岳獻嘲，北壟騰笑
列壑爭譏，攢峰聳誚
林慚無盡，澗愧不歇
騁西山逸議，馳東皋素謁
慨游子之我欺
結
請迴俗士駕
為君謝逋客
今又
促裝下邑
浪拽上京
雖情投於魏闕，或假步於山扃
豈可使
芳杜厚顏，薜荔無恥
碧嶺再辱，丹崖重滓
塵遊躅於蕙路，汙淥池以洗耳
宜
扃岫幌，掩雲關
斂輕霧，藏鳴湍
截來轅於谷口，杜妄轡於郊端

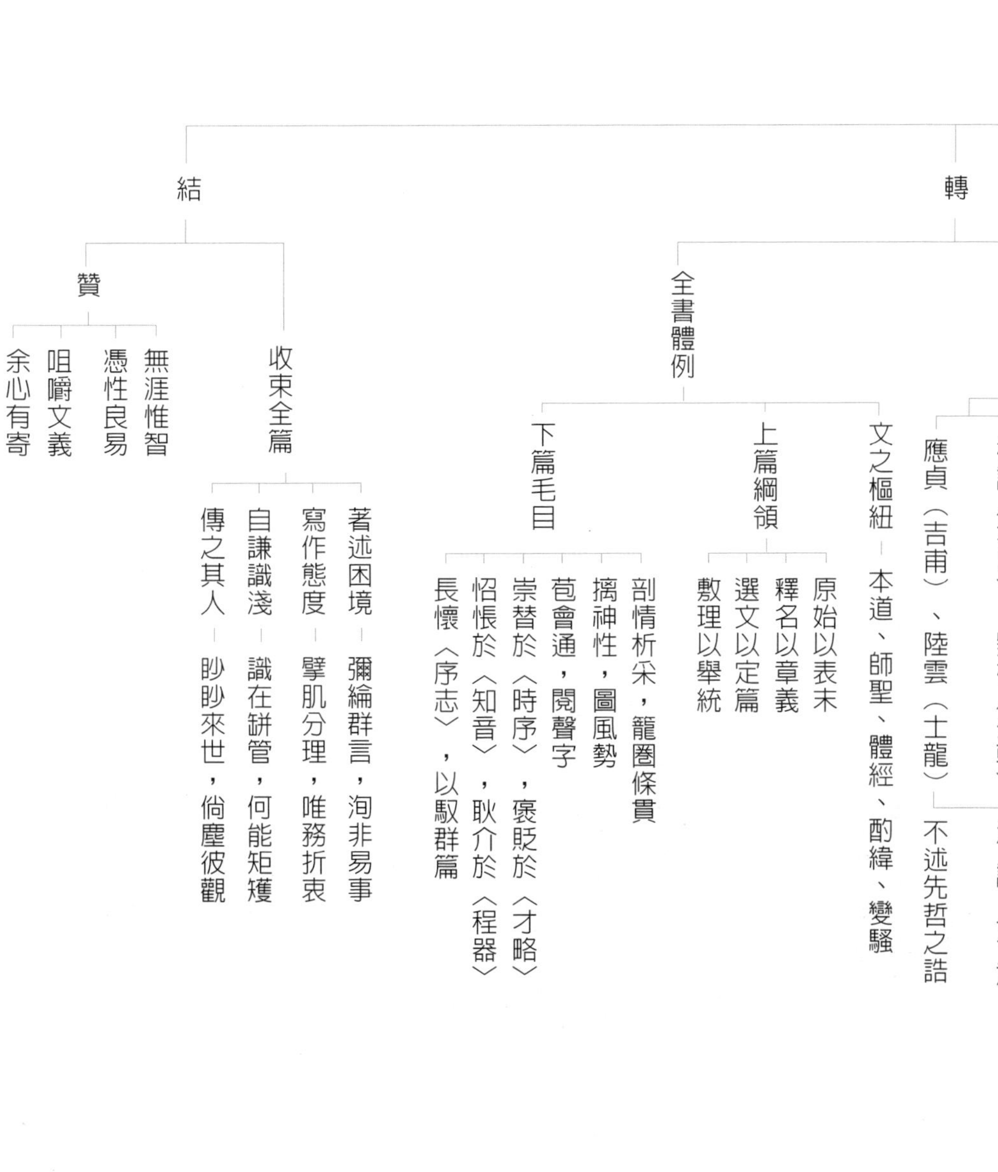

轉
桓譚（君山）、劉楨（公幹）泛議文意
應貞（吉甫）、陸雲（士龍）不述先哲之誥
全書體例
文之樞紐
本道、師聖、體經、酌緯、變騷
上篇綱領
原始以表末
釋名以章義
選文以定篇
敷理以舉統
下篇毛目
剖情析采，籠圈條貫
摛神性，圖風勢
苞會通，閱聲字
崇替於〈時序〉，褒貶於〈才略〉
怊悵於〈知音〉，耿介於〈程器〉
長懷〈序志〉，以馭群篇
結
收束全篇
著述困境
彌綸群言，洵非易事
寫作態度
擘肌分理，唯務折衷
自謙識淺
識在缾管，何能矩矱
傳之其人
眇眇來世，倘塵彼觀
贊
無涯惟智
憑性良易
咀嚼文義
余心有寄

9. 謝朓〈拜中軍記室辭隨王牋〉文章結構表

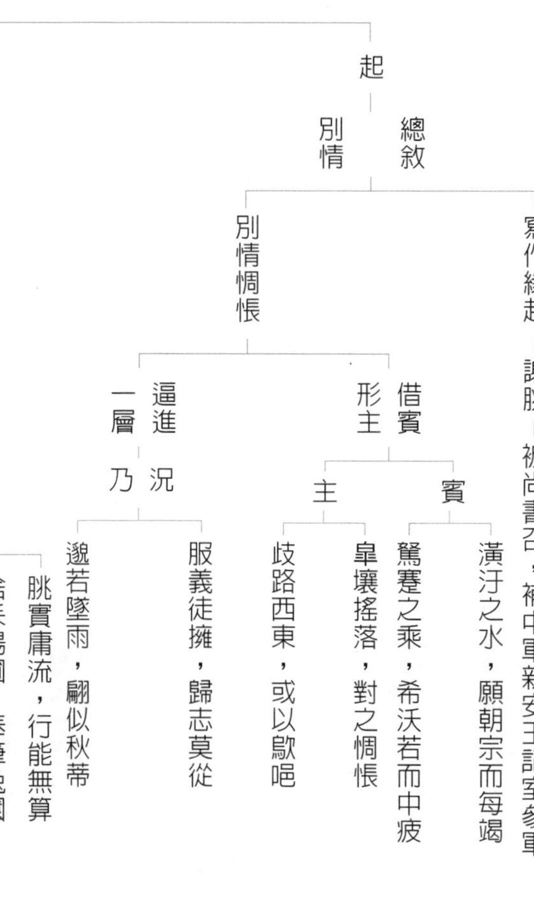

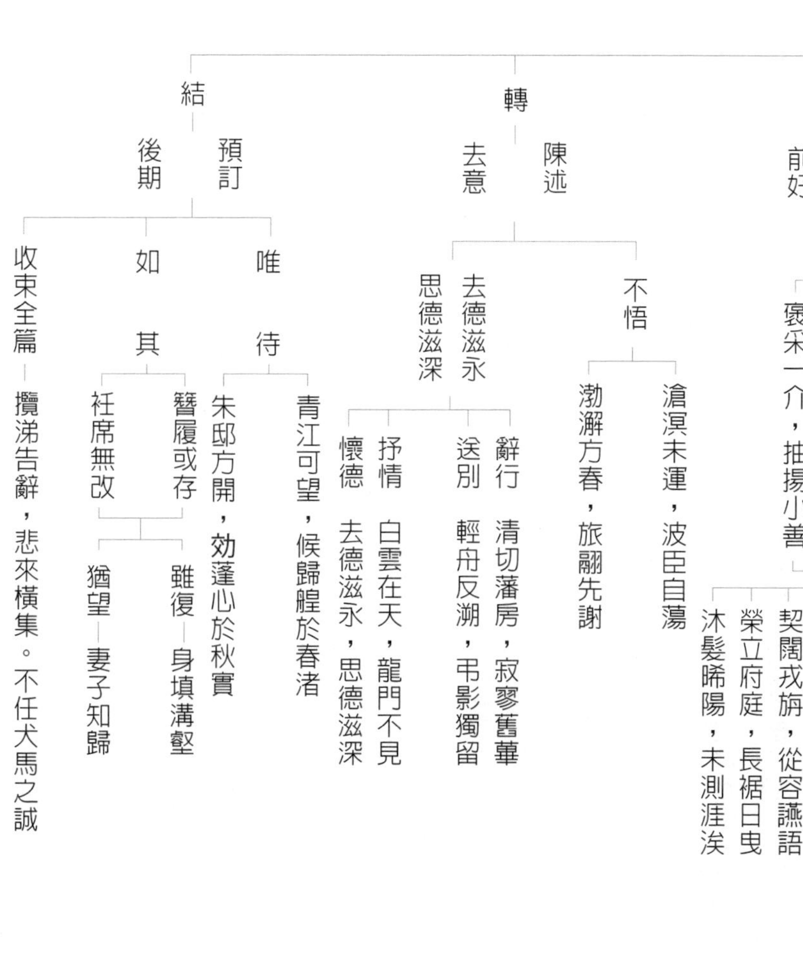

結
預訂
後期
唯待
青江可望，候歸艎於春渚
朱邸方開，効蓬心於秋實
如其
簪履或存
衽席無改
雖復
身填溝壑
猶望
妻子知歸
收束全篇
攬涕告辭，悲來橫集。不任犬馬之誠
轉
陳述
去意
不悟
滄溟未運，波臣自蕩
渤澥方春，旅翮先謝
去德滋永
辭行
清切藩房，寂寥舊華
送別
輕舟反溯，弔影獨留
思德滋深
抒情
白雲在天，龍門不見
懷德
去德滋永，思德滋深
前好
褒采一介，抽揚小善
契闊戎旃，從容讌語
榮立府庭，長裾日曳
沐髮晞陽，未測涯涘

10.〈序志〉文章結構表

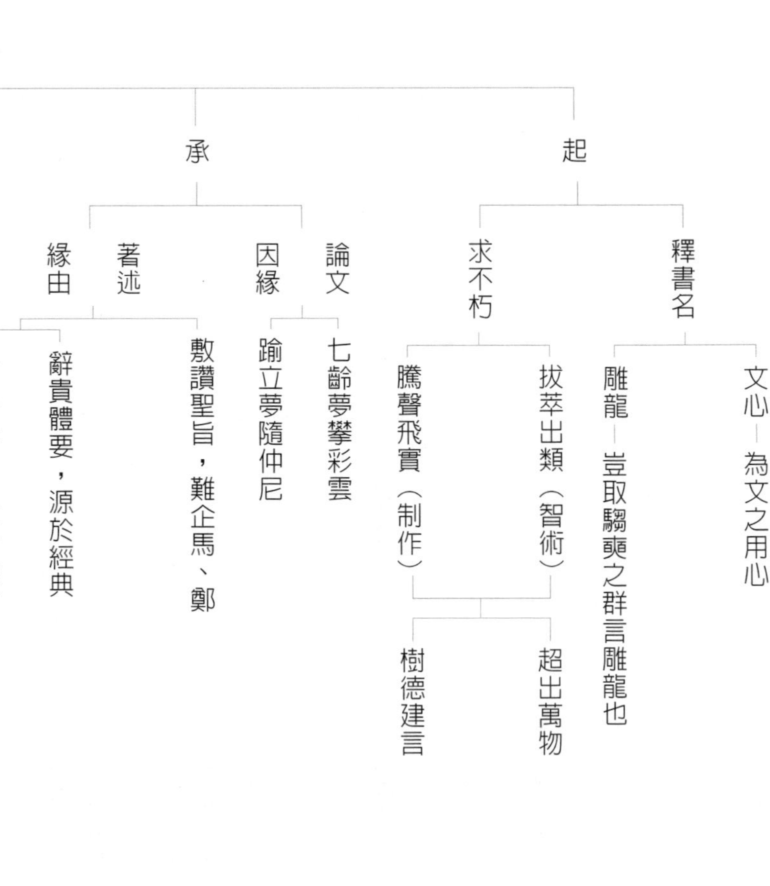

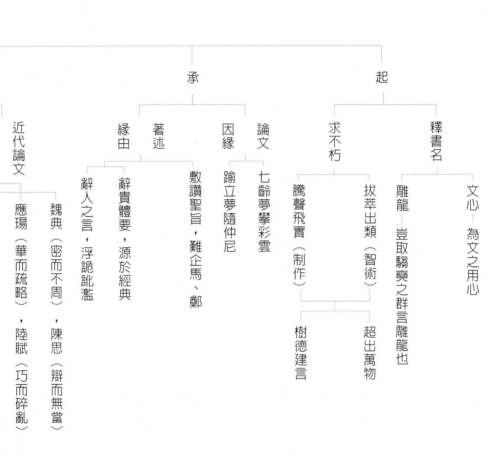

起
釋書名
文心—為文之用心
雕龍—豈取騶奭之群言雕龍也
求不朽
拔萃出類（智術）
騰聲飛實（制作）
超出萬物
樹德建言
承
論文
七齡夢攀彩雲
因緣
踰立夢隨仲尼
著述
敷讚聖旨，難企馬、鄭
緣由
辭貴體要，源於經典
辭人之言，浮詭訛濫
近代論文
魏典（密而不周），陳思（辯而無當）
應瑒（華而疏略），陸賦（巧而碎亂）
摯虞（精而少功），李充（淺而寡要）
鮮觀衢路

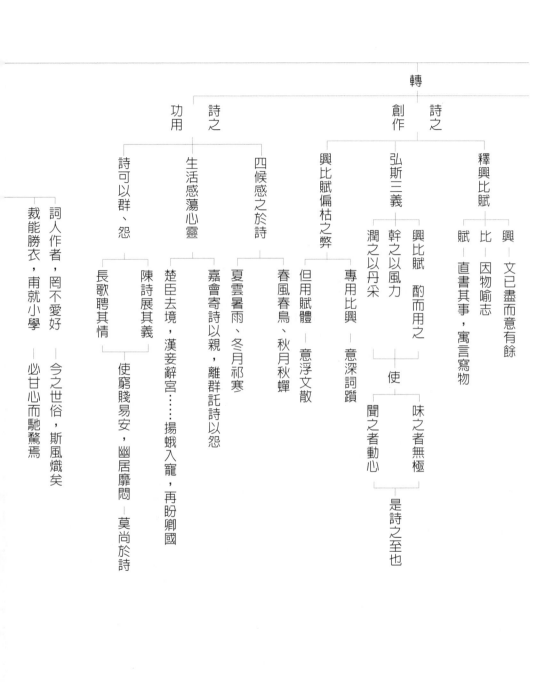

- 轉
  - 詩之創作
    - 釋興比賦
      - 興 — 文已盡而意有餘
      - 比 — 因物喻志
      - 賦 — 直書其事，寓言寫物
    - 弘斯三義
      - 興比賦　酌而用之
      - 幹之以風力
      - 潤之以丹采
      - 使
        - 味之者無極
        - 聞之者動心
        - 是詩之至也
    - 興比賦偏枯之弊
      - 專用比興 — 意深詞躓
      - 但用賦體 — 意浮文散
  - 詩之功用
    - 四候感之於詩
      - 春風春鳥、秋月秋蟬
      - 夏雲暑雨、冬月祁寒
    - 生活感蕩心靈
      - 嘉會寄詩以親，離群託詩以怨
      - 楚臣去境，漢妾辭宮……揚蛾入寵，再盼卿國
    - 詩可以群、怨
      - 陳詩展其義
      - 長歌騁其情
      - 使窮賤易安，幽居靡悶 — 莫尚於詩

- 詞人作者，罔不愛好 — 今之世俗，斯風熾矣
- 裁能勝衣，甫就小學 — 必甘心而馳鶩焉

承
詩之發展
太康詩壇
兩潘、一左
勃爾復興，踵武前王
亦文章之中興也
永嘉詩風
貴黃老，尚虛談
理過其辭，淡乎寡味
爰及江表
微波尚傳
孫、許
桓、庾
詩
平典似道德論
建安風力盡矣
郭劉之詩
郭景純用儁上之才，變創其體
劉越石仗清剛之氣，贊成厥美
然彼衆我寡
未能動俗
義熙詩人
謝益壽斐然繼作
元嘉詩人
謝靈運
才高詞盛
富豔難蹤
固已
含跨劉、郭
凌轢潘、左
結語
故知
陳思為建安之傑
公幹、仲宣為輔
陸機為太康之英
安仁、景陽為輔
謝客為元嘉之雄
顏延年為輔
皆
五言冠冕
文詞命世
詩之體裁
四言
文約意廣，取效風、騷，便可多得
每苦文繁而意少
故世罕習焉
五言
居文辭之要
是衆作之有滋味者
會於流俗
以其
指事造形
窮情寫物
最為詳切

11.〈詩品序〉文章結構表

起
詩之釋義
詩之產生
氣之動物，物之感人，故搖蕩性靈，形諸舞詠
詩之意義
照燭三才，暉麗萬有
詩之功能
靈祇待之以致饗
幽微藉之以昭告
動天地，感鬼神
莫近於詩
五言濫觴
南風之辭、卿雲之頌
厥義敻矣
夏歌、楚謠
詩體未全
五言濫觴
西漢五言
李　陵
始著五言之目
班婕妤
〈怨詩〉
東漢五言
班固〈詠史〉
質木無聞
古詩（案：鍾嶸謂：古詩眇邈，人世難詳。）
建安詩壇
曹公父子、平原兄帝
鬱為文棟
劉楨王粲
為其羽翼
攀龍託鳳，自致於屬車者
蓋將百計
彬彬之盛，大備於時
「二張、二陸」

結
著書
宗旨
齊梁
詩風
頌君
自謙
於是
庸音雜體
人各為容
至使膏腴子弟，朝夕作詩
獨觀謂為警策
衆覩終淪平鈍
輕薄之徒
自棄高明
笑曹劉為古拙
謂鮑照羲皇上人
謂謝朓今古獨步
而
師鮑照
不及「日中市朝滿」
學謝朓
劣得「黃鳥度青枝」
王公搢紳之士論詩
隨其嗜欲
朱紫相奪
喧議競起
準的無依
劉士章欲為詩品，口陳標榜
其文未遂
鍾嶸感而著《詩品》
九品論人，《七略》裁士
校以賓實，誠多未值
詩之為技
較爾可知
殆均博弈
方今皇帝
資生知之上才
體沉鬱之幽思
文麗日月
學究天人
八紘既掩
風靡雲蒸
固以
瞰漢魏而不顧
呑晉宋於胸中
嶸今之錄
猶如農歌轅議，不敢致流別於皇帝
庶周旋於閭里，均之於談笑爾

- 頌
  - 所以游揚德業，褒讚成功
  - 吉甫有穆若之談，季子有至矣之歎
    - 舒布為詩
    - 既言如彼
      - 總成為頌
      - 又亦若此
- 箴——興於補闕
- 戒——出於弼匡
- 論——析理精微
- 銘——序事清潤
- 誄——美終而發
- 讚——圖像而興
- 又
  - 詔、誥、教、令之流
  - 表、奏、牋、記之列
  - 書、誓、符、檄之品
  - 弔、祭、悲、哀之作
  - 答客、指事之制
  - 三言、八字之文
  - 篇、辭、引、序
  - 碑、碣、誌、狀
  - 譬
    - 陶匏異器——並為入耳之娛
    - 黼黻不同——俱為悅目之玩
    - 作者之致備矣
- 暇日觀文——余監撫餘閑
  - 歷觀文囿
  - 泛覽辭林
  - 心遊目想，移晷忘倦
- 選文範圍
  - 自姬、漢以來——眇焉悠邈
  - 時更七代——數逾千祀

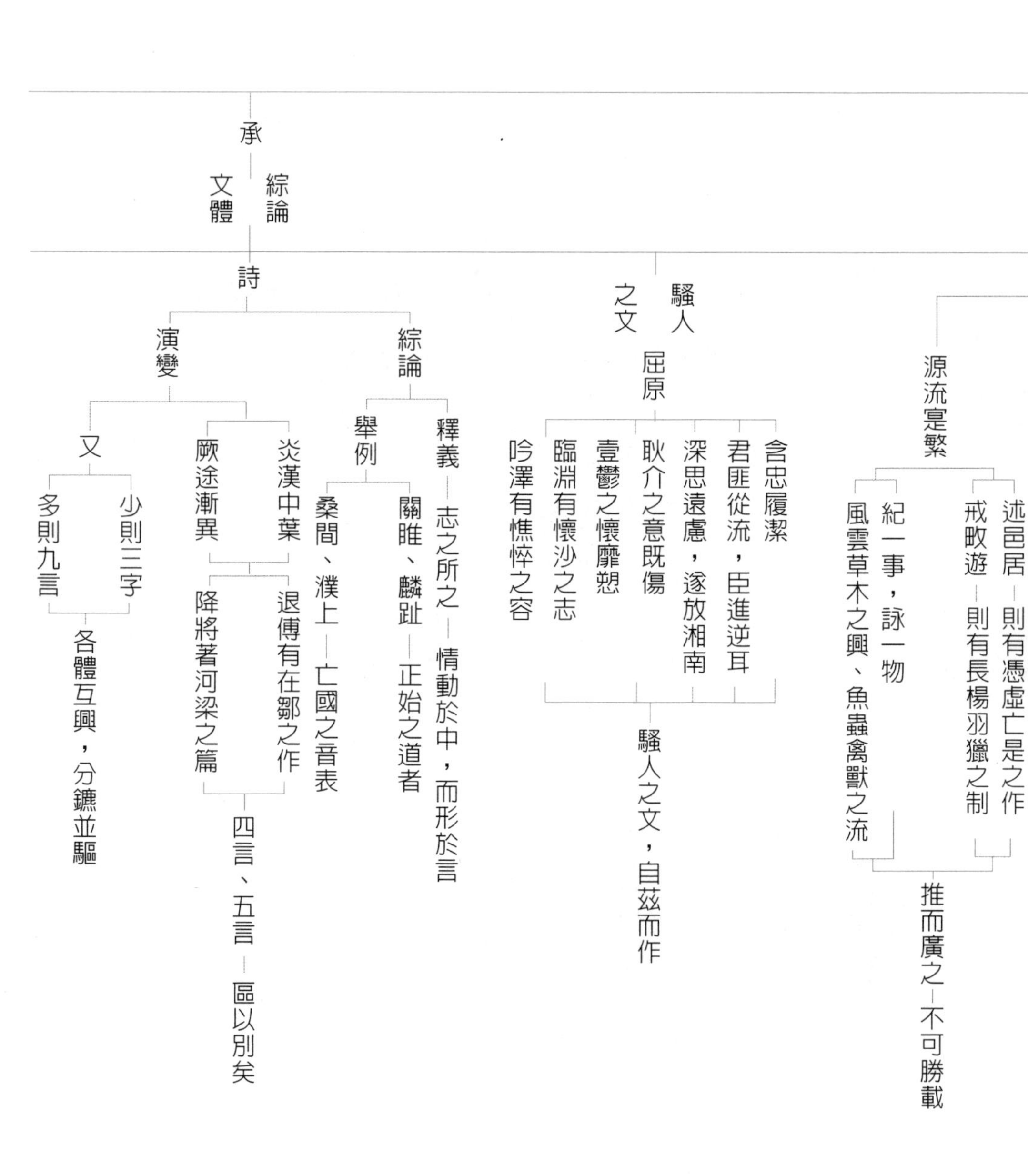

承
綜論
文體
詩
綜論
釋義
志之所之
情動於中，而形於言
舉例
關雎、麟趾
正始之道著
桑間、濮上
亡國之音表
演變
炎漢中葉
厥途漸異
退傅有在鄒之作
降將著河梁之篇
四言、五言
區以別矣
又
少則三字
多則九言
各體互興，分鑣並驅
騷人之文
屈原
含忠履潔
君匪從流，臣進逆耳
深思遠慮，遂放湘南
耿介之意既傷
壹鬱之懷靡愬
臨淵有懷沙之志
吟澤有憔悴之容
騷人之文，自茲而作
源流寔繁
述邑居
則有憑虛亡是之作
戒畋遊
則有長楊羽獵之制
紀一事，詠一物
風雲草木之興、魚蟲禽獸之流
推而廣之
不可勝載

12.〈文選序〉文章結構表

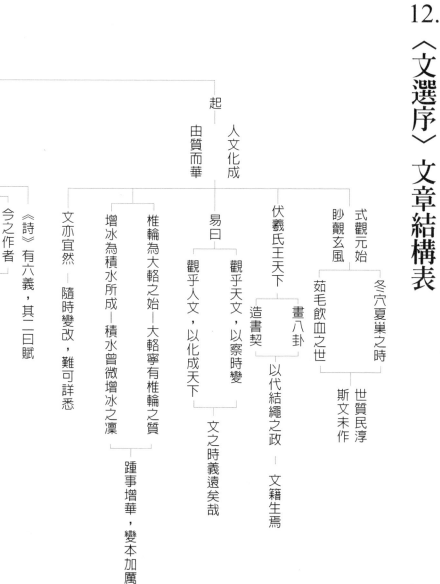

- 起
  - 人文化成，由質而華
    - 式觀元始，眇覿玄風
      - 冬穴夏巢之時
      - 茹毛飲血之世
      - 世質民淳，斯文未作
    - 伏羲氏王天下
      - 畫八卦
      - 造書契
      - 以代結繩之政 — 文籍生焉
    - 易曰
      - 觀乎天文，以察時變
      - 觀乎人文，以化成天下
      - 文之時義遠矣哉
    - 椎輪為大輅之始 — 大輅寧有椎輪之質
    - 增冰為積水所成 — 積水曾微增冰之凜
      - 踵事增華，變本加厲
    - 文亦宜然 — 隨時變改，難可詳悉
- 賦
  - 《詩》有六義，其二曰賦
  - 今之作者
  - 異乎古昔
    - 古詩之體，今則全取賦名
  - 荀宋表之於前
  - 賈馬繼之於末

- 轉—編輯宗旨
  - 集其清英
    - 詞人才子—名溢於縹囊
    - 飛文染翰—卷盈乎緗帙
    - —庶可兼功
  - 選文標準
    - 不予選錄
      - 姬公之籍、孔父之書
        - 孝敬之準式
        - 人倫之師友
        - —不宜芟夷剪截
      - 老莊之作、管孟之流
        - 蓋以立意為宗
        - 不以能文為本
        - —亦以略諸
      - 賢人美辭、忠臣抗直
      - 謀夫之話、辨士之端
        - 冰釋泉涌
        - 金相玉振
        - —事異篇章—不予選錄
      - 記事之史、繫年之書
        - 褒貶是非
        - 紀別異同
        - —異乎篇翰—不予選錄
    - 選錄篇什
      - 讚、論之綜緝辭采
      - 序、述之錯比文華
      - 事出於沈思
      - 義歸乎翰藻
      - —雜而集之　都為三十卷《文選》
- 結—全書體例
  - 凡次文之體—各以彙聚
  - 詩、賦體既不一—又以類分
  - —類分之中—各以時代相次

轉
贊其碑文
風格才思
披文相質，意致縱橫
才壯風雲，義深淵海
辭義俱美
宜陽之作
特會幽衿
二乘斯悟，同免化城
六道知歸，皆踰火宅
所睹黃絹之辭
彌懷白雲之頌
但恨
耆闍遠嶽，檀特高峰
開士羅浮，康公懸溜
不獲
銘茲雅頌
耀彼幽巖
深受喜愛
省覽循環，用忘饑渴
握之不置，恒如趙璧
翫之不足，同於玉枕
京師人士，爭造蓬門，請觀高製
軒車滿路，如看太學之碑
街巷相填，無異華陰之士
須知
豐城兩劍，尚不俱來
韓子雙環，必希皆見

- 承
  - 稱美李那詩文
    - 拜覽李文
      - 平生壯意，竊愛篇章
      - 忽覿高文，載懷勞佇
    - 殷公出示李那詩文
      - 殷儀同至止，王人授館
      - 獲借〈陪駕終南入重陽閣詩〉及〈荊州大乘寺宜陽石像碑〉四首
    - 敬析名作
      - 鏗鏘並奏，能驚趙鞅之魂
      - 輝煥相華，時瞬安豐之眼
      - 山澤晻靄，松竹參差
      - 若見三峻之峰，依然四皓之廟
      - 甘泉鹵簿，盡在清文
      - 扶風輦路，悉陳華簡
      - 昔魏武虛帳，韓王故臺，
      - 自古文人，皆為詞賦
      - 未有登茲舊閣，歎此幽宮，
      - 標句清新，發言哀斷
        - 豈止悲聞帝瑟，泣望羊碑
        - 一詠歌梁之言
        - 便掩盈懷之淚

13.〈與李那書〉文章結構表

起
述其思慕
籍甚清徽
常懷虛眷
山川緬邈，河渭象於經星
顧望風流，長安遠於朝日
問候時綏
青女戒節，白露為霜
君子惟宜，福履多豫
致其頌讚
雍容廊廟，獻納便蕃
留使催書，駐馬成檄
車騎將軍，賓客盈座
丞相長史，瞻對有勞
自稱臥病
棲遲茂陵之下，臥病漳水之濱

結——更望以他文見示

莫以——好龍無別，不厭可嗤
　　——載望瓊瑤，因乏行李

問候——金風已勁，玉質宜調

收結——書不盡言，但聞爻繫，徐陵頓首

結

家國之悲

喪亂之哀

況復

風飈道阻，蓬萊無可到之期

作賦

窮者欲達其言

勞者須歌其事

陸士衡聞而撫掌，是所甘心

張平子見而陋之，固其宜矣

14.〈哀江南賦序〉文章結構表

起
寫作背景
時間
戊辰之年，建亥之月
遭遇
大盜移國，金陵瓦解
奔楚
余乃竄身荒谷，公私塗炭
出使見拘
華陽奔命，有去無歸
中興道銷，窮於甲戌
南望故國
三日哭於都亭
三年囚於別館
梁元帝敗亡
天道周星，物極不反
身世家國之感
傅燮之但悲身世，無處求生
袁安之每念王室，自然流涕
陳世德述家風
桓君山之志事
杜元凱之家風
並有著書
咸能自序
庾信作賦
仿效前賢
潘岳之文采，始述家風
陸機之辭賦，先陳世德
皆為

承

作賦原由

遭逢喪亂
危苦悲哀

信

年始二毛，即逢喪亂
藐是流離，至於暮齒

燕歌遠別，悲不自勝
楚老相逢，泣將何及

畏南山之雨，忽踐秦庭
讓東海之濱，遂餐周粟

下亭飄泊
高橋羈旅

楚歌非取樂之方
魯酒無忘憂之用

此賦聊以記言

危苦之辭
悲哀為主

轉

北使見拘

日暮途遠，人間何世

將軍一去，大樹飄零
壯士不還，寒風蕭瑟

荊璧睨柱，受連城而見欺
載書橫階，捧珠盤而不定

鍾儀君子，入就南冠之囚
季孫行人，留守西河之館

申包胥之頓地，碎之以首
蔡威公之淚盡，加之以血

釣臺移柳，非玉關之可望
華亭鶴唳，豈河橋之可聞

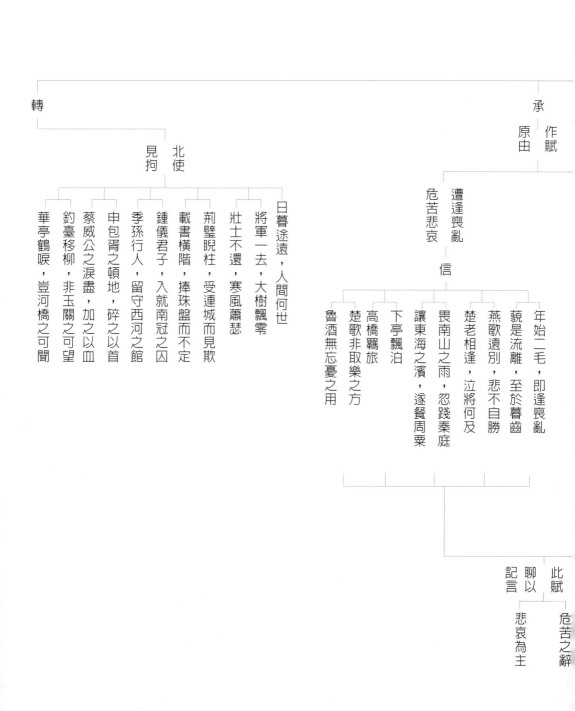

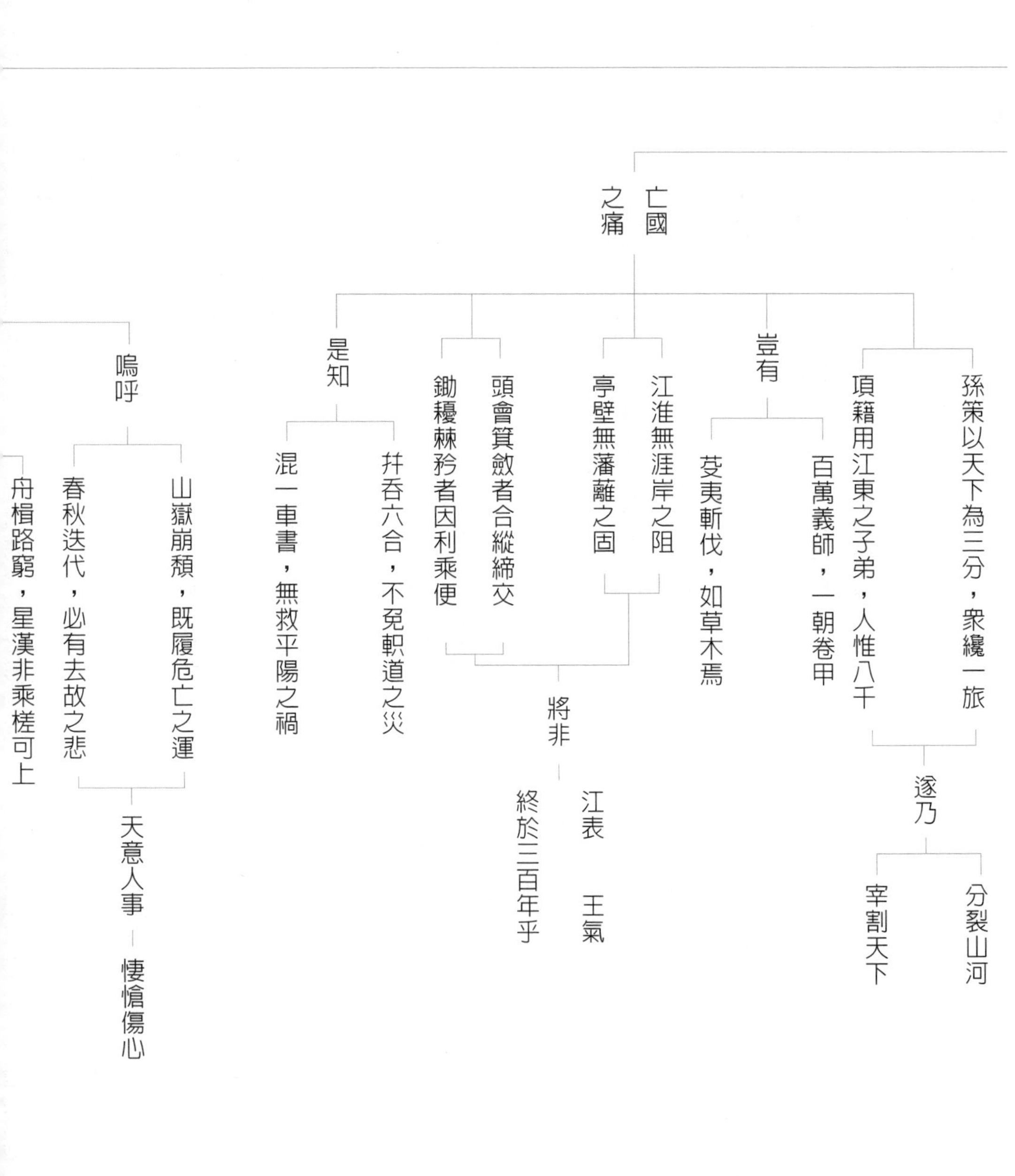
亡國之痛
孫策以天下為三分，衆纔一旅
項籍用江東之子弟，人惟八千
遂乃
分裂山河
宰割天下
豈有
百萬義師，一朝卷甲
芟夷斬伐，如草木焉
江淮無涯岸之阻
亭壁無藩籬之固
頭會箕斂者合縱締交
鋤耰棘矜者因利乘便
將非
江表王氣
終於三百年乎
是知
并吞六合，不免軹道之災
混一車書，無救平陽之禍
嗚呼
山嶽崩頹，既履危亡之運
春秋迭代，必有去故之悲
天意人事
悽愴傷心
舟楫路窮，星漢非乘槎可上

- 賞景抒懷
  - 抒懷
    - 天高地迥，覺宇宙之無窮
    - 興盡悲來，識盈虛之有數
  - 瞻眺
    - 望長安於日下
    - 指吳會於雲間
  - 天地
    - 地勢極而南溟深
    - 天柱高而北辰遠
  - 逢遇
    - 關山難越，誰悲失路之人
    - 萍水相逢，盡是他鄉之客
  - 懷君
    - 懷帝閽而不見
    - 奉宣室以何年

- 轉
  - 致慨－嗟乎
    - 時運不齊
      - 馮唐易老
      - 李廣難封
    - 命途多舛
      - 屈賈誼於長沙，非無聖主
      - 竄梁鴻於海曲，豈乏明時
  - 自勉
    - 君子安貧
    - 達人知命
      - 老當益壯，寧移白首之心
      - 窮且益堅，不墜青雲之志
      - 酌貪泉而覺爽
      - 處涸轍而猶懽
  - [illegible]
    - 北海雖賒－扶搖可接
    - 孟嘗高潔，空懷報國之情

- 承
  - 登臨觀覽
    - 瞻眺
      - 山原曠其盈視，川澤紆其駭矚
    - 繁華
      - 閭閻撲地，鐘鳴鼎食之家
      - 舸艦迷津，青雀黃龍之舳
    - 風物
      - 虹銷雨霽，彩徹雲衢
      - 落霞與孤鶩齊飛，秋水共長天一色
    - 音聲
      - 漁舟唱晚，響窮彭蠡之濱
      - 雁陣驚寒，聲斷衡陽之浦
  - 躬逢盛會
    - 興致
      - 遙襟甫暢
      - 逸興遄飛
    - 賞音
      - 爽籟發而清風生
      - 纖歌凝而白雲遏
    - 賓客
      - 睢園緣竹，氣凌彭澤之樽
      - 鄴水朱華，光照臨川之筆
    - 嘉會
      - 四美具
      - 二難并
    - 暢遊
      - 窮睇眄於中天
      - 極娛遊於暇日

15.〈秋日登洪府滕王閣餞別序〉文章結構表

- 起
  - 洪都新府
    - 物華天寶／地靈人傑
      - 星分翼軫，地接衡廬
      - 襟三江而帶五湖，控蠻荊而引甌越
      - 物華天寶，龍光射牛斗之墟
      - 地靈人傑，徐孺下陳蕃之榻
      - 雄州霧列／俊彩星馳
        - 臺隍枕夷夏之交／賓主盡東南之美
          - 都督閻公之雅望
          - 宇文新州之懿範
          - 十旬休暇，勝友如雲
          - 千里逢迎，高朋滿座
          - 孟學士之詞宗
          - 王將軍之武庫
      - 家君作宰，路出名區，童子何知，躬逢勝餞
  - 赴會途中
    - 時序 — 時維九月，序屬三秋
    - 景物 — 潦水盡而寒潭清，煙光凝而暮山紫
    - 行程 — 儼驂騑於上路，訪風景於崇阿
    - 抵閣 — 臨帝子之長洲，得仙人之舊館
  - 形勢
    - 層巒聳翠，上出重霄／飛閣流丹，下臨無地
      - 窮島嶼之縈迴
      - 即岡巒之體勢
    - 披繡闥，俯雕甍

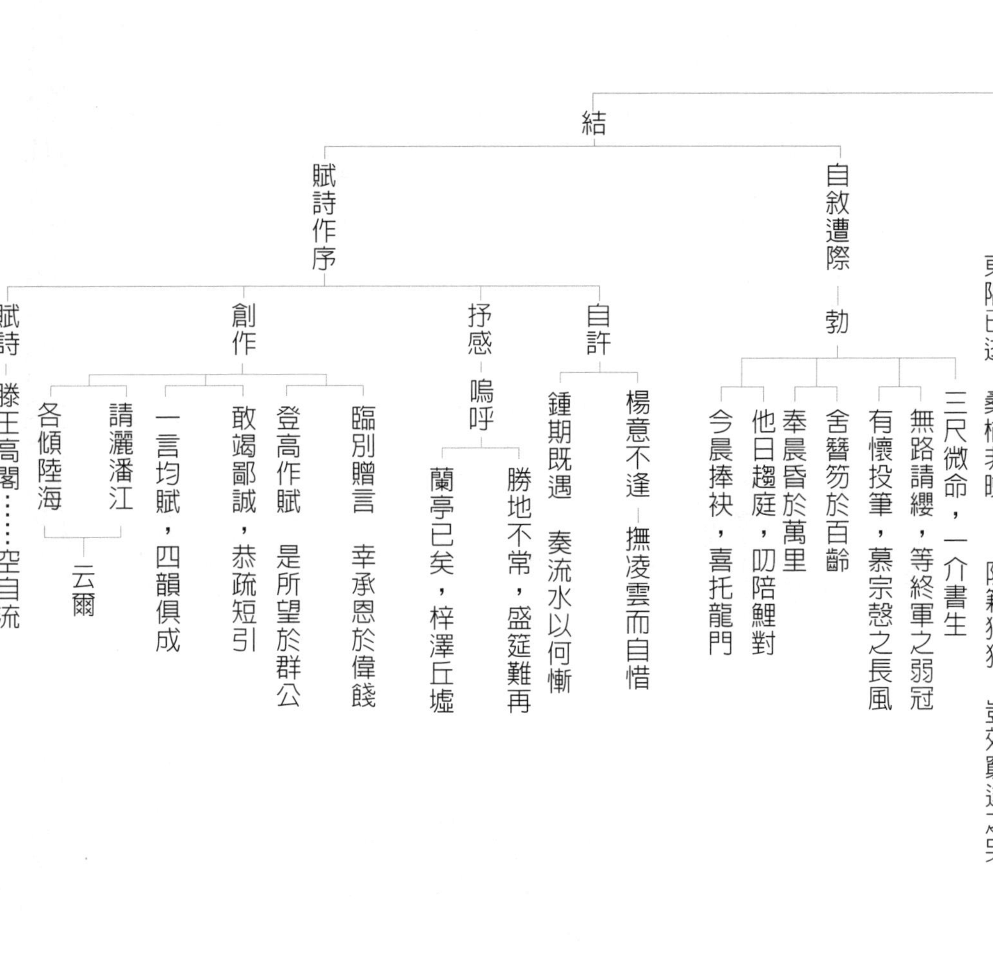

東隅已逝
桑榆非晚
阮籍猖狂，豈效窮途之哭
結
自敘遭際
勃
三尺微命，一介書生
無路請纓，等終軍之弱冠
有懷投筆，慕宗慤之長風
舍簪笏於百齡
奉晨昏於萬里
他日趨庭，叨陪鯉對
今晨捧袂，喜托龍門
賦詩作序
自許
楊意不逢
撫凌雲而自惜
鍾期既遇
奏流水以何慚
抒感
嗚呼
勝地不常，盛筵難再
蘭亭已矣，梓澤丘墟
創作
臨別贈言
幸承恩於偉餞
登高作賦
是所望於群公
敢竭鄙誠，恭疏短引
一言均賦，四韻俱成
請灑潘江
各傾陸海
云爾
賦詩
滕王高閣……空自流

「天地之大，日月之明，奚謷名言之妙」

主者施行

16.〈乞校正陸贄奏議上進箚子〉文章結構表

- 寫作原由
  - 時間 — 元祐八年五月七日
  - 官員 — 蘇軾、李希哲、吳安詩、豐稷、趙彥若、范祖禹、顧臨
- 起
  - 自謙頌君
    - 臣等 — 猥以空疏，備員講讀
    - 皇上 — 聖明天縱，學問日新
  - 講讀典籍
    - 心態 — 人臣之納忠，譬如醫者之用藥
    - 知藥方 — 傳於古人，經效世間，不必皆從己出
- 承 — 推崇陸贄
  - 才學作為
    - 才學 — 才本王佐，學為帝師
    - 言論 — 論深切於事情，言不離於道德
    - 智辨 — 智如子房，而文則過；辯如賈誼，而術不疏
    - 作為 — 上以格君心之非，下以通天下之志
  - 事君施政
    - 事君作為
      - 德宗苛刻，而贄諫之以忠厚
      - 德宗猜疑，而贄勸之以推誠
      - 德宗好用兵，而贄以消兵為先
      - 德宗好聚財，而贄以散財為急

→ 盡用其言，可復貞觀

- 施政方略
  - 用人聽言之法
  - 治邊馭將之方
  - 罪己以收人心
  - 改過以應天道
  - 去小人以除民患
  - 惜名器以待有功
  - 未易悉數
  - 可謂
    - 進苦口之藥石
    - 鍼害身之膏肓

- 轉 — 陛下聖明　必喜贄論
  - 主論 — 但使聖賢之相契，即如臣主之同時
  - 舉例
    - 馮唐論頗、牧之賢，則漢文為之太息
    - 魏相條晁、董之對，則孝宣以致中興
  - 陛下能自得師　莫若近取諸贄

- 結 — 願　陛下　熟讀贄論
  - 六經三史，諸子百家
    - 非無可觀，皆足為治
    - 聖言幽遠，末學支離
    - 如山海之崇深，難以一二而推擇
  - 如贄之論，開卷了然
    - 聚古今之精英
    - 實治亂之龜鑑
  - 臣等欲進呈奏議 — 願陛下
    - 置之座隅，如對贄面
    - 反覆熟讀，如與贄言
  - 必能 — 發聖性之高明　成治功於歲月

17.〈加封孔子制〉文章結構表

上天眷命，皇帝聖旨

起 — 孔子之地位
- 先孔子而聖者，非孔子無以明
- 後孔子而聖者，非孔子無以法
- 祖述堯舜，憲章文武
- 儀範百王，師表萬世

承 — 加封孔子
- 纂承丕緒，敬仰休風
- 循治古之良規，舉追封之盛典 — 遣使闕里，祀以太牢
- 加號大成至聖文宣王

結 — 讚歎孔子
- 父子之親，君臣之義，永惟聖教之尊 — 尚資神化，祚我皇元

- 轉
  - 五異劉峻
    - 一異
      - 余　哀宗零替，顧影無儔，白屋藜羹，饋而不祭
    - 二異
      - 孝標倦遊梁楚，兩事英王，白璧黃金，尊為上客
      - 余　簪筆傭書，倡優同畜，百里之長，苞苴禮絕
    - 三異
      - 孝標高蹈東陽，端居遺世，鴻冥蟬蛻，物外天全
      - 余　卑棲塵俗，降志辱身
        - 乞食鵝鴨之餘－生重義輕
        - 寄命東陵之上－望實交隕
    - 四異
      - 孝標身淪道顯，籍甚當時
        - 高齋學士之選
        - 安成類苑之編
        - 國門可懸
        - 都人爭寫
      - 余　著書五車，數窮覆瓿－不似長卿、子雲之見知後世
    - 五異
      - 孝標履道貞吉，不干世議
      - 余　天讒司命，赤口燒城
        - 笑齒啼顏，盡成罪狀
        - 跬步才蹈，荊棘已生
- 結
  - 孝標窮於敬通
  - 余復窮於孝標
    - 嗟乎
      - 敬通窮矣－孝標加酷焉
      - 余於孝標－抑又不逮
    - 是知
      - 九淵之下，尚有天衢
      - 秋荼之甘，或云如薺
    - 我辰安在－勞者自歌－目瞑意倦
    - 實命不同－非求傾聽－聊復書之

18.〈上蜀府牋〉文章結構表

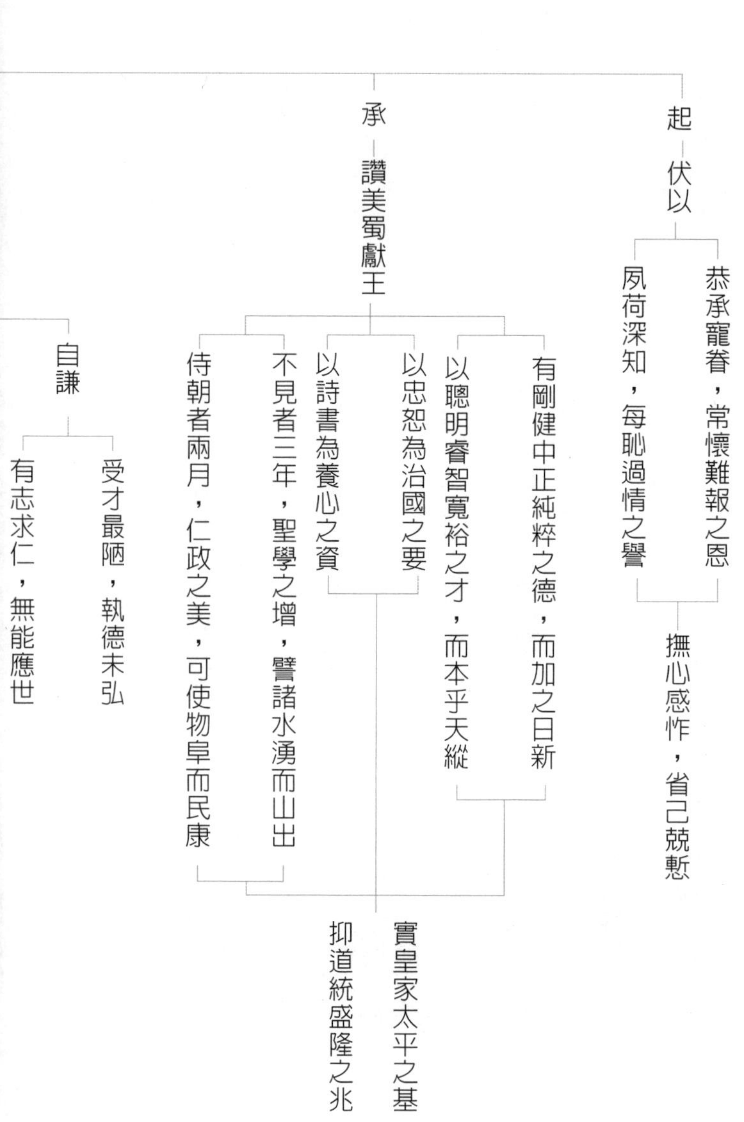
起
伏以
恭承寵眷，常懷難報之恩
夙荷深知，每恥過情之譽
撫心感怍，省己兢慙
承
讚美蜀獻王
有剛健中正純粹之德，而加之日新
以聰明睿智寬裕之才，而本乎天縱
以忠恕為治國之要
以詩書為養心之資
不見者三年，聖學之增，譬諸水湧而山出
侍朝者兩月，仁政之美，可使物阜而民康
實皇家太平之基
抑道統盛隆之兆
自謙
受才最陋，執德未弘
有志求仁，無能應世

結

感恩蜀獻王

蒙恩

幸日月之垂照，借朽木以光華

喜江漢之滂流，霑涸魚以潤澤

雄辭秀句，一字踰華袞之褒

大節美名，百口破帡幪之肆

友朋攜酒，賀子美草堂之尚存

兒女候門，指淵明松菊之猶在

孰非陶鎔之力

共推化育之仁

無任瞻仰激切屏營之至

感懷

第恩之大者，非疏賤之所能報

而心之至者，亦言語之所難宣

惟當守道以立身，期不負於天地

庶幾責難而陳善，或有效於涓塵

19.〈自序〉文章結構表

- 起
  - 仿擬劉峻而撰自序
    - 嘗綜平原之遺軌
      - 劉峻自序平生，比跡敬通，三同四異
      - 喻我生之靡樂，異同之故，猶可言焉
    - 無勞舉例者四科
      - 亮節－亮節慷慨
      - 率性－率性而行，情符曩哲
      - 博文－博極群書，文藻秀出　未足多矜
      - 生子－商瞿生子，一經可遺
- 承
  - 四同孝標
    - 一同
      - 孝標嬰年失怙，藐是流離，托足桑門，栖尋劉寶
      - 余幼罹窮乏，多能鄙事，賃舂牧豕，一飽無時
    - 二同
      - 孝標悍妻在室，家道轗軻
      - 余受詐興公，勃谿累歲，蹀躞東西，終成溝水
    - 三同
      - 孝標自少至長，戚戚無歡
      - 余久歷艱屯，生人道盡－登山臨水
        - 極目傷心
        - 非悲則恨
    - 四同
      - 孝標夙嬰羸疾，慮損天年
      - 余藥裹關心，負薪永曠
        - 鰥魚嗟其不瞑
        - 桐枝惟餘半生
          - 鬼伯在門
          - 四序非我

- 迴日馭於瀛邊，扶桑半萎
- 湧冰輪於劍外，爆竹齊喧

- 對滬杭之月
  - 薊北新收
  - 江南亟返
    - 舊巷偶尋馬糞，文物都非
    - 疏簾重認蛾眉，嬋娟未減
    - 烽傳青犢
    - 劫墮紅羊
    - 彌天騰鼓角之聲
    - 大地碎山河之影
      - 煙蘿駐馬
      - 別矣吳山

- 對蓬壺之月
  - 金甌再缺
  - 揭來鯤嶠
    - 故園歸夢，託河葦以徒勞
    - 倦客羈愁，隨皆蓂而共長
    - 杜鵑枝外，咽笳吹於三更
    - 銅馬聲中，莽關河其萬里
    - 鄉心五處，思白傳之兄弟
    - 皓魄連宵，憶鄜州之兒女
      - 但期
        - 銀漢分潮
        - 洗兵來日

- 結
  - 行役四方
  - 閱時卅稔
    - 蟾圓天上，纔得三百六十回
    - 蟲劫人間，何啻百千萬億數
    - 月猶是也
      - 而
        - 陵谷推遷
        - 波雲詭譎
          - 不勝駭愕悵惋
    - 所願
      - 氛埃卻掃，桂魄增瑩
      - 笑語迎來，柳梢無恙
      - 清樽對飲，長娛伉健之身
      - 虛幌同看，更接光華之旦

20.〈山房對月記〉文章結構表

起
東西南北之人
離合悲歡之跡
試稽弦望
用志滄桑
承
對漢皋之月
弱冠之年
遭逢多艱
角方倡亂
粲賦從軍
馮夷肆虐，夜登黃鶴樓
極人事之蕭條
嗟江山之搖落
對南都之月
嗣旅上京
欣瞻弘業
眷懷名蹟，刻意清游
見迫強鄰，遂興義戰
拜手向紫金陵墓，敢告在天
舉頭指白玉樓臺，誓當還我
相看寥廓
無限低徊
對巴山之月
樓船西邁
蜀道天高
憑萬夫莫開之關，
當半壁方張之寇
修其器甲
固我山川
警訊頻傳
良宵每負
戲語素娥
行辭白帝

國家圖書館出版品預行編目資料

歷代文選 （駢文編）／陳慶煌， 崔成宗著.
　－－初版. －－臺北市：五南圖書出版股份
　有限公司，2014.10
　面；　公分
ISBN 978-957-11-7850-9（平裝）

835.9　　　　　　　　　　103019020

1X3X 中國文學系列

歷代文選（駢文編）

作　　者— 陳慶煌　崔成宗
發 行 人— 楊榮川
總 經 理— 楊士清
總 編 輯— 楊秀麗
副總編輯— 黃惠娟
責任編輯— 陳巧慈
封面設計— 童安安
出 版 者— 五南圖書出版股份有限公司
地　　址：106台北市大安區和平東路二段339號4樓
電　　話：(02)2705-5066　　傳　　真：(02)2706-6100
網　　址：https://www.wunan.com.tw
電子郵件：wunan@wunan.com.tw
劃撥帳號：01068953
戶　　名：五南圖書出版股份有限公司
法律顧問　林勝安律師
出版日期　2014年10月初版一刷
　　　　　2023年 9 月初版二刷
定　　價　新臺幣380元